48 HEURES POUR MOURIR

Andreas Gruber

48 HEURES POUR MOURIR

Traduit de l'allemand
par Jean-Marie Argelès

ÉDITIONS
FRANCE
LOISIRS

Titre original : *Todesfrist.*
Publié par RM Buch und Medien Vertrieb GmbH.

Édition du Club France Loisirs,
avec l'autorisation des Éditions L'Archipel.

Éditions France Loisirs,
123 boulevard de Grenelle, Paris
www.franceloisirs.com

ISBN : 978-2-298-08400-9

À Heidemarie, Veronika et Günter.
Avec tous mes remerciements, mes très chers.

PROLOGUE

L'ascenseur descendit dans un bourdonnement régulier. Une lumière blafarde envahit la cabine à l'ouverture de la porte.

Carmen traversa le garage souterrain désert. Elle détestait le béton gris et la lumière aseptisée de cet endroit ! Quand elle terminait sa nuit de travail, à 5 heures du matin, un silence oppressant régnait au deuxième sous-sol. Telles des créatures aux aguets, les voitures étaient tapies dans l'ombre des piliers d'où seuls leurs capots émergeaient. Pas un chat en vue. Parfois des fous se promenaient dans les caves de l'Institut de pathologie de l'université de Vienne. Elle se demanda s'ils s'en prendraient à une femme de quarante-sept ans. Avec l'âge, ses chances de ne pas être importunée grandissaient-elles ou diminuaient-elles ?

Elle frissonna sous sa tenue d'infirmière en rejoignant sa voiture. Place U2-P58. La même depuis trois ans. L'ampoule qui éclairait habituellement ce coin de sa lumière vacillante était éteinte et un sac poubelle recouvrait la caméra de surveillance à cause de travaux de rénovation qui auraient dû être terminés depuis Noël. Or on était déjà fin mars. L'hôpital était-il à court de subventions ?

Carmen actionna la télécommande de verrouillage central de sa voiture, qui clignota deux fois. Elle aperçut alors du coin de l'œil une ombre de grande taille. L'homme bondit de derrière un pilier. Avant d'avoir eu le temps de se retourner pour se protéger, elle sentit sur sa nuque une légère piqûre.

Quand elle ouvrit les yeux, une pesante obscurité l'entourait. Elle n'était pas dans sa chambre, ni même dans son appartement. Il manquait le tic-tac de l'horloge, le parfum des draps propres et le clignotement rouge du magnétoscope. En revanche, elle sentait une odeur d'humidité, de bois et de ciment.

Un chantier ?

Elle comprit instinctivement qu'elle n'était pas allongée, mais debout. Comment l'avait-elle deviné ? Elle l'ignorait. Sans doute parce qu'une larme lui descendait le long de la joue. Elle voulut l'essuyer, mais ses bras, lourds comme du plomb, pendaient, inertes, contre son corps. Instantanément, la panique l'envahit.

Que m'est-il arrivé ?

Elle essaya de bouger, de tourner la tête, mais elle était paralysée. Les jambes engourdies, elle était même incapable de remuer le gros orteil, comme si elle était dépourvue de membres.

— Ohé ? croassa-t-elle.

Sa voix résonna contre les parois. On aurait dit un écho, dans un caveau. Le son était néanmoins étrangement assourdi, recouvert par les battements de son cœur. Comme pendant ses vacances en Croatie, lorsque, petite fille, elle collait un coquillage contre son oreille pour entendre le ressac.

Elle ferma les yeux. Quelle étrange odeur ! Entre les relents de terre et de pierre se faufilait une trace d'encens. Dingue !

Elle passa sa langue sur ses lèvres. De la poussière granuleuse. Elle déglutit. Un drôle de goût aigrelet ! Une nausée, soudain. Elle eut un haut-le-cœur. Un peu de bile lui coula sur le menton.

Mais que s'est-il passé ?

Elle ne pouvait pas vraiment cracher, pas plus qu'elle n'arrivait à lever ou à baisser la tête. Autour de son visage, un étau aux arêtes vives et dures. Elle avait aussi du mal à respirer, comme si un corset de fer lui enserrait la poitrine.

— Ohé ?

Merde ! Pourvu que ce ne soit qu'un cauchemar. Combien de fois, la nuit, avait-elle bondi jusqu'au lit de ses enfants pour les rassurer quand ils criaient ? *Rendors-toi, ce n'était qu'un mauvais rêve ! Maman est là.* Cette époque était révolue, maintenant elle vivait seule.

Mais ce qui se passait ici était *réel*. Bien réels étaient le goût dans sa bouche et l'irritation de sa gorge ! Un mal de tête lancinant battait contre ses tempes, plus violent encore quand elle tentait de bouger.

Quel jour sommes-nous ?

Elle eut envie de se masser les tempes. Cela l'aidait généralement à réfléchir. Pourquoi ne pouvait-elle pas bouger les mains ? Elle avait les doigts gourds, à croire qu'on lui avait sectionné les nerfs.

Concentre-toi ! De quoi te souviens-tu ? Soudain, elle se rappela. *Le parking souterrain ! Le type derrière le pilier. La piqûre dans la nuque !* Ensuite, tout s'était évanoui.

— À l'aide !

Le cœur battant, Carmen prit conscience qu'elle ne criait plus *Ohé*, mais qu'elle appelait désormais au secours. De plus en plus fort, jusqu'à en perdre le souffle.

Enfin, quelqu'un l'entendit.

Un rai de lumière passa à travers la fente d'une porte, mais trop faible pour lui permettre de distinguer quoi que ce soit. Des pas se rapprochaient de la porte. Des pas lents et indifférents. On aurait dit qu'on descendait un escalier.

Instinctivement, Carmen se mit à compter. Seize marches. Le local était donc situé à un étage inférieur.

Inférieur à quoi ?

— Au secours ! cria-t-elle de nouveau.

Elle entendit alors le raclement métallique d'une clé dans une serrure, puis un bruit de chaîne. Avait-ce été une bonne idée d'appeler au secours ? Elle aurait dû attendre que la paralysie ait disparu. Elle aurait pu alors fouiller la pièce à la recherche d'un moyen de fuir ou d'une arme. Le cœur de Carmen s'affola. Celui qui venait était certainement le salopard qui lui avait fait cette piqûre !

On poussa la massive porte métallique. Le rayon lumineux dansa devant elle, l'aveuglant un instant. L'homme portait une lampe frontale. Carmen eut beau cligner les yeux, elle n'aperçut que le bas de son corps mince, un pantalon gris et des chaussures de travail. D'ailleurs, était-ce un homme ?

— Qui êtes-vous ? demanda-t-elle, haletante.

Quelle question idiote, pensa-t-elle au même moment. Le salopard ne lui répondrait pas. Il s'approcha d'elle. Des gravats et du gravier crissèrent sous ses semelles. Carmen ne put s'empêcher de penser à l'odeur d'un chantier. Se trouvait-elle dans la cave d'un immeuble en construction ? Ou dans le parking souterrain de l'Institut de pathologie ?

Non, elle n'était pas dans l'hôpital. Jamais elle n'y avait senti d'odeur d'encens.

— Que me voulez-vous ?

Toujours pas de réponse. Elle l'apprendrait bien assez tôt. Il ne pouvait tout de même pas la garder éternellement ici. Elle pourrait bientôt remuer les bras et les jambes, et alors… que Dieu vienne en aide à ce type ! Quoi qu'il lui réserve, il n'arriverait pas à ses fins. À l'idée qu'il l'avait lâchement maîtrisée par-derrière, elle fut prise d'une telle fureur qu'elle lui aurait fracassé le crâne avec le premier objet venu.

Le type ouvrit alors la bouche. Il avait une voix altérée, comme s'il avait un problème au larynx ou subi une opération de la trachée.

— Je t'ai injecté un anesthésique…

Mon gars, tu n'as pas la moindre idée de ce que je te réserve à l'instant où tu me tourneras le dos. Tu n'as pas choisi la bonne personne !

— … et un relaxant musculaire.

Il ne donna pas d'autres explications. Elles n'étaient pas nécessaires. En raison de sa tenue, il savait qu'elle était infirmière. La carte, sur son corsage, précisait qu'elle travaillait en gynéco-pathologie.

— À vrai dire, j'ai renoncé à y ajouter un analgésique.

Il parlait d'un ton d'indifférence absolue, comme si les explications l'ennuyaient. La lampe frontale l'aveugla à nouveau. Plus longtemps encore cette fois. Il observait manifestement ses réactions.

Parmi les multiples questions qui lui traversaient l'esprit, une la préoccupait particulièrement : pourquoi cachait-il son visage ? Le connaissait-elle ? Peut-être n'envisageait-il pas de la tuer ? À cette idée, elle se détendit. Mais il avait un projet la concernant. Quel qu'il fût, elle profiterait de la moindre occasion pour le tuer, avant qu'il ait le temps de lui faire du mal. En était-elle seulement capable ? Elle n'en douta pas une seconde. Assister son médecin-chef lors d'une dissection, enfoncer un scalpel dans la cage thoracique d'un cadavre et ouvrir celui-ci jusqu'au nombril ou plonger un crayon effilé dans les reins ou les poumons de ce mec… quelle différence y avait-il ? À le voir agoniser, accroupi devant elle, elle n'aurait même pas mauvaise conscience.

Tu n'as pas choisi la bonne ! Tu aurais mieux fait de prendre la blonde du secrétariat.

— Tu m'écoutes ?

Le ton dédaigneux de la voix métallique rendit Carmen plus furieuse encore. Elle ne répondit pas. Bien sûr qu'elle l'avait écouté. Pas un détail, pas un seul mot ne lui avait échappé. On utilisait les anesthésiques, les relaxants musculaires et les analgésiques avant une opération, afin que le patient perde conscience, qu'il soit incapable de bouger et insensible à la douleur. Ensuite, la dose d'analgésique était en général adaptée en fonction de la douleur. Mais ce dégueulasse, à l'en croire, y avait renoncé. Elle n'avait cependant pas de douleurs en dehors d'une violente migraine. Que pouvait-il bien projeter ?

Comme s'il avait deviné sa question, il avança d'un pas. Une lumière éblouissante l'aveugla.

— Les victimes d'incendie meurent généralement parce que la respiration cellulaire s'arrête quand les deux tiers de la peau sont détruits. Pour que cela ne t'arrive pas, tes mains et tes pieds sont enveloppés dans des sacs poubelle. Tu portes un ciré et un vieux pantalon de marin.

La tête de Carmen se vida de toute idée. En une seconde, l'inconnu avait mobilisé son attention.

— Les habits ne laissent pas passer l'air, mais au moins sont-ils hydrofuges. Cela empêchera que ta peau soit brûlée par le ciment vif.

L'homme s'interrompit un instant avant d'ajouter :

— En tout cas aux endroits névralgiques.

De quoi parlait ce type, putain ? Carmen essaya de remuer les doigts, de tourner la tête et de la pencher en arrière, en vain.

— C'est vrai qu'avec le temps se manifeste une certaine démangeaison, à mesure que la sueur s'accumule et que se développent les mycoses et les parasites. J'espère que tu disposes d'un bon système immunitaire et que tu n'as pas besoin régulièrement de médicaments, car ici, en bas, tu ne les auras pas. De toute façon, on n'a plus accès à tes veines.

Carmen prenait quotidiennement des cachets contre la tension, mais rien d'autre. Ravalant un goût de bile, elle remarqua que sa cage thoracique était de plus en plus serrée.

— Qu'est-ce… ? demanda-t-elle d'une voix rauque.

— Ai-je enfin éveillé ton intérêt ? constata-t-il sans émotion apparente.

Elle se tut. Tout cela était absurde. Mais il ne lui laissa pas le temps de réfléchir.

— Je veillerai à ce que tu ne meures pas d'une infection des reins.

Pourquoi devrait-elle mourir d'une infection rénale ? Le type employait des mots que seuls les médecins ou les aides-soignants avaient l'habitude d'utiliser. L'avait-elle déjà rencontré ? Il était peut-être un des dix mille employés de l'hôpital général de Vienne et c'est là que leurs chemins se seraient croisés ?

Combien de temps s'était-il écoulé depuis qu'il lui avait injecté l'anesthésique ? Huit heures ? On la cherchait certainement déjà.

— Tu vois…, dit-il en approchant encore d'un pas et en baissant la tête, sa lampe frontale éclairant le sol. Ces deux tuyaux ont pour fonction d'empêcher toute rétention. Tous les deux jours, je t'apporterai de quoi manger et boire.

Son cœur fit un bond. Elle voulut pencher la tête, mais n'y parvint pas. Du coin de l'œil, elle le vit lâcher un mince tuyau plastique dont l'extrémité tomba avec un plouf dans un seau métallique.

— Il y a pourtant une douleur contre laquelle je ne peux rien, dit-il en prenant une profonde inspiration.

Carmen ressentit l'excitation dans sa voix. Il paraissait attendre cet instant depuis longtemps.

— J'ignore quand l'ankylose commencera, mais je pense que tes articulations ne vont pas tarder à se raidir. Ta colonne vertébrale va s'ossifier et tes ongles vont pousser vers l'arrière et te rentrer dans la chair. Mais tu n'en auras plus conscience.

À sa voix, on aurait dit qu'il souriait.

— La claustrophobie et la lourde épreuve psychique qui t'attend t'auront auparavant plongée dans la démence.

Elle ne put articuler un mot. L'idée de le tuer s'était comme volatilisée. C'était un fou dangereux. La panique monta lentement en elle. Peut-être que tout cela n'est qu'un cauchemar, songea-t-elle. Un des pires, un de ceux qui vous font remercier Dieu que le rêve n'ait pas été réel, quand on se réveille.

— J'ai besoin d'eau, dit-elle, la bouche sèche.

— Demain, répondit-il.

— Qu'allez-vous faire de moi ?

Debout juste devant elle, il étudiait ses traits. Elle sentait son haleine.

— Tu n'as pas encore compris ?

Il recula de quelques pas et leva le bras. Elle ne vit pas ce qu'il fit et n'entendit qu'une chaîne cliqueter, sur laquelle il paraissait tirer.

— Le mortier a mis huit heures à sécher. Ensuite, j'ai installé ce palan.

Il passa derrière Carmen. La lumière de sa lampe tomba sur un miroir oscillant au bout de la chaîne. Un reflet dansa sur les murs. Des briques rouges. Pas de crépi. La voûte, nue, n'était pas très haute. On aurait dit une petite cave à vin. Carmen crut discerner des crochets au plafond.

— J'espère que tu ne paniqueras pas en te voyant. N'oublie pas : ta cage thoracique est prise dans un étau. Tu ne dois pas respirer fort ! Plus tu réagiras calmement, mieux ça vaudra. Si tu hyperventiles, tu t'étoufferas.

Le miroir tourna, si bien qu'elle aperçut son propre visage un instant.

Et elle ne voyait… *que son visage !*

La peur, la panique et la folie montèrent en elle.

— Non ! cria-t-elle. Non, je vous en prie… Oh, mon Dieu, non !

Ses pensées s'entrechoquèrent. Soudain, tout prenait sens : ce qu'il avait dit à propos de sa peau, de ses reins, de sa colonne vertébrale, de la claustrophobie et de l'accès à ses veines. On n'avait effectivement plus accès à ses veines.

Elle voyait, dans le miroir devant elle, un coffrage en bois, haut de deux mètres et large de soixante centimètres environ, à l'intérieur duquel avait été coulé du béton. Seul son visage émergeait de la surface grise, du front jusqu'au menton… plus deux tuyaux à hauteur des hanches.

— Non ! hurla-t-elle. Non, je vous en prie !

Elle se mit à pleurer. Ses muscles se contractèrent involontairement, comme pour faire sauter le béton, mais plus elle essayait de bouger, plus elle s'essoufflait. Elle était dans l'incapacité de soulever sa cage thoracique.

— Au secours !

Il fallait que quelqu'un vienne casser le bloc de béton à coups de marteau avant qu'elle ne perde la raison.

— Au secours ! cria-t-elle le plus fort possible, cherchant à reprendre haleine. Je vous en prie, libérez-moi. S'il vous plaît !

Elle ne lui ferait rien. Elle lui promit que, s'il la libérait tout de suite, elle ne le dénoncerait même pas. Elle oublierait et pardonnerait tout.

— Je vous en prie !

Il revint devant elle. Elle remarqua, à la lueur de la lampe frontale, qu'il hochait la tête.

— À titre préventif, je t'ai injecté un antibiotique à large spectre. Et puis, à l'occasion, je t'apporterai des cachets de vitamines, mais ça ne t'empêchera pas de souffrir de rachitisme. (Il lui éclaira la figure.) Et tes yeux vont être atteints de photophobie.

Elle ne comprit tout d'abord pas ce qu'il voulait dire, car elle n'entendait que son propre halètement et, en pensée, ne cessait de contempler son visage. Mais il répéta ce qu'il venait de dire.

Carence en vitamines et photosensibilité ? Ces deux phénomènes ne se manifesteraient qu'au bout de plusieurs semaines. Combien de temps comptait-il la tenir prisonnière de ce bloc de béton ?

Des larmes coulèrent le long de ses joues. Elle sentit leur goût salé sur ses lèvres.

— Quand me délivrerez-vous ?

Il secoua la tête.

— Je vais observer comment tu vas survivre durant les prochains mois.

Plusieurs mois ? Soixante ou quatre-vingt-dix jours ? Six mois peut-être ? Elle fut comme paralysée. Elle resta néanmoins consciente d'un détail infime.

Il n'a pas dit *si*, mais *comment*.

Comment ?

Dans l'angoisse et la folie !

— Non, je vous en supplie ! Vous ne pouvez pas faire ça !

— Oh ! dit-il en inclinant la tête. Ce n'est pas la première fois.

— Mais pourquoi moi ?

— Peut-être vas-tu trouver la réponse toute seule.

— Pourquoi, bon sang ?

Soudain la voix de l'homme changea. Elle devint plus claire, comme celle d'une fillette récitant une comptine. Et il se mit effectivement à fredonner.

Non, tout ça ne pouvait être réel. Carmen ferma les yeux et pria en silence.

S'il te plaît, mon Dieu, fais que ce bloc de béton explose. Fais que je me réveille dans mon lit et que je reprenne mon travail sans tarder. Je t'en prie !

Mais Dieu ne l'exauça pas.

Elle entendit l'homme s'éloigner, fermer la porte métallique, la bloquer avec une chaîne et gravir l'escalier.

Elle entendit alors distinctement les paroles de la comptine.

Philipp va-t-il aujourd'hui à table sagement se tenir ?
Demande le père à son fils d'un ton sévère.
Mais Philipp n'écoute pas ce que dit son père.
Il s'agite, gigote, tricote et se balance à n'en plus finir.
Philipp, cela ne me plaît guère !

Elle sut soudain qui l'avait enlevée.

PREMIÈRE PARTIE

Deux mois plus tard
Du dimanche 22 au lundi 23 mai

« Le monde, à strictement parler,
est un lieu assez risqué.
Toutes sortes de tristes mésaventures
peuvent y survenir.
Et c'est souvent le cas. »

Anna Salter

1

Kerstin, Connie et Fiona se dressèrent d'un seul mouvement dans leur lit. Les oreillers et les ours en peluche volèrent sur le côté.

— Quelle histoire tu nous raconteras demain, tata Bine ? cria Kerstin, excitée en diable.

Sabine détestait qu'on l'appelle « tata ». Cela la vieillissait, et, à vingt-six ans, elle n'était pas vieille, bon sang !

— Demain, je ne suis pas de service de nuit. Je resterai chez moi pour me reposer de vous avoir gardées, espèces de monstres, répondit-elle.

— Après-demain, alors, s'exclamèrent les trois fillettes d'une seule voix.

Les filles de sa sœur – quatre, cinq et sept ans – ressemblaient, avec leurs crinières blondes, à trois angelots, mais elles pouvaient aussi se transformer en terribles casse-pieds.

— Tu nous raconteras quoi après-demain, tata Bine ? insistèrent-elles.

Sabine alla à la fenêtre. L'horizon était déjà plongé dans un demi-jour d'un bleu orangé. Elle allait bientôt prendre son service. La cathédrale Notre-Dame de Munich était illuminée. Les dômes des deux puissants clochers se dressaient au loin, par-delà les toitures. Elle sentit un poids au creux de l'estomac, comme si une partie d'elle-même mourait. Elle ravala le goût amer qui lui montait à la bouche. Sans qu'elle sût pourquoi, la vue de la cathédrale lui évoqua soudain la mort. Elle se hâta de fermer le rideau jaune.

— La prochaine fois, nous serons chargées d'une mission par le Vatican.

— Par le pape ? s'écria Fiona, l'aînée. Pourquoi ?

Sabine se demandait ce qui lui arrivait. Elle chercha à se dérider.

— C'est bientôt la Pentecôte. Le pape voyage beaucoup et il aura besoin de nous pour une mission de sécurité très difficile.

— On partira en voiture ?

— En voiture ? dit Sabine en fronçant les sourcils d'étonnement. Par les airs ! Et avec l'hélicoptère le plus rapide que nous possédions. Un modèle tout récent, issu de notre laboratoire secret.

— Super ! Et pourquoi le pape fait-il appel à nous ?

Fiona donna un coup de coude dans les côtes de sa sœur.

— Parce que c'est nous qui sommes le mieux équipées !

— Exactement, confirma Sabine. Appareils infrarouges, gilets pare-balles, postes radio miniaturisés.

— Waouh ! s'écria Fiona.

Kerstin ouvrait de grands yeux. Connie en restait bouche bée.

On frappa à la porte. La sœur de Sabine risqua un œil dans la chambre de ses filles.

— C'est l'heure de dormir. Dites au revoir à Sabine.

— Après-demain, nous travaillerons pour le « bape » ! cria Connie, la petite dernière.

— Chut ! souffla Sabine en secouant la tête. C'est un secret, chuchota-t-elle. Pas un mot à votre maman, sinon vous la mettriez en danger.

— Oh, super, s'écrièrent les fillettes.

Sabine embrassa chacune de ses nièces. Puis elle éteignit, laissant la porte entrouverte, avant de rejoindre sa sœur dans l'entrée.

Monika secoua la tête en feignant l'indignation.

— Quelle sorte d'histoire leur as-tu encore racontée ?

— Elles aiment ça.

— Je sais, soupira Monika. Je peux remballer mes histoires de fées, d'elfes et de princesses. Mais n'exagère pas !

Bien que penchée en avant, appuyée contre le chambranle de la porte, elle avait une demi-tête de plus que Sabine, sa cadette de trois ans. On peinait à croire qu'elles étaient sœurs. Si Sabine ne mesurait qu'un mètre soixante, la nature l'avait heureusement pourvue d'un corps nerveux et bien entraîné. Ce qu'elle estimait être une « juste compensation ». Tandis que sa sœur avait interrompu son apprentissage de vendeuse et travaillait à présent à mi-temps au Stadtmuseum, où elle distribuait des audioguides aux visiteurs, Sabine avait fréquenté un lycée sportif et n'avait jamais cessé de s'entraîner. Jogging, méthode Pilates et VTT. Certains collègues lui demandaient si c'était une façon de compenser sa petite taille pour la taquiner. Cause toujours ! Elle voulait rester en forme pour son boulot.

Monika caressa de la main les cheveux bruns de Sabine, laissant glisser entre ses doigts une mèche argentée.

— Ça te va bien.

— Je sais, merci. Elle vient du Maroc, lors du dernier engagement de notre *Security Team*. Kerstin veut la même.

— Oh, mon Dieu ! soupira Monika, l'air sévère, quand son regard tomba sur le médaillon en forme de cœur au cou de sa sœur.

Un cadeau de leur père. Sabine le portait depuis la séparation de leurs parents, dix ans plus tôt. Elles avaient alors quitté Cologne pour Munich avec leur mère. Elle savait ce que pensait sa sœur. Depuis le divorce, Monika avait dit pis que pendre de leur père et banni de sa vie tout ce qui rappelait son existence. Elle refusait d'admettre que Sabine tenait encore à lui. Alors que c'était si évident : il n'y avait jamais un seul responsable lors d'une séparation. Monika était pourtant bien placée pour le savoir.

— Tu as déjà reçu la pension de ce mois-ci ? demanda Sabine.

Monika enleva la main de ses cheveux.

— Il a trois mois de retard.

— Merde de merde ! jura Sabine.

Son ancien beau-frère était un salaud.

— Plus bas ! sourit Monika en montrant la porte entrouverte de la chambre des enfants. Elles le répètent assez comme ça.

— Oh ! dit Sabine avec une grimace d'indignation, puis, redevenant sérieuse : Veux-tu que j'intervienne ?

— Non, Gabriel finira bien par payer.

Sabine acquiesça. Elle prit son arme de service sur la commode et la fourra dans son holster. Elle aurait bien aimé rendre une petite visite à Gabriel. Sa sœur avait toutes les peines du monde à s'en sortir avec ses trois enfants : un emploi à temps partiel au musée et un appartement de cinquante mètres carrés. Elle dormait sur le canapé du salon tandis que ses filles se partageaient la chambre. Mais l'avocat ne lâchait pas un sou.

Sabine rangea son porte-monnaie dans la poche de sa veste et laça ses chaussures.

— Si tu as besoin de quoi que ce soit, passe-moi un coup de fil. Je suis joignable au commissariat.

Elle accrocha son insigne de police à son ceinturon et ferma sa veste, cachant son Walther et le chargeur de réserve.

— Je sais, ma petite, dit Monika en la prenant dans ses bras et en la serrant plus longtemps qu'à l'ordinaire. Merci, sans toi je deviendrais folle.

— Ça ira. Demain, maman passera garder les filles, non ?

Monika acquiesça.

— Comment va-t-elle, au fait ? Tu étais avec elle vendredi soir, à ce drôle de cours ?

Ce n'était pas le cours de Pilates qui était « drôle », mais le professeur. Une grande bringue de cinquante ans. Sabine sentit à nouveau l'étrange sensation au creux de l'estomac.

— J'ai dû me décommander. J'étais débordée et je ne me sentais pas bien.

— Houlà ! s'écria Monika en fronçant les sourcils. Et comment a réagi le vieux dragon ? Elle y est allée seule ?

— Tu connais maman. Certainement pas. Je lui ai expliqué par répondeur interposé que je prenais un anti-inflammatoire et que j'allais me coucher. Depuis, je n'ai pas eu de nouvelles.

— Elle n'a même pas répondu à ton message ? Ça ne lui ressemble pas.

Effectivement ! Depuis plusieurs jours, Sabine avait mauvaise conscience d'être restée vautrée sur son canapé, à regarder la télé plutôt que d'aller à la gymnastique. Par ailleurs, sa mère était une femme indépendante dont elle n'avait pas à se préoccuper.

— Quand elle viendra, demain, embrasse-la pour moi. Nous irons au cours de Pilates ce vendredi.

— D'accord, je n'y manquerai pas, et maintenant, en route ! dit Monika en donnant à sa sœur une tape sur le derrière. Va attraper les gangsters !

Et, avec une horrible grimace, elle imita des griffes avec ses mains.

Sabine descendit par l'ascenseur et quitta l'immeuble. Le soir, les environs de la gare de l'Est n'avaient rien de très excitant. Sa voiture était garée de l'autre côté de la rue, sous un lampadaire à la lumière vacillante. Elle était sur le point d'ouvrir, quand un homme, sortant de l'ombre des arbres, se précipita dans sa direction.

— Écureuil !

Sabine ôta la main de son arme.

— Papa ?

Qu'est-ce qu'il fichait à Munich ?

Il avait une mine épouvantable. Une barbe de trois jours lui assombrissait le visage. Ses yeux étaient profondément enfoncés dans leurs orbites, comme s'il n'avait pas dormi depuis plusieurs jours.

— Je suis allé chez toi, mais tu n'y étais pas. Au commissariat, on m'a dit que tu allais bientôt prendre ton service, et j'ai pensé que tu étais chez Monika.

Sabine regarda sa montre. Il était 20 heures passées.

— Pourquoi ne t'es-tu pas installé dans mon bureau ?

Des larmes coulaient le long des joues du vieil homme.

— Papa, pour l'amour du ciel, que s'est-il passé ?

Il la prit dans ses bras et la serra contre lui.

— Je suis désolé, Écureuil !

Il l'appelait ainsi depuis qu'elle avait trois ans, à cause de son épaisse chevelure brune et de ses grands yeux, également bruns. Adolescente, cela la gênait. Aujourd'hui, adulte, cela la gênait plus encore.

— Cette mèche argentée te va bien, dit-il d'une voix rauque, tandis que de nouvelles larmes coulaient le long de son visage.

— Merci, répondit-elle en lui passant la main sur les épaules. Calme-toi, qu'est-ce qu'il peut bien y avoir de si grave pour que tu…

— Ta mère a été enlevée il y a deux jours.

— Quoi ? s'écria-t-elle en se dégageant de son étreinte. Comment le sais-tu ?

Il essuya les poils de sa barbe, les mains tremblantes. Il n'avait plus rien de l'alerte sexagénaire passant ses loisirs à bricoler de vieux trains. Il paraissait avoir vieilli de plusieurs années.

Enlevée ? Qui diable pourrait bien avoir enlevé maman ?

La situation lui sembla bizarre. Deux jours plus tôt, elle devait aller au cours de Pilates avec elle et lui avait laissé un message téléphonique. Et voilà que, tout à coup, se tenait devant elle son père qui habitait à Cologne, à cinq cents kilomètres de là.

Elle sortit de sa poche son téléphone de service et composa le numéro du portable de sa mère. La messagerie vocale s'enclencha. Elle composa un autre numéro. Au bout de la huitième sonnerie, le répondeur du poste fixe se mit en route.

— Depuis quand sais-tu que maman a été enlevée ?

— Il m'a appelé il y a quarante-huit heures.

Il ? Elle regarda son père d'un air incrédule.

— Tu as été en contact avec le ravisseur ? As-tu informé la police judiciaire de Cologne ?

— Je n'en ai parlé à personne.

— As-tu perdu la tête ? laissa échapper la jeune femme.

Surtout ne pas s'énerver ! Elle savait par son travail à la permanence de la police judiciaire que les témoins mélangent les faits les plus simples dès qu'on les bombarde de questions. Elle dut néanmoins faire un effort sur elle-même pour ne pas le harceler.

— Monte dans la voiture et raconte-moi tout ça dans l'ordre. Nous allons au commissariat.

— Non ! Il m'a dit qu'il la tuerait si la police s'en mêlait.

Tuer ? Sabine regarda autour d'elle, dans la rue. Quelques autos passaient devant eux, de rares passants marchaient sur le trottoir. Elle baissa la voix.

— Tu crois qu'il nous observe ?

— Je ne sais pas… vraisemblablement plus maintenant.

Plus maintenant !

— Papa, je t'en prie, monte. Tu me raconteras tout ça pendant le trajet.

Il monta à contrecœur. Au démarrage, le lecteur de CD s'alluma automatiquement. Les baffles laissèrent échapper une voix de conteur. Un livre audio sans grand intérêt pour l'heure. Sabine éteignit le lecteur.

Ils étaient déjà sur la Rosenheimer Strasse, en direction de l'Isar, quand elle jeta un bref regard à son père.

— Attache-toi, s'il te plaît.

Il tira la ceinture, les doigts tremblants.

— Le type m'a appelé chez moi, il y a deux jours. Il avait la voix déformée par un procédé électronique quelconque et m'a dit : « Monsieur Nemez, si vous trouvez en quarante-huit heures pourquoi votre femme a été enlevée, elle restera en vie. Sinon, elle mourra. »

— C'est bien ce qu'il a dit ? demanda-t-elle, estimant qu'il s'agissait d'un malentendu.

— Oui. Le seul indice que j'ai reçu, c'est une boîte posée devant la porte de mon appartement. Elle contenait un petit encrier noir.

— Tu ne l'as pas touché ?

— Bien sûr que si. Je l'ai ouvert. Il renfermait de l'encre noire.

— Il ne fallait pas le toucher. Tu aurais dû m'appeler immédiatement. Nous aurions lancé une vaste opération de recherche.

Aurions, aurions, aurions…

— Il a dit qu'il la tuerait !

— Peut-être que ce n'est pas vrai et que quelqu'un…

— Sabine, l'interrompit-il, j'ai entendu sa voix au téléphone. Elle suppliait qu'on l'aide. Puis il l'a repoussée.

La gorge de Sabine se serra. Ça prenait mauvaise tournure. Jamais sa mère n'aurait supplié son père de venir à son secours.

— Essaie de te souvenir. Quand exactement les quarante-huit heures seront-elles écoulées ?

— Elles le sont déjà, répondit-il à voix basse.

Sabine vit qu'il cherchait des yeux l'horloge du tableau de bord.

— Il m'a rappelé il y a cinquante minutes et m'a posé une fois de plus la même question. Puis il a dit que le délai était écoulé, avant de raccrocher.

Sabine traversa l'Isar par le pont Ludwig. Le trafic, en ce dimanche soir, avait beau être plus fluide qu'à l'ordinaire, les voitures qui se traînaient l'irritaient. Elle appela le commissariat avec son talkie-walkie. Kolonowicz, le chef de l'équipe de nuit, s'annonça d'une voix sonore.

— Salut, Walter, ici Sabine Nemez, l'interrompit-elle. Il y a quarante-neuf heures à peine, une femme a été enlevée. Hanna Nemez, cinquante-six ans, elle habite dans la Winzererstrasse, à Schwabing-West. Anciennement directrice d'une école élémentaire, à la retraite. Il faut lancer des recherches immédiatement.

L'homme à l'autre bout du fil garda le silence un moment. Manifestement, il notait les indications. Puis il se racla la gorge.

— Bine, tu parles de ta mère ?

— Oui. Je suis en route. J'arrive.

Il se racla à nouveau la gorge, comme s'il hésitait.

— Je ne veux pas t'inquiéter, mais nous avons reçu une information il y a quelques minutes. Le prêtre de la cathédrale et son sacristain ont trouvé le cadavre d'une femme d'un certain âge dans la grande nef.

— Oh non ! gémit le père de Sabine en mettant ses mains devant sa bouche, les larmes coulant de nouveau le long de ses joues.

La préfecture de police et ses services, dont celui de Sabine, se trouvaient dans l'Ettstrasse, à quelques minutes à pied de la cathédrale Notre-Dame, l'emblème de Munich. Elle connaissait un raccourci. Elle freina brutalement et, traversant le périphérique, tourna dans la première ruelle latérale, en direction de la vieille ville. Il y eut des crissements de pneus et des coups de klaxon derrière elle. Son père s'agrippa à la poignée au-dessus de lui. Les clochers illuminés de la cathédrale et leurs dômes puissants se dressaient déjà entre les toits dc l'étroite ruelle.

— Nous ignorons encore qui elle est, s'empressa d'ajouter Kolonowicz.

Mais Sabine avait un mauvais pressentiment.

2

Jeune, on le reste aussi longtemps qu'on ressent autant de joie à l'idée de l'avenir qu'à celle du passé, adage qui valait pour le père de Sabine plus que pour toute autre personne de sa connaissance. Mais elle voyait à présent dans ses yeux bouffis les souffrances des derniers jours. Ses parents avaient divorcé au terme d'une violente querelle pour des questions d'argent et de droit de garde. Depuis, Sabine pensait que son père avait surmonté la séparation et réussi à oublier son ex-femme. Mais, durant ces quelques minutes, elle comprit que celle-ci lui manquait terriblement.

Sabine se gara en double file, au début de la zone piétonnière, et plaça sur le tableau de bord son insigne de police.

— Attends-moi, dit-elle en descendant de voiture.

— Tu vas pouvoir entrer, Écureuil ? lui cria-t-il tandis qu'elle s'éloignait.

— Papa, je suis commissaire.

À vingt-six ans, elle était la benjamine du commissariat de permanence. Travaillant en liaison avec la police judiciaire proprement dite, les policiers de ce service étaient parfois surnommés les « pompiers ». Avant même l'arrivée d'un membre de la PJ sur le lieu d'un crime, ils avaient déjà relevé les indices, constaté les causes de la mort et interrogé les témoins.

Elle traversa la place devant l'entrée principale de la cathédrale. Les briques orange de la façade illuminée brillaient. Les clochers étaient si massifs que Sabine ne pouvait même pas voir les aiguilles des deux horloges. Plus haut, les dômes, d'un bleu-vert étrange, luisaient dans la lumière du crépuscule.

Il n'y avait que quelques jeunes sur la place. Des musiciens ambulants jouaient sous un lampadaire, autour d'un grand support publicitaire annonçant une messe dans la cathédrale. C'est le pape qui la dirait, une semaine avant la Pentecôte. Le « bape », comme Connie l'avait appelé, venait donc effectivement en Bavière. Sabine songea à l'histoire de cette mission qu'elle comptait raconter à ses nièces.

Elle passa à côté de la voiture de la PJ, garée au milieu de la place, et ouvrit le lourd portail avec le coude pour ne pas effacer d'éventuelles empreintes. Ses collègues n'avaient pas dû le crocheter, la serrure avait été forcée à l'aide d'une pince-monseigneur. Il y avait des copeaux par terre. On ne pouvait pas ne pas remarquer les traces d'environ deux centimètres de large laissées dans le bois de l'encadrement. *Pourvu que la morte ne soit pas maman…* Comment pouvait-elle avoir une telle pensée ? La probabilité d'un lien entre la morte et l'enlèvement de sa mère était extrêmement faible. Ça ne pouvait pas être elle, tout simplement. Mais c'est justement à cause de cette impossibilité qu'elle ressentait cette vague certitude dans l'estomac.

La grande nef était plongée dans l'obscurité et déserte. Les lustres ressemblaient à des boules sans éclat. Seules brûlaient quelques bougies. Le demi-jour qui régnait au-dehors tombait par les minces interstices non colorés des vitraux. Il y avait une odeur d'encens et de cire, mais aussi de bois en raison des vieux bancs. Honteuse, Sabine dut s'avouer que la dernière fois où elle était venue dans la cathédrale remontait à trois ans. Et encore, ç'avait été pour relever les traces d'actes de vandalisme.

Du fait du grand nombre de piliers blancs, l'intérieur de l'édifice ressemblait à un labyrinthe. Sabine remonta l'allée centrale en direction de l'autel. Ses pas résonnaient sur le sol en marbre. Comment retrouver ses collègues dans ces nombreuses chapelles, le chœur, la sacristie, la crypte ? C'est alors qu'un flash crépita dans son dos. Elle se retourna. La tribune ouest, tel un large balcon, dominait le cintre du portail principal. Les hauts tuyaux d'argent du grand orgue s'y dressaient. Il y eut un autre flash. Ses collègues se tenaient autour de l'orgue. Sabine chercha l'escalier menant à la tribune.

C'étaient Simon et Wallner qui étaient de service. Un peu à l'écart attendaient un prêtre en soutane noire et un vieil homme chauve, portant un gilet tricoté main et un pantalon à pinces gris. Dans son émoi, le vieillard, qui devait être le sacristain, tordait ses mains déformées par les rhumatismes. Bien qu'il n'y eût personne d'autre là-haut, la zone était barrée. Deux projecteurs éclairaient l'estrade. Dans un espace voûté, sous les tuyaux de l'orgue, étaient disposées les chaises pour le chœur. Wallner y avait étalé le contenu de sa mallette. C'était déjà un vieux routier de la PJ munichoise quand Sabine avait pris ses fonctions dans le service. Sa check-list était posée sur un siège. Au vu des points cochés, Sabine constata qu'il venait de se mettre au travail. Comme toujours, il avait peigné ses cheveux gris en travers de son crâne afin de cacher son début de calvitie. Cause perdue d'avance ! Dans quelques années, ses cheveux seraient aussi fins que du papier de soie, et il aurait l'air ridicule. Quoi qu'il en soit, c'était un type épatant et un collègue agréable.

— Salut, Bine, dit-il en levant les yeux en même temps qu'il répandait de la poudre blanche sur les dossiers des chaises avec un pinceau.

Sans grand espoir. On trouverait des dizaines d'empreintes digitales différentes et deux fois plus encore de particules. Simon, le plus jeune des deux, leva également un bref instant les yeux.

— C'est Kolonowicz qui t'envoie ?

Elle ne répondit pas. Simon avait environ trente-cinq ans, travaillait dans le service depuis une dizaine d'années et était le partenaire de Wallner aussi loin qu'elle s'en souvenait. De tous ses collègues, c'était le seul vrai beau gosse. Autrefois, ils étaient assez souvent allés à l'Irish Pub de la Beethovenplatz. Par deux fois, ils étaient même allés chez elle ensuite. Elle savait que ce n'était pas le grand amour. Elle l'avait néanmoins laissé la draguer. Puis il en avait soudain épousé une autre. Elle avait bien entendu mis fin à leur relation. Elle n'avait jamais su ce qui lui était passé par la tête et ne lui avait jamais posé de questions.

Simon se pencha sur un cadavre allongé sous la console de l'orgue. Seules les jambes en dépassaient. La femme portait une jupe crème, mais n'avait sur elle ni chaussures ni bas. Ses pieds nus étaient attachés aux pieds métalliques de la console.

— Qui est la morte ? demanda Sabine.

Simon coupa le dictaphone.

— Elle n'a pas de papiers sur elle. Pour l'instant, on sait seulement qu'elle ne travaillait pas dans l'église.

— Faut-il que je passe une combinaison ? demanda la jeune femme.

— Ce n'est pas nécessaire, répondit Simon, mais si tu t'approches, fais attention à ne pas marcher dans l'encre.

De l'encre ! C'est alors seulement qu'elle vit les éclaboussures noires sur le sol. Elle pensa à l'encrier évoqué par son père. Sa poitrine se contracta et elle eut soudain l'impression que son cœur allait exploser.

— Que s'est-il passé ? demanda-t-elle d'une voix rauque.

— J'étais en train de nettoyer les bancs de la nef latérale, grogna le sacristain derrière elle. Tout à coup, j'ai entendu l'orgue jouer. Je suis allé chercher le prêtre et, quand nous sommes montés, ça s'est arrêté. Il n'y avait personne. Que la femme morte.

Sabine s'approcha. Le clavier de l'orgue gigantesque ressemblait à un cockpit. Des touches sur quatre niveaux superposés ainsi que deux parties latérales semi-circulaires, couvertes de boutons et d'interrupteurs. On avait poussé le tabouret sur le côté. Le cadavre était couché sur le dos. Les mains étaient aussi attachées aux pieds de la console. La morte portait un corsage violet, moderne. Sabine le connaissait. Elle s'agenouilla pour jeter un œil sur son visage.

— Un regard suffit pour voir qu'il ne s'agit pas d'un meurtre ordinaire, constata Wallner, puis, après un temps de silence : Ça ressemble plutôt à une exécution qui…

Sabine n'entendit pas la suite. Elle regardait fixement les yeux de sa mère, dilatés de terreur. Son visage était d'une pâleur fantomatique. Un tuyau épais comme le pouce lui sortait de la bouche. À l'autre extrémité était accroché un entonnoir. Un bidon noir était posé à côté d'elle. Sa mère était allongée, inerte, sur le sol froid.

Sabine se sentit envahie du même froid sinistre. Ce n'était pas possible ! Comment concevoir que c'était sa mère qui gisait là ? Étrangement, une seule idée lui traversa l'esprit : Kerstin, Connie et Fiona ! Comment leur dire que leur grand-mère était morte et que Simon photographiait son cadavre ?

Sabine ne parvenait pas à détacher son regard du visage de sa mère. Elle fut prise de vertige. Le froid dans l'église et l'odeur de cire et d'encens se mirent à tournoyer, de plus en plus vite. Elle s'appuya par terre de la main. Elle aurait voulu que sa mère remue, ferme et ouvre les paupières, s'assoie. *Lève-toi !* Sans s'en rendre compte, elle retint sa respiration. Le souffle lui manqua. Elle eut la nausée, sentit l'acidité gastrique affluer dans sa bouche. Elle sentit aussi le sel de ses larmes sur ses lèvres.

De manière surprenante, le prêtre vint se placer à côté d'elle et lui posa la main sur l'épaule.

— Que vous arrive-t-il ? Connaissez-vous cette femme ?

Wallner et Simon s'approchèrent à leur tour.

— Bine !

Les pupilles de sa mère ! Aussi claires que du cristal, pas encore ternies. Quelque chose ne s'accordait pas avec le visage – il y avait quelque chose de différent. D'inhabituel. Mais elle ne trouva pas quoi.

Quelqu'un voulut l'éloigner du cadavre.

Elle se mit soudain à crier :

— Non, non, non…

3

Sabine était assise dans son bureau, en pleine nuit, devant une tasse de café chaud. Rien ne l'avait préparée à trouver un jour sa mère ainsi assassinée : ni sa formation de policier ni ses fonctions actuelles. Malgré cela – ou peut-être à cause de cela –, elle se demanda si ses collègues trouveraient le meurtrier. Peut-être l'affaire ne serait-elle jamais élucidée.

Pour l'instant, elle s'occupait de choses sans importance, mais elle voulait se changer les idées. Ses pensées tournaient en rond, pareilles à un hamster dans sa roue. Apathique, elle songeait à l'ouverture du testament et aux préparatifs des obsèques. Où faudrait-il enterrer sa mère, à Cologne ou à Munich ? Sabine et sa sœur avaient grandi en Bavière, dans la ferme de leur grand-mère, et n'étaient parties pour Cologne qu'en raison du métier de leur père, restaurateur de vieux trains. Leur mère y avait travaillé comme institutrice, puis comme directrice d'école. Mais, au fond de son cœur, elle était restée une Bavaroise… Jusqu'à sa mort. Les larmes montèrent aux yeux de Sabine.

Monika, à la nouvelle de la mort de sa mère, allait s'effondrer. Comment apprendraient-elles à Kerstin, Connie et Fiona que leur mamie ne viendrait plus les voir ? Cela ne servait à rien de traîner plus longtemps. Elle composa le numéro de Monika. Elle constata à sa voix qu'elle ne s'était pas encore couchée. Sabine lui raconta ce qui s'était passé.

— Assassinée ? cria Monika, au bord de l'hystérie.

— Oui. Veux-tu que je passe ?

— Non..., répondit-elle en fondant en larmes. Tu as certainement des tas de choses à faire.

— Il faut surtout que je m'occupe de papa.

— Il est ici ?

Sabine raconta le reste de l'histoire, s'en voulant de jouer les porteuses de mauvaises nouvelles.

— Essaie de dormir, dit-elle avant de raccrocher.

Elle resta longtemps les yeux rivés sur le combiné. Son père était assis dans la salle d'attente, à l'autre bout du couloir. Après sa défaillance, Wallner l'avait ramenée au commissariat dans le véhicule de fonction et lui avait proposé un calmant qu'elle avait refusé. Entre-temps, un agent de patrouille avait conduit son père à la préfecture de police. Sabine savait que la nouvelle de la mort de son ancienne femme l'avait touché aussi douloureusement qu'elle-même. Mais, pour l'instant, cela lui importait peu. Elle n'arrivait toujours pas à comprendre qu'il eût gardé pour lui l'enlèvement pendant quarante-huit heures. *Tu aurais dû m'appeler !* Elle le laissait mijoter seul exprès, car elle ignorait comment elle réagirait en le voyant. En tout cas, elle brûlait d'envie de lui taper dessus... *Quarante-huit heures !*

Elle se leva et jeta un coup d'œil à l'horloge murale. 23 h 05. Les radios divulgueraient la nouvelle du meurtre dans la cathédrale tôt dans la matinée, et les journaux ne l'évoqueraient que dans leurs éditions du soir.

Une odeur de café frais flottait dans la salle d'attente, mais son père n'avait pas touché à sa tasse. La corbeille à papiers contenait quelques mouchoirs. Les yeux rougis, il avait pris place sur un banc en bois et regardait fixement le mur. Il tapotait l'accoudoir du bout des doigts. Apercevant Sabine, il bondit.

— C'est vrai ce que m'ont raconté tes collègues ?

Elle acquiesça.

— Oh, mon Dieu, Écureuil !

En pleurs, il serra sa fille contre lui. En un instant sa fureur et sa haine envers lui s'évanouirent.

— Je suis tellement navré, sanglotait-il. Tes collègues veulent m'interroger.

Elle le lâcha.

— Papa, ce n'est pas un interrogatoire… ce sont simplement des questions qu'ils veulent te poser.

— Qu'est-ce que je dois leur dire ?

Était-ce croyable ? Quelle question stupide ! Elle n'avait jamais vu son père dans un tel désarroi.

— La vérité, bien sûr, répondit-elle.

— La vérité ? Je sais trop comment ça se passe, grogna-t-il. Dès que j'aurai avoué que je suis au courant de l'enlèvement de ta mère depuis quarante-huit heures, sans avoir rien entrepris, ils me coinceront pour complicité de meurtre. Tout le monde sait qu'on s'est livré une guerre sans merci pendant deux ans et qu'on est restés brouillés depuis. Je ne me tirerai pas de cette affaire.

— Papa ! reprit-elle, saisie de panique. Tu dois dire la vérité. Ne passe rien sous silence, de toute façon ils le découvriront.

Elle s'arrêta brusquement, puis ajouta :

— Tu as un alibi pour la soirée d'hier, non ?

Il haussa les épaules.

— Je suis arrivé en fin de matinée à Munich dans l'espoir que le type m'appelle une nouvelle fois. Mais il ne s'est pas manifesté de toute la journée. Le soir seulement. Et la porte de l'appartement de ta mère avait été fracturée.

Sabine attrapa son père par le bras.

— Tu y es allé ? Tu n'as rien touché, j'espère ?

— Je… je ne sais pas, avoua-t-il avec un large geste de la main.

La porte s'ouvrit à cet instant, laissant passer Wallner.

— Monsieur Nemez ?

Le père de Sabine prit une profonde inspiration et se redressa, s'efforçant de garder bonne contenance.

— Nous allons prendre vos empreintes digitales – simple formalité, expliqua Wallner. Ensuite, nous aurons quelques questions à vous poser.

Sabine vit son père se figer, son regard se durcir.

Tandis que son père était interrogé, Sabine se rendit dans le bureau de son supérieur. Kolonowicz, géant aux larges épaules, moustache et cheveux jaunes, avait la quarantaine bien tassée. Ses rides et ses cernes le vieillissaient. Certains jours – aujourd'hui par exemple – sa corpulence et sa voix retentissante évoquaient pour elle le père des dieux, Zeus. Ses lunettes de lecture sur le nez, il examinait un paquet de photos. Son cigare fumait dans le cendrier. Simon était assis à côté de lui, au même bureau. Ils parlaient de l'affaire.

Sabine s'étant éclairci la voix, Kolonowicz se leva et alla à sa rencontre. Il prit ses mains dans ses grosses pattes.

— Bine, je suis désolé. Si tu le désires, un collègue va te ramener chez toi. Je te donne deux jours de congé exceptionnels.

— Merci, mais il faut que je m'occupe, sinon je vais disjoncter.

Son chef acquiesça.

— D'accord, mais c'est une nuit calme. Simon va d'abord aller jeter un œil dans l'appartement de ta mère, dit-il en lançant un bref regard à son collègue. Au fait, Bine, comment savais-tu que ta mère avait été enlevée ?

Question clé qui, pour l'instant, occupait tout un chacun. Elle espéra très fort que son père ne cachait rien ou n'essayait pas d'enjoliver les choses au cours de son interrogatoire.

— C'est mon père qui m'a mise au courant.

Kolonowicz ne souhaitait manifestement pas la tourmenter plus longtemps.

— OK, murmura-t-il. Nous ne tarderons pas à en savoir davantage.

— J'accompagne Simon jusqu'à l'appartement, dit-elle hâtivement.

— Non, il s'en chargera seul.

— Ça me changerait les idées, objecta-t-elle.

— Bine, j'ai dit non. Et maintenant, ouste !

Sabine, les bras croisés, attendait devant la voiture de Simon. Il n'était pas encore 1 heure du matin et il faisait cinq degrés.

Simon posa les mallettes près de l'auto et passa la main dans ses cheveux blonds et courts.

— J'étais sûr que tu rappliquerais.

— L'immeuble n'est jamais fermé, mais la porte de l'appartement de maman a une serrure de sécurité.

Elle savait par son père que la porte avait été fracturée. Elle fit néanmoins tinter le trousseau.

— Tu devrais réveiller le concierge, mais tu n'y arriveras pas à cette heure.

— Ma foi, monte. Mais pas un mot au patron.

Il n'avait rien à craindre de ce côté-là. Ce n'est pas elle qui allait le dénoncer !

Vingt minutes plus tard, ils étaient dans la Winzererstrasse, à Schwabing-West. Simon se gara devant l'immeuble de quatre étages en briques jaunes, aux stucs ouvragés. La lune brillait au travers des feuillages, la grille en fer forgé projetait de courtes ombres sur le trottoir. La poitrine de Sabine se serra quand Simon et elle, chargés l'un et l'autre d'une lourde mallette, poussèrent la barrière et se dirigèrent vers la porte d'entrée. Rien ne différait des lieux de crime habituels, mais elle avait néanmoins l'impression de venir rendre visite à sa mère. Tout était si familier : les poubelles dans la niche, le vélo rouillé sous l'avancée du toit, les plaques de l'interphone. Sabine poussa la porte d'en bas, qui s'ouvrit avec un déclic.

Simon la suivit dans l'escalier jusqu'à l'étage mansardé. Il y avait dans l'air une odeur rance d'huile de friture. Les bruits assourdis d'un téléviseur se faisaient entendre dans un appartement. Le lendemain matin, Simon interrogerait les résidents dont Sabine connaissait la plupart.

L'appartement de sa mère occupait seul le dernier étage. En raison de ses nombreuses parties mansardées, la plupart des armoires, des commodes et des étagères avaient été fabriquées sur mesure, payées par la pension alimentaire paternelle après le divorce. *Ne pense pas à tes parents ! Cette nuit aussi, le lieu du crime est un lieu comme un autre.*

— Tout va bien ? demanda Simon.

— Oui.

Sabine n'avait pas encore vraiment réalisé que sa mère n'était plus en vie. Ces sentiments se manifesteraient certainement plus tard, avec une force accumulée. Pour l'instant en tout cas, elle voulait foncer tête baissée dans l'enquête.

— Qu'est-ce que tu as relevé près de l'orgue ? demanda-t-elle à Simon qui montait l'escalier à côté d'elle, le souffle court.

— Aucune empreinte digitale sur le seau, le tuyau, l'entonnoir ou les liens. Je suis sûr que l'assassin n'en a pas laissé non plus sur l'orgue ou sur la porte fracturée.

— Peut-être sur le cadavre ?

— Bine, tu sais ce que coûte une vaporisation et qu'on n'a pratiquement jamais trouvé d'empreintes sur de la peau.

— Mais on pourrait essayer.

— Parles-en au médecin légiste. C'est le Dr Hirnschall qui est de nuit à la pathologie.

Oh merde ! Ce vieux radin ne procéderait jamais à une vaporisation, même si c'était sa propre mère qu'il devait autopsier. Il prenait toujours du retard dans son travail. Les collègues attendaient depuis une semaine les résultats de l'autopsie de trois travailleurs immigrés, des Tchèques, qui avaient brûlé sur l'autoroute dans une fourgonnette. Il ne restait qu'une chance à Sabine : parler au procureur. Mais les premières données de l'enquête parviendraient au parquet au plus tôt dans la matinée. En tout cas, peu importait qui serait chargé de l'affaire, elle ne le lâcherait pas d'une semelle.

— Sais-tu quel morceau l'orgue jouait ? Si c'était un professionnel ou un amateur ?

Simon la considéra avec curiosité.

— Tu veux réinterroger les témoins ? Bine, on va bien tomber sur quelque chose qui nous permettra d'avancer.

L'appel du ravisseur ? Sa voix déformée électroniquement, ses devinettes et un encrier qu'il a laissé à mon père en guise de cadeau et que celui-ci – quel idiot – a touché ?

Ils étaient à présent devant la porte.

— Le chambranle a été fracturé, constata Sabine.

La serrure était tordue. La trace laissée dans le bois par la pince-monseigneur était presque aussi large que celle du portail de la cathédrale. Un sac en papier plein de brochures était accroché à la poignée. Celui qui était entré par effraction avait donc pris la peine de refermer soigneusement la porte, pour éviter qu'elle se mette à battre ; en tout cas, le distributeur de publicités semblait ne s'être aperçu de rien. Son père, après sa visite, l'avait manifestement refermée de la même façon.

— Pourquoi ai-je l'impression que tu le savais déjà ? s'inquiéta Simon.

Il posa le mètre pliant à côté de la porte, photographia les traces d'effraction et releva les empreintes de la poignée. Puis ils enfilèrent des surchaussures et des gants en latex avant de franchir le seuil. Cela sentait le thé. Le radiateur de l'entrée émit un glouglou. Sabine alluma. Elle s'était attendue à trouver des vases renversés, des meubles déplacés, des placards ouverts et des vêtements jetés par terre. Mais rien de tout cela ! L'entrée était comme à l'ordinaire, les chaussures de sa mère sur la tablette, ses blazers neufs suspendus au portemanteau. Il ne manquait que son sac à main habituellement posé à côté du miroir. Pas de traces de lutte ! Seulement quelques salissures sur le mur blanc, comme si quelqu'un les avait tracées au fusain.

— Si ta mère a été enlevée ici, réfléchit Simon à haute voix, l'assassin l'attendait dans l'appartement.

Sabine était du même avis. Sinon, le bris de la porte l'aurait alarmée. *Mais pourquoi n'avait-elle pas remarqué que la porte était fracturée ?* Elle entra dans le salon. Là aussi, tout était en ordre. Il n'y avait qu'un message sur le répondeur du téléphone fixe. Sabine le fit passer et entendit sa voix décommander pour le cours de Pilates du vendredi. Soudain sa mauvaise conscience se réveilla. Ces foutues séries télé ! Si elle était venue chez sa mère, elle aurait peut-être pu empêcher le rapt. Elle serait au moins tombée plus rapidement sur les traces de l'effraction et la police aurait pu commencer plus tôt son enquête. Elle aurait sans doute appelé son père et appris l'existence de ce mystérieux interlocuteur et de l'encrier. *Si, si, si… quelle merde !*

La voix de Simon l'arracha à ses pensées.

— Tu fais du Pilates ? Je ne le savais pas.

Et tu étais fiancé ? Je ne le savais pas non plus !

N'importe comment, elle n'avait pas de chance avec les hommes. Son amour de jeunesse, Erik, travaillait à Wiesbaden, et Simon n'avait jamais sérieusement voulu d'elle.

— Oui, depuis trois mois.

Elle appuya sur la touche de rappel du numéro. L'écran afficha son numéro de portable. Au même instant, ce dernier se mit à vibrer dans la poche de sa veste. Elle raccrocha. Cela aurait vraiment été trop amateur de la part du ravisseur d'appeler de ce téléphone.

Elle entendit Simon ouvrir les placards et les tiroirs de la cuisine. À l'idée qu'il fouillait dans la vie intime de sa mère, son estomac se noua. Mais c'était son boulot, après tout, et Simon savait ce qu'il faisait. Au moins sur le plan professionnel.

— S'il a attendu ta mère ici, il a bien fallu qu'il tue le temps, lança-t-il de la cuisine.

Sabine examina la télé et le décodeur de la Sat[1] puis releva les empreintes de la télécommande. La dernière émission que sa mère avait regardée avait été sur ARTE, sa chaîne préférée. Elle aimait les films classiques et les rétrospectives de metteurs en scène français et italiens. Quand elle était directrice d'école, elle infligeait déjà à ses élèves la lecture de textes de Marie von Ebner-Eschenbach[2] et de mythes de l'Antiquité grecque. Totalement ringard. Mais elle était comme ça et pas autrement. Elle avait également eu la même attitude envers elle et Monika, avec pour unique résultat qu'aucune des deux sœurs ne lisait de livres. Tout au plus Sabine écoutait-elle, en conduisant, des livres audio de David Safier et de Tommy Jaud[3]. Pas précisément des chefs-d'œuvre de la littérature universelle, mais ils la distrayaient. Avec son travail, elle ne manquait pas de sensations fortes. Pour se changer les idées, elle avait besoin d'humour, ne voulant pas sombrer dans le désenchantement comme ses collègues Simon, Wallner et Kolonowicz.

De toute façon, elle ne resterait pas éternellement parmi ce tas de cyniques, car elle avait l'intention de se faire muter à l'Office fédéral de police criminelle, le fameux BKA, à Wiesbaden. Elle avait de bonnes chances, sachant que la proportion de femmes au sein du BKA était d'un tiers. À vrai dire, elle avait déjà envoyé trois lettres de candidature pour une formation de profileur criminel, toutes restées sans réponse.

— Je ne pense pas que le type a regardé la télé, cria Sabine en direction de la cuisine.

---

1. Chaîne de télévision privée.
2. Écrivaine autrichienne (1830-1916), auteure de romans d'éducation.
3. Romanciers contemporains.

Un regard sur le canapé lui confirma que les coussins étaient disposés de la manière dont sa mère, toujours pointilleuse, les arrangeait habituellement. À côté du téléviseur se trouvaient quelques livres audio que Sabine avait récemment prêtés à sa mère afin qu'elle écoute autre chose que des légendes antiques. Comme en transe, elle gardait les yeux fixés sur les étuis de CD. Hera Lind[1] et Ephraim Kishon[2]. Un sentiment étrange l'envahit à l'idée que sa mère n'écouterait jamais ces CD.

Dans le meuble sous la télé, sa mère conservait des montres, des bagues et des chaînettes dans un écrin. Sabine l'ouvrit. A priori, rien ne manquait. Plus loin, dans le fond, il y avait un paquet enveloppé dans du papier cadeau. Sabine le sortit. Un gros album ? Du papier bleu, un ruban jaune. Un bristol y était attaché. Sabine le mit sous la lumière. *Pour ma chère petite, beaucoup de bonheur, maman.* Cela lui fit un coup au cœur. Sa mère était quelqu'un de prévoyant. La carte était postdatée de deux semaines : jeudi 9 juin, le jour de l'anniversaire de Sabine. Un enterrement précéderait la fête.

— Ta mère buvait son café noir ?

Sabine remit le cadeau en place et ferma le meuble. *Buvait*, verbe au passé. Sentant que ses yeux se mouillaient, elle les leva vers le plafond.

— Non, du thé, généralement du Twinings… pourquoi ?

— Il y a ici une demi-tasse de café noir.

Sabine entra dans la cuisine. La petite lumière rouge de la cafetière que sa mère n'utilisait que lorsque Monika ou elle lui rendaient visite était allumée. Une tasse, avec

1. Écrivaine allemande, chanteuse et animatrice télé.
2. Écrivain, journaliste et metteur en scène israélien.

une cuillère, se trouvait sur le plan de travail, à côté d'un sucrier.

— Il s'est préparé du café et a été surpris par ta mère pendant qu'il le buvait, analysa Simon.

Il jeta le café et mit la tasse dans une pochette en plastique.

— Une recherche d'ADN nous fournira peut-être des indications.

Sabine s'imagina le type attendant sa mère. Bien que s'en défendant, elle vit les images en pensée. Il devait l'avoir entendue monter l'escalier et s'était précipité vers la porte. Elle avait certainement remarqué les traces d'effraction, mais le mec l'avait soit menacée d'une arme, puis tirée à l'intérieur, soit mise hors d'état de se défendre en l'anesthésiant ou en l'assommant.

— Bine, tu devrais jeter un coup d'œil là-dessus.

Le sac à main noir de sa mère était posé par terre, le dessous portait des traces blanches. *Les salissures du mur de l'entrée !* Sa mère, au cours d'une lutte, avait manifestement été repoussée contre le mur.

Le contenu du sac était étalé sur la commode. Du bout de sa lampe stylo, Simon farfouilla parmi les paquets de cigarettes, le briquet, le porte-monnaie, l'étui pour les papiers d'identité, le fard à paupières, le rouge à lèvres et un exemplaire fatigué du *Joueur d'échecs*, de Zweig, écorné à plusieurs pages.

— Il y a près de deux cents euros dans le porte-monnaie, déclara Simon. Notre assassin n'a pas besoin d'argent.

Il n'a pas non plus besoin de boucles d'oreilles ou de colliers de perles. Sabine ne put s'empêcher de penser à l'assurance-vie de sa mère et au fatras de formalités administratives qui l'attendait. *Bon Dieu, concentre-toi !* Simon mit de côté un paquet de chewing-gum. Sabine se sentit rougir à la vue d'un préservatif. Avaient-ils le droit de pénétrer ainsi dans la vie intime de sa mère ?

— Il manque quelque chose ? s'enquit Simon.

— Son portable et son carnet d'adresses.

Il s'en était servi pour contacter son père.

Elle comprit soudain pourquoi le meurtrier avait choisi son père. Elle sortit de la cuisine et se précipita dans la chambre. La fenêtre était entrouverte, le drap du lit avait été changé récemment. Le parfum de sa mère était néanmoins perceptible. Sur la commode, à côté du miroir de maquillage, se trouvaient les photos de Sabine, de Monika et de ses trois fillettes. Parce que Sabine avait insisté sur ce point, il y avait aussi une photo de son père – lors de leurs dernières vacances ensemble, sur la mer du Nord : il était bronzé, portait un chapeau de soleil et arborait un sourire rayonnant. Sabine, juchée sur ses larges épaules, un gobelet de glace à la main, lui avait emprunté sa casquette noire de conducteur de train. Elle lui tombait sur les yeux. Cela avait toujours été la photo favorite de Sabine.

Le tapis était couvert de débris de verre. Quelqu'un avait brisé le cadre pour en sortir la photo.

4

D'un bond, Helen Berger s'assit dans son lit, le cœur battant. Dehors, une traînée d'argent brillait à l'horizon. Où était ce foutu réveil ? Tâtonnant sur la table de nuit, sa main heurta un manuscrit non relié. La pile de feuilles glissa sur la moquette : un essai sur les troubles dissociatifs de la personnalité dont elle corrigeait les épreuves depuis deux semaines, le soir, à côté de Frank endormi. Le marque-page était sûrement tombé lui aussi… Le bruit n'avait pas réveillé Frank. C'était tout lui ! Il continuait à ronfler légèrement. Ayant enfin trouvé le réveil, elle appuya sur la touche de la lumière : 4 h 58. Il était tôt. Ce n'était donc pas le jeune livreur de journaux qui l'avait réveillée. Et puis Dusty n'aurait pas aboyé comme ça.

Helen sortit les jambes du lit et tendit l'oreille. Les grognements du chien se faisaient menaçants. En temps normal, il ne sortait pas la nuit par la « chatière ». Or il devait être dans le jardin, alerté par on ne sait quoi dans la rue ou les champs. C'est ce que crut comprendre Helen quand elle tendit l'oreille par la fenêtre entrouverte. Une chose était sûre, ce n'était pas la pleine lune !

Elle passa sa robe de chambre et sortit sans bruit de la chambre. Des nuages défilaient au-dessus du toit. Un bref instant, la lumière de la lune filtra par le vasistas, éclairant le couloir et l'escalier menant au rez-de-chaussée. Helen descendit sur la pointe des pieds. C'était un peu absurde. Pourquoi se déplacer furtivement dans sa propre maison ? Frank dormait comme un loir et Dusty était dehors, aboyant à en rendre l'âme.

Elle tira le rideau de la porte donnant sur la terrasse. Elle aperçut la silhouette du Jack Russell à côté de la boîte aux lettres. Il remuait nerveusement la queue tout en aboyant en direction de la rue déserte qui menait au centre de la localité.

Helen ouvrit la porte et sortit pieds nus. Ça sentait le purin. La veille au soir, les paysans avaient fumé les champs en face de la propriété. L'orge allait pousser cette année comme jamais – tant pis pour son allergie ! Debout sur les dalles froides de la terrasse, elle regarda autour d'elle. Rien. La lueur argentée de l'aube apparaissait au-dessus de la chaîne des montagnes, la pénombre reculait. Chaussant ses tennis qui traînaient sous la table de camping, elle traversa la pelouse et s'accroupit dans l'herbe à côté de Dusty.

— Du calme, mon petit, chuchota-t-elle en lui grattant doucement le poil.

Le Jack Russell, blanc avec des taches noires autour des yeux, se tut. Mais il avait toujours les oreilles rabattues et, quasi hypnotisé, il ne quittait pas des yeux la rue descendant au village, comme si un terrible danger était tapi dans l'ombre.

— Qu'est-ce que tu as vu ? murmura Helen. Un chat ? Une méchante martre ?

La propriété n'était pas enclose. Ce n'était pas nécessaire à Griesskirchen, dont son père avait été le maire. Elle avait hérité cette maison de ses parents. Ayant grandi ici, elle connaissait le moindre brin d'herbe, le moindre caillou.

Griesskirchen, à environ sept kilomètres de Vienne, était le lieu de travail idéal pour une psychothérapeute comme Helen. Elle ne voulait exercer nulle part ailleurs. Après la mort de ses parents, elle avait fait rénover la demeure et transformer l'annexe, une espèce de bungalow, en cabinet professionnel. Le caractère idyllique de l'endroit avait un effet apaisant sur ses patients habitués aux instituts grisâtres de la ville. Face à la maison s'étendaient de vastes champs d'orge, et souvent, comme en cette matinée, des senteurs campagnardes arrivaient jusque chez eux. Helen aimait cette odeur, contrairement à Frank. Procureur de son état, ce dernier avait toujours vécu à Vienne et c'est à contrecœur qu'il était venu, deux ans plus tôt, habiter ici. Compréhensif au début, il avait changé d'attitude au fil du temps.

Helen saisit le chien par la peau du cou et leva les yeux. Les maisons voisines étaient toutes plongées dans le noir. Le bourg dormait, silencieux et paisible, entouré de montagnes, de forêts et de champs. Entre-temps, Dusty s'était calmé et allongé par terre.

Helen se releva.

— Viens, on rentre !

Le chien ne bougea pas d'un poil.

— Tu auras une friandise.

Promesse toujours suivie d'effet ! Dusty, tel un chiot, bondit et lui sauta dans les jambes. Puis il s'immobilisa en entendant une mobylette pétarader. Moins d'une minute plus tard, le livreur de journaux freinait brutalement devant la boîte aux lettres. Dusty l'examinait sans émettre le moindre son.

Le jeune homme releva sa visière.

— Bonjour, docteur.

— Alex, il ne faut pas m'appeler comme ça. Appelle-moi donc Helen !

— Bien, madame Berger, sourit-il en lui tendant le journal.

Helen soupira. Même si elle avait étudié la psychologie, elle ne se souciait pas des titres. Personne, à Griesskirchen, ne l'appelait *madame* ou *docteur*. Il en allait autrement de Frank. Le très distingué procureur, de quatorze ans son aîné, ne se prenait pas pour n'importe qui, défaut qu'elle n'était pas encore parvenue à gommer. La psychologie avait ses limites, elle aussi.

Alex fouilla dans la poche de son blouson et lança à Dusty un biscuit que le chien attrapa au vol.

— Vous êtes superbe !

— Merci, Alex, mais ce n'est pas vrai.

Elle devait avoir l'air ridicule, si tôt le matin, avec ses tennis et sa robe de chambre qui lui couvrait à peine les jambes.

— Si, si. Les cheveux courts vous vont à merveille.

— Merci, bien observé !

Jadis Frank savait aussi flirter et se montrer charmant, mais il n'avait pas remarqué sa nouvelle coiffure. Or, ses cheveux noirs s'accordaient mieux ainsi à ses taches de rousseur et à son teint mat que lorsqu'ils étaient longs. Ils lui donnaient l'air plus sexy.

— *See you, darling !* ajouta Alex, avec un clin d'œil, tout en mettant les gaz.

Helen leva la main avec un sourire amusé.

— *See you.*

La vieille mobylette vira dans un bruit de crécelle. Son phare éclaira un instant un carton grand comme la main, posé dans l'herbe, sous la boîte aux lettres. Puis le jardin se replongea dans l'ombre. La mobylette laissa derrière elle un nuage de fumée suffocant.

Helen ramassa le carton. Il ne contenait qu'un morceau de feutre. Dusty devint nerveux quand sa maîtresse referma le couvercle. Le nom du destinataire était écrit à la main, en grosses lettres, directement sur le carton : *Madame le Dr Helen Berger*.

5

Peu après 5 heures du matin, Sabine Nemez et son collègue regagnèrent leur service. Pendant que Simon rédigeait le compte rendu de la fouille de l'appartement, Kolonowicz convoqua Sabine dans son bureau. Un cigare refroidi était posé dans le cendrier. La fenêtre était entrouverte et le store battait au vent. Une traînée lumineuse à l'horizon teintait les toits d'un orange tendre.

— Je t'ai vue descendre de la voiture de Simon. Qu'est-ce qui t'a pris ? fulmina-t-il.

Cinq minutes durant, il lui passa un savon. Elle ne cessait de regarder fixement par la fenêtre. Les dômes de la cathédrale n'évoquaient plus pour elle le monde religieux, mais la vision de sa mère morte, attachée à l'orgue, un tuyau de plastique dans la bouche.

— L'assassin a sans doute guetté le retour de ma mère dans l'appartement, interrompit-elle son chef. Où est mon père ?

D'un air résigné, Kolonowicz passa la main sur sa moustache couleur moutarde : il avait pris son parti de son obstination.

— Il est toujours là.

Elle consulta sa montre.

— Depuis sept heures ? Je vais l'emmener dans un hôtel.

Kolonowicz s'éclaircit la voix.

— Bine…

Elle se sentit très mal. Elle connaissait ce ton.

— Nous n'en avons pas encore fini avec lui. Assieds-toi.

Elle resta debout. Rien au monde n'aurait pu l'obliger à obéir, à s'asseoir.

— Nous savons maintenant qu'il était en conflit avec ta mère depuis plusieurs années. Or, il débarque subitement à Munich, rend visite à son ex-femme et, à ce qu'il prétend, trouve des traces d'effraction sur la porte de l'appartement. Peu après l'assassinat, il vient te voir pour te raconter qu'elle a été enlevée.

Sabine déglutit. Son chef avait raison. Cela ne semblait guère crédible.

— Il n'en a pas dit plus que ça ?

Kolonowicz fit signe que non.

— Plus nous cherchons à en savoir davantage sur lui et sur ses motivations, plus il s'empêtre dans des contradictions. Pourquoi est-il venu de Cologne ? Pourquoi est-il allé chez ta mère ? A-t-il un alibi pour ces dernières vingt-quatre heures ?

— Un alibi ? répéta Sabine comme en écho.

Elle savait ce que cela signifiait. Son père était dans le pétrin jusqu'au cou.

— Je veux lui parler.

— Impossible. Tu n'es pas en charge de l'affaire. En raison de tes liens familiaux avec la victime et un suspect provisoire, c'est le mieux.

— Je pourrais aider Wallner et Simon dans leur enquête.

— Dans les prochaines heures, je vais transmettre le dossier aux experts de la brigade criminelle, soupira-t-il.

— Pas tout de suite, quand même ! protesta-t-elle.

On ne faisait pas intervenir la PJ avant que le service de permanence eût terminé ses recherches, et il lui fallait encore pour cela une douzaine d'heures.

— Le plus tôt sera le mieux, insista Kolonowicz. Wallner est en train de rédiger le rapport pour le procureur.

C'était incroyable ! Sabine serra les poings. Tout de même ! Le service de permanence aurait pu continuer ses recherches plus longtemps qu'à l'ordinaire, justement *parce que* la famille d'une de ses membres était impliquée dans une affaire de meurtre. Elle connaissait ses collègues de la brigade criminelle. Ils n'y allaient généralement pas de main morte lors des interrogatoires.

À l'évidence, Kolonowicz n'était pas de cet avis. Il dut deviner ce qu'elle pensait, car il prit un air désolé.

— Je regrette, Bine. Un assassinat dans la cathédrale de Munich, c'est quand même autre chose qu'un assassinat dans un taudis. La presse a eu vent de l'affaire et en parlera dès ses éditions du matin.

Décidément, tout partait de travers. Elle voyait déjà les gros titres tape-à-l'œil.

— Il faut que je parle à mon père, insista-t-elle.

Au même instant, on frappa à la porte. Wallner passa la tête par l'entrebâillement.

— Alors ? s'enquit Kolonowicz, comme dans l'attente d'une information concrète.

Wallner garda le silence. Du coin de l'œil, Sabine le vit regarder furtivement par-dessus ses lunettes d'écaille et faire un bref signe de tête dans sa direction.

— Vas-y, parle !

— La technique a examiné les empreintes de l'appartement.

La bouche de Sabine devint toute sèche. Elle savait ce qui allait se passer – et elle n'y pouvait rien.

— Il est entré dans l'appartement, dit Wallner.

Kolonowicz se leva.

— Ça sent mauvais. Monte-le à la brigade. Moi, j'appelle le procureur.

Wallner emmena le père de Sabine aux collègues de la PJ munichoise. Ils étaient logés dans le même bâtiment, un étage plus haut. L'audition allait se transformer en interrogatoire, et Sabine était certaine que les spécialistes n'allaient pas tarder à découvrir que son père était au courant de l'enlèvement depuis un bon bout de temps.

Elle refusa à nouveau de prendre deux jours de congé exceptionnels comme le lui conseillait son supérieur et se retira dans son bureau, fixant tout à tour l'horloge, l'écran de son ordinateur et les deux clochers. Un paquet de bonbons gélifiés était posé, ouvert, à côté du clavier. En temps ordinaire, Sabine n'en aurait fait qu'une bouchée, mais elle avait l'estomac retourné.

Quand la lumière du soleil levant se refléta dans les bardeaux verts des dômes, Sabine arrosa les plantes grimpantes sur le rebord de la fenêtre. Les ombres reculaient lentement de toit en toit. Le temps se traînait lui aussi. Vingt minutes plus tôt, elle avait envoyé, de son adresse personnelle, un courriel à Erik Dorfer. Son ancien copain du lycée sportif de Cologne travaillait à la centrale du BKA, à Wiesbaden. À seize ans, ils sortaient ensemble. Elle se rappelait avec plaisir cette époque. Quand elle était revenue à Munich, ils avaient continué à se voir, mais Erik étant parti à l'armée après le bac, ils s'étaient perdus de vue. Récemment, elle l'avait retrouvé par hasard sur Facebook. En le revoyant en photo, elle avait ressenti dans son ventre les picotements de son adolescence. Une enquête les avait même amenés à collaborer une fois.

Une seule lettre de candidature avait permis à Erik d'obtenir ce à quoi Sabine avait jusqu'ici échoué. Pour être admise au BKA, elle ne disposait pas des relations nécessaires. Elle ne connaissait personne à Wiesbaden ; de plus, elle était une femme. Cela ne facilitait pas les choses. Le profilage de criminels était néanmoins devenu chez elle une telle passion qu'elle était déterminée à postuler tous les ans au BKA, jusqu'au jour où elle serait vieille et grisonnante – elle se l'était juré.

L'objet de son message était formulé de manière lapidaire : *besoin aide architecte*. Depuis, elle activait toutes les minutes son compte mail.

Peu avant 6 heures arriva la réponse de Wiesbaden.

Mot de passe : Er.Do.BKA
Identifiant : 82691
Code de requête : 761C-514/II
PS : ne surmène pas l'architecte !

Sabine sourit. Elle n'avait eu recours à « l'architecte » qu'à trois reprises, une fois avec succès, deux fois en vain. Repoussant sa tasse et la cafetière, elle ouvrit l'intranet de la police et sélectionna une icône d'apparence insignifiante. Le programme l'accueillit : *Bonjour, madame le commissaire Sabine Nemez*. À côté brillait un logo bleu, une pyramide. Au-dessous, on pouvait lire : consultation de toutes les bases de données européennes et de toutes les bases de « données système » nationales.

Il s'agissait de l'architecte. On l'appelait aussi Dédale.

Ce n'était pas un hasard si le programme portait le nom du constructeur du labyrinthe de l'Antiquité, car, comme son modèle grec, Dédale présidait à un gigantesque réseau d'informations. La consultation de toutes les bases de données connectées, en fonction de modèles ou de catégories déterminés, voire de bribes d'information, donnait accès à beaucoup plus d'informations qu'une demande conventionnelle. Dédale était un système flambant neuf qui facilitait grandement la tâche du BKA. Là était le hic ! Il n'était accessible qu'aux agents du BKA. Mais il suffisait de posséder le mot de passe, le numéro d'identification et le code de requête pour entrer dans le système. Compte tenu des milliers de requêtes quotidiennes, personne ne se souciait de savoir si le commissaire Sabine Nemez travaillait ou non dans le service permanent de la PJ munichoise.

La page d'accueil apparut. Sabine tapa l'identifiant et pénétra à l'intérieur du système. Et maintenant ? Son père n'était pas un assassin, c'était certain. Mais le nœud se resserrait d'heure en heure autour de son cou. Il n'avait pas d'alibi, avait menti d'emblée et, pour des personnes extérieures à la famille, possédait un mobile plausible. Et pire encore : on avait relevé ses empreintes digitales sur le lieu du rapt.

Sabine ne disposait que de deux indices concernant le véritable coupable : il avait posé devant la porte de son père une boîte contenant un encrier d'encre noire et l'avait appelé au téléphone en déformant sa voix par un procédé électronique. Deux phrases simples : *Monsieur Nemez, si vous découvrez en moins de quarante-huit heures pourquoi votre ex-épouse a été enlevée, elle restera en vie. Sinon, elle mourra.*

Interroger Dédale était le seul moyen de parvenir rapidement à un résultat disculpant son père. Elle devait chercher des parallèles avec d'autres enlèvements auxquels il ne pouvait pas être mêlé.

Lieu : Allemagne. Période : les trois dernières années. Délit : enlèvements se terminant par un meurtre dans les quarante-huit heures. Particularités : contact téléphonique, pas de rançon, devinette, cadeau du ravisseur indiquant sa manière de tuer.

Son doigt resta suspendu au-dessus de la touche d'entrée. Chaque fois qu'elle lançait une requête sur l'ordinateur central du BKA, un frisson lui parcourait le dos. Dédale n'avait pas été qu'un architecte légendaire, il avait aussi été le père d'Icare qui, s'approchant trop près du soleil, s'était brûlé les ailes et était tombé dans la mer.

Pourvu qu'elle ne se brûle pas les doigts ! Le « ne surmène pas l'architecte » n'était pas un conseil, mais un avertissement. Elle pouvait anéantir son espoir de travailler un jour au BKA. Et sa carrière dans la police munichoise. *Mais ce n'est que pour innocenter mon père… et trouver l'assassin de ma mère.*

D'un seul coup elle comprit qu'elle ne travaillerait qu'à ça dans les jours et les semaines à venir, c'était sûr et certain.

La porte de son bureau s'ouvrit soudain à la volée. Elle sursauta. Le courant d'air fit voltiger les Post-it collés sur son ordinateur.

Kolonowicz s'approcha de son bureau.

— Sur quoi tu bosses ?

Elle se dépêcha d'appuyer sur la touche d'entrée. *Requête en cours d'exécution !* D'un clic, elle dissimula le programme sur le bord inférieur de l'écran. La seconde d'après, Kolonowicz était déjà planté devant l'ordinateur.

— Je viens de regarder dans le système central des interventions s'il y avait du travail pour nous. Mais rien d'important.

Kolonowicz étala devant elle l'édition du matin du *Süddeutsche Zeitung*. MEURTRE DANS LA CATHÉDRALE en gros titre. Au-dessous, une photo nocturne de Notre-Dame. Une photo d'archives de toute évidence, car une lune pleine brillait entre les clochers.

— Je suis navré, dit-il. Quelqu'un a bavardé. Le sacristain a sans doute voulu gagner une poignée d'euros.

Le chauve malpropre aux serres enflées par la goutte ! Sabine eut envie de vomir.

— Je ne veux pas lire ça.

Kolonowicz reprit le journal.

— C'était seulement pour t'informer. Le nom de ta mère n'a pas encore été mentionné et il n'y a pour l'instant pas de photo d'elle. Rentre chez toi, soupira-t-il, ou va au moins chez ta sœur. Tu ne peux rien faire ici.

Sabine lorgna l'écran. Le symbole de la pyramide bleue scintillait dans la bande inférieure du bureau.

— Dans une heure, Monika emmènera les fillettes au jardin d'enfants. J'irai la voir avant son départ pour le travail.

— Comme tu voudras.

Kolonowicz jeta un œil sur l'horloge. Il était un peu plus de 6 heures.

— En ce moment, le procureur Fuhrmann prend connaissance du dossier provisoire.

— Je veux lui parler.

Kolonowicz sourit. Sabine connaissait bien cette expression : elle n'était plus qu'une enfant à ses yeux.

— C'est impossible, il est en train de parler de l'affaire avec le maire.

— À cette heure-ci ?

— Je te l'ai déjà dit, l'affaire est délicate. L'archevêque est lui aussi informé et il a convoqué le maire et le procureur. La réunion de crise va durer jusqu'à 8 heures. On en saura alors davantage.

Quel cirque ! Mais il fallait s'y attendre. Dans peu de temps, le pape dirait la messe dans la cathédrale. Le débat sur les renvois de l'Église, après le scandale des enfants violés par des ecclésiastiques, battait son plein. Surtout en Bavière. Vu les gros titres de la presse, on comprenait que les représentants de l'Église et de la politique soient aux abois.

Son père n'était donc plus qu'une marionnette prisonnière d'un sac d'intrigues : l'Église et les hommes politiques exigeaient une arrestation rapide.

Après avoir enregistré les informations sur un vol de voitures dans le centre-ville, elle passa un coup de fil à sa sœur. Elles se virent ensuite brièvement dans l'appartement de celle-ci. Sabine lui raconta ce qu'elle savait. Sa sœur n'avait certes pas fermé l'œil de la nuit, mais elle accueillit les détails de l'assassinat mieux que Sabine ne l'avait craint. Ensuite, Sabine alla à la cantine du commissariat. Elle ne réussit à avaler qu'un café fort. Elle était si énervée qu'elle arpentait le couloir comme un tigre en cage. De temps à autre, elle consultait à distance Dédale avec le code d'Erik, mais la question n'arrêtait pas de défiler sans que la barre dépasse les 99 %. Cette saloperie de truc avait dû planter.

Elle réactualisa l'affichage de son ordinateur. Son PC annonça alors un lapidaire : *Votre droit d'accès a été annulé*. Ensuite, elle ne parvint à entrer dans le programme ni avec le mot de passe d'Erik ni avec son identifiant. Ses mains devinrent moites et le sang lui monta à la tête. *Quelle foutue merde !*

Elle pressa la touche de numérotation abrégée pour le bureau d'Erik à Wiesbaden. Elle vit sur l'affichage que l'appel était transféré. Une voix féminine se fit entendre de la centrale. Sabine dit qu'elle voulait parler à l'aspirant commissaire Erik Dorfer. La femme se tut un instant. Puis il y eut un déclic sur la ligne.

— Désolée, susurra-t-elle. Il n'est plus en service aujourd'hui. De quoi s'agit-il ? Puis-je vous être utile ?

Plus en service ? À 8 heures du matin ?

— Merci, répondit Sabine et elle raccrocha.

La lampe rouge de l'affichage de son téléphone lui indiqua que Kolonowicz téléphonait sur le poste supplémentaire. Une conversation externe. La lumière s'éteignit une seconde plus tard. Avant qu'il ait eu le temps de poser le combiné, Sabine fit irruption dans son bureau. Il n'avait pas bonne mine. Il avait desserré son nœud de cravate, et ses cheveux trempés de sueur lui pendaient sur la figure. Il avait ses bras massifs appuyés sur le bureau et son menton posé sur ses mains. Il avait relevé ses manches de chemise.

— Du nouveau chez le procureur ? demanda-t-elle.

Il gonfla les joues.

— Tu aurais du mal à imaginer la pression qu'ils mettent en haut.

Sabine songea à la visite imminente du pape.

— Ils sont eux-mêmes sous pression.

— Pression, pression, c'est peu dire. Il y a maintenant cinq suspects. Ton père est l'un d'eux. On a en outre fait appel à la PJ de Cologne. Le juge vient d'autoriser la perquisition de l'appartement de ton père.

Les pensées de Sabine dansaient la sarabande. Ses collègues allaient trouver l'encrier avec les empreintes digitales de son père.

— Il faut que je parle aux collègues de la brigade criminelle de Munich, insista-t-elle.

Kolonowicz regonfla les joues. Puis il fixa Sabine.

— Ne me mens pas ! Je m'en apercevrai à tes yeux. Ton père cache-t-il quelque chose ?

Si elle pouvait faire confiance à quelqu'un, c'était à ses collègues. Ils formaient une bonne équipe. Elle acquiesça.

— Il ne manquait plus que ça ! s'exclama son chef en s'essuyant le visage. Ce n'est plus la PJ de Munich qui enquête. En raison des circonstances exceptionnelles, le procureur a contacté le LKA. Ils ont pris l'affaire en main.

Un voile noir tomba devant les yeux de Sabine. Elle connaissait les méthodes du LKA, l'Office de police criminelle du Land. À côté d'eux, même les policiers de la brigade criminelle pouvaient passer pour de doux rêveurs. Après la perquisition de l'appartement, ces types arracheraient des aveux à son père avant qu'il ait eu le temps de dire ouf !

6

Dusty s'était calmé et n'avait plus aboyé jusqu'au matin. Helen n'avait néanmoins pas réussi à se rendormir. Fatiguée, elle sortit sur la terrasse, un plateau à la main, et s'assit sur un siège de jardin. Les informations passaient justement à la radio. L'embouteillage habituel sur la tangente sud-est en direction de Vienne ! Quel bonheur de ne plus travailler en ville et de pouvoir enfin donner ses consultations à Griesskirchen ! Ses premiers patients – une mère et son fils – arriveraient à 10 heures.

Les pigeons, juchés sur la ligne à haute tension, roucoulaient à l'envi. Elle entendit sonner l'horloge du clocher du village, au-delà des champs. Une tondeuse à gazon pétaradait au loin, tandis qu'un tracteur passait bruyamment devant la maison. Une belle journée de printemps s'annonçait. Elle avait mis un corsage léger, un jean court aux bas de jambes effrangés, avec une large ceinture de cuir.

Posant son portable et ses lunettes de soleil sur la table de jardin, elle versa dans un gobelet en plastique le café de sa cafetière isotherme. Elle le préférait comme ça. Elle avait préparé le petit déjeuner pour son mari et elle : du jus d'orange, des œufs au plat, du lard, du muesli et du pain complet. Le lundi matin, Frank appréciait un petit déjeuner copieux, car il partait au bureau plus tard que les autres jours. Il apparut d'ailleurs peu après sur la terrasse.

— Bonjour, mon chou, dit-il en l'embrassant sur la joue. Il faut que je m'habitue à ta nouvelle coiffure. La couleur est pas mal, mais tu es coupée un peu plus court, non ?

C'était Frank tout craché ! La couleur, tu parles ! Ils étaient tout aussi noirs qu'avant. Et vingt centimètres de moins, c'était pour lui *un peu plus court* ! Il se payait certainement sa tête.

— Je plaisantais.

Elle sourit d'un air entendu.

— Je sais, espèce de dégueulasse.

Ses tempes poivre et sel brillaient au soleil. Il sentait l'après-rasage. *Océan* de Wilkinson. Les premiers signes de l'âge se manifestaient peu à peu chez lui. Pourtant, malgré ses cinquante ans, il portait sacrément beau. Aujourd'hui, comme tous les jours, il était tiré à quatre épingles : pantalon de lin, polo, veston et chaussures au design italien. Ses lunettes de soleil pendaient à son cou. Il arborait au poignet sa nouvelle Omega qui se remontait par les seuls mouvements du bras. Elle lui avait offert cette montre pendant le week-end, en avance sur sa grande fête d'anniversaire qui n'aurait lieu que dans trois jours.

Helen examina son polo d'un blanc éclatant. En temps ordinaire, il portait des chemises sur mesure, avec ses initiales brodées.

— Tu ne vas pas au tribunal aujourd'hui ?

— Si, mais je n'y fais qu'un saut. Je n'ai pas de rendez-vous important, juste de la paperasse sans intérêt.

Il but, debout, une gorgée de café. Puis il posa une chemise en carton sur la table.

— La liste des invités. Certains n'ont pas encore répondu s'ils venaient ou non. Je n'ai pas le temps de m'en occuper. Peux-tu le faire ?

— Moi aussi, j'ai un métier, protesta-t-elle. Et puis, c'est *ton* anniversaire !

— Allez ! Ce n'est pas avec tes deux ou trois patients !

Elle réprima un juron et ouvrit la chemise. Un stylo à bille y était coincé. Diable, ça allait prendre un sacré temps. Soixante invités. Un point d'interrogation écrit à la main derrière une quinzaine de noms. Helen ne connaissait les juges, les pathologistes ou les collègues de Frank que par leur nom.

— Tu aurais au moins pu inscrire leurs numéros de téléphone.

— Tu les trouveras sans difficulté dans l'annuaire.

Frank posa sa tasse, sortit de sa poche la clé de la voiture, se pencha sur elle et l'embrassa sur le front.

— Tu ne prends pas ton petit déjeuner avec moi ?

— Pas le temps. À plus tard. Je rentrerai dans l'après-midi, vers 17 heures.

Elle avait déjà remarqué son impatience ce matin. D'habitude, au lendemain du week-end, il était le calme personnifié. Aujourd'hui, quelque chose le préoccupait dont il ne voulait pas parler. Il était allé dans la salle de bains avec son portable, ce qu'il ne faisait habituellement jamais. Il attendait manifestement un coup de fil urgent. Cela n'avait certainement rien à voir avec son anniversaire, car jusqu'ici il ne s'était pas foulé avec ça.

— As-tu prévenu le photographe ? demanda-t-elle.

— Ah, merde !

C'était bien de lui !

— Il faut encore dresser le plan de table et voir si l'orchestre veut une tente pour installer son matériel, au cas où il pleuvrait.

— Il ne pleuvra pas.

— Quand le traiteur livrera-t-il ?

Il se dirigeait déjà vers l'auvent des voitures.

— Règle tout ça, ma chérie !

— Pas question ! cria-t-elle. Je ne suis pas ta gouvernante. Tu pourrais tout de même t'occuper de quelque chose !

— Qu'est-ce qui t'arrive ? Tu es indisposée ?

Il actionna sa télécommande et la voiture de sport rouge couina. La portière s'ouvrit et il se jeta sur le siège.

Helen laissa son regard glisser sur le pain, les œufs, le lard et le muesli.

Ne pas s'énerver…

Que conseillait-elle toujours à ses patients ? Compter jusqu'à dix, respirer à fond, laisser passer la première colère et n'ouvrir la bouche qu'ensuite. Elle commença à compter. Quand elle arriva à trois, il ne restait déjà plus sous l'auvent que sa petite Toyota bleue. Le gravier jaillit. Frank recula jusqu'à l'entrée avec sa Lamborghini, passa en trombe à côté de la boîte aux lettres et n'enclencha la marche avant que sur la route.

Sans lui faire signe, il accéléra. Il était parti !

— Quel con ! pesta-t-elle.

Après tout, c'était *sa* fête d'anniversaire qui tombait un mercredi justement et devait se dérouler dans leur propriété. Les invités devraient une nouvelle fois organiser leur emploi du temps en fonction de ses desiderata. Il lui avait promis de s'occuper de tout et de l'aider le jour de la fête. Elle était curieuse de voir ce qu'il en serait ! *Elle était en effet si bonne organisatrice et savait si bien s'y prendre avec les gens*. Lui, en revanche, manquait de tact et n'interrogeait que des criminels, tandis qu'elle *parlait* avec les gens. Bien que mariés depuis peu, ils se querellaient de plus en plus souvent. Frank, très attentif au début, se révélait en fait être un viveur prenant de moins en moins en considération les besoins d'Helen.

Frank est un vrai gentleman, il te complète parfaitement, prétendaient ses amies. Mais aucune d'elles ne savait qui il était réellement. Une de ses principales aptitudes était de tout savoir déléguer à la dernière seconde. *OK! Respire à fond! De toute façon, tu ne peux rien y changer*.

Elle poussa un long coup de sifflet.

— Dusty ! Petit déjeuner ! Il y a du lard et des œufs !

Normalement, le Jack Russell arrivait à fond de train dès qu'elle le sifflait. Mais pas trace de lui, cette fois. Elle tourna sa cuillère dans le muesli tout en jetant un œil sur la liste des invités. Qui devait-elle appeler ? Seisner, un avocat, le Dr Heinrich du tribunal, trois collègues femmes de Frank, deux professeurs de l'université, un ancien copain de classe et… Helen eut le souffle coupé.

Ben Kohler.

Il y avait une croix derrière son nom : il viendrait mercredi. C'était donc à une douche écossaise de sentiments qu'elle devait s'attendre lors de la fête. Comment l'aborder ? Et surtout, lui, quelle serait son attitude ? Ils ne s'étaient pas vus depuis trois ans, et beaucoup de non-dits persistaient entre eux. À l'époque, elle était profileuse pour la PJ. Mais tout était tombé soudain à l'eau, son emploi comme sa relation avec Ben. Oh mon Dieu, Ben ! Les larmes lui montèrent aux yeux quand elle pensa au fils de ce dernier.

Elle avait connu Ben quand il s'était fait muter du Wega, groupe spécial d'intervention de la police viennoise, à la PJ. Le choix le plus raisonnable pour un père élevant seul son enfant. À présent, il était certainement devenu inspecteur-chef de la brigade criminelle. Manifestement, il travaillait avec Frank. Ce dernier se souvenait-il qu'Helen sortait autrefois avec Ben ? À coup sûr ! Il n'oubliait jamais rien, et surtout pas ce genre de choses. Il savait certainement aussi que le fils de Ben était mort trois ans plus tôt : une des raisons de leur rupture. La disparition de Florian avait autant touché Helen que son père, sinon davantage. Elle adorait Florian. Peut-être parce qu'elle ne pouvait pas avoir d'enfant.

Son portable sonna. Elle sursauta. *Appel inconnu*. Perdue dans ses pensées, elle prit l'appareil.

— Oui ?

Elle entendit quelqu'un respirer lourdement.

— Allô ? demanda-t-elle. Frank, c'est toi ?

La respiration se fit plus légère.

— Frank ? répéta le correspondant d'une voix électroniquement contrefaite. Est-ce votre mari ?

Le cœur d'Helen se mit à battre plus fort. Elle ne répondit pas.

— Êtes-vous seule, madame le docteur ? Frank est-il parti ?

— Qui êtes-vous ? demanda-t-elle en s'efforçant de prendre un ton ferme.

— Si vous découvrez qui j'ai enlevé et pourquoi j'ai enlevé cette personne, elle restera en vie. Sinon, elle mourra. Il vous reste quarante-huit heures.

— Pardon ?

Elle devait avoir mal entendu.

À l'autre bout du fil, il n'y eut plus que le bruit d'une respiration. Helen laissa la menace agir sur elle une seconde ou deux. Elle ignorait encore s'il s'agissait d'une mauvaise plaisanterie ou si elle avait affaire à un fou.

— Pour prouver que je suis sérieux, poursuivit l'homme, je vous ai laissé un cadeau.

— Un cadeau ? reprit-elle. Son regard s'arrêta involontairement, au-delà de la table, sur le carton vide qu'elle avait trouvé ce matin à côté de la boîte aux lettres.

— Comment vous appelez-vous ?

— Cela n'a rien à voir dans l'histoire.

— Je sais néanmoins quelque chose à votre propos, affirma Helen.

— Par exemple, madame le docteur ? s'exclama l'homme en riant.

— Je connais votre écriture.

— Vous avez donc déjà trouvé la boîte.

Helen crut deviner qu'il souriait. À vrai dire, elle ignorait ce qu'il avait en vue avec son « cadeau », car le carton était vide.

— Que pensez-vous encore savoir de moi ?

Le ton était provocateur. Il cherchait à la tester. En toute autre situation, elle aurait raccroché, mais elle voulait savoir s'il était vrai, comme il le prétendait, qu'il avait enlevé quelqu'un. Elle prit une profonde inspiration et s'efforça de parler d'une voix calme.

— Votre écriture bave sur la droite. Vous êtes gaucher.

Il s'arrêta de rire.

Elle songea à une phrase que Ben aimait prononcer. *Plus un criminel laisse derrière lui de fausses pistes pour empêcher qu'on le découvre, plus il fournit d'indices*. En outre, du fait de ses études de psychologie, d'une longue pratique thérapeutique et de son activité de profileuse, elle analysait automatiquement tout comportement anormal. Et la première idée spontanée était généralement la meilleure.

— Comme il n'y a pas d'adresse sur le papier, je suppose que vous avez apporté en personne votre cadeau. Cette nuit sans doute, vers 5 heures. Mon chien vous a fait fuir, sinon vous l'auriez sans doute déposé devant la porte… au lieu de le pousser dans la boîte aux journaux.

Dusty l'en avait certainement extrait avec sa patte.

L'homme garda le silence.

— Vous contrefaites votre voix. Donc je la reconnaîtrais. De plus, vous dissimulez votre numéro de téléphone afin que je ne puisse communiquer aucune information à la police. Sans doute nous sommes-nous déjà rencontrés. Êtes-vous l'un de mes patients ?

Il gardait le silence.

Elle pria le Ciel qu'il s'agît d'un plaisantin qui n'allait pas tarder à jeter l'éponge. Elle se contrefichait d'un fou se promenant la nuit dans sa propriété, d'un harceleur ou d'un patient dérangé !

— Je…

Elle s'interrompit quand elle aperçut Dusty franchir d'un bond les petits thuyas émeraude qui séparaient la propriété des champs environnants.

Il fonça droit dans sa direction, puis se coucha sur le ventre, sous la table. L'entendant mâchouiller, elle jeta un œil et n'en crut pas ses yeux. Il avait quelque chose dans la gueule. En un éclair, elle pensa que le dingue avait peut-être voulu empoisonner son chien. Elle posa son portable, saisit Dusty par le collier et lui plongea la main dans la gueule.

Elle faillit vomir.

Elle tenait quelque chose de long, de doux et de chaud. Un doigt humain ! Il était tranché au ras de l'articulation entre le métacarpe et la phalange. Une coupure pas nette. La peau et les tissus étaient effilochés, comme si plusieurs tentatives avaient été nécessaires pour sectionner le doigt à l'aide d'un sécateur.

Épouvantée, Helen le jeta dans une assiette vide afin de le mettre hors de portée de Dusty. Elle s'essuya les mains à son jean et ferma les yeux. Elle avait toujours la nausée. Non, ce n'était pas possible ! Son cœur battait la chamade. Elle avait l'impression qu'un nœud énorme lui serrait la gorge. Elle vida son verre de jus d'orange d'un trait, mais le nœud était toujours là.

C'était un doigt de femme. Elle comprenait à présent pourquoi le carton était vide. Dusty, excité par l'odeur du sang, en avait sorti le doigt.

Soudain, le chien se mit à régurgiter. Mon Dieu ! Que se passait-il encore ? Il râlait et toussait. Sa cage thoracique tressautait. Au bruit, on aurait dit que son estomac se retournait.

— Dusty ! s'écria-t-elle en s'agenouillant à côté de lui et en lui massant le ventre.

L'instant d'après, il recracha. Une bague roula sur les dalles de la terrasse. En dépit du soleil printanier, Helen sentit la chair de poule sur son dos. Elle saisit le bijou couvert de bave. Un rubis lança un éclair mat dans la lumière.

Pitié, supplia-t-elle. Il devait s'agir d'une farce macabre. Frank fêtait le surlendemain ses cinquante ans avec une soixantaine invités. Certains avaient peut-être décidé de lui faire un canular. Mais pourquoi la choisir, elle, comme tête de Turc, et non Frank ? Et pourquoi aujourd'hui ? Ou bien Frank était-il dans le coup ? Non ! Jamais, durant leurs deux années de mariage, il ne s'était permis de plaisanterie à son égard. Et puis elle ne croyait pas qu'il eût si mauvais goût. Une seule conclusion s'imposa donc : elle était au téléphone avec un fou.

Dusty, ayant retrouvé son calme, se roulait voluptueusement sur le dos. Helen serra le poing, dans l'espoir que la contraction musculaire chasserait le stress et l'énervement qui grandissaient en elle. Mais en vain. Elle savait que le type voulait l'entraîner dans sa démence.

Elle reprit le portable, les doigts tremblants.

— Que… ?

— Pourquoi avez-vous quitté ? demanda-t-il.

— Parce que mon chien a vomi ! Vous voulez des détails ? rétorqua-t-elle, sa peur tournant à la colère.

— À partir de maintenant, vous allez faire ce que je vous dis ! Et n'imaginez pas une seconde que vous allez parler de mon coup de fil à votre mari ou à la police, sinon je ne me contenterai pas de sectionner les neuf doigts restants de cette personne : je lui couperai lentement les autres membres jusqu'à ce qu'elle se vide de son sang. Vous avez compris ?

Helen ne répondit pas.

— Je vous ai posé une question !

— Oui.

Son estomac protestait. Elle ravala l'acidité qui montait dans sa bouche.

— Comment va cette femme ?

— Cette femme ? Bien observé. Vous voulez dire, à part l'hémorragie ? Elle est courageuse.

— A-t-elle besoin de soins médicaux ?

— Je le présume, mais elle va bien.

— Je veux lui parler.

— Demain, quand elle aura repris connaissance.

Il n'était sans doute pas auprès d'elle en ce moment. Il devait la tenir prisonnière dans une cachette, attachée et bâillonnée.

— Pourquoi moi ? Pourquoi aujourd'hui ?

Parler d'un ton assuré n'avait plus aucune importance. Il savait qu'il avait brisé sa résistance.

— Pourquoi ? répondit-il en écho. C'est ce que vous devez découvrir, Helen. Il vous reste à peine quarante-huit heures.

Elle ne put s'empêcher de regarder la bague couverte de bave que Dusty poussait sur les dalles avec une patte. Quelque chose, au plus profond d'elle-même, lui disait qu'elle l'avait déjà vue quelque part.

— Une indication encore, car votre délai est à présent entamé : il s'agit de quelqu'un que vous connaissez. Mais elle vous connaît mieux que vous ne croyez la connaître.

La communication fut coupée.

7

Cinq mois plus tôt
Le premier entretien

Le Dr Rose Harmann regarda par la fenêtre de son cabinet. Les toits de Vienne étaient couverts de neige. Le silence régnait. Cette année, c'était Noël sous la neige, chose rare.

Elle alluma le dictaphone.

— Mardi, 28 décembre. Première séance avec Carl Boni. Il est peu avant 15 heures. Je l'attends d'un instant à l'autre. J'espère qu'il n'est pas ce que je crois.

Elle enleva l'appareil de la table. Depuis qu'elle se savait enceinte, elle sentait en permanence ce froid glacial dans les jambes, ces fourmillements. Son premier enfant, à quarante ans ! Sa mère aurait levé les bras au ciel, mais elle n'en saurait jamais rien. Leur dernier contact remontait à des lustres. Cette année, sa mère n'avait même pas daigné répondre à sa carte de Noël. Qu'elle aille au diable ! Rose avait d'autres problèmes.

La neige s'amoncelait sur les côtés du parking, devant son cabinet. Un des voisins de l'immeuble attenant avait déneigé avec une fraiseuse. Mais, sur le coup de midi, il avait de nouveau neigé un peu. On devinait les illuminations de Noël derrière les fenêtres d'en face.

Rose resserra sa veste. Carl était son dernier patient du jour. La consultation terminée, elle échangerait sa jupe et son élégant corsage en soie contre de chaudes pantoufles en feutre Winnie l'Ourson et son douillet pyjama de flanelle suspendu au radiateur de son appartement. Une tasse de lait chaud au miel avec quelques biscuits terminerait l'après-midi d'une manière parfaite. Personne ne l'avait encore vue dans cet accoutrement, et il devait en rester ainsi. Le spectacle d'une thérapeute à la mode, élégante et diserte, chaussée de pantoufles serait d'un ridicule achevé. Mais au fond d'elle-même, elle n'était pas différente des autres femmes, même si nombre de ses patients la jugeaient exceptionnelle.

Une fourgonnette blanche portant la marque d'un garage entra sur le parking en bringuebalant. Ses vitres étaient givrées à l'extérieur et embuées à l'intérieur. On avait, en raclant, ménagé un trou par lequel Rose put voir le conducteur. Il se gara tout contre une benne à vieux papiers surmontée d'un monticule de neige. Un homme jeune et grand sortit du véhicule.

À sa vue, Rose frissonna. Il n'avait sur lui qu'un jean, une chemise et un veston. Le vent plaquait ses vêtements sur son corps et le décoiffait. Sans fermer à clé, il regarda autour de lui et se dirigea vers l'entrée de son cabinet. À ce que savait Rose, il avait été accusé de détention de cocaïne, de harcèlement et de comportement agressif envers les femmes. Une paille ! Deux femmes qu'il avait frappées avaient dû être hospitalisées. Il avait écopé de trois années d'emprisonnement avec sursis. En réalité, la juge lui avait imposé une thérapie en lieu et place d'une peine ferme. Petra Lugretti, la juge en question, était l'une de ses meilleures amies. Rose aurait préféré se ménager à cause de sa grossesse. De plus, travailler avec des gens qui ne suivaient pas une psychothérapie de leur propre initiative était assez problématique. Mais Petra Lugretti l'avait convaincue de procéder à une expertise psychologique.

On sonna. Rose ouvrit. Le seuil de la porte était abrité par deux saillies du bâtiment. Le vent souffla néanmoins de la neige sur le paillasson. L'homme regardait la plaque comme pour l'apprendre par cœur :

LOGOTHÉRAPIE ET ANALYSE EXISTENTIELLE
MÉTHODE VIKTOR E. FRANKL
CABINET DE PSYCHOTHÉRAPIE
DOCTEUR ROSE HARMANN
MÉDECIN AGRÉÉ
BACHALLEE 17

Au-dessous figuraient son numéro de téléphone et l'adresse de son site Internet.

— Vous habitez ici ? demanda le jeune homme sans lever les yeux. La maison n'a qu'un étage, mais, ajouta-t-il en jetant un œil furtif à l'intérieur, c'est confortable.

Un accent est-allemand se mêlait à son dialecte viennois. On aurait dit qu'il n'arrivait pas à décider s'il devait parler un allemand correct ou le viennois. Petra avait évoqué ce point lors de son appel.

— Ici, je n'ai que mon cabinet. Vous n'entrez pas ?

Il leva la tête et le vent ébouriffa ses cheveux blonds, presque filasses. C'est à peine si on distinguait ses sourcils tellement ils étaient clairs. Le bleu de ses yeux en paraissait d'autant plus intense. Et ces cils incroyablement longs…

Il entra sans un mot, accrocha son veston au portemanteau et passa la main dans ses cheveux mouillés. Sa taille ne l'empêchait pas de paraître agile. Curieux, il semblait vouloir tout appréhender d'un seul regard.

Les portes fermées mettant certains patients mal à l'aise, Rose laissait toujours entrebâillée la porte de droite menant à son bureau. Les patients pouvaient ainsi entrevoir sa table de travail. La porte de gauche donnait sur la salle de consultation. Un parfum de Noël flottait dans l'air. Rose passa devant, mais Carl Boni ne la suivit pas. Il restait, hésitant, sur le seuil.

— Vous pouvez garder vos chaussures.

Il sourit d'un air gêné, comme s'il avait deviné ses pensées. Puis il entra.

La pièce aux deux larges fenêtres en saillie était lumineuse. Des plantes en pot étaient posées sur les radiateurs, répandant une odeur de mandarines et d'aiguilles de sapin.

— Asseyez-vous où vous voulez, dit Rose.

Son sous-main était posé sur la table de verre, du côté de son siège. En face, il y avait un confortable canapé d'angle. Lors de leur premier rendez-vous, tous ses patients s'y asseyaient automatiquement, car la place occupée par le sous-main indiquait de manière subtile qu'il convenait de faire face à Rose. Carl n'échappa pas à la règle. De là, ils avaient une superbe vue sur les arbres noueux et les bosquets, enneigés aujourd'hui, d'un parc. Ils avaient également sous les yeux un petit radio-réveil qui leur permettait de savoir combien de temps durerait encore la séance. Il y avait un paquet de mouchoirs sur la table. À tout hasard. Juste à côté du dictaphone.

Rose s'assit à sa place et remplit deux verres d'eau. Puis elle croisa les jambes.

Carl était installé confortablement sur le canapé. Il examinait toujours la pièce. Ses yeux s'arrêtèrent sur une étagère qui, à l'exception de quelques romans des années soixante-dix, ne contenait que des ouvrages spécialisés.

Rose repoussa derrière son oreille une mèche de ses cheveux châtains qui lui tombaient sans cesse sur la figure.

— Ça vous dérange si j'enregistre notre conversation ?

Il la fixa comme s'il étudiait le vert foncé de ses yeux.

— Pourquoi enregistrez-vous ?

— J'estime nécessaire de conserver une trace des entretiens. Plus tard, quand j'écoute les bandes, il me vient parfois des idées qui peuvent être utiles.

Il eut l'air sceptique.

— Qui d'autre écoute les bandes ?

— Personne, pas même le tribunal. Je suis astreinte au devoir de confidentialité. En tant que patient, vous êtes anonyme.

Il réfléchit.

Elle n'allait pas d'entrée de jeu lui révéler son véritable motif : le cas était un défi intéressant, et elle voulait conserver de quoi, le cas échéant, rédiger un article.

— En aurai-je des copies ?

— Si vous le souhaitez, oui.

— Ce n'est pas nécessaire. Je n'ai rien contre.

— Parfait.

Rose mit en marche l'appareil et s'adossa sur son siège. La cassette durerait cinquante minutes.

— Comment vous sentiez-vous en venant ici ?

Il ne réfléchit pas longtemps.

— Bien, dit-il en souriant. J'étais heureux de ce rendez-vous.

— Vraiment ?

Elle savait qu'il mentait. Il ne souriait que des lèvres, pas des yeux. Un signe infaillible fourni par les muscles du visage. Si le pourtour des yeux ne manifeste pas une certaine émotion, c'est que l'amabilité n'est que jouée. Un brin de causette ne ferait pas de mal.

— Comment avez-vous passé Noël ?

— Seul… J'aime être seul, se hâta-t-il d'ajouter.

— Vous vous sentez bien en ce moment ?

— Bien sûr, sourit-il un instant comme s'il voulait flirter.

Rose ne le suivit pas sur ce terrain.

— À quoi le remarqueriez-vous si ce n'était pas le cas ?

Il leva un instant les yeux au plafond.

— Je me mets à me ronger les ongles.

Rose évita de regarder ses mains. Elle avait déjà vu ses ongles rongés. Il y avait même du sang séché au bord de l'ongle du pouce, là où manquait un bout de peau. Il se l'était manifestement rongé durant le trajet.

Certains patients essayaient de cacher leurs ongles en serrant les poings dès que Rose les interrogeait à ce sujet. Ils étaient gênés. Carl, non ! Il garda la main négligemment posée sur le canapé.

— Dans quelles situations le faites-vous ?

— Quand je réfléchis, que j'hésite et n'arrive pas à me décider… généralement.

Une réponse sincère.

— Bien, dit Rose en prenant le sous-main. Cet entretien initial est gratuit pour vous, n'est pas pris en charge par le tribunal et durera environ cinquante minutes. Si vous êtes d'accord, j'aimerais commencer par quelques questions d'ordre général.

Il acquiesça.

— Vous avez un accent d'Allemagne de l'Est. Venez-vous de Saxe ou du Brandebourg ?

— Je suis né à Vienne. Ma mère est d'ici, mon père était de Dresde. Il s'est enfui de RDA en 1981, en profitant d'une tournée. Il était pianiste. Nous avons souvent déménagé, et c'est ainsi que nous avons vécu à Vienne, Cologne, à Leipzig après la chute du Mur, et ensuite de nouveau à Dresde.

— Intéressant.

Rose avait déjà eu quelques patients dont les parents étaient musiciens, mais jamais encore un fils de pianiste.

— Et maintenant, vous vivez de nouveau à Vienne.

— Après la mort de mon père, nous sommes revenus… mais ma mère a son propre appartement, s'empressa-t-il d'ajouter.

Le quart d'heure suivant, il répondit avec patience, mais brièvement, à toutes ses questions. Elle nota les réponses dans son dossier. Carl travaillait de 6 heures du matin à 14 heures comme mécanicien dans un certain garage Ruben, dans la banlieue nord de Vienne, une « boîte une peu louche », selon sa propre expression. Le vieux Ruben trafiquait aussi des voitures d'occasion et arrivait à arnaquer même des clients qui en avaient pourtant vu d'autres.

Carl, fils unique, n'avait pas eu une enfance heureuse et vivait seul à Vienne. Il s'était brouillé avec sa mère ; le père, personnage central de son existence, qu'il avait idolâtré, était mort d'une crise cardiaque. Carl était né un 6 novembre, tout comme Rose. Scorpion lui aussi. Mais il n'avait que vingt-trois ans. Il aurait pu être son fils. Involontairement, elle songea que le venin de certains scorpions était mortel pour l'homme. D'instinct, elle posa une main sur son ventre. Sa grossesse, de quatre semaines seulement, n'était pas visible. Était-ce un garçon ? Comment le père allait-il réagir ? En tout cas, elle devait lui en parler bientôt. *Et maintenant, concentre-toi sur ton patient !*

Elle observait Carl tout en l'écoutant. Ses yeux calculateurs, son assurance et son sourire malicieux faisaient de lui un être plein de charisme, facilement charmeur. Chez des êtres de cette nature, il était malaisé de briser la carapace, d'arriver au cœur des problèmes.

— En trois mots, comment caractériseriez-vous vos rapports avec vos parents ?

Il réfléchit.

— J'ai aimé mon père. C'était un homme intelligent, mais il était sévère, autoritaire et… irascible.

C'était intéressant qu'il ait aussitôt établi un rapport entre la question et son père. Mais, là encore, c'était l'homme qu'il décrivait, pas sa relation avec lui. Elle nota aussi l'ambivalence de ses sentiments. Il aimait un père sévère et irascible – mais il n'y avait rien d'exceptionnel à cela.

— Et votre mère ?

Il haussa les épaules.

— C'est une femme simple, elle travaille à droite et à gauche comme aide-soignante, mais elle n'a pas la prestance de mon père.

Après quelques questions sur d'autres membres de sa famille, sur ses études et ses goûts, ce fut la fin provisoire de l'anamnèse. Rose referma le dossier.

— Vous avez des questions ?

Carl avança au bord du canapé.

— Quelle formation avez-vous reçue ?

Elle eut une moue amusée.

— Pourquoi souriez-vous ? demanda-t-il, irrité.

— Parce que la plupart de mes patients tournent autour du pot un bon moment, tandis que vous posez d'emblée la question. Ça me plaît.

Son regard s'assombrit.

— Qu'est-ce qui vous plaît ?

— Eh bien, vous me faites l'effet de quelqu'un qui va droit au but, ne s'éparpille pas dans les détails et ne veut gaspiller ni son temps ni ses sentiments.

Elle enregistra qu'il acquiesçait presque imperceptiblement.

— Je suppose que vous ne voulez rien ignorer de tout ce qui vous concerne. Vous assurer de tout et connaître tous les dessous. Excellente base pour un entretien ouvert. Une psychothérapie est avant tout une affaire de relation… et de confiance.

Cette fois, l'acquiescement fut net. Elle sortit de son sous-main une brochure qu'elle lui tendit.

— Vous trouverez là un bref CV.

Il jeta un œil à l'intérieur.

— J'ai fait des études de médecine et suivi parallèlement un stage de formation continue en psychothérapie à l'université de Vienne. Un stage de deux ans. Puis j'ai effectué quatre ans de spécialisation.

— Cela remonte à quand ?

— Douze ans.

Elle le vit se mettre à calculer.

— J'ai quarante ans, dit-elle, devançant sa question.

Il examina, sans se cacher, ses jambes minces.

— Je me suis spécialisée en logothérapie, la discipline fondée par Viktor E. Frankl.

— J'ai vu ça dehors.

— Cela n'a rien à voir avec la logopédie, s'empressa-t-elle d'ajouter. Beaucoup de patients confondent les deux. C'est une thérapie basée sur la recherche de sens et l'analyse de votre situation.

Des plis apparurent sur le front de l'homme. Elle sourit.

— Il ne s'agit ni de votre situation financière ni de votre compte en banque, mais de la recherche du sens de votre existence ; il s'agit de découvrir comment se réconcilier avec soi-même et avec ses sentiments.

Elle sentit qu'une question lui brûlait la langue.

— Oui ?

— Vous ne recourez pas à la psychanalyse… Freud et tout ça ?

La psychanalyse ? Elle savait par Petra Lugretti que Carl avait déjà consulté trois psychothérapeutes. Tous avaient interrompu leur thérapie au bout de quatre heures et renoncé à son cas après un entretien avec leur supérieur. Rose ignorait leurs raisons, mais, à en juger d'après la réaction de son patient, il s'était agi d'analystes « ringards », comme elle aimait à les appeler.

— Non, je ne travaille pas selon les méthodes psychanalytiques, répondit-elle. Cela demande trop de temps, à mon avis. Je ne procède pas ainsi. Je recours essentiellement à l'entretien direct. Si vous décidez de faire cette thérapie avec moi, nous parlerons beaucoup de vos sentiments, peut-être travaillerons-nous avec le paperboard, ou bien par la rédaction de lettres à votre mère, à votre père et d'autres personnes, mais que nous n'expédierons pas.

Elle observa un temps de silence. Carl avait tout enregistré avec intérêt, du moins à ce qu'il semblait.

— Mais le travail essentiel, poursuivit-elle, n'a pas lieu dans cette pièce, au cours de nos séances, mais dehors… à votre travail, chez vous, dans vos rapports avec d'autres personnes.

— Bien sûr, murmura-t-il comme s'il avait déjà entendu ce discours des centaines de fois. Est-ce que vous avez une petite idée de la manière dont fonctionnent les autres méthodes ?

Rose sourit à nouveau. Ses questions directes étaient rafraîchissantes.

— En Autriche, vingt-deux méthodes sont « reconnues » – ou, pour dire les choses autrement, l'assurance maladie rembourse en partie les séances. Oui, je connais la plupart d'entre elles.

Il fronça les sourcils.

— En fait, les psychothérapeutes doivent suivre chaque année une formation permanente. Parfois j'intègre des exercices empruntés aux thérapies systémiques. Nous pourrons par exemple analyser vos relations avec des amis, des collègues et des membres de votre famille à l'aide de tableaux ou les reconstituer en utilisant un « damier relationnel ».

— Comment savez-vous que ça marche ?

Quel foutu plaisantin !

— Au cours de cette formation permanente, nous devons nous soumettre, comme patients, à des séances. Minimum : deux cents cinquante heures d'auto-expérimentation.

Il gonfla les joues et souffla. De toute évidence, aucun des psychanalystes ne lui avait parlé de ça. Mais Rose n'avait pas de réticence pour évoquer ce genre de question. N'avait-elle pas, pour sa part, effectué trois cents seize heures de ce travail personnel ?

— Avez-vous d'autres questions ? Sinon, j'aimerais aborder le côté organisationnel de nos séances.

Il se laissa aller contre le dossier.

— Contrairement aux médecins, les psychothérapeutes sont soumis par la loi à un strict devoir de confidentialité. Les médecins peuvent échanger entre eux des avis sur leurs patients. Nos règles sont plus sévères. Nous ne pouvons parler du contenu de nos thérapies avec des médecins, les autorités ou des membres de la famille que si le patient y consent. Bien sûr, si votre vie est en danger ou celle d'un tiers, mon devoir de confidentialité est levé.

Carl acquiesça.

— Si vous venez à une séance en état d'ivresse ou sous l'empire d'une drogue, je dois l'annuler.

Avec cela aussi, il était d'accord.

— Je conseille de commencer par une séance hebdomadaire. À la quatrième séance, vous emporterez ce formulaire. Il atteste que vous avez été soumis à un examen médical prenant en compte que vous suivez un traitement psychothérapeutique. Il vous faudra le faire signer par votre médecin traitant. Nous le présenterons au tribunal en même temps qu'un rapport de situation et qu'un diagnostic provisoire, afin de demander la prise en charge totale des séances suivantes.

Telle était la procédure obligatoire quand le mandant était un tribunal.

Carl ne prit pas le formulaire.

— Pourquoi avons-nous besoin de ce papier, puisque je dois de toute façon suivre une thérapie ?

— Je veux simplement m'assurer de votre bonne santé physique.

— Est-ce qu'un test d'urine est aussi prévu ?

— Vous prenez des drogues actuellement ?

— Non.

— Alors vous n'avez rien à craindre.

Il plia le formulaire sans le lire et le fourra dans la poche de sa chemise. Il se laissa de nouveau glisser jusqu'au bord du canapé, cette fois plus près d'elle encore. Il sentait le cambouis. Il était sans doute venu directement du garage. D'un geste instinctif, il retroussa ses manches. Un instant, Rose aperçut, à l'intérieur de ses avant-bras, d'affreuses cicatrices de brûlures.

— J'ai entendu dire que les médecins et les thérapeutes facturent une séance quand elle n'a pas été décommandée vingt-quatre heures à l'avance.

— C'est exact.

Rien d'étonnant à ce que Carl fût aussi bien informé. Après quatre séances chez chacun de ses trois derniers thérapeutes, il disposait d'une large palette d'expériences. D'un autre côté, cela devait lui être égal, puisque c'était le tribunal qui prenait tout en charge.

— Mais si j'ai un accident en venant chez vous, dit-il en hésitant, ou bien si j'apprends que ma mère est hospitalisée et que je dois lui rendre visite…

Carl ne termina pas sa phrase. Il voulait la tester, comme précédemment, quand il s'était renseigné sur sa formation de thérapeute.

— J'espère d'abord que rien n'arrivera ni à vous ni à votre mère, répondit Rose. Mais dans ce cas je ne facture rien, bien sûr, et nous reportons la séance à une autre date.

Il la regarda, l'air étonné.

— Je suis déjà allé chez un autre thérapeute.

Chez un seul?

— Je sais.

— Il m'a dit que la thérapie était une sorte de contrat et que, par ma question, j'essayais d'en miner les conditions générales.

Ciel ! À qui le tribunal l'avait-il envoyé ? Peut-être ce collègue était-il depuis si longtemps en exercice qu'il ne considérait plus ses clients comme des êtres humains.

— Je peux vous tranquilliser. Ce ne sera pas le cas avec moi. Bien sûr, si vous me téléphonez pour repousser un rendez-vous sous prétexte que vous êtes empêché et que j'entende en arrière-plan les bruits d'une piscine couverte, je passerai l'éponge une fois, mais, la seconde fois, je vous facturerai la séance et informerai le tribunal.

Carl grimaça.

— Vous avez tout de même des obligations à remplir. Si vous ne vous y conformez pas, je le considérerai comme une interruption de thérapie et devrai en avertir le tribunal… mais à la deuxième fois seulement. C'est fair-play, non ?

— D'accord.

Il prit le verre d'eau et but une gorgée. À cet instant, ses épaules se relâchèrent. Cette question avait peut-être été un test tout à fait personnel sur le point crucial : ferait-il confiance ou non à cette thérapeute ? Il était manifestement important pour lui de savoir si lui et ses problèmes signifiaient davantage, aux yeux de cette femme, que quatre-vingt-dix euros.

— Un autre point est essentiel, reprit-elle. Si vous êtes en retard, la séance ne sera pas rallongée d'autant.

Il avança une seconde le menton d'un air provocant.

— Et pourquoi ?

— Parce que le patient suivant attend.

Il ne parut pas satisfait de la réponse.

— Considérons les choses du point de vue opposé, proposa Rose. Si celui qui vous précède est en retard, vous avez l'assurance que *nous*, nous commencerons à l'heure et que c'est *lui* qui aura perdu un moment de sa séance.

— Ça tombe sous le sens.

Pour la première fois, un sourire amical se dessina sur son visage. Peut-être était-ce seulement feint ? Elle décida néanmoins de croire à sa sincérité. Elle voulait aussi lui donner le sentiment d'être traité comme un patient volontaire.

Ils fixèrent la date du prochain rendez-vous. L'entretien initial était terminé. Tandis que Carl vidait son verre, Rose se pencha pour débrancher le dictaphone. Au même instant, elle se demanda ce qui avait pu décider son collègue à interrompre la thérapie et combien de temps il lui faudrait pour découvrir pourquoi.

8

10 heures du matin. Sabine Nemez était sur le pont depuis quatorze heures. Wallner avait rapporté de la boulangerie des petits pains à la cannelle. Elle n'en avait mangé qu'un et encore lui était-il resté sur l'estomac. Comme le café de sa Thermos qui avait refroidi entre-temps. Elle était démoralisée de rester là à tuer le temps pendant que son père subissait un interrogatoire à la direction de la PJ bavaroise. Près de mille cinq cents collègues travaillaient au LKA de Munich et de Nuremberg. La centrale de la Maillingerstrasse n'était pas loin de son bureau, mais s'y rendre serait une perte de temps. Elle ne franchirait même pas le barrage du portier.

— Y a-t-il une chance que je participe à l'enquête ?

Kolonowicz leva les yeux d'un air las. Ses sourcils broussailleux se rapprochèrent encore.

— Avec le LKA ? Tu plaisantes ?

Sabine se tenait, tête basse, dans le bureau de son chef dont le regard disait qu'elle n'était qu'un petit rouage du service : tu as tout juste vingt-six ans et tu voudrais apporter ton aide à ces messieurs les grands flics ?

— Il n'y a pas de dossier électronique sur l'affaire, dit-elle.

— Je sais.

Le téléphone de Kolonowicz sonna, mais il transféra l'appel sur un autre poste.

En temps normal, chaque procédure figurait, avec tous les éléments du dossier, dans le système informatique de la police, consultable par n'importe quel agent. Bien entendu, seul le responsable de l'enquête pouvait y apporter des modifications. Ce n'était pas le cas dans cette affaire.

Kolonowicz croisa ses grosses mains.

— Le meurtre de ta mère a été classé « top secret ». Ils ont retiré du système informatique l'état de la procédure en cours ; il figure sur un réseau déconnecté du système général.

— Pourquoi ? Je…

— Sabine ! la reprit Dieu le père en la gratifiant d'un regard sévère. Les enquêteurs interrogent certes cinq autres suspects, mais les collègues de Cologne ont perquisitionné l'appartement de ton père ce matin. Ils ont trouvé un encrier avec ses empreintes. C'est la dernière info que j'aie reçue. Le liquide qu'il contient pourrait bien être identique à celui retrouvé sur le lieu du crime.

Mais bien sûr qu'il l'est !

Son père avait besoin d'un avocat le plus vite possible. Elle aurait pu appeler « SOS avocats », mais qui sait quand ils auraient envoyé quelqu'un. Il ne lui vint à l'esprit que Gabriel, l'ex-mari de sa sœur. Ce foutu bâtard avait certes trois mois de retard dans le paiement de la pension alimentaire de Kerstin, Connie et Fiona – ce pour quoi elle lui aurait volontiers tordu le cou –, mais il n'était pas mauvais du tout comme pénaliste.

— Autre chose, murmura Kolonowicz. Un collègue du BKA arrive de Wiesbaden.

— À cause de l'assassinat de ma mère ?

— Je l'ignore. Il arrive par le prochain vol de la Lufthansa en provenance de Francfort. Simon est parti le chercher à l'aéroport.

— Il n'a pas loué de voiture ?

— J'ai déjà eu le plaisir de collaborer avec lui deux fois. À ma connaissance, il n'a pas le permis. En tout cas, on avait dû le promener dans tout Munich.

Kolonowicz se passa la main sur le visage pour se réveiller.

— Ils sont comme ça, les bureaucrates du BKA. Culs de plomb et crâneurs.

Sabine sursauta. Jamais encore son chef n'avait parlé ainsi d'un collègue. Savait-il qu'elle s'était portée trois fois candidate à une formation à Wiesbaden ?

— Comment s'appelle-t-il, ce type ?

— Maarten S. Sneijder.

— Maarten Sneijder ? Jamais entendu parler de lui.

— Maarten S. Sneijder, la corrigea-t-il. Il est originaire de Rotterdam. Un vieux routier à qui rien n'échappe. Il a autant de flair qu'un chameau qui renifle une flaque d'eau à vingt kilomètres.

Description qui ne concordait pas avec le terme de cul de plomb. Si cet homme venait effectivement ici à cause de l'assassinat de sa mère, il fallait qu'elle lui parle.

En retournant à son bureau, elle appela à nouveau Erik, mais il n'était ni dans son bureau de Wiesbaden ni joignable sur son portable. De quoi s'arracher les cheveux ! Elle lui laissa de nouveau un message sur sa messagerie.

Elle tapa ensuite sur son ordinateur le code d'accès à Dédale, mais sans plus de résultat. Elle s'enfonça dans son siège. De mauvaise humeur, elle ouvrit son répertoire téléphonique et le fit défiler jusqu'à Dr Gabriel Zerny.

Certains l'appelaient le Dr Gaze, mauvais jeu de mots utilisant la première syllabe de son prénom et la première de son nom pour évoquer le masque froid et rigide qu'il arborait en entrant dans les salles d'audience. Masque que sa sœur Monika ne connaissait que trop bien ! Sabine contempla longuement son nom. Devait-elle le contacter ? Elle ne trouva pas de meilleure solution.

La secrétaire de Gabriel transmit son appel à son patron. Comme toujours, il s'annonça de sa voix nasale avec une politesse affectée – un poil trop aimable pour être honnête.

— Allô, mon ange. Que puis-je pour toi, mon cœur ?

— Gabriel, arrête ton char. Je voudrais que tu défendes quelqu'un qui est accusé de meurtre.

Sa prière était une véritable aubaine pour ce gommeux !

— Mais c'est formidable, ça ! s'écria-t-il. Tu commences par arrêter un type, puis tu m'engages pour que je lui évite la prison.

— Ma mère..., dit-elle et elle sentit des larmes au coin de ses yeux. Ma mère a été retrouvée morte et mon père est interrogé.

La seconde suivante, il avait pris une voix normale.

— Bine, je suis navré. Ce n'est tout de même pas l'assassinat dans la cathédrale ? Que puis-je faire pour toi ?

Il n'était peut-être pas si salaud que ça. D'un autre côté, il était question de ses anciens beaux-parents et un minimum de respect s'imposait.

— Tes enfants ne sont pas encore au courant. Monika le leur dira plus tard. Dans l'immédiat, c'est mon père qui a besoin de ton aide. Son appartement de Cologne a déjà été perquisitionné. Les collègues du LKA sont en train de l'interroger, Maillingerstrasse.

— Il est à Munich ?

— Oui, mais c'est à lui de te dire pourquoi. Occupe-toi de l'affaire, s'il te plaît... il n'y est pour rien.

— Oui, bien sûr.

Gabriel raccrocha.

Elle resta là, le regard fixé sur le mur. La voix de Simon, dans le couloir, l'arracha à ses pensées.

— Quel sinistre con ! Il me traite comme son garçon de course.

Elle sortit dans le couloir. Simon et Wallner se tenaient sur le seuil de la cantine. Simon alluma une cigarette et avala goulûment la fumée. Il fumait rarement.

— Tu parles de Sneijder ? demanda Sabine.

— De Maarten S. Sneijder ! grogna Simon. Il m'a fallu transbahuter son énorme valise. Il se déplace sans doute avec des menhirs ! En route, il feuilletait ses documents, assis à l'arrière. M'a pris pour un con. Quand je lui ai demandé s'il était déjà venu à Munich, il m'a répondu : *Voudriez-vous par hasard m'obliger à bavarder ?*

Simon émit cette dernière phrase d'une voix nasale, imitant l'accent néerlandais. Wallner rigola.

— Je le connais. Je l'ai conduit un jour sur le lieu d'un crime. J'ai dû lui dégoter une théière de thé à la vanille. Pas besoin de chercher loin pourquoi, ajouta-t-il en faisant le geste de fumer un joint. En plus, j'ai dû l'emmener au restaurant et dans des librairies. Il ne dit jamais merci. Il a autant de cœur qu'une hyène enragée. Tu vas voir qu'il va te montrer trois doigts.

Trois doigts ? À l'étage du dessus, on entendit soudain quelqu'un pousser des tables sur le parquet. Sabine leva les yeux. La lampe du plafond se balançait.

— Il vient de quel département ?

Wallner grimaça.

— Il est profileur. Je n'en sais pas plus.

Sabine sentit la pression monter en elle.

— Où est-il ?

Un fracas sourd traversa le plafond.

— Qu'est-ce que tu crois ? répondit Simon en montrant au-dessus de lui. Il s'installe un bureau dans la salle de réunion.

— Chez nous ? Pourquoi ?

— Aucune idée. Je n'impose plus de conversation à ce type, crois-moi.

Puis, écrasant sa cigarette dans le cendrier :

— T'as qu'à lui demander. Il a dit qu'il voulait te parler. Dans quatre minutes exactement, conclut-il après un regard sur l'horloge.

À l'étage du dessus, les yuccas de la salle de réunion étaient dans le couloir. Sabine frappa et entra. Elle eut un sursaut de recul. Cela empestait le thé à la vanille. Elle sentit aussi une forte odeur de bâtonnets d'encens. Mais il y avait aussi un autre parfum, plus doux, recouvert par celui du thé, qu'elle ne parvint pas à identifier.

Sneijder avait transformé la pièce de fond en comble. Les sièges étaient empilés dans un coin, les tables formaient un bureau en U. Il était assis dans un siège de cuir, deux ordinateurs portables posés devant lui. Les câbles couraient en tous sens sur le plancher. Il y avait sur le bureau quelques classeurs ouverts, un dictaphone et un étui de cuir, le couvercle relevé, avec une série de longues aiguilles.

— C'est vous qui avez sorti les plantes ? demanda Sabine.

— Les trucs de ce genre ne sortent généralement pas d'eux-mêmes.

Il avait un indiscutable accent néerlandais. Il se frappa le front.

— Ils m'empêchent de respirer. J'ai besoin d'oxygène pour réfléchir.

L'homme se leva. Maigre, vêtu d'un costume de marque, il mesurait bien un mètre quatre-vingts et avait des bras très longs. Elle jugea qu'il devait avoir à peu près quarante-cinq ans. Des favoris soigneusement dessinés descendaient en fine ligne noire jusqu'à son menton. Le noir de la barbe jurait avec un crâne chauve et un visage blafard qui n'avait certainement pas vu le soleil depuis des années.

— Asseyez-vous, ordonna-t-il.

La chaise, au milieu de la pièce, était tournée vers le mur. Sabine y prit place. Elle faisait face au mur blanc et nu, comme pour un interrogatoire. Sneijder avait enlevé et fourré derrière l'armoire la grande aquarelle peinte par la femme de Kolonowicz. Les couleurs devaient l'empêcher de penser.

Il s'avança d'un pas raide. Son front moite et cireux était celui d'un malade. Avait-il de la fièvre ?

— Vous ne vous sentez pas bien ? s'inquiéta Sabine.

— Comment vous sentiriez-vous si vous étiez partie en toute hâte pour l'aéroport de Francfort à 6 heures du matin ?

6 heures ! Elle songea à sa requête sur Dédale. Un simple hasard ! *Ne tombe pas dans la paranoïa !*

Il tournait autour d'elle à pas lents. Avec son nez fin et crochu et ses yeux minuscules auxquels rien n'échappait, il ressemblait à un aigle fonçant sur sa proie. Les fers de ses semelles claquaient sur le parquet. On l'entendait certainement marcher dans tout l'étage inférieur. Peut-être le faisait-il exprès pour troubler la réflexion des autres. Sans doute à titre préventif.

— J'ai entendu dire que vous étiez profileur, dit-elle.

Il la regarda avec un sourire de croquemort qui lui fit froid dans le dos.

— Nous ne sommes pas ici chez les Experts de Miami. Je ne suis pas *profileur*, mais analyste comportemental, spécialisé dans les enlèvements et la psychologie médico-légale. Avez-vous terminé votre séance de questions ? demanda-t-il, puis, sans attendre sa réponse : Parlez-moi de votre mère. Qui pourrait l'avoir assassinée ?

Sabine eut du mal à encaisser. Il y avait à peine quinze heures que sa mère était morte. Pas de *Je suis désolé* ou de *Mes condoléances*. Rien que ce regard d'aigle.

— Ma mère était…

Il l'interrompit en lui présentant trois doigts sous le nez. Dans le pli de la main, entre le pouce et l'index, elle remarqua un point rond et noir. Un tatouage, ou bien une tache de vin.

— Tenez-vous en à l'essentiel. Le plus important en trois phrases, pas davantage. Vous y arriverez ?

Connard !

— Ma sœur et moi avons grandi à Munich, mais sommes parties à Cologne à cause du travail de mon père. Il avait été conducteur de locomotive et, à Cologne, il restaurait des trains d'époque. C'était le rêve de sa vie. Ma mère a enseigné là-bas douze ans dans une école élémentaire dont elle est devenue plus tard la directrice. Après le divorce de nos parents, il y a dix ans, nous sommes revenues à Munich. Il s'en est suivi une guerre acharnée de deux ans, ce n'est pas un secret. Mon père gagnait bien sa vie, mais il ne s'agissait pas seulement d'argent, le problème c'était aussi le droit de garde. J'avais seize ans. Mais mon père n'aurait jamais…

— L'essentiel ! l'interrompit-il.

Mais que voulait-il entendre ?

— Ma mère était à la retraite depuis deux ans. Elle vivait seule, n'avait pas de dettes, s'intéressait à beaucoup de choses, achetait des tas de vêtements. Elle était mince, sportive et aimait les opérettes, le théâtre. Une fois par semaine, je l'accompagnais à un cours de Pilates. Écoutez, jamais mon père…

— Non, c'est vous qui allez m'écouter ! dit-il en se rapprochant d'elle. Votre père et d'autres suspects sont entendus par le LKA. Ils m'intéressent à peu près autant que si un phoque du zoo de Munich lâchait un vent au-dessus de l'eau. Ce qui m'intéresse, c'est votre mère, c'est clair ? Quand a lieu ce cours de Pilates ?

— Le vendredi soir.

— Cette semaine aussi ?

— Oui, mais je n'y suis pas allée.

Il lui présenta trois doigts de l'autre main. Sur celle-ci aussi, au même endroit, un point noir attirait le regard. Il pouvait donc s'agir de tatouages identiques. Mais que signifiaient ces points ?

— Continuez !

— Elle lisait Hesse, Böll, des légendes de l'Antiquité, écoutait de la musique classique, mais jamais les livres audio que je lui apportais. Elle aimait aller à l'Opéra, achetait des fruits et des légumes chez un Indien, aimait cuisiner, n'avait pas d'animal de compagnie et s'occupait avec affection de ses trois petites-filles.

Sneijder la regarda avec surprise.

— Ma sœur est divorcée, se dépêcha d'expliquer Sabine pour prévenir un commentaire stupide.

— J'ai remarqué votre regard, dit Sneijder. Vous sentez-vous coupable de ne pas avoir vu votre mère le soir de l'enlèvement ?

Son estomac se contracta. Comment savait-il qu'elle avait été enlevée ?

Comme s'il se livrait à un rituel, il roula une cigarette ressemblant à un joint.

— Ça ne vous dérange pas si je fume ?

Après ce qui était une constatation plus qu'une question, il alluma sa clope avec une allumette.

— Alors, un sentiment de culpabilité ?

— Possible.

Pour l'instant, elle n'avait pas mauvaise conscience. Elle était seulement furieuse contre ce con prétentieux et autoritaire, aussi sensible et prévenant qu'un roc. D'un autre côté, son maintien raide et sa manière de bouger les hanches lui évoquaient plutôt un homosexuel. Elle n'avait rien contre les homosexuels. Mais contre les fumeurs de pétards, oui.

Sneijder exhala un nuage gris en direction du plafond où Sabine aperçut alors un inhabituel rond blanc : il avait démonté le détecteur de fumée. Il avait dénudé et isolé les câbles et posé l'appareil sur l'appui de la fenêtre. Elle reconnut cette fois l'odeur douceâtre. De l'herbe ! Il fumait effectivement un joint. Le thé à la vanille était donc là pour donner le change.

— Fumer ne vous empêche pas de réfléchir ?

Ses traits se figèrent.

— Ne recommencez jamais à vous moquer de moi !

La porte s'ouvrit. Simon passa sa tête aux cheveux hirsutes par l'entrebâillement. Dans la seconde même, il grimaça, puis leva les yeux vers le plafond. Il devait chercher le détecteur dans cette pièce transformée en fumerie d'opium.

— Vous vouliez me parler ?

— Qui pourrait bien avoir envie de vous parler ? grogna Sneijder d'un ton méprisant. Apportez-moi une autre théière de thé à la vanille et toutes les pièces concernant l'affaire Hanna Nemez. Empreintes digitales, photos du lieu du crime, déclarations des témoins, et cetera, et cetera.

Simon était appuyé avec décontraction contre le chambranle.

— Ça va être difficile, c'est le LKA de Bavière qui les a, répondit-il, puis, haussant les épaules : Pas la moindre idée de celui qui s'occupe de l'affaire chez eux.

En dépit de la tension palpable, Sabine sourit. On finit toujours par récolter ce qu'on a semé, c'est bien connu.

Sneijder continua à tirer sur son joint.

— J'imagine que ces ballots du LKA n'étaient pas sur les lieux du crime, hein ? Alors remue-toi les fesses, mon garçon, fonce dans ton bureau et rapporte-moi toutes les pièces concernant l'affaire !

Sabine tressaillit. Personne ici n'avait jamais appelé Simon « mon garçon ».

Celui-ci grinça des dents et disparut sans un mot. Sneijder savait parfaitement qu'ils étaient obligés de coopérer. Si tous les profileurs du BKA de Wiesbaden étaient comme lui, Sabine préférait encore renoncer à postuler. Mieux valait continuer à travailler avec Simon et Wallner.

— De toute évidence, le LKA ne collabore pas avec vous, intervint Sabine. Pour quelle raison êtes-vous ici ?

Sneijder consulta sa montre, une petite Swatch au cadran à rayures rouges, blanches et bleues, les couleurs du drapeau néerlandais.

— Vous en avez terminé de vos trois phrases. Vous n'avez apparemment plus rien à me dire. Mais répondez à deux questions. Où se trouve la librairie Haital la plus proche ?

— Pardon ?

— Êtes-vous sourde ? s'étonna-t-il en hochant la tête. Je me demande vraiment comment vous avez pu décrocher ce poste.

Sabine bouillait de rage. Alors que sa mère venait de mourir de mort violente, cette espèce de dégueulasse la traitait comme une gamine. Qu'est-ce qu'il voulait foutre à Haital ? La chaîne de librairies avait une demi-douzaine de magasins à Munich. Il y en avait un pas loin – c'est là qu'elle achetait ses livres audio –, en face du bâtiment de la médecine légale et de l'Irish Pub.

— Alors, où est la librairie la plus proche ?

— Aucune idée.

— Apparemment, vous ne lisez pas beaucoup, grommela-t-il. Dernière question. Vous avez été en contact avec le ravisseur ?

— Comment savez-vous qu'on a enlevé ma mère ?

— Comment je le sais ? dit-il en s'approchant, puis en s'asseyant sur la table, face à elle, sans la quitter du regard. Je le sais parce que, ce matin, à 6 heures, j'ai vu votre requête sur Dédale.

Sabine accusa le coup.

— Cela a été votre dernière consultation. J'ai fait bloquer jusqu'à nouvel ordre votre adresse IP et le code d'accès d'Erik Dorfer au réseau de Wiesbaden.

9

Helen termina la séance de thérapie peu après 11 heures. Debout à l'entrée de l'ancienne annexe, elle attendit que son patient de neuf ans, accompagné de sa mère, fût remonté dans la voiture.

Elle ferma les yeux un bref instant. Le soleil lui chauffait le visage et le vent lui caressait les cheveux. Une bonne odeur de campagne lui parvenait du champ voisin. Durant la séance, elle n'avait cessé de penser à la bague au rubis, sans réussir à s'ôter de la tête l'image du doigt sectionné.

L'ancienne annexe qui lui servait de cabinet restait généralement ouverte. Mais Helen ferma la porte. Par mesure de précaution, elle avait, avant sa consultation, verrouillé l'entrée de la maison qu'un jardin d'hiver séparait de l'annexe. Bien entendu, Dusty entrait et sortait sans arrêt par la chatière, ce qu'elle ne se décidait pas à lui interdire.

Entrant dans son bureau, elle prit la bague dans la poche de son jean et se laissa tomber dans son siège pivotant. Elle avait nettoyé le bijou et il étincelait. Si c'était une vraie pierre, elle devait coûter dans les quatre à cinq cents euros. Pour la centième fois, elle retourna la bague et examina l'inscription gravée sur la face interne :

Frank – Pour Anne. Qui était cette Anne ? Et qui diable était ce Frank ? En dehors de son mari, elle ne connaissait aucun Frank, et ce ne pouvait être lui. Il avait déjà été marié une fois, mais avec une certaine Petra Lugretti, une juge pour enfants à peu près de l'âge d'Helen.

Mais peut-être la bague n'était-elle qu'un coup monté ? Un jeu de mots ? *Anne Frank*. La boîte au feutre rouge était rangée sur une étagère dans le salon, entre des romans de Paolo Coelho qu'Helen n'avait pas encore lus. Au cas où elle avertirait la police, celle-ci pourrait se dispenser de relever les empreintes. Sur le carton, à présent, il n'y avait plus que la bave de Dusty et ses empreintes à elle. Le doigt sectionné était dans un film transparent, au congélateur. Aucun chirurgien ne pourrait le recoudre.

Helen disposait de moins d'une heure pour trouver la réponse, avant que le patient suivant ne sonne à sa porte. Auparavant, il lui faudrait dix minutes pour consulter son dossier. Tandis que son regard glissait sur les classeurs du placard, elle commença à craindre que ses pensées ne se mettent à vagabonder durant la séance.

Qui était Anne ?

Vous connaissez cette personne, mais elle vous connaît mieux que vous ne pensez la connaître. Le temps s'enfuyait. *Ne pense pas au prochain patient ! Concentre-toi sur cette Anne…*

Mais bien sûr ! Helen bondit de son siège. L'une de ses patientes s'appelait Anne. Elle sortit du placard où elle conservait les classeurs de ses thérapies celui dont l'étiquette portait les lettres L-M. Elle feuilleta fiévreusement les signets jaunes.

Anne Lehner !

Cette patiente était préparatrice en pharmacie à Vienne. Sa dernière consultation remontait au vendredi précédent, le 20 mai. Anne avait dans les quarante-cinq ans, elle était timide et introvertie. Bien qu'affublée de lunettes d'écaille, elle n'était pas laide. Mais elle ne se souciait guère de son apparence. Pour Frank, elle serait le prototype de la nana passe-partout. De plus, elle était en arrêt de travail depuis des mois à cause d'un cancer de l'intestin. Suite aux séances de chimiothérapie, elle portait une perruque qui ne lui allait pas du tout.

Helen était spécialisée dans les cas d'enfants et d'adolescents maltraités, mais il lui arrivait d'accepter des adultes ayant des problèmes moins graves. Anne était venue la consulter parce qu'elle ne pouvait avoir de relations normales avec les hommes. Ils abusaient d'elle en permanence. Une des raisons tenait à ce qu'elle était attirée par les hommes mariés. Un complexe d'Électre – variante féminine du complexe d'Œdipe – apparu chez Anne pendant son enfance. Elle n'avait pas d'amie, et Helen était la première femme avec qui elle évoquait son problème.

Elle feuilleta les diverses notes. Elle se souvenait à présent. Anne avait porté cette bague les deux ou trois derniers mois. Avant, non. C'était peut-être le cadeau d'un amoureux.

Frank!

Anne n'avait jamais appelé ses connaissances masculines par leur prénom, ne parlant que du «père de famille», du «bibliothécaire» ou du «marchand de voitures». Il n'avait jamais été question d'un procureur. Pourtant, l'un de ces hommes devait s'appeler Frank.

Helen pensa au doigt et aux douleurs épouvantables que devait endurer Anne. Pourquoi un tel acharnement sur cette pauvre femme frappée d'une maladie incurable? Elle crut savoir la réponse: Anna était crédule, une bonne pâte. Il était aisé de l'embobiner, de briser sa volonté… et de l'enlever.

Depuis leur première séance, Helen se sentait responsable envers cette femme, un peu plus que ce qu'éprouve normalement une thérapeute. Mais peut-être tout cela n'était-il qu'un malentendu ? Ayant trouvé l'adresse d'Anne et ses numéros de téléphone, elle appela d'abord son poste fixe. Elle raccrocha après la dixième sonnerie. Puis elle composa le numéro du portable.

À la deuxième sonnerie, la messagerie s'enclencha. Helen sursauta en entendant la voix contrefaite du ravisseur :

— Pour l'instant, je suis malheureusement indisponible…

Puis la communication fut coupée.

Helen eut des sueurs froides dans le dos. Le monstre avait pris possession de la boîte vocale d'Anne. Elle se rappela son avertissement : il augmenterait les souffrances de sa victime si elle informait la police ou qui que ce soit.

Comment pourrait-il le savoir ? La surveillait-il ? Avait-il mis sur écoute son téléphone, sa maison ? Envahie par la paranoïa, elle perdit le souffle. Mais il fallait faire quelque chose !

Cette brute envisageait de découper Anne en morceaux. Helen était persuadée qu'il n'en resterait pas là. Quand quelqu'un avait franchi la barrière et commencé à torturer, il n'y avait pas de retour en arrière. Il devait achever son chef-d'œuvre, jusqu'à la mort. Ce ne fut qu'une intuition : si elle avait raison, elle ne pourrait sauver Anne qu'en jouant le jeu du fou pour gagner du temps. Il lui fallait en apprendre davantage sur son compte, découvrir ce qu'il savait. Elle devait aussi informer secrètement la police. Bien sûr, cela mettrait la vie d'Anne en danger et elle risquerait de perdre le contact avec le ravisseur. Tout ça n'était pas simple. Et puis il y avait aussi son problème personnel avec la PJ, un problème lourd à porter.

Peut-être le ravisseur l'avait-il choisie parce que, trois ans plus tôt, elle avait envoyé balader son boulot de psychologue pour la police à la suite de l'affaire Winkler. Une affaire qui avait tout bousillé, même sa liaison avec Ben Kohler. Depuis, elle se concentrait sur son activité libérale qui lui permettait d'invoquer son devoir de confidentialité, sans que la presse, le tribunal et le ministère public lui rendent la vie impossible.

Devait-elle appeler les collègues policiers de Ben, qui, à l'époque, l'avaient honteusement trompée ? Elle était toujours leur bête noire, la « mémère psy », sur le dos de qui ils pouvaient mettre la responsabilité d'une affaire que la PJ avait gâchée et le ministère public étouffée. Cela ne se serait pas passé ainsi si elle avait exigé plus énergiquement qu'on procède à un test polygraphique sur la personne de Christoph Winkler pour le convaincre éventuellement de mensonge, ou bien si elle avait poussé les policiers à perquisitionner son domicile. Les cinq enfants dont Winkler avait enterré les restes en divers endroits de la forêt proche de Vienne, au nombre desquels le fils de Ben, seraient alors encore en vie.

Helen ferma son portable. Elle ne pouvait pas appeler Ben. Il n'échangerait pas deux phrases avec elle.

— Merde ! jura-t-elle tout haut.

Elle remit les documents concernant Anne dans le classeur qu'elle rangea sur l'étagère. Dans l'armoire voisine, qui fermait à clé, elle gardait ses expertises judiciaires. Le dossier Winkler était encore incomplet, une partie des actes lui ayant été confisquée.

Elle quitta son cabinet et, passant par le jardin d'hiver, rejoignit le salon où elle déposa la bague dans le carton resté sur les rayonnages. Son prochain patient arrivait dans quinze minutes. Qu'allait-elle faire pendant ce temps ? Le ravisseur ne lui avait pas interdit d'appeler son mari et de bavarder avec lui de choses et d'autres.

Elle composa le numéro de son portable, mais il l'avait éteint. Elle essaya alors le numéro de son bureau dans les locaux du ministère public. L'appel fut transféré vers sa secrétaire. Il avait souvent des entretiens importants. La femme lui expliqua que Frank n'était pas au bureau, mais au club de golf.

Helen resta comme paralysée.

Au club de golf ?

Elle se souvint du départ précipité de Frank ce matin et de sa tenue légère, de son polo et de ses lunettes de soleil. Pourquoi lui avait-il menti ? Elle téléphona au club de golf, à Maria Enzersdorf, un lieu chic pas loin de Griesskirchen. Frank était membre de ce club depuis une dizaine d'années. Il jouait régulièrement avec le juge Heinrich ou l'avocat Seisner. On lui indiqua néanmoins à l'accueil que le Dr Frank Berger n'était pas venu au club aujourd'hui.

S'affalant sur le canapé, Helen, le regard fixe, contempla l'étagère où était posée la bague. Pour quelle raison Frank lui avait-il menti, ainsi qu'à sa secrétaire ? À qui faire confiance alors ?

Son portable sonna. Le numéro de Frank apparut sur l'écran.

— Tu as appelé ? demanda-t-il sèchement.

L'estomac légèrement noué, elle lui demanda comment cela se passait au bureau.

— Ça va. Pas mal de boulot. Qu'y a-t-il ?

Salopard de menteur !

Elle lui expliqua qu'en parcourant la liste des invités elle était tombée sur beaucoup de noms inconnus.

— … Je me suis demandé si tu connaissais une certaine Anne Lehner.

Il avait peut-être entendu un collègue dire qu'elle avait été enlevée et que la PJ avait ouvert un dossier à son sujet.

— Non !

La réponse claqua comme un coup de feu. Il n'avait pas eu une seconde de réflexion.

— C'est une de mes patientes et je me suis dit que peut-être…

— C'est une de tes patientes ? l'interrompit-il.

Le souffle coupé, elle se sentit la gorge sèche.

— Tu la connais ?

— Non, répéta-t-il. Autre chose ?

— Non, merci.

— À tout à l'heure, dit-il en raccrochant.

C'est une de tes patientes ?

Pourquoi avait-il été si surpris ? Les larmes lui montèrent aux yeux.

Frank – Pour Anne.

Frank était au courant de l'enlèvement !

N'y était-il pas mêlé par hasard ?

10

Le service de Sabine se terminait l'après-midi. En temps ordinaire, elle allait dormir quelques heures chez elle, mais elle était trop énervée pour fermer l'œil. Elle passa donc voir sa sœur qui revenait justement de son travail au musée. Il y eut de nouveau des larmes. Après une brève conversation, Sabine rentra chez elle, se changea et partit à pied dans la vieille ville, en direction de la Nussbaumstrasse. Devant l'immeuble de la médecine légale, en dépit du soleil printanier, elle éprouva un grand froid intérieur.

En face, sur la Beethovenplatz, il y avait l'Irish Pub où, quelques mois auparavant, à la fin de leur service, elle buvait un café ou une bière avec Simon avant de rentrer en voiture. Mais Simon était marié et cela appartenait au passé. De temps à autre, elle y allait en solitaire.

Ses doigts se glacèrent quand elle leva les yeux sur le bâtiment neuf de l'Institut médico-légal, un cube de quatre étages. Quelque part à l'intérieur reposait le cadavre de sa mère. Elle n'était pas autorisée à entrer. Si la PJ munichoise avait été en charge de l'enquête, elle se serait procuré une copie du rapport d'autopsie auprès de ses collègues. Mais cela n'était pas possible puisque l'affaire était instruite par le LKA. À cela s'ajoutait que les policiers avaient retiré du système informatique l'état de la procédure. Elle décida néanmoins de tenter le coup.

Elle entra. Une odeur d'asepsie et de mort flottait à l'intérieur. Elle se dirigea vers le portier assis derrière une vitre en verre dépoli. Au bout du corridor, elle vit les étages de l'hôpital du centre-ville jouxtant l'Institut. Une ambulance, gyrophare allumé, était en train de grimper la rampe. Des aides-soignants, devant l'entrée, poussaient des patients dans leur chaise roulante.

— Que puis-je pour vous ?

Le type derrière la vitre, gras et mal rasé, portait une chemise bleu foncé avec une cravate à motifs cachemire, tachée de chocolat. Il leva les yeux de son livre et la dévisagea rapidement, avant de laisser ses yeux s'arrêter sans vergogne sur ses seins. Le genre de mecs qu'elle détestait.

Elle savait par Simon qu'on avait transféré le cadavre de sa mère, vers 1 heure du matin, au service de pathologie. Hirnschall, ce vieux radin, était de service de nuit. Il avait pour habitude de laisser de côté les malades pendant vingt-quatre heures. Par principe. Mais si le procureur, l'archevêque, le maire et le LKA mettaient la pression pour que l'affaire fût résolue dans les plus brefs délais, il avait peut-être commencé l'autopsie dès le petit matin. Cependant, le type à la cravate cachemire, qui avait toujours les yeux rivés sur ses seins, n'allait pas lui dire où en était Hirnschall, et encore moins lui communiquer les résultats de l'autopsie.

— Salut ! lança Sabine dans l'hygiaphone, appuyée contre la vitre et présentant sa carte de service.

Le type daigna lever les yeux.

— Je viens chercher les résultats de l'autopsie des trois travailleurs immigrés tchèques qui ont brûlé dans une fourgonnette sur l'autoroute.

Il posa son livre de côté. *Dostoïevski*, était-il écrit au dos. Qui l'aurait cru ?

Il consulta son ordinateur.

— Sont pas encore prêts.

Puis il se remit à la détailler.

Bien sûr, ils ne sont pas prêts, alors que ses collègues attendent le rapport depuis une semaine.

— Quoi ? s'exclama Sabine, jouant les indignées. C'est déjà la deuxième fois que je viens, rien que pour ça ! Les cadavres sont au service de pathologie depuis une semaine et on ignore toujours les causes de la mort. On ne peut ni délivrer d'acte de décès ni autoriser la levée des corps.

Le lecteur de Dostoïevski ne broncha pas. Sabine tapa sur la vitre.

— À votre avis, quand est-ce qu'on pourra rapatrier les corps ? À Noël de l'an prochain ?

Il haussa les épaules.

— Écoutez, je n'ai aucune responsabilité là-dedans.

— Le docteur Hirnschall avait promis de terminer les rapports cette nuit ! protesta-t-elle bruyamment.

Il jeta un nouveau coup d'œil sur son écran.

— Désolé, d'autres travaux ont eu la priorité.

Bien que se penchant en avant, Sabine ne put apercevoir le moindre bout d'écran.

— Pas la morte de la cathédrale, tout de même ?

Pas de réponse.

— Je n'y comprends rien ! dit Sabine en fronçant les sourcils. Il n'y a pas douze heures qu'elle est ici. Habituellement, Hirnschall laisse les stagiaires commencer l'autopsie.

— Pas cette fois, murmura le portier. Là, il y a urgence. Le docteur travaille seul depuis le petit matin. Vos Tchèques attendront.

Il se remit à contempler ses seins.

— Hé, Dostoïevski, lança-t-elle avec un claquement de doigts. Je descends lui demander quand nous aurons notre rapport. U3, c'est bien ça ?

— Il est en U7… et puis non, vous ne descendez pas ! se ravisa-t-il en se levant soudain de sa chaise. Je vais l'appeler pour lui demander de monter.

— D'accord, mais que ça saute !

Il décrocha le téléphone. Profitant de ce qu'il parlait, Sabine s'approcha des ascenseurs. Elle enfonça les mains dans les poches de son gilet. À gauche, elle sentit l'étui de son appareil photo numérique. Voyant que l'ascenseur était en train de descendre, elle emprunta l'escalier en ouvrant la porte coupe-feu. Un étage plus bas, elle arriva dans un long corridor. Elle passa en revue les portes. U4, U5, U6… U7.

Elle s'arrêta. Les ascenseurs étaient derrière l'angle le plus proche. Par précaution, elle frappa. Rien ! Elle se glissa à l'intérieur, une salle carrelée, toute blanche. Il flottait une faible odeur de produits d'entretien, d'alcool et de décomposition. La nausée la prit. Un paravent était disposé au milieu de la pièce. La lumière du néon passait au travers. Elle comprit ce qui se trouvait derrière. Le spectacle de sa mère dans la cathédrale lui avait suffi. Rien au monde ne la contraindrait de jeter un œil derrière le paravent. Un ordinateur bourdonnait sur le bureau poussé contre le mur.

Laissant la porte ouverte afin d'entendre le tintement de l'ascenseur quand le médecin regagnerait son sous-sol, elle chercha désespérément sur la table les procès-verbaux d'Hirnschall ou des notes. À côté du clavier et de l'imprimante, elle ne trouva ni dictaphone, ni bloc-notes, ni fiche. Elle secoua la souris pour éliminer l'économiseur d'écran. Pas de mot de passe. Même là, Hirnschall se montrait radin.

Procès-verbal d'examen médico-légal, était-il écrit dans la barre de menus. Au-dessous, le nom de la morte : *Hanna Nemez*. Quelques rubriques étaient déjà remplies. Elle rechercha en toute hâte la cause du décès et finit par tomber sur l'inscription :

Noyée.

En plein désarroi, elle vérifia le nom, mais c'était bien le résultat de l'autopsie de sa mère. Elle était morte noyée ? Attachée au pied de l'orgue de la cathédrale ?

Sabine n'avait pas le temps de tout lire. Hirnschall allait surgir d'une seconde à l'autre, furieux. Sortant l'appareil photo de son étui, elle photographia la page. Elle s'apprêtait à faire descendre la page suivante, quand elle s'aperçut qu'on ne voyait que le reflet du flash sur l'écran de son appareil photo. *Putain de merde !* Elle s'était attendue à photographier des documents papier, pas un écran. Après deux autres échecs, elle s'immobilisa, tendant l'oreille. Pas de bruit d'ascenseur ! Elle n'était pas venue jusqu'ici pour repartir bredouille. Son regard tomba alors sur l'imprimante. *Mais c'est bien sûr !* Elle chercha l'icône de l'imprimante et cliqua. Rien. Enfin, l'imprimante démarra et avala la première feuille. *Impression page 1 sur 12*, était-il écrit sur l'écran. Deux autres suivirent. Sabine courut jusqu'à la porte, passa la tête au-dehors et écouta un instant. La cabine de l'ascenseur descendait. *Merde !*

Elle se précipita vers la machine, prit les feuilles déjà imprimées et fonça. Elle entendit l'imprimante cracher la dernière feuille. *Tant pis !*

Au moment où elle refermait la porte derrière elle, la cabine s'ouvrit. Dans une seconde ou deux, Hirnschall allait surgir. Elle courut vers l'escalier de secours. C'est alors qu'elle entendit une voix familière, une voix à l'accent néerlandais.

— Le temps m'est compté, docteur. Résumez vos résultats en trois phrases.

Sabine eut une bouffée de chaleur. Maarten Sneijder était ici ? Les fers de ses semelles claquaient sur les carreaux. Elle n'eut pas besoin de se retourner pour savoir qu'ils allaient tourner l'angle. Au même instant, elle disparut dans la cage d'escalier et remonta en courant.

Dans le hall, elle évita de passer devant le guichet du portier. Elle emprunta le couloir menant à l'hôpital d'où elle ressortit par la grande porte. Elle s'aperçut alors que, dans sa précipitation, elle avait froissé les feuilles. Elle les lissa, les plia et les fourra dans sa poche. Elle descendit la Nussbaumstrasse : maintenant un bon café ne lui ferait pas de mal !

L'Irish Pub était bondé. Assise à une table dans une niche, elle regardait par la fenêtre. Rien que des visages heureux. Elle eut soudain le souffle coupé.

Non ! À peine croyable ! Qui flânait sur la Nussbaumstrasse ? Simon ! À côté de lui, une grande blonde, aux jambes interminables, enveloppée dans un châle. Ils poussaient une poussette à deux places. *T'as été obligé de l'épouser*, pensa-t-elle en les suivant du regard avec un malin plaisir, jusqu'au moment où ils disparurent dans une ruelle latérale. Le comportement de Simon ne lui en restait pas moins sur l'estomac. *Laisse tomber ce mec. Concentre-toi sur l'affaire !*

Elle posa les onze feuilles sur la table. Contrairement à son habitude, Hirnschall avait travaillé.

Un tube et l'extrémité d'un tuyau long de quatre-vingts centimètres, utilisé à l'hôpital pour la respiration artificielle, étaient enfoncés dans la trachée artère de sa mère. À cause de la rigidité cadavérique, la mâchoire était anormalement ouverte. Sinon, il n'y avait pas de corps étranger dans la bouche. En fait, sa mère n'était pas morte étouffée, mais noyée : dans deux litre d'encre noire normalement destinée aux stylos. La même encre que sur le sol de l'église et dans le seau à côté du cadavre.

Noyée !

Sabine comprenait maintenant pourquoi quelque chose l'avait gênée quand elle avait vu le visage de sa mère. Le monstre lui avait collé les narines avec de la colle forte. L'heure du décès était 19 h 30. Au moment où Sabine racontait une histoire à ses nièces, au lit, tout en contemplant par la fenêtre les clochers illuminés de la cathédrale, sa mère agonisait.

Si seulement j'étais allée à la gymnastique avec maman vendredi soir. Ou si mon père m'avait prévenue de l'appel du ravisseur, tout se serait passé différemment. Elle aurait pu éviter cette torture à sa mère. Elle ne savait qui haïr le plus : son père ou elle-même.

Essuyant une larme, elle continua à lire. On avait paralysé sa mère en lui injectant dans la nuque une substance neuroplégique à haute concentration et à effet rapide. Il manquait encore les détails toxicologiques, ainsi que l'analyse de l'ADN des diverses empreintes qui pourrait révéler si à la sueur, à la salive, au sang ou à l'urine de sa mère se mêlaient des traces laissées par une autre personne. Les prélèvements des muqueuses buccale et vaginale ne livreraient leurs résultats que dans une semaine.

Hirnschall n'avait pas trouvé de traces de sperme, ni de fragments de peau sous les ongles. En revanche, il avait constaté que les éraflures aux chevilles et aux poignets provoquées par les liens dataient d'au moins quarante-huit heures. Rien ne révélait une strangulation. Le transit intestinal était normal à l'heure de la mort. Le contenu de l'estomac, pour finir, n'était pas inintéressant : pendant ses deux jours de détention, sa mère n'avait bu que de l'eau et n'avait mangé que deux bretzels salés.

Sa lecture terminée, Sabine passa en revue les informations. Un détail la préoccupait : pourquoi des bretzels salés ? L'association des deux mots *encre* et *bretzel* lui rappelait vaguement quelque chose, mais elle ne parvint pas à trouver quoi.

Elle but une gorgée de café et regarda à nouveau par la fenêtre. Maarten Sneijder sortait justement de l'Institut médico-légal. Hirnschall avait manifestement eu besoin de plus de trois phrases pour résumer les conclusions de son autopsie. Le policier traversa la rue sans se soucier des voitures et se dirigea tout droit vers la librairie d'en face. Haital en avait ouvert une quelques années auparavant. Deux étages, avec une cafétéria. Exactement à l'angle des rues Lessing et Goethe. On ne pouvait choisir meilleur endroit pour une librairie. Sneijder disparut par la porte tambour. *Vous ne lisez guère*, se rappela Sabine, imitant en pensée son accent néerlandais.

Elle rassembla les feuillets du compte rendu, les fourra dans son sac, paya et quitta le pub. Qu'il le voulût ou non, elle allait le contraindre à un entretien dans la librairie.

Maarten Sneijder était assis au dernier étage, dans la cafétéria qui jouxtait le rayon des livres pour enfants. Derrière lui, les présentoirs des livres illustrés. Il n'y avait presque personne dans le coin lecture. Sneijder avait pris un gobelet de thé noir au distributeur automatique et, les jambes croisées, confortablement installé sur un canapé rouge, était plongé dans une épaisse biographie de Virginia Woolf. N'avait-il donc rien de mieux à faire ?

— Intéressant ? l'interpella Sabine.

Il leva les yeux.

— Si on veut.

Il n'avait pas bonne mine. La sueur perlait sur son front.

— Virginia Woolf s'est suicidée. Elle s'est jetée dans une rivière avec une lourde pierre dans son manteau. Autre manière de se noyer.

Se noyer ? Pourquoi disait-il cela ? Sabine fit mine de ne pas relever.

— Je peux m'asseoir ?

Il ferma le livre après y avoir placé un signet.

— Malheureusement, je ne peux pas refuser. C'est un lieu public.

Il avait le charme d'un cobra crachant son venin. Sabine prit place sur une chaise et en vint directement au fait.

— Comment avez-vous su que j'avais interrogé Dédale ?

Sneijder arbora son sourire de croquemort.

— Je travaille avec des bases de données. C'est mon boulot de savoir ce genre de choses. Sinon, je ne serais pas à la hauteur.

Il se massa les tempes d'une main. Sabine songea à son copain. Il lui fallait arranger le coup.

— Erik Dorfer étudie à l'Institut supérieur du BKA depuis deux ans. C'est moi qui l'ai contraint à cette requête. Je suis la seule responsable.

Sneijder arrêta de se masser les tempes et haussa un sourcil.

— Quelqu'un qui aspire à devenir inspecteur de la police judiciaire ne devrait rien se laisser imposer par qui que ce soit.

— Si vous envisagez une procédure disciplinaire, collez-la-moi sur le dos.

Il posa son livre.

— Vous êtes une petite fille coriace. Comment réagirait votre supérieur, ce Klowitz…

— Kolonowicz, le corrigea-t-elle.

— … s'il apprenait que vous faites des recherches informatiques dans son dos ?

— Devinez ! Il ne m'a jamais chargée de l'affaire et m'a incitée à ne pas me mêler d'une enquête du LKA.

— Hum, hum ! émit Sneijder, le visage fermé. Et c'est pour ça que vous vous introduisez subrepticement dans l'Institut médico-légal et que vous imprimez le rapport d'autopsie de votre mère ?

Sabine rougit jusqu'à la racine des cheveux. Son visage la brûlait.

Sneijder reprit son massage.

— Je vous ai vue vous faufiler par la porte coupe-feu. Malgré votre mètre soixante, il est difficile de ne pas vous remarquer avec votre mèche grise.

— Un mètre soixante-trois !

— Avec talons hauts.

— Vous avez réponse à tout.

— Non, mais je ne me trompe pas dans mes estimations.

Il sortit une feuille de papier de la poche de son veston et la lui tendit.

— Vous avez oublié ça.

Il se trouvait certainement très bon dans son rôle. Mais il ne remit pas cela sur le tapis.

— Comment se fait-il que vous soyez en contact avec un aspirant inspecteur de la PJ à Wiesbaden ?

Sabine rangea la feuille sans la lire.

— On se connaît depuis le lycée à Cologne.

— Un amour de jeunesse ? sourit Sneijder.

— On voulait tous les deux entrer au BKA. Pour lui, ça a marché, moi, on m'a refusée à trois reprises.

— Votre ami se sent coupable et croit avoir une dette envers vous, je suppose.

C'était bien possible. Jamais elle n'avait considéré les choses sous cet angle.

— Qu'est-ce qui vous fascine dans le BKA ? demanda-t-il avec un haussement d'épaules. C'est un milieu comme les autres… juste un peu plus ennuyeux.

Sans doute était-ce une erreur que d'avouer sa vraie motivation à un type aussi sarcastique que lui. Mais elle le fit.

— Je mesure un mètre soixante. Certains collègues se moquent de moi à cause de ça. Ils pensent que je n'assure pas. Mais…

— Et vous croyez qu'il en ira autrement au BKA ? la coupa-t-il. Vous ferez toujours un mètre soixante et on se moquera encore de vous. Peut-être même plus qu'ici.

La remarque plana dans l'air comme une menace.

— Je n'ai pas suivi la formation, les cours, les stages et les séminaires pour dresser des procès-verbaux de vols de sacs à main dans la zone piétonnière de Munich.

— Et vous voulez faire quoi ? Moisir dans un poste à responsabilités, derrière un bureau ?

— Je voudrais être dans un service actif.

— Mais dans quoi donc, nom de Dieu ? s'écria-t-il. Dans un groupe d'intervention spécial, chargé d'enquêter sous le manteau sur la grande criminalité ? De démasquer les bandes de passeurs et de mettre au jour le commerce d'armes et de munitions à l'échelle internationale ?

— Non, répondit-elle en baissant la voix, car un jeune garçon d'une dizaine d'années, grosses lunettes sur le nez et coiffé à la diable, s'était approché du distributeur de boissons et introduisait désespérément dans la fente une pièce qui tombait immédiatement dans le récupérateur de monnaie. Je veux travailler dans la psychologie légale.

— Ah, diable ! s'étonna Sneijder en haussant un sourcil. Pas étonnant que vous ayez été recalée trois fois, Clarice Starling[1]. Ce département n'accepte pas n'importe qui.

— Merci pour le compliment.

Sale prétentieux !

Maintenant, de toute façon, son projet n'avait plus lieu d'être. Après la mort de sa mère, il était exclu qu'elle laisse sa sœur et ses trois filles seules à Munich.

Le gamin tenta à nouveau d'introduire sa pièce. Le Néerlandais se tourna vers lui dans un mouvement d'agacement.

— Jeune homme, je peux te donner un conseil ? demanda-t-il en montrant du doigt l'autre côté de la pièce. Si tu essayais avec l'autre distributeur, tu ne nous dérangerais pas.

Putain, quel con, ce Sneijder ! Sabine se leva, prit la pièce dans le récupérateur et l'introduisit avec énergie dans la fente. Cette fois elle enclencha le mécanisme.

— Tu veux un chocolat ?

---

1. Personnage du *Silence des agneaux*.

Le gamin acquiesça. Un gobelet tomba sur la plaque. Elle se rassit quand le garçon partit avec sa boisson chaude.

— Ce môme n'a pas dix ans.

— Même Harry Potter devrait savoir comment obtenir une boisson, grommela Sneijder. Vous ne pouvez venir en aide à tout un chacun dans ce bas monde. Sinon, c'est au Secours catholique qu'il vous faut aller, et pas au BKA. Peut-être y seriez-vous en de meilleures mains.

— Merci encore pour ce précieux conseil, grogna-t-elle.

— Ce fut un plaisir. Et le conseil est gratuit, dit-il en se levant.

Le livre sous le bras, il quitta l'étage, Sabine sur ses talons.

— Qu'est-ce que vous comptez faire maintenant ? Déposer dans la rue les plantes de notre service ?

Sneijder la tança du doigt.

— Je vous l'ai déjà dit : n'essayez pas de faire de l'esprit avec moi !

Tandis qu'ils se dirigeaient vers la sortie, Sabine montra le livre sous son bras.

— Vous ne le payez pas ?

— Pourquoi ? Il est à moi.

Sabine l'avait vu sortir de l'Institut et entrer dans la librairie. Le gros bouquin ne lui aurait pas échappé.

— Où allez-vous ? demanda-t-il.

— Chez moi, essayer de dormir.

— Oui, c'est le mieux. Vous êtes une jolie fille. Des yeux noisette comme les vôtres ne courent pas les rues. Mais ce regard triste et constamment sérieux ne sied pas à votre teint.

— À votre avis, comment je devrais me sentir ?

— Je sais, votre situation n'est pas simple. Vos parents se sont livré une guerre de tranchée, et puis cette affaire à présent ! Reposez-vous. Je vais au LKA parler à votre père.

— Il n'y est pour rien.

Sneijder pencha la tête de côté.

— Il a raconté aux enquêteurs une histoire abracadabrante : l'appel du ravisseur, une devinette au téléphone et un encrier qu'il prétend avoir reçu. Ils n'en croient pas un traître mot. Au contraire. Il est l'un des principaux suspects.

Ils étaient en plein soleil. Sabine eut néanmoins un voile noir devant les yeux pendant quelques secondes.

11

Au terme de deux séances intenses, Helen trouva enfin le temps de se rendre dans le bureau de Frank. Tout l'après-midi, durant les entretiens, elle n'avait cessé de penser à l'inscription de la bague. *Frank – Pour Anne*. Qu'est-ce que son mari avait à voir dans cette affaire ?

Un sentiment étrange l'envahit quand elle promena son regard sur la table de travail, les commodes, les armoires vitrées, les bibliothèques et le rebord de la cheminée. Les trente volumes de l'encyclopédie Brockhaus, à couverture de cuir noir, au dos doré, étaient imposants, alignés à hauteur des yeux sur toute la longueur de la pièce, sur une seule étagère. Parmi eux trônaient les coupes remportées par Frank lors de tournois de golf ainsi qu'une lourde chouette en marbre qui jetait sur Helen un regard condescendant. Elle n'était pas venue là pour remporter à la cuisine le plateau avec le service à café ou pour épousseter les étagères – il pouvait le faire lui-même si ça lui chantait, merde –, mais pour fureter dans ses affaires privées.

Elle ouvrit la fenêtre. Frank avait encore fumé ce week-end et oublié d'aérer. Le store était baissé, les lamelles closes. Cela sentait le renfermé. Encore du Frank tout craché ! Il bénéficiait de la plus belle pièce de la maison depuis qu'il avait emménagé chez elle et il n'en prenait aucun soin.

Helen alluma la lampe du bureau. Des piles de dossiers s'y entassaient. Documents médicaux, procès-verbaux d'audition de témoins, rapports des services anthropométriques et documentation pour ses conférences à la faculté de droit.

— Mon Dieu…, soupira-t-elle.

Des classeurs et des documents épars jonchaient aussi le plancher avec, çà et là, des jus de limette bio. Depuis quand Frank buvait-il ce truc ? Les bouteilles étaient périmées depuis belle lurette. Il fallait les jeter à la poubelle. Des cravates et des vestons gisaient sur les dossiers des chaises et des mégots remplissaient au moins trois cendriers. Comment trouver quoi que ce soit dans ce fatras ?

Elle s'assit au bureau et posa la main sur la poignée de laiton du tiroir. Elle avait toujours respecté la sphère privée de Frank pendant leurs deux années de mariage et ne lui avait jamais menti. Avait-elle subitement perdu toute confiance en lui ? Il avait peut-être une raison valable de lui mentir ce matin. *Mais peut-être qu'il n'en a pas, idiote*, lui susurra une autre voix, moins naïve. Il se pouvait qu'il *ait* des secrets à son égard. Helen avait désormais la certitude que Frank savait quelque chose sur Anne Lehner. Il avait trop rapidement nié la connaître. Quand elle voulut ouvrir le tiroir, il resta coincé. Fermé à clé. Tout comme les deux classeurs à roulettes de part et d'autre du fauteuil en cuir.

Pourquoi Frank fermait-il à clé les tiroirs dans la maison de sa femme ? Craignait-il un cambriolage ? *Non, c'est pour que tu ne trouves rien, Helen !* Elle commençait à en avoir assez de cette petite voix dans sa tête !

Elle fouilla les poches du pantalon et de la chemise posés sur le siège en rotin, devant la cheminée. Pas de clé. L'antique pendule, dans un coin de la pièce, sonna 16 h 30. Frank n'allait pas tarder à arriver. C'est du moins ce qu'il avait affirmé : il serait de retour en fin d'après-midi. *Du bureau ! Quelle blague !* D'autant que sa serviette était restée là. Helen l'ouvrit. Des stylos à bille et des blocs-notes à côté de procès-verbaux rédigés à la main. Elle fouilla dans la poche latérale. Cent vingt euros, une carte pour l'essence, des allumettes, des trombones et…

Helen eut soudain la gorge sèche.

— Mais c'est pas vrai ! s'exclama-t-elle en sortant deux préservatifs dont la date limite d'utilisation était de trois ans encore.

Elle savait que Frank n'en utilisait pas. Ce n'était pas nécessaire. Au moins pas avec elle. Elle ne pouvait pas avoir d'enfants. Pour un ami ?

Mais bien sûr, dit la petite voix, *pour le meilleur ami qu'il ait !*

Ses mains étaient moites maintenant.

Pourquoi en avait-il besoin ?

Pour se protéger, idiote !

Avec qui ?

La petite voix n'eut pas de réponse à cette question.

Elle remit les préservatifs dans la serviette. Au fond de la poche, elle tomba sur une petite clé. Qu'elle réussit à introduire dans la serrure du tiroir. Et qui marchait ! Elle ouvrit le tiroir avec lenteur, par crainte de ce qu'elle allait y trouver.

Un coupe-papier, des crayons, des allumettes, une boîte de cigares Davidoff, deux vieilles cartes SIM et un trousseau de deux clés cuivrées. Une grande, pour une entrée d'immeuble, supposa-t-elle, et une petite pour la porte d'un appartement. Elle ne les avait jamais vues.

Étaient-ce les clés de son bureau, de son casier à l'université, de son vestiaire au club de golf ou du service de pathologie à l'hôpital ?

Exactement ! Et c'est pour ça qu'il les enferme. Non, tu connais la réponse, Helen ! C'est la clé de l'appartement d'une autre femme.

Du calme !

Ses idées paranoïaques allaient la rendre folle. Encore que… Une femme étonnée que son mari ait des préservatifs devait aussi se demander pourquoi il possédait des clés inconnues d'elle. Remettant le trousseau à sa place, elle ouvrit les classeurs mobiles. L'un contenait des dossiers suspendus, de vieux billets de loto, un recueil de sudokus jauni et des polices d'assurance périmées.

Dans le second, elle trouva deux bouteilles de schnaps, du collutoire, une autre boîte de Davidoff et un flacon de solution antibiotique à haute concentration pour perfusion. Helen renifla le produit. S'en servait-il pour nettoyer l'écran de l'ordinateur ou la bille de la souris ? Au fond du tiroir, il y avait aussi une seringue sous vide. *Pour quoi faire, bon sang ?* Elle sursauta en entendant la pendule sonner 17 heures. *Déjà ?* Instinctivement, elle jeta un coup d'œil dans la rue à travers les lamelles du store. Au même instant, la Lamborghini de Frank arrivait en trombe. Son cœur s'arrêta de battre une seconde.

Que se serait-il passé si elle ne l'avait pas vue à temps ! Elle revissa la bouteille et la remit à sa place. Mais celle-ci se renversa, entraînant les autres avec elle.

— Merde !

Elle entendit la voiture entrer sous l'auvent et freiner sur le gravier. La portière claqua.

Helen redressa toutes les bouteilles, déplaçant la boîte de cigares et découvrant du même coup des relevés de paiements par carte de crédit. Elle examina les dates. Les relevés Mastercard allaient de novembre de l'année passée à la fin du mois dernier. Sans hésiter, elle les sortit, les plia et les fourra dans la poche de son jean.

Refermant le tiroir et les classeurs, elle fit disparaître la clé dans la serviette de Frank. Avait-elle aussi remis les préservatifs ?

Oui ! Dépêche-toi de quitter cette pièce !

Elle repoussa le siège sous le bureau et sortit en fermant la porte. Bon Dieu ! Elle avait oublié d'éteindre la lumière. Elle s'apprêtait à retourner dans la pièce quand Frank entra dans la maison. Helen était dans l'entrée, le cœur battant.

Il s'immobilisa et la regarda.

— Qu'y a-t-il ?

— Que pourrait-il bien y avoir ? répondit-elle.

— Tu as l'air à cran.

Fine mouche en plus ! Rien ne t'échappe !

— Je vais bien. Comment c'était au club ?

La question ne parut pas le décontenancer.

— Tu es au courant ?

— J'ai tenté de te joindre au bureau. La secrétaire m'a dit que tu étais au club.

— Je voulais y rencontrer Seisner, l'avocat, pour enfin tirer au clair une affaire interminable. Il a repoussé le rendez-vous, alors on s'est vus en ville, expliqua-t-il en montrant son polo qui avait perdu sa blancheur immaculée. Je me suis couvert de sauce de raviolis.

Tu pourras toujours l'enlever avec ta solution pour perfusion !

Il passa devant elle et entra dans son bureau. Elle resta dans l'entrée, relâchant ses épaules.

— Tu es entrée chez moi ? l'entendit-elle demander de l'autre côté de la porte.

— J'ai ouvert la fenêtre.

— Tu as laissé la lumière allumée !

— Possible, cria-t-elle. C'était si sombre là-dedans, avec une telle odeur de renfermé.

Elle alla au salon. Oh, mon Dieu, la boîte contenant la bague était toujours sur l'étagère ! Elle la ferma et la dissimula derrière la rangée des romans de Coelho. Frank n'irait pas regarder là avant une centaine d'années.

Soulagée, elle se laissa tomber sur le canapé. Elle sortit hâtivement les relevés de sa poche et les déplia. Au même moment, elle entendit la chatière s'ouvrir. Dusty traversa le salon en trois bonds et sauta sur le canapé. Quand l'heure du dîner approchait, il était aussi ponctuel que les informations à la radio. Grimpant sur le ventre de sa maîtresse, il lui donna de petits coups de museau dans la figure.

— Oui, mon petit, tu vas bientôt avoir à manger !

Elle lui grattait doucement le derrière de l'oreille tout en parcourant le premier relevé. Elle eut brutalement mauvaise conscience en s'apercevant qu'il s'agissait du paiement des cadeaux de Noël que Frank lui avait offerts. Une bonne dizaine de romans et des revues professionnelles, des CD de Mahler et de Schönberg, deux flacons de parfum, des bons d'achat pour sa boutique préférée, des billets d'entrée pour des spectacles à la Sophiensaal et dans un théâtre de boulevard.

Dusty la poussa à nouveau du museau et lui lécha l'avant-bras. Il sentait qu'elle était en plein doute. *C'est une folie ce que tu fais là*, se dit-elle. *Frank ne t'a pas menti et il ne sait rien d'Anne Lehner.*

Elle vit soudain son mari venir dans le salon. Elle plia en hâte les feuilles et les cacha sous les coussins.

Dusty essaya de les en extirper. Il croyait à un jeu.

— Arrête !

Il s'obstina, y mettant une patte.

— Regarde, ton maître est là ! dit-elle pour faire diversion.

Dusty leva la tête, mais se remit à gratter la housse presque aussitôt.

Frank vint s'asseoir près d'elle, sur la banquette. Songeur, il caressait Dusty.

— Pourquoi la maison était-elle fermée à clé ? Ce n'est pas dans tes habitudes.

— J'ai eu un patient difficile cet après-midi. Il a déjà été condamné, mentit-elle. Je ne voulais pas lui donner l'occasion d'entrer chez nous.

— Ah bon, fit Frank en considérant Dusty. Qu'est-ce qui lui arrive, à ce chien ?

Dusty fourrait sa truffe sous le coussin sans cesser de grogner.

— Le chat de la voisine est entré et est resté allongé là une heure ou deux.

Nouveau mensonge. Elle pensa au doigt dans le congélateur, aux relevés de Frank qu'elle venait de dérober et à la bague dans une boîte dissimulée derrière des livres. Pour la première fois, elle cachait quelque chose à son mari. Pourvu que ce cauchemar cesse bientôt !

Frank passa la main dans ses cheveux poivre et sel.

— Où en es-tu des préparatifs de la fête ?

— J'ai appelé les indécis de ta liste.

Cette fois, ce n'était pas un mensonge. Entre ses séances, elle avait en effet téléphoné à tous ceux qui y étaient indiqués comme tels.

— Au total, cinquante-quatre personnes viendront mercredi.

— Des enfants aussi ?

Elle fit non de la tête.

— Tant mieux.

Il allait se lever quand elle lui toucha le bras.

— Pourquoi as-tu invité Ben Kohler ?

Il haussa les épaules.

— Ces derniers temps, je travaille pas mal avec sa brigade criminelle. Il est sympa. Il prend souvent de tes nouvelles.

Elle se redressa.

— C'est vrai ?

— Quel mal y a-t-il à ça ? s'étonna-t-il en lui caressant la joue. Je sais que vous avez été ensemble autrefois. Ça ne me gêne pas… mais qu'est-ce qu'il a, ce chien ?

— Dusty, arrête !

Le saisissant par le collier, elle l'arracha au coussin. Un bout de papier lui resta collé au museau. Elle l'essuya.

— Ça te dérange qu'il vienne ?

— Non, mais… Ben avait un fils d'un premier lit. Nous nous sommes séparés à sa mort.

— Je sais, une histoire tragique. Mais qu'est-ce que ça a à voir avec nous ou avec la fête ? Dois-je le décommander ?

— Non… (Elle hésita.) C'est seulement que… Le fils de Ben était l'une des victimes de Christoph Winkler.

Frank la regarda avec stupéfaction, même s'il savait qu'elle était d'une sensibilité exacerbée à ce sujet et qu'elle refusait les interviews et les rendez-vous de presse.

— Je l'ignorais, dit-il, comme abasourdi.

— Tu n'étais mêlé à l'affaire que très marginalement, c'est pourquoi je ne t'en ai jamais parlé.

Dusty abandonna enfin le coussin, s'allongea sur le ventre d'Helen et lui lécha la joue.

— Oh, putain, lâcha Frank, paraissant ne découvrir qu'à présent tous les tenants et les aboutissants. Quand l'affaire a été rendue publique, certains collègues du parquet ont été la cible des critiques et ont dû expliquer pourquoi on n'avait pas trouvé l'assassin. Le parquet a rejeté la faute sur le préfet de police, celui-ci sur les policiers du BKA. Eux à leur tour sur la PJ, et la PJ sur toi. Ce fut une belle saloperie !

Frank lui caressa à nouveau tendrement la joue.

— Je suis désolé de t'avoir remis tout ça en mémoire. J'aurais dû te demander si tu voulais revoir Ben Kohler.

— C'est bon, c'est bon, dit-elle en haussant les épaules. Quand le déballage a commencé et que la presse recherchait un bouc émissaire, nous étions déjà séparés.

— Mais il aurait pu te disculper. Il connaissait sûrement ton expertise à propos de Winkler et tes efforts pour le confondre.

— Sûrement, murmura-t-elle. Mais, après la mort de Florian, Ben a eu ses propres problèmes et je ne lui étais d'aucune aide.

Elle ne voulait pas repenser à Flo. Cela lui brisait le cœur. Frank se mordit la lèvre.

— Crois-tu qu'il te tient pour responsable de la mort des cinq enfants ?

C'était la question cruciale.

— Je ne sais pas.

C'est à cette époque qu'elle avait rencontré le procureur Frank Berger. Il ne la croyait pas responsable, car il ne connaissait que trop bien sa collègue Johanna Winkler, procureur comme lui, mais impliquée dans l'affaire. Il avait alors mis Helen en relation avec un excellent avocat de ses amis qui l'avait défendue et blanchie de tout soupçon. Ensemble, ils avaient mis en lumière la tentative d'étouffement de l'affaire par la PJ et le parquet. Mais la réputation d'Helen était salie. Elle avait eu besoin de parler avec quelqu'un, et Frank s'était toujours montré disponible. Un an plus tard, ils étaient mariés, et, entre Ben et elle, il était resté tant de choses non dites.

Frank lui caressa la joue.

— Tu as d'autres problèmes ?

Elle avait certes envie de l'interroger à propos de la bague, des préservatifs et du trousseau de clés dans son tiroir, mais elle se retint. Par ailleurs, tant qu'elle doutait de sa sincérité, elle ne voulait pas lui parler de l'appel du fou. Elle secoua la tête.

— C'est bon, chérie, je sors avec le chien.

Il l'embrassa sur le front.

— Merci.

— Arrive, le chien ! Je vais te donner à manger, et ensuite on ira à la chasse aux chats.

Dusty bondit sur ses pattes et le suivit. Le terrier était son chien, à elle, et peut-être était-ce la raison pour laquelle Frank ne l'appelait pas « Dusty », mais « le chien ». Helen était pourtant heureuse de le voir parfois lui passer sa laisse, le soir, pour aller fumer une cigarette dans le bois de pins proche.

Quand ils furent partis, elle sortit les relevés de sous les coussins. Ils étaient écornés et tout humides de la bave de Dusty. Elle survola les mois de janvier et de février. C'est en mars qu'elle trouva quelque chose. Le 6, Frank avait fait un achat de 469 euros. Son cœur se serra. La somme était portée au crédit du bijoutier Breinschmied. Elle n'avait jamais entendu parler de cette boutique. Tout à coup, elle se sentit infiniment seule. Elle vit en pensée le bijoutier Breinschmied sertir un rubis dans une bague et graver à l'intérieur de celle-ci une inscription.

Frank – Pour Anne.

Pourquoi son mari aurait-il offert un bijou coûteux, avec une inscription personnelle, à une étrangère effacée, timide et insignifiante ?

Parce qu'il l'aime, pauvre idiote !

12

Sabine était chez sa sœur Monika ; ses nièces Kerstin, Connie et Fiona avaient été invitées chez une amie, à l'étage en dessous. L'édition du soir du *Süddeutsche Zeitung*, avec la photo de la cathédrale de Munich, était posée sur la table basse du salon. À côté du Walther PKK de Sabine.

Monika avait les yeux rouges.

— Comment peux-tu être sûre que ce n'est pas papa ?

— Moni, je t'en prie !

Sabine se leva d'un bond et se mit à arpenter nerveusement la pièce.

— Il ne ferait pas de mal à une mouche !

— C'est toi qui le dis, toi, sa chouchoute ! Il détestait maman. Combien de fois l'a-t-il menacée de lui tordre le cou ?

— Elle a quitté papa après une violente dispute, lui a enlevé ses enfants, lui a interdit de venir nous voir et l'a plumé comme une oie de Noël, énuméra Sabine en comptant sur ses doigts. Qui ne dirait pas n'importe quoi dans ces conditions ?

— Et le ferait !

— Mais pas dix ans plus tard.

— Elle a dit qu'il la trompait ! s'écria Monika.

Non, pitié! Sabine n'avait pas envie de reparler de ça. Elle saisit instinctivement le médaillon doré à son cou. Elle n'arrivait pas à imaginer que son père ait trompé sa mère. C'était seulement maintenant qu'elle réalisait combien il tenait encore à sa femme, en dépit de la séparation et du conflit à propos du droit de garde.

Son portable sonna.

— Excuse-moi !

C'était le numéro de Gabriel. Elle s'entretint quelques instants avec lui. Il était arrivé à la Maillingerstrasse et assistait aux interrogatoires de son père. Il lui apprit qu'un type long comme un jour sans pain, chauve et doté d'un accent néerlandais lui avait aussi adressé brièvement la parole. Brièvement étant d'ailleurs une exagération. Il ne lui avait posé que trois questions, exigeant des réponses concises et précises. Puis il était reparti. Sabine se demanda si Sneijder était fou ou génial.

La conversation à peine terminée, son téléphone sonna de nouveau. Le numéro du portable d'Erik s'inscrivit sur l'écran. Enfin ! Elle s'enferma dans la cuisine.

— Allô, Bine, tu m'as appelé plusieurs fois, dit-il de la voix rauque qu'il avait déjà adolescent.

Chaque fois qu'elle l'entendait, elle avait la chair de poule.

Elle lui expliqua que sa mère était morte et qu'on interrogeait son père. Un peu choqué, Erik lui exprima ses condoléances. Il connaissait ses parents du temps où ils vivaient à Cologne. Il avait été le premier à se rendre compte qu'ils constituaient un couple très inégal : la mère, dynamique et toujours fringante, le père, en revanche, introverti et se complaisant dans la nostalgie. Puis elle évoqua le collègue du BKA qui faisait l'important à Munich.

— Ce type s'appelle Maarten Sneijder.

— Maarten S. Sneijder, rectifia Erik en s'amusant à prendre une voix nasillarde. Il est connu comme le loup blanc ici. Il est originaire de Rotterdam et fume de la marijuana.

— Pour l'instant, il enfume notre service. Je n'arrive pas imaginer que cela reste sans suites.

— Sneijder est un cas à part. À vingt-trois ans, après d'excellentes études universitaires, il a exercé une activité libérale d'analyste comportemental en criminologie pendant quinze années, puis a été recruté par l'OFA, le service d'analyse comparative opérationnelle du BKA, où il a suivi une formation de cinq ans avant de devenir analyste comportemental pour le compte de la police.

— C'est pour ça qu'il a le droit de fumer de l'herbe ?

— C'est peut-être grâce à elle qu'il est le meilleur pour établir le profil des criminels. Il paraît qu'il la cultive dans son appartement. Il prétend qu'elle stimule les capacités intellectuelles et élargit le champ de la conscience.

— Formidable ! Et ses supérieurs le tolèrent ?

— Ne t'en fais pas. Le patron du BKA ne peut pas le supporter pour cette raison. Mais il ne peut pas se permettre de perdre son unique spécialiste du dépistage des maîtres chanteurs et des ravisseurs, quelqu'un qui possède de surcroît une formation en médecine et en psychologie légales. Et puis Sneijder a d'excellents contacts avec EUROPOL, à La Haye…

— Et c'est un connard et un arrogant ! compléta Sabine.

— Je sais. Mais c'est un bon. Méfie-toi de lui !

— Peuchère, dit-elle, peu impressionnée.

Erik éclata de rire.

— J'aime bien quand tu dis ça.

— Je sais.

Pendant leur scolarité à Cologne, elle l'avait toujours fait sourire avec cette exclamation familière. Mais il était temps de parler d'autre chose.

— Sneijder est au courant de ma requête sur Dédale. Il a bloqué mon adresse IP et ton code d'accès.

Erik garda le silence.

— Mais je ne crois pas qu'il va te créer des ennuis à cause de ça.

— C'est pour ça que je te rappelle. En fait, je ne devrais pas parler avec toi de ta demande de renseignements sur les affaires, parce qu'elles sont classées top secret.

— *Les affaires ?* Qu'est-ce que tu as appris ?

— Avant qu'on bloque mon mot de passe, j'ai reçu ton message. En un mois et demi, il y a eu deux assassinats analogues. Quarante-huit heures après avoir été enlevée, une femme est morte, brûlée dans un baquet en fer-blanc, dans le clocher de la cathédrale de Leipzig. Une autre a été ligotée sous les voûtes souterraines de la cathédrale de Cologne et dévorée par des pitbulls.

Une image terrifiante se présenta aux yeux de Sabine. D'autant qu'elle connaissait cette dernière cathédrale, une église sombre et noire dont les clochers lui évoquaient deux squelettes.

— À Leipzig et à Cologne ? Qui étaient ces deux femmes ?

— Celle de Leipzig était une ancienne institutrice à la retraite. La femme de Cologne avait aussi un certain âge, mais je n'ai pas d'autres détails. Bine… que se passe-t-il ?

— Rien. Merci, dit-elle en raccrochant.

Sa mère avait enseigné autrefois, comme la femme de Leipzig. Mais quel était le rapport ? *Comment peux-tu être sûre que ce n'est pas papa ?* La question de Monika revint en écho dans sa tête.

Elle devait parler à Sneijder.

Tard dans l'après-midi, elle rejoignit son service. Au troisième étage, elle frappa à la porte de la salle de réunion.

— Oui, c'est quoi ? demanda Sneijder d'une voix épuisée.

Elle entra. Les stores étaient fermés aux deux tiers. Une odeur mêlée de vanille et d'herbe. Seule était allumée une petite lampe de bureau, la lueur de deux portables se reflétant contre la fenêtre. Sneijder était assis dans l'ombre, le dos tourné à la porte, la tête rejetée en arrière. En avançant vers lui, elle remarqua une longue aiguille enfoncée dans chacune de ses mains, juste au cœur du point noir tatoué entre le pouce et l'index.

Il était trempé de sueur. Il ouvrit lentement les yeux.

— Que faites-vous ici ?

— Je travaille, dit-il, se penchant en avant pour arrêter l'enregistrement du dictaphone.

Puis il tourna les têtes des aiguilles, grimaça de douleur et les retira.

— Acupuncture, expliqua-t-il. C'est là que passe la voie nerveuse centrale. Ça supprime les contractures.

— Vous souffrez ? Vous feriez mieux de cesser de fumer ce truc, dit-elle, fixant le cendrier. C'est facile de perdre l'habitude de fumer. J'y suis déjà arrivée cent fois.

Il eut un sourire las.

— Mais le truc, comme vous dites, active les organes sensoriels. Et j'en ai besoin pour mon travail. En outre, c'est un produit qui agit contre les céphalées de Horton.

— Jamais entendu parler de ça.

— Ça ne m'étonne pas ! Imaginez la douleur d'une migraine et multipliez-la par trois. Il paraît que seuls les génies souffrent de migraines de Horton. Je n'en suis pas si sûr. Je connais des gens atteints de cette maladie qui sont de parfaits crétins.

Du Sneijder tout craché ! Sabine jeta un regard en coin vers les portables. La seconde d'après, il rabattit les couvercles. Mais elle en avait assez vu. VICLAS, SIS, ZLS, AFIS et SIRENE. Intéressant de savoir à quoi il s'occupait. Un système sur les infractions en série dans le domaine de la grande criminalité, le système d'information de Schengen, la centrale des photos d'identité, le système automatisé d'identification des empreintes digitales et le Supplementary Information Request at the National Entry.

Bien que ne travaillant qu'avec le système central des interventions, elle connaissait, grâce à ce qu'en avait dit Erik, les autres bases de données. Le BKA formait lui-même dans son institut universitaire, en trois ans, les candidats au poste d'inspecteur de la police judiciaire. On en sortait spécialiste en informatique et programmeur.

— Qu'a dit mon père ?

— Posez donc la question à votre ex-beau-frère, suggéra-t-il. De toute façon, je crois que vous le savez. Il doit vous en avoir parlé, sinon vous n'auriez certainement pas lancé une recherche sur les enlèvements et les devinettes.

Cet homme était indéchiffrable ! Pourquoi avait-elle eu la naïveté de croire qu'il se montrerait un peu coopératif ?

— Bon, d'accord, lâcha-t-il avec un regard indulgent dans sa direction. Votre mère est morte à 19 h 30, et vous avez vu votre père à 20 heures. Il n'a pas d'alibi pour les heures qui précèdent. Ceci et d'autres indices font de lui le suspect principal. Il reste pour l'instant en détention préventive.

— Ce n'est pas lui.

Sneijder haussa les épaules, comme s'il ne pouvait rien changer à la réalité des choses.

— Il vous appelle « Écureuil ».

Putain, que c'est chiant! Elle le foudroya du regard.

— C'est désagréable, hein ?

— Il est *le seul* à m'appeler comme ça.

— J'ai compris, pas besoin de dessin, dit Sneijder en se redressant. Lors de la perquisition de l'appartement de votre père, on a par ailleurs trouvé un flacon d'encre noire. Ce ne devrait pas être une surprise pour vous d'apprendre que la marque est la même que celle de l'encre dans les poumons de votre mère. Les chimistes du LKA ont même déterminé qu'il s'agissait du même lot de production.

— Je voudrais vous aider dans votre enquête.

Voilà, elle avait abattu son jeu.

— Diable ! dit Sneijder avec un rire bref. Chaque Land dispose du pouvoir de police sur son territoire et les enquêtes sont donc de son ressort. C'est l'unique moyen de traiter les trois cent vingt mille dossiers criminels qui sont ouverts chaque année. Le BKA n'est qu'un service où sont centralisées les informations, sans quoi le travail des seize Länder ne serait plus qu'une mosaïque chaotique.

Il écarta les bras d'un geste magnanime.

— Bien sûr, nous aidons les Länder dans des domaines particuliers, comme l'analyse comportementale, l'établissement de portraits-robots ou des recherches nécessitant des techniques criminalistiques de pointe. C'est tout.

Bavardage sans intérêt tiré du manuel du BKA.

— Mais, dans des cas particuliers, c'est le niveau fédéral qui a la haute main et le BKA qui a le pouvoir de décision, objecta-t-elle.

— Exact ! Dans des cas *particuliers*, mais cette affaire n'est en rien particulière, mademoiselle Nemez ! Le BKA n'intervient pas dans cette affaire ! insista-t-il, frappant du poing sur la table. Le BKA n'a pas été chargé de l'enquête !

— Pourquoi, alors, êtes-vous ici ?

— Mauvaise question. La vraie question est : pourquoi voulez-vous m'aider ? Mon temps est compté, je vais donc répondre à votre place.

Il leva trois doigts.

— Premièrement, vous avez soif de vengeance et vous voulez trouver l'assassin de votre mère. J'estime que cela représente dix pour cent de votre motivation. Deuxièmement, vous voulez prouver que votre père est innocent. Cela doit faire vingt pour cent. Troisièmement, et c'est là l'essentiel, vous êtes rongée par la mauvaise conscience. Vous deviez, le soir où votre mère a été enlevée, vous rendre avec elle à un cours de Pilates. Mais vous vous êtes décommandée, parce que vous ne vous sentiez pas bien, préférant vous mettre au lit avec un anti-inflammatoire.

— Je…

— Oui, je sais. J'ai entendu votre message sur le répondeur de votre mère. Bon Dieu, si seulement je pouvais avoir vos maux de tête.

Il rangea l'aiguille dans un étui qu'il referma. Il fut saisi d'un nouvel accès de transpiration. Plissant les yeux, il s'essuya le front.

— Je connais vos motivations, murmura-t-il. À votre place, j'agirais sans doute de même. Mais, quand bien même je le voudrais, je ne *peux* pas vous associer.

— Pourquoi ? insista-t-elle, la voix rauque.

Il alla au lavabo.

— Vous vous mêlez sans autorisation d'une enquête en cours, vous interrogez secrètement le BKA, vous vous introduisez illégalement dans un service médico-légal et vous dérobez un rapport d'autopsie. Vous qualifieriez-vous vous-même de personne digne de confiance ?

Tandis qu'il remplissait un verre d'eau, elle se glissa entre lui et le bureau. Elle chercha à tâtons, derrière elle, le dictaphone. Tout en toussant, elle en extirpa la minicassette et l'escamota dans la poche de son gilet.

— Non. Je ne me qualifierais pas de personne digne de confiance.

— Eh bien, voilà !

Il avala son verre d'un trait.

— Autre chose ?

Elle se dirigea vers la porte, puis se ravisa :

— Une question encore. La femme assassinée à Cologne était-elle aussi institutrice ou directrice d'école comme ma mère et la femme de Leipzig ?

Sneijder posa son verre, l'air un instant époustouflé.

— Pas mal. Mais je ne parlerai pas de ces affaires avec vous. Et maintenant, sortez !

Sabine emprunta à un collaborateur du département de balistique un dictaphone capable de lire la minicassette de Sneijder. Ses collègues du service étaient en intervention. Seule à la cantine, appuyée contre le rebord de la fenêtre, elle se colla l'appareil contre l'oreille.

Par chance, Sneijder ne parlait pas néerlandais. Sa voix était lente et bien articulée. Elle avait espéré apprendre quelque chose concernant les soupçons qu'il nourrissait contre son père. Mais il n'était question de lui à aucun moment. Le policier peaufinait le profil possible de l'assassin. On n'avait nullement l'impression qu'il avait son père dans le collimateur.

— … pas encore confirmé, mais je suppose qu'il a utilisé la même neurotoxine. Comment a-t-il transporté la femme dans l'église ? La porte principale fracturée à 19 h 30, à l'aide d'une pince-monseigneur ? Sous les yeux des musiciens des rues ? Invraisemblable ! Sans doute la nuit précédente. Il est resté un jour entier de plus dans le tombeau. Une fois le champ libre, il l'a entraînée en haut. Jusqu'à l'orgue. Après la cave moyenâgeuse de la sacristie de Cologne et le clocher de Leipzig, sa colère se focalise à présent sur la musique sacrée. Sacristie, cloches, orgue…

Il y eut un silence.

— Le sacristain dit avoir entendu un morceau de Bach. La cathédrale de Leipzig est une église évangélique – Bach y a été en fonctions. Le problème ne semble pas lié à une confession bien déterminée, mais Jean-Sébastien Bach doit jouer un rôle important. Peut-être même un certain morceau.

Silence à nouveau. Puis, au bout d'une minute, Sneijder reprit la parole, mais il avait changé de sujet. À son avis, le criminel devait avoir dans les trente ans, un homme seul, introverti, ayant vécu une enfance épouvantable et nourri une forte haine envers les femmes.

— Je ne pense pas qu'il ait fait d'études, il est néanmoins d'une intelligence supérieure à la moyenne.

L'enregistrement se terminait là.

Sabine sentit la colère l'envahir. Si ce salopard de Sneijder était convaincu qu'il s'agissait d'un criminel assez jeune, pourquoi ne disculpait-il pas son père ? Au lieu de quoi, il trônait avec arrogance sur le canapé rouge de la librairie Haital, l'abandonnant à ses craintes et à ses angoisses.

Soudain, l'association d'idées qui lui avait traversé l'esprit quelques heures plus tôt lui revint en mémoire.

Des bretzels et de l'encre !

Pourquoi maintenant précisément ? Elle revit la scène : Sneijder, assis les jambes croisées sur le canapé, derrière lui le rayonnage des livres illustrés. *Enfant, il a eu une enfance épouvantable.*

Et ses victimes ?

Déchirée par des chiens ! Réduite à un tas de cendres dans un baquet en fer-blanc ! Noyée dans de l'encre après avoir mangé des bretzels !

Un frisson lui parcourut le dos. Ses mains devinrent toutes froides, elle sentit un fourmillement sur son visage. L'enfance épouvantable la ramenait inexorablement à *Der Struwwelpeter*[1], le livre illustré qu'elle avait détesté, petite, parce que des enfants y étaient brûlés, mordus par des chiens. *Des bretzels et de l'encre !* N'était-ce pas là l'histoire des enfants noirs que le grand Nicolas avait plongés dans de l'encre ?

Struwwelpeter !

Là était le lien entre les meurtres. Elle regarda sa montre. La librairie Haital était certainement encore ouverte. Il lui fallait un exemplaire du livre.

---

1. *Der Struwwelpeter* (« Pierre l'Ébouriffé »), recueil de leçons de morale pour enfants de trois à six ans, rédigé par Heinrich Hoffmann (1809-1894), psychiatre et médecin.

Une heure plus tard, Sabine revint au service. Cela faisait vingt-quatre heures qu'elle n'avait pas dormi. Des maux de tête s'annonçaient, mais elle était trop excitée pour espérer trouver le sommeil. Même si Sneijder était un mec insensible et ignorant, elle devait lui parler. Il était le seul à pouvoir l'aider.

La porte du bureau improvisé du Néerlandais était fermée à clé. Elle frappa, mais personne n'ouvrit. Elle dévala l'escalier jusqu'à l'étage du dessous. Il n'était pas non plus à la cantine. Elle vit alors, par la vitre dépolie de la porte de son propre bureau, la lumière de sa lampe. Une ombre se déplaçait à l'intérieur.

Sa main se porta automatiquement sur son arme et elle ouvrit brusquement la porte. Tous ses tiroirs, toutes ses armoires étaient ouverts, les classeurs répandus sur le bureau et par terre.

— Mais c'est quoi, ça… ?

Sneijder se redressa, planté au beau milieu du chaos. Son visage était de cendre, son front inondé de sueur.

— Ah, Mata Hari est de retour !

— Mais qu'est-ce que vous cherchez dans mon bureau ?

Il tendit la main vers elle.

— La cassette de mon dictaphone !

Oh, quelle merde ! Elle l'avait complètement oubliée, celle-là ! Elle sortit la minicassette de son gilet.

— Merci beaucoup, dit-il en la fourrant dans sa poche en même temps qu'il escaladait une montagne de classeurs. À cause de vous, mon crâne va exploser tellement j'ai mal. Horton, c'est de la bibine en comparaison de vos frasques ! Si vos bêtises vous apprenaient quelque chose, vous seriez un génie. Qu'est-ce que je dois faire de vous ? Vous traduire devant une cour martiale et vous faire fusiller ?

Sans un mot, elle lui tendit un exemplaire du livre illustré *Der Struwwelpeter*, à reliure jaune et aux épaisses pages cartonnées. Sur la couverture, le Struwwelpeter, crinière jaune ébouriffée et ongles interminables, brillait de mille feux.

— Qu'est-ce que vous voulez que j'en foute ?

— Jetez-y un œil, espèce de génie à la Horton !

13

Quatre mois plus tôt
Quatrième séance de thérapie

Comme les fois précédentes, avant de sonner chez le Dr Rose Harmann, Carl fit quelques pas sur le parking en regardant autour de lui. Rose se demanda ce qu'il pouvait bien fabriquer, par cette froide journée de janvier. Il examinait l'intérieur des voitures comme pour découvrir quelque chose d'intéressant sur les banquettes arrière ou dans les vide-poches. Il finit par abandonner son inspection et se dirigea vers l'entrée du cabinet. Il sonna, ponctuel comme toujours.

Contrairement à son habitude, il ne portait ni chemise ni veston, mais un jean délavé et un pull-over gris sous un anorak. Il sentait l'huile et avait le bout des doigts sale. Il expliqua qu'il arrivait directement du garage où il avait dû faire des heures supplémentaires. Une réparation urgente sur une Lamborghini.

Ils prirent place et Rose mit en marche le dictaphone.

— Vendredi 28 janvier, 16 heures. Quatrième séance avec Carl Boni, dit-elle dans le micro qu'elle posa ensuite sur la table. Comment allez-vous ?

— Bien, merci.

Carl se renversa dans le canapé, appuya la tête sur une main et renifla ses doigts.

— J'ai apporté l'attestation de mon médecin traitant. Je suis clean, si ça vous intéresse.

Il se pencha en avant et lui tendit le résultat de l'examen médical.

Ils étaient arrivés à un moment critique. Là où ses trois prédécesseurs avaient mit fin à la thérapie. Elle devait décider si elle poursuivait ou non. Cet après-midi, allait-il tenter pour la première fois de la provoquer ?

Il passa la main sur son menton mal rasé. Sa barbe de trois jours ne se voyait que de près. Elle le vieillissait pourtant un peu.

Tout en glissant le formulaire dans son dossier, elle s'aperçut qu'il lorgnait sa jupe courte. Sans vergogne, il examinait ses genoux, ses mollets et ses escarpins. Ses talons n'avaient certes que quatre centimètres de hauteur, mais cela suffisait manifestement pour qu'il s'y arrête. Puis son regard s'attarda sur les rondeurs de son sweat-shirt moulant. On pouvait lire dans ses pensées comme dans un livre. Mais, même si elle avait été vêtue d'un sac à patates, cela n'aurait pas changé grand-chose à la situation. Il était toujours problématique de recevoir un patient n'ayant pas décidé lui-même de suivre une thérapie. Dans les locaux anonymes d'un centre de psychothérapie public du centre de Vienne, cela lui aurait été indifférent, mais son cabinet était en périphérie, à proximité de son appartement. Les regards sans équivoque qu'il lui lançait la firent frissonner. Bien sûr, il aurait d'abord à découvrir son adresse personnelle, mais cela ne devait pas être difficile pour quelqu'un comme lui. Il avait tout de même été condamné pour harcèlement. De séance en séance, il s'efforçait de pénétrer de plus en plus loin dans sa sphère privée. Depuis quinze jours, il s'intéressait à sa voiture et aux photos de l'entrée.

Concentre-toi sur le cas de ton patient !

Rose prit une profonde aspiration et commença l'entretien par un résumé des trois séances précédentes. Elle évoqua son ancien problème de drogue, son comportement agressif envers les femmes, puis enchaîna en lui exposant comment elle évaluait son cas.

— Jusqu'ici, vous me faites l'effet de quelqu'un qui avance dans la vie ouvertement, en ligne droite, sujet à l'agressivité uniquement quand vous rencontrez chez autrui ce qui n'est que façade : par exemple une personne prétendant être ce qu'elle n'est pas ou bien décrivant une situation qui ne correspond pas à la réalité. Qu'il s'agisse de votre mère qui feint constamment de devoir économiser alors qu'elle n'a pas de problèmes d'argent ou de votre tante de Dresde qui simule une grande foi religieuse alors qu'elle a avorté de deux bébés illégitimes.

Carl acquiesça. Il se considérait manifestement lui-même ainsi.

— En outre, vous me paraissez être quelqu'un qui refuse de laisser en souffrance des aspects de son passé. Je pense là à votre conversation – dont vous m'avez parlé la dernière fois – avec votre père, peu avant sa mort, conversation que vous n'avez pu mener à son terme.

Ils ne sauraient probablement jamais ce que M. Boni voulait dire à son fils, trois ans plus tôt, sur son lit de mort.

— Et puis nous avons découvert que vous avez eu une enfance tragique.

— Nous avons souvent dû déménager, dit Carl. De Vienne à Cologne, Leipzig et Dresde.

C'était exact, mais Rose pensait à autre chose. Elle décida pourtant de s'attarder brièvement sur ce point.

— À cause de la profession de votre père, n'est-ce pas ? Il était pianiste.

— Oui, mais pas un pianiste ordinaire, rectifia Carl. Il était organiste liturgique. Il jouait pendant les messes.

Rose leva un sourcil.

— Intéressant… Mais, quand je parlais à l'instant de votre enfance, j'avais autre chose en tête. Les brûlures de votre bras.

Le visage de Carl se figea. Pour Rose, ce sujet semblait être crucial. Elle devait creuser cette histoire et amener Carl à affronter le conflit, à laisser libre cours à ses sentiments. Mais il évitait le sujet comme un pilote évite le récif à proximité des côtes. Autre indice montrant que son intuition était fondée.

Il était temps d'établir un premier diagnostic en vue de l'expertise à fournir au tribunal. Comme toujours, elle allait en discuter avec le patient. Elle prit le formulaire CIM-10.

— Si vous en êtes d'accord, je proposerai un trouble émotionnel, débutant dans l'enfance et l'adolescence. Je pense que cela correspond à votre cas.

La nuque de Carl se raidit.

— Ça va servir à quoi ?

Rose s'efforça de garder une voix calme.

— Personne n'aime se faire analyser ou voir ranger son comportement dans des catégories, mais on va procéder à un diagnostic provisoire sur la base de la *Classification internationale des troubles mentaux*.

— Pour quoi faire ? Je ne suis pas un patient affilié à une caisse de maladie.

— Exact. Lors d'une obligation judiciaire, il est fréquent que cette démarche n'ait pas lieu. Mais ce n'est pas votre première thérapie. Le tribunal m'a communiqué le rapport d'un collègue.

Trois, à vrai dire… De collègues ayant interrompu la thérapie.

— Avec ce premier diagnostic, je voudrais confirmer le point de vue de ce collègue et ne le compléter que sur un point : il s'agit, dans votre cas, d'un traumatisme psychique de l'enfance. La justice n'en saura pas plus. En outre, je transmets un rapport de situation provisoire dans lequel je constate que vous êtes clean, que vous venez régulièrement et que vous vous montrez coopératif. Le tribunal recevra ces documents ainsi que la confirmation de votre médecin.

Les traits de Carl se détendirent un peu. C'était l'occasion de le mettre de son côté.

— D'accord ?

Il consulta l'affichage du radio-réveil. Quinze minutes s'étaient déjà écoulées.

— D'accord, répondit-il en se renversant à nouveau dans le canapé.

Rose savait qu'il n'avait pas d'alternative : il devait poursuivre la thérapie avec elle. Sinon, trois années de détention l'attendaient, pour possession de cocaïne, harcèlement et coups et blessures. Il ne devait pourtant pas avoir l'impression qu'on prenait des décisions par-dessus sa tête. Elle lui demanda donc :

— Désirez-vous poursuivre la thérapie avec moi ?

Il fronça les sourcils.

— Ai-je le choix ?

— Vous pouvez à tout moment l'interrompre pour une raison valable et choisir quelqu'un d'autre.

— Non, c'est OK.

— J'en suis heureuse.

— Vous voulez savoir pourquoi je veux continuer avec vous ?

La question l'étonna.

— Bien sûr, ça m'intéresse.

Il déglutit avec peine et serra le poing à plusieurs reprises.

— Je vous trouve attirante.

Rose ne perdit pas son sérieux.

— Vraiment ?

— J'aime le petit espace entre vos incisives quand vous souriez… c'est mignon. Vos cheveux châtain qui tombent toujours d'un côté de votre visage. On ne voit qu'un de vos yeux. C'est très sexy…

Il eut un sourire emprunté.

Merde alors, j'ai un soupirant. Et pas n'importe lequel ! Avec ses cils incroyablement longs et ses yeux d'un bleu profond, il avait de quoi tourner la tête à plus d'une femme. Néanmoins, cela avait dû lui coûter beaucoup de s'exprimer ainsi. Il fixa de nouveau les attaches fines et les cuisses se dessinant sous l'étoffe de la jupe. Elle avait un corps mince que, par chance, elle n'avait pas besoin d'entretenir par des séances d'aérobic ou de gymnastique. Dans quelques mois, en raison de la grossesse, il n'en irait certainement pas de même, mais, pour l'instant, rien ne se voyait. Elle pensa au père qui se réjouissait déjà à l'idée du bébé… c'était du moins ce qu'il avait prétendu, et elle voulait le croire.

Depuis que, trois ans auparavant, son mari était parti après qu'elle l'avait surpris au lit avec une autre, on lui avait souvent dit que, pour son âge – quarante ans aujourd'hui –, elle faisait jeune. Ses yeux verts, lumineux, et le sentiment de vivre enfin sa propre vie y étaient certainement pour beaucoup. À moins que le seul mérite n'en revînt à sa cabine de bronzage de deux mille euros ? Suite aux longues heures d'exposition aux UV, ses pattes-d'oie ressortaient plus nettement qu'avant, mais cela lui était égal. Cela pouvait paraître superficiel, mais elle avait besoin de soleil, de chaleur et d'être bronzée pour se sentir bien. Et voilà qu'un jeune homme, son cadet de dix-sept ans, la trouvait sexy ! Mais elle n'en avait que faire.

— Est-ce que ça vous aide ? demanda-t-elle.

— Pardon ?

— Est-ce que ça vous aide de me trouver attirante ? répéta-t-elle.

À l'évidence, sa question lui coupait l'herbe sous le pied.

— Euh… non, mais…, réfléchit-il. Vous me plaisez.

La situation commençait à devenir délicate. Rose pensa à la condamnation pour harcèlement. Ce n'était pas la première fois qu'il utilisait cette ficelle. S'il parvenait effectivement à faire irruption dans sa vie privée, elle était livrée à elle-même. Elle ne pouvait compter sur le père de son enfant.

— Pour l'instant, nous nous sommes écartés de notre sujet, et nous évoquons nos relations. Bon, mais parlons-en brièvement, proposa-t-elle. Admettons que je vous plaise mais que je ne puisse répondre à vos espérances… Serez-vous déçu ?

Il réfléchit, mais ne répondit pas.

Elle ne le pressa pas. Comme il se taisait, elle reformula sa question :

— Réagiriez-vous de manière agressive si je ne pouvais répondre à votre attente ? Cela remettrait-il notre thérapie en cause ?

Il gonfla les joues.

— Non, sans doute pas.

— Bien, dit-elle en souriant. Aujourd'hui, j'aimerais que vous parliez de votre enfance.

— J'ai vu une Smart vert métallique dehors. Elle est à vous, n'est-ce pas ? Petite, mais sympa. Elle va bien avec votre genre. Au-dessus du tableau de bord, il y a un animal en peluche... un Winnie l'Ourson. Vous aimez les ours ?

— Et vous ?

Il ne réagit pas.

Rose songea à son porte-bonheur. Il portait un T-shirt imprimé. *Reste cool !* Un cadeau d'une amie pour ses quarante ans. En tant que juge, Petra Lugretti avait connaissance de nombreuses expertises de Rose et savait de quoi elle parlait. C'est elle qui lui avait envoyé Carl.

Comme ce dernier s'obstinait à ne pas répondre, elle reprit :

— Donc, vous avez passé votre enfance à Vienne...

D'un signe de tête, il montra la commode sous la fenêtre.

— J'ai vu que vous lisiez un livre sur la grossesse.

Un instant, son regard s'arrêta sur son ventre. Il souriait d'un air gêné.

— Vous attendez un enfant ?

— Si c'était le cas, en seriez-vous choqué ?

Il ne répondit pas, mais elle vit qu'il se creusait les méninges. Peut-être voulait-il d'abord savoir pourquoi elle avait divorcé et pourquoi elle vivait seule. Elle aurait dû porter son ancienne alliance dès la première séance : avec ses trois diamants, elle dissuadait plus d'un homme de poser des questions indiscrètes.

— Carl, j'aimerais parler avec vous de votre enfance. D'accord ?

— Est-ce que je peux vous appeler Rose ?

Elle souffla bruyamment. Il n'était pas facile de lui faire lâcher prise. Mais elle devait reprendre le contrôle de la situation si elle ne voulait pas abandonner le cas. D'une part, elle voulait aider ce garçon, d'autre part la curiosité et l'intérêt l'incitaient à s'accrocher.

— Cela ferait quelle différence pour vous ?

Il se redressa brusquement.

— Vous répondez toujours par une question ! Je ne veux pas vous tutoyer, Rose, mais cela renforcerait ma confiance en vous.

— Entendu, dit-elle en repoussant sa serviette de côté. Il s'agit manifestement d'un sujet qui vous préoccupe beaucoup en ce moment. Parlons-en.

— Oui, OK. Qu'y a-t-il de si extraordinaire à ce que je vous appelle Rose ?

Il retroussa machinalement les manches de son pull-over. Ses muscles apparents se contractèrent. À nouveau, la cicatrice rose apparut au creux de son bras. Une brûlure ancienne, sans poil, comme un bourrelet de nœuds et de plis. On ne voyait pas jusqu'où la cicatrice remontait.

— Me trouvez-vous antipathique, repoussant ?

— Là n'est pas la question. À mon avis, il vaut mieux observer une distance professionnelle entre le patient et le thérapeute. Durant les séances je suis là pour vous, je vous accompagne afin que, pour ainsi dire, vous appreniez à mieux marcher. Mais je ne fais pas partie de votre vie.

— Oh si ! C'est moi qui ai décidé de suivre une thérapie avec vous. Par conséquent, vous êtes *devenue* une partie de ma vie.

— Exact, je vous accompagne un bout de chemin, mais je ne suis pas là pour toujours, comme votre mère ou votre tante.

— Mais, durant ce temps, je pourrais tout de même vous appeler Rose ?

Elle secoua la tête.

— Ensuite, vous auriez beaucoup de mal à vous détacher. Or le détachement est nécessaire à la fin d'une thérapie.

Il resta silencieux.

— Nous n'arriverons à la finir que si nous abordons certains thèmes de manière professionnelle et non au cours d'une discussion à bâtons rompus entre amis.

Il gardait les yeux baissés.

— Aujourd'hui, j'aimerais que nous parlions de votre enfance.

Toujours muet, Carl croisa les bras.

— Avez-vous reçu une éducation stricte ?

— Je ne sais pas.

— Qu'est-ce que vous ne savez pas ?

— Stricte, ça veut dire quoi, au juste ?

— Quels sont, à votre avis, les symptômes d'une éducation stricte ?

— Je ne sais pas.

— Si vous connaissiez la réponse, quelle serait-elle ?

Il réfléchit. Un instant, elle eut l'impression qu'il avait oublié sa rancune.

— Eh bien, je pense que ces enfants ont peut-être des hématomes sur le visage ou sur les bras, qu'ils gardent les yeux baissés ou sursautent quand ils entendent la voix de leur père.

Rose poussa un soupir de soulagement.

— Quel effet aurait une éducation stricte sur ces enfants ? Dans quelle mesure leur comportement changerait-il ?

— Je ne sais pas.

— Si vous étiez un expert, quels signes pourrait-il y avoir ?

Il décroisa les bras. Pour la première fois depuis leur dispute, il regarda Rose en face.

— Ils auraient peut-être des troubles du sommeil ; ils dessineraient des choses bizarres, feraient pipi au lit ou vomiraient leurs repas.

— Avez-vous parfois vomi votre repas ?

— On ne pourrait pas parler de choses plus réjouissantes ? dit-il en refermant les bras.

Merde !

— Bien sûr qu'on peut parler de choses plus réjouissantes. De quoi aimez-vous vous souvenir de votre enfance ?

Il n'y a rien eu de réjouissant dans mon enfance, sembla dire son regard.

— Parlons de *votre* enfance, proposa-t-il. Pourquoi avez-vous décidé de devenir psychothérapeute ? Quel était *votre* problème, le problème que vous avez essayé de résoudre de cette manière ?

— Notre entretien porte sur vous, pas sur moi.

Il ignora sa réponse.

— Quel était *votre* point sensible ?

Rose ne craignait pas de parler de ses problèmes à des personnes étrangères, notamment ceux qu'elle avait avec sa mère. Elle n'avait rien fait d'autre au cours de plus de trois cents heures de séances au sein de groupes de prise de conscience personnelle. Aujourd'hui encore, elle discutait de ses angoisses avec son responsable hiérarchique, mais pas avec des patients.

— Vous avez raison. Il y a eu un point sensible dans ma vie, comme dans celle de tous mes collègues. Pourquoi, sinon, nous intéresserions-nous à la psychologie ? Mais ce n'est ni le lieu ni le moment de parler de ça.

— Pourquoi ?

— Cela vous détournerait trop de vous-même. Je ne veux pas que vous commenciez à analyser les problèmes des autres au lieu de vous occuper à résoudre les vôtres.

Carl la fixait de ses yeux bleus comme pour tenter de prévoir sa réaction à ce qu'il allait dire.

— Je vous fais une proposition.

Rose se renversa dans son siège. C'était le début de la guerre psychologique. Quatrième séance exactement. Elle s'était demandé quand et comment il la démarrerait. Elle l'invita de la tête à parler.

— Je ne suis pas ici pour parler de mon enfance, mais pour apprendre à contrôler mon agressivité et ma dépendance à la drogue. Voici ma proposition : je vous dis ce que vous voulez savoir, si vous me livrez un peu de votre vie privée.

Voilà donc pourquoi celles qui l'avaient précédée avaient jeté l'éponge. Carl était malin. Il s'était trop rapproché d'elles, il les avait éventuellement harcelées. Incapables de gérer cette situation, elles avaient pris peur. Dans les milieux spécialisés, on qualifiait d'« agressivité passive » le comportement calme et apparemment agréable et intéressé de Carl. Il lui suffirait d'un entretien avec son chef pour qu'il lui conseille d'abandonner immédiatement ce cas. Au cours de sa carrière, elle avait vu nombre de thérapeutes se brûler les ailes et finir par se retirer complètement de la profession. Mais elle était trop expérimentée pour s'abandonner à ce jeu de donnant-donnant. Plus Carl en saurait à son sujet, plus il le retournerait contre elle.

— Si nous nous étions connus dans d'autres circonstances, je parlerais volontiers avec vous sur un plan privé. Mais pas pendant nos séances. Nous devons nous concentrer sur vos sentiments.

— Mes sentiments contre les vôtres, telle est ma proposition, rétorqua-t-il en regardant par la fenêtre comme si tout cela ne le concernait pas.

Elle l'avait perdu.

— Je vous propose un exercice d'association. Je nomme…

— Non, dit-il, toujours regardant par la fenêtre. Je vous ai déjà dit que je ne vous raconterai quelque chose que si vous, vous me racontez aussi quelque chose.

— Bien.

Rose garda son calme. Continuer à parler ne servirait à rien dans cette situation. Il fallait introduire dans le jeu des stimuli visuels. Elle se leva, alla au paperboard et, à l'aide d'un feutre, partagea la page blanche en deux.

— Nous pourrions alors mettre à profit ce moment de nos entretiens pour représenter de manière graphique vos sentiments à l'instant présent. À gauche, le coin où vous vous sentez bien, à droite, ce qu'on appelle le no man's land. Quelles images vous viennent spontanément à l'esprit quand vous vous…

— Aucune.

Rose reboucha son feutre et se dirigea vers le rayonnage du mur opposé où étaient rangées quelques figurines en plastique. Astérix, Idéfix, Mickey, une princesse, une sorcière, un mouton et la Mort en froc noir.

— Ou bien nous faisons de cette table la scène intérieure de vos sentiments. Laquelle de ces figurines pourrait symboliser votre colère ? Laquelle l'amour, la passion, la peur ou même le narcissisme ?

Carl jeta un œil sur les figurines.

— Qu'est-ce que c'est que ces bêtises ? Je n'ai pas cinq ans, je ne joue pas à la poupée.

— Exact. Avec les adultes, ce jeu fonctionne d'ailleurs autrement…

Elle ne termina pas sa phrase et reposa la princesse sur l'étagère.

— Comment ?

Elle prit un peu de temps avant de répondre.

— On appelle ça « externalisation ». Nous prenons d'un commun accord un problème, par exemple votre agressivité, et nous lui donnons une forme. De nombreux patients choisissent le diable, un nain ou la Mort.

Rose poussa une chaise vers la table.

— Nous invitons cette personne à s'asseoir avec nous et nous l'interviewons.

Carl jeta un regard à la chaise.

— Et on lui demande quoi ?

— Pourquoi, par exemple, vous devenez si souvent agressif ? Dans quelle situation ? Quand disparaît cette agressivité ?

— Et quoi d'autre encore ?

— On ne peut planifier l'interview. Beaucoup de questions naissent spontanément.

Rose s'assit.

— À quoi ressemble votre agressivité ? À la Mort ?

— À une colombe blanche.

Dans un premier temps, elle crut qu'il se moquait d'elle, mais elle vit à l'expression de son visage qu'il était sérieux.

Une colombe blanche était – au moins à ses yeux – un bel oiseau, un oiseau esthétique. Tranquille, paisible d'une certaine manière et… peut-être même sacré.

— Invitons la colombe à s'asseoir avec nous.

Après quelques secondes de réflexion, il secoua la tête.

— Non, c'est trop con.

Rose regarda l'heure. La séance était bientôt finie, et elle n'avait rien obtenu, avait seulement repoussé ses tentatives d'approche. Elle avait néanmoins découvert quelque chose : à ses yeux, l'agressivité était une colombe blanche, un oiseau « féminin ».

S'il ne voulait pas s'engager dans un jeu d'associations, dans un exercice visuel sur papier, dans la mise en scène interne ou dans l'externalisation, ce n'était certainement pas parce que c'était infantile, mais parce qu'il savait parfaitement à quoi visaient ces méthodes : révéler les secrets de son enfance. Il lui était sans doute difficile d'en parler avec elle ou d'apprendre quelque chose de nouveau sur son propre compte.

Carl regarda l'heure à son tour.

— Y aura-t-il une prochaine fois ?

— Bien entendu, nous avons encore du pain sur la planche. Mais, pour finir, je voudrais vous demander quelque chose.

— Dois-je apporter mes propres figurines lors de la prochaine séance ?

Son ton se voulait sarcastique.

— Ce n'est pas nécessaire. C'est autre chose.

Elle estimait que Carl bloquait la thérapie parce que, dans une conversation en tête-à-tête, parler de son enfance l'inhibait. Mais il existait un moyen de contourner cet obstacle.

Elle prit son vieux dictaphone dans un tiroir, changea les piles et introduisit une cassette de cinquante minutes.

— Je voudrais que vous preniez avec vous ce magnétophone. Dans un moment de tranquillité, seul, vous pourriez y enregistrer vos sentiments.

Carl prit l'appareil.

— Et qu'est-ce que je fais de la cassette ?

— Si vous voulez, vous pouvez la déposer dans ma boîte aux lettres. Personne d'autre que moi ne l'écoutera.

— Je ne crois pas que j'enregistrerai quoi que ce soit.

— Vous n'y êtes pas obligé.

— D'accord.

Il fit lentement disparaître le dictaphone dans la poche de son jean.

Les quatre semaines suivantes, Carl avait annulé les rendez-vous, mais il était venu à plusieurs reprises déposer des cassettes dans la boîte aux lettres : cinq au total.

Il en avait acheté quatre autres du même modèle et les avait enregistrées jusqu'à la dernière minute. Plus elle écoutait ces cassettes, plus Rose avait le souffle coupé. Maintenant, elle comprenait l'origine des cicatrices. Elle savait que la séance suivante serait l'une des plus révélatrices.

DEUXIÈME PARTIE

Mardi, 24 mai

« L'étude des maladies a accompli de tels progrès qu'il sera de plus en plus difficile de trouver un homme en parfaite santé. »

Aldous Huxley

14

Helen n'avait pas fermé l'œil de la nuit, les mêmes idées ne cessant de lui trotter dans la tête. Elle était plongée dans un état de demi-veille, où se mêlaient la peur, les doutes et les reproches qu'elle s'adressait.

Aussi incroyable que cela pût paraître, Frank avait sans doute offert la bague à Anne Lehner. Son mari avait-il une liaison avec une de ses patientes ? Si oui, depuis quand ? Et pourquoi Anne était-elle venue la consulter, elle précisément ? Le ravisseur de cette femme était probablement un de ses anciens amants désireux de se venger de Frank. Peut-être même était-il un de ses patients ?

À mesure qu'elle réfléchissait, sa méfiance envers son mari grandissait. Elle ne pouvait lui parler du rapt. La bague et son inscription n'étaient pas seules à attiser ses soupçons, il y avait aussi le relevé de sa carte bancaire, les préservatifs et la clé d'un appartement inconnu. N'y avait-il pas d'autres secrets qu'elle ignorait totalement ? En même temps, elle craignait pour la vie d'Anne. Une mauvaise décision et le maître chanteur continuerait à la mutiler.

Au petit matin, quand elle s'endormit enfin, le réveil sonna. Elle serait volontiers restée au lit, mais il fallait donner à manger à Dusty, se faire un café fort et imaginer comment elle allait passer cette terrible journée.

Pas un mot ou presque ne fut prononcé durant le petit déjeuner. Frank était tendu comme un ressort. Elle ne le connaissait pas sous ce jour-là. Consultant sans arrêt sa montre, il téléphonait sans obtenir de correspondant et rédigeait texto sur texto sur son BlackBerry. Quand elle lui demanda s'il avait des problèmes, il invoqua des difficultés à son travail. *Tu parles !* Il lui mentait. Des cas difficiles, il en avait résolu des dizaines au cours de sa carrière, et il avait le don de faire la part entre le stress professionnel et sa vie privée. Il avait un poids sur le cœur et elle croyait savoir de quoi il retournait.

— Tu es au bureau toute la journée ? demanda-t-elle quand il s'avança vers elle, sa serviette sous le bras et la clé de la voiture dans la main.

— Hélas oui. Je rentrerai certainement tard, dit-il en l'embrassant sur la joue. Si tu as le temps, occupe-toi de la fête, s'il te plaît.

— Bien sûr, répondit-elle, tentant de sourire. Mais moi aussi j'ai une journée chargée. J'ai un rendez-vous avec une patiente difficile, Anne Lehner, et j'en ai cinq autres ensuite, mentit-elle effrontément.

— Anne Lehner vient aujourd'hui ? l'interrompit-il, pâle comme un mort. Ah oui, tu m'as interrogé hier à son sujet, ajouta-t-il en jouant les indifférents, désireux de faire oublier sa réaction précipitée.

Mais tu n'y es pas parvenu.

— Oui. C'était juste une idée comme ça, éluda-t-elle. Je croyais que tu la connaissais.

Il secoua la tête.

— À ce soir.

Quelques secondes plus tard, elle entendit une portière claquer, puis un moteur démarrer. Elle sortit sur la terrasse et vit la Lamborghini disparaître dans le village. En réalité, ce n'était pas du tout sa voiture. Elle l'avait achetée avec l'héritage de ses parents. Les papiers étaient à son nom, mais c'était lui qui la conduisait. Sa Toyota la satisfaisait pleinement.

Dusty se pressa contre ses jambes, se frottant contre ses mollets nus.

— C'est bon, c'est bon, petit. Viens, on va chercher le courrier.

Elle traversa la pelouse, ses tennis aux pieds. La rosée étincelait. L'odeur de purin de la veille s'était dissipée. Le chemin forestier qui longeait les serres et le moulin désaffecté avant de s'enfoncer dans le bois de pins était désert. Des pigeons roucoulaient sur la ligne à haute tension.

Elle prit le courrier. Dusty se jeta à côté d'elle sur l'herbe et roula sur le dos.

— Oui, salis-toi bien pour que je nettoie encore toute la maison !

Elle s'agenouilla et lui gratta le ventre.

Son regard tomba alors sur la boîte aux journaux. Elle contenait des prospectus et *Die Presse*. Plus un carton blanc. Son estomac se contracta. Non, pitié, pas ça ! Elle prit le carton avec un mouchoir.

Dusty se releva et s'approcha en remuant la queue. Il lui sauta dessus avec impatience.

— Arrête ! lui intima-t-elle.

Madame le Dr Helen Berger, était-il écrit sur le couvercle qu'elle souleva avec précaution, toujours à l'aide du mouchoir. Une fente lui suffit pour constater qu'il y avait un pouce humain à l'intérieur. La tête lui tourna. Les doigts tremblants, elle referma le carton. Elle se sentit flageoler. Quand ce cauchemar cesserait-il ?

Malgré la menace du fou de torturer Anne Lehrer si Helen ne respectait pas les règles de son jeu, elle devait informer Ben Kohler. Sinon, elle aurait un meurtre sur la conscience.

Elle sursauta en entendant son portable sonner à quinze mètres d'elle, sur la table de jardin. Elle resta comme paralysée. Dusty traversa la pelouse en jappant, fit demi-tour et revint vers elle.

Le portable s'arrêta enfin. Prenant une profonde inspiration, elle récupéra le courrier et retourna dans la maison. Elle déposa la boîte et le mouchoir dans le congélateur, avec l'autre doigt. La bague dans son étui était toujours derrière les livres. Il fallait qu'elle mette un terme à ce jeu de cache-cache avant de péter les plombs.

Elle s'assit au soleil sur la terrasse. Elle frissonnait pourtant. Son portable affichait : *Appel en absence, correspondant inconnu.*

Il va rappeler. Au même instant, l'appareil sonna. Elle tressaillit. Les mains glacées, elle prit le téléphone.

— Allô ?

Elle le reconnut au bruit de sa respiration.

— Bonjour, madame le docteur.

Elle haïssait cette voix contrefaite.

— Qui ai-je enlevé et pourquoi ? Il vous reste un peu plus de vingt-quatre heures pour répondre.

— Vous avez enlevé Anne Lehner, dit-elle d'une voix rauque.

Il resta silencieux une seconde. Puis :

— Réponse fausse.

Helen fut comme abasourdie. Comment pouvait-il affirmer ça ? Elle avait vu la bague au doigt d'Anne.

— Je veux lui parler, exigea-t-elle.

— Non.

— Vous me l'avez promis ! cria-t-elle dans le téléphone. Vous avez dit que je pourrais parler avec elle dès qu'elle aurait repris conscience.

Son cœur battait à tout rompre. Elle entendit des frottements, des pas, une porte grincer, une lucarne s'ouvrir. Elle pressa le portable contre son oreille afin de ne perdre aucun bruit. Elle crut entendre le gémissement d'une femme. Le bruit atroce d'un ruban adhésif qu'on arrache la fit reculer.

Soudain, une femme hurla d'une voix désespérée :

— Aidez-moi ! S'il vous plaît ! Je suis prisonnière ! Je…

La voix se tut. La lucarne fut violemment refermée. Des pas retentirent dans un couloir.

Helen était bouleversée. Les mots de cette femme tournaient sans fin dans sa tête. Pour une raison surtout : c'était la voix d'Anne Lehner ! De la femme qui était en traitement chez elle depuis six mois.

— Cette femme est Anne Lehner ! répéta-t-elle.

— Non. Vous avez jusqu'à demain matin. Donnez-moi la bonne réponse, et cette femme vivra. Sinon, ou si vous parlez à quelqu'un de notre jeu ou de cette conversation, elle mourra.

— Ce sont les règles de votre jeu ?

— Oui. Jusqu'à demain.

— Attendez !

Helen tendit l'oreille. Il n'avait pas raccroché. Elle rentra dans la maison.

— Je voudrais que vous restiez à l'écoute afin que vous sachiez que je n'enfreins pas vos règles.

Elle alla jusqu'au téléphone fixe posé sur la commode de l'entrée. Elle n'avait pas résilié l'abonnement, car le modem de Frank y était toujours branché.

— Écoutez !

Helen posa son portable et décrocha le combiné. Elle composa le numéro du bureau de Ben Kohler. Elle le connaissait encore par cœur après toutes ces années !

Au bout de trois sonneries, une femme décrocha.

— Je voudrais parler à l'inspecteur Ben Kohler.

— Navrée. Il n'est pas encore là. Qui est à l'appareil ?

— Helen Berger.

Elle entendit la femme noter quelque chose.

— Est-ce privé ou puis-je vous mettre en communication avec un de ses collègues ?

Beaucoup de collègues de Ben la connaissaient du temps où elle établissait des profils de criminels pour la brigade. La plupart devaient garder un mauvais souvenir de l'affaire Winkler. Ils ne pourraient que réagir avec circonspection à son appel.

— Oui, passez-m'en un, je vous prie.

Elle attendit. Un homme finit par la prendre en ligne. Elle reconnut la voix d'Oliver Brandstätter et poussa un soupir de soulagement. Lui aussi avait travaillé avec Ben au Wega, puis il était devenu son partenaire à la brigade criminelle du BKA. Il avait certainement été promu inspecteur-chef depuis. Originaire de la Carinthie, il était cynique comme pas un. Pourtant, même après l'affaire, il avait été le seul à se montrer loyal et amical envers elle.

— Salut, Oliver, c'est Helen.

— Salut, Helen. Qu'est-ce je peux pour toi ?

— Une de mes patientes n'est pas venue à sa séance hier. Anne Lehner. Je suis inquiète pour elle, je n'arrive à la joindre ni sur son portable ni sur son fixe.

Elle espérait que le ravisseur écoutait, car elle jouait selon ses règles. Comme il avait prétendu qu'Anne n'était pas la bonne personne, sa victime n'était pas menacée par son coup de fil. Par ailleurs, elle n'avait pas évoqué l'enlèvement ou le jeu du fou.

— Anne Lehner, dit Oliver. Un instant…

Helen se massa les tempes. Elle ignorait ce qu'elle allait ainsi obtenir. Il allait certainement lui dire qu'une personne devait être au moins disparue depuis quarante-huit heures pour que la police intervienne. Merde ! Elle aurait dû lui expliquer qu'elle n'arrivait pas à la joindre depuis deux jours.

Il s'annonça à nouveau.

— On est au courant. Elle a été portée disparue.

Helen eut le souffle coupé.

— Vraiment ?

— On a découvert des traces d'effraction dans son appartement. On la recherche depuis hier soir. Tu sais quelque chose à son sujet ?

— Non, se hâta-t-elle de répondre.

Elle se sentit soulagée d'un grand poids. La police était donc déjà sur l'affaire. Sauf qu'ils ignoraient qu'Anne avait perdu deux doigts et qu'elle mourrait demain si elle, Helen, ne devinait pas la raison de son enlèvement.

— Tu devrais néanmoins te rendre au commissariat pour déposer, lui conseilla Oliver.

Helen jeta un œil sur son portable. Le ravisseur était toujours en ligne.

— Aujourd'hui, je ne peux pas m'absenter de mon cabinet. Demain.

— D'accord. Mais ne viens pas chez nous, va voir les enquêteurs. Tu sais où ils sont.

Il raccrocha. Helen lâcha le combiné et reprit aussitôt le portable.

— Écoutez ! Ce n'est pas moi qui ai déclaré que la femme était dispa…

La communication fut coupée.

Helen venait de finir de ranger la vaisselle du petit déjeuner dans la machine à laver quand le téléphone fixe sonna. Elle reconnut le numéro de Ben. Elle décrocha.

— Helen Berger, s'annonça-t-elle.

— Salut, Helen.

Cela faisait trois ans qu'elle n'avait pas entendu sa voix, mais ces deux mots suffirent pour qu'elle le voie en pensée devant elle. Grand, large d'épaules, des cheveux blonds coupés court, des yeux bleu clair et un tatouage sur le bras : un griffon aux griffes écartées, le symbole du Wega.

— Tu as appelé le commissariat ?

— Je suis inquiète pour Anne Lehner. Une patiente que je n'arrive pas à joindre depuis hier.

— Oliver t'a déjà expliqué qu'elle a sans doute été enlevée dans son appartement. Ne t'inquiète pas, on va la retrouver. As-tu une idée de qui se cache derrière ?

Si seulement !

— Malheureusement non. Qui a révélé sa disparition ?

— Un appel anonyme. Il y a un message curieux sur la boîte vocale d'Anne Lehner : elle serait indisponible pour le moment.

Je sais. C'est ce type. Trouve-le ! Il l'a déjà amputée de deux doigts.

— Helen, tout va bien ?

— Oui, merci. (Elle se racla la gorge.) Et toi, comment vas-tu ?

— Tu demandes ça au bout de trois ans, répliqua-t-il, d'une voix soudain un peu oppressée. C'est à toi qu'il faut demander comment tu vas.

— Je suis mariée.

— Je sais. Avec le procureur Berger. Une ordure, si tu me demandes mon avis. Il m'a invité à son anniversaire demain.

— Pourquoi viens-tu si c'est une ordure ?

— Parce que je veux te voir.

Elle se mordit la lèvre. *Oh pitié, tu ne vas pas me faire ça !*

— Je ne comprends pas comment tu as pu épouser Berger, explosa-t-il soudain.

Helen eut de la peine à reprendre souffle. C'était tout Ben, ça ! À peine avaient-ils retrouvé un peu d'intimité qu'il y mettait fin la seconde d'après.

— Tu as beau le prendre pour une ordure, Frank a été le seul à m'aider à ce moment-là.

Même si elle ne souhaitait pas que ça ait l'air d'un reproche, elle n'éprouvait pas le besoin de s'excuser auprès de Ben d'avoir épousé Frank.

— Je sais, ça a pas mal déconné, dit-il. Dès que des intérêts étrangers à l'affaire entrent en jeu, ça tourne mal. Mais tu le savais. C'était ton boulot d'établir des profils de criminels.

— C'est pourquoi je me suis tirée.

— Je sais. Comment marche ton cabinet ?

— Bien, merci.

Jusqu'à ce que ce ravisseur fou me tombe dessus.

— J'ai entendu dire que tu avais écrit un livre.

— Oui, il y a deux ans, sur ma spécialité.

— Abus physiques ou sexuels sur des jeunes et troubles dissociatifs de l'identité.

— Exact.

Il s'en souvenait donc !

— Pour l'instant, je corrige les épreuves d'un second bouquin.

Mais ce travail n'arrivait pas à chasser le souvenir de Flo. Soudain, des larmes lui coulèrent sur les joues.

— Je pense tous les jours à Flo, à ses grands yeux vifs, à son ours en peluche avec lequel il n'arrêtait pas de grogner à qui mieux mieux…

— Helen, je t'en prie !

Elle essuya ses larmes.

— Est-ce que tu t'es jamais demandé pourquoi Winkler nous a fait ça ?

— Chaque putain de jour de la semaine ! Tu veux mon avis ? Il était trop sûr de son affaire. Il n'avait pas pensé que tu pourrais le confondre. Il a voulu se venger de toi et te donner une leçon. C'est pour ça qu'il a choisi mon fils.

Son estomac se noua, et elle comprit que Ben avait raison.

— Je suis désolé, reprit-il. Ce n'est pas ce que je voulais dire. J'ai du travail, on se voit demain soir, d'accord ?

— Merci, dit-elle en raccrochant.

Encore vingt-quatre heures, se rappela-t-elle. Elle avait fait un pas. Elle croyait à présent savoir pourquoi Frank était nerveux et tendu. C'était certainement lui l'auteur du coup de fil anonyme qui avait annoncé la disparition d'Anne Lehner.

Helen regarda la pendule. 8 heures et quelques. Dans une heure, son premier patient. Elle avait encore le temps d'entreprendre quelque chose. Elle allait procéder à une nouvelle fouille du bureau de Frank. Mais cette fois, à fond !

15

La veille, tard le soir, Sabine avait rangé son bureau que Sneijder avait mis dans un état indescriptible en recherchant sa cassette. Puis elle avait passé la nuit chez sa sœur. Serrée entre Kerstin, Connie et Fiona dans le grand lit double, elle avait enfin pu dormir quelques heures.

Le matin, à 8 heures, Monika et elle firent des crêpes. Pendant que les fillettes se régalaient de confiture, de sirop et de pâte à tartiner au chocolat, Sabine passa un coup de fil à Gabriel. Les nouvelles n'étaient pas bonnes. Leur père était en détention préventive depuis vingt-quatre heures. Dans le meilleur des cas, il serait poursuivi pour faux témoignage, dans le pire pour complicité de meurtre, voire accusé d'assassinat.

Sabine but un deuxième café, puis emmena les enfants à l'école et au jardin d'enfants. Elle partit ensuite pour le commissariat. Une dure journée commençait, une journée interminable.

Elle consulta le système de gestion des interventions pour s'informer du travail qui l'attendait. Après un coup de fil à Kolonowicz qui voulait l'envoyer avec Simon à une station-service qui venait d'être attaquée, elle entendit frapper à sa porte. Derrière la vitre dépolie, une silhouette maigre et chauve. Cela suffit à lui nouer l'estomac. Elle n'eut pas le temps de dire « Entrez ! » que Sneijder était dans le bureau. Il ferma la porte et s'avança vers elle, le volume de *Struwwelpeter* sous le bras. Il releva la jambe de son pantalon en tirant sur le pli et, avec décontraction, posa une fesse sur la table.

Il n'avait pas bonne mine – le contraire n'arrivait sans doute jamais – mais il paraissait en meilleure santé que la veille. Beaucoup moins pâle. Simon l'avait conduit, minuit passé, à l'hôtel Mercure, dans la vieille ville. Soit les lits y étaient confortables, soit Sneijder avait manipulé ses aiguilles d'acupuncture toute la nuit. Il y avait même une légère teinte de rose sur ses joues.

— Vous avez parlé avec mes supérieurs ? demanda Sabine puisqu'il ne disait rien.

— À propos de Dédale, du rapport d'autopsie et de la cassette que vous m'avez volée ?

Elle s'abstint de répondre.

Esquissant son sourire de croquemort, il eut un claquement de langue.

— Je ne vois pas du tout de quoi vous parlez.

Avait-il l'intention de se payer sa tête ? À en juger par l'expression figée de son visage, il était sérieux. Il posa le livre sur le bureau.

— Vous l'avez acheté chez Haital ?

— Bien sûr que je l'ai *acheté* !

Quelle question stupide !

— J'aimerais parler de l'affaire avec vous.

Maintenant ? Incroyable !

— C'est ce que j'ai essayé de faire toute la journée d'hier, dit-elle. Malheureusement, je dois me rendre à une station-service qui vient d'être attaquée.

— Un braquage ? Comme c'est intéressant !

Ce ton ironique la hérissa.

— Tout le monde ne travaille pas sur des affaires importantes, comme vous, cracha-t-elle.

— Je sais, soupira-t-il. Me connaître, c'est m'aimer.

Elle se leva.

— Asseyez-vous. Il faut que nous parlions.

— Maintenant ?

— Quand, sinon ? demanda-t-il, toujours appuyé sur la table, attendant qu'elle se rassît. Pour des raisons de sécurité, le BKA a gardé secrets les détails des deux assassinats de Cologne et de Leipzig. Une idée à moi.

Elle le regarda d'un air interrogateur, mais ne dit rien.

— Premièrement, pour ne pas encourager des gens à l'imiter et lui mettre leurs crimes sur le dos. Deuxièmement, pour que le type sorte de sa réserve, s'il est vaniteux, qu'il prenne des risques et commette sa première erreur. Mais il ne nous a pas encore offert ce plaisir.

— Pourquoi me racontez-vous tout cela, alors que vous avez passé la journée d'hier à m'humilier ?

Il tapota du doigt le volume illustré.

— Je ne connaissais pas ce livre.

Soudain, sa voix avait pris un ton confidentiel qu'elle ne lui connaissait pas.

— Les enfants des Pays-Bas ont d'autres lectures. J'ignore comment vous vous y êtes prise, Écureuil, mais votre tuyau est de premier ordre. Les meurtres de Leipzig, de Cologne et de Munich sont visiblement des mises en scène inspirées des histoires de ce livre : les récits cruels du méchant Friedrich, de la petite Pauline brûlée vive et des garçons noirs. C'est un pas en avant pour moi.

— Pour vous ? Je croyais que le BKA ne se mêlait pas de cette affaire et qu'il n'était pas chargé de l'enquête.

— Effectivement.

Sabine se laissa aller en arrière.

— Vous m'intriguez.

Sneijder se redressa et traversa la pièce. Il s'immobilisa devant la fenêtre, les mains posées sur le rebord, contemplant les plantes grimpantes, puis il leva les yeux vers la cathédrale.

— Ce que vous dites est exact. Le LKA de la Rhénanie du Nord-Westphalie enquête sur le meurtre de Cologne et le LKA de la Saxe sur celui de Leipzig. Mais les deux crimes ont débuté par un enlèvement, comme dans le cas de votre mère. Quand il y a prise d'otages et racket, les experts en négociations et les groupes de conseillers du BKA sont sollicités. Les deux enlèvements se sont terminés tragiquement, voilà pourquoi je suis entré en scène. Je produis environ trente analyses par an.

— Voilà qui m'impressionne, dit-elle avec cynisme.

— Il n'y a pas de quoi, répondit-il. En examinant les lieux des crimes, j'ai su que d'autres assassinats suivraient et que nous devions nous attendre à bien pire. Pour l'instant, nous voyons le sommet de l'iceberg. Je fais donc mon travail. Je procède à une expertise des deux assassinats et j'appelle l'affaire en question « la devinette des quarante-huit heures ». L'assassin joue deux personnes proches l'une contre l'autre : « Si vous découvrez en moins de quarante-huit heures pourquoi telle ou telle personne a été enlevée, elle restera en vie. Sinon, elle mourra. »

— Mais ça prouve que mon père est innocent !

— Pas si vite ! Cela pourrait aussi prouver que vous avez eu connaissance de l'analyse par votre requête sur Dédale, que vous en avez parlé à votre père et qu'il a tué son ex-femme selon ce schéma.

Sabine en resta le souffle coupé.

— Mais vous n'y croyez pas vous-même !

— Ce que je pense importe peu en l'occurrence. Le procureur fait de ce meurtre une affaire personnelle. Je peux seulement vous dire que le LKA enquête aussi sur vous.

Sabine bondit de son siège.

— Sur moi ?

— Calmez-vous. Ce ne sont encore que des enquêtes d'amateurs. Pour l'heure, les collègues interrogent sept personnes. Mais aucune d'elles n'est l'assassin. La main droite ignore toujours ce que fait la main gauche. Nous avons donc au moins douze heures pour nous remuer les méninges.

Nous ? Il a dit « nous » ? Elle respira un bon coup.

— Continuez.

— La femme de Cologne a été enlevée le 6 avril et tuée le jour même. Le rapt de celle de Leipzig a eu lieu le 20 avril, l'assassinat seulement quarante-huit heures plus tard. Nous savons donc que le criminel surveille la personne qu'il harcèle au téléphone. Dès que la police est informée, comme à Cologne, la femme meurt.

Trop de pensées traversèrent l'esprit de Sabine, toutes concernant son père, pour qu'elle pût raisonner. Elle saisit instinctivement le médaillon à son cou.

— Ce qui signifie…

— … que votre mère serait morte aussitôt si votre père avait alerté la police.

Il semblait lire dans ses pensées. Un poids lui tomba instantanément des épaules, un nœud se défit dans sa poitrine. Elle respira, soulagée. Elle se rendait enfin compte qu'elle accusait inconsciemment son père de la mort de sa mère. En réalité, il avait prolongé son existence de quarante-huit heures, même si, à la fin des fins, elle était morte des mains du ravisseur.

— Pourquoi êtes-vous dans mon bureau ?

— Depuis des semaines, j'attends une troisième affaire. Chaque scène de crime apporte de nouvelles traces et permet de mieux comprendre ce que recherche le criminel au travers de son « chef-d'œuvre ».

Son regard tomba sur *Der Struwwelpeter*.

— Ouvrez-le !

Helen s'exécuta. Sous la page de couverture, elle trouva quelques photos de scènes de crime. La première montrait le cadavre d'une femme d'environ trente-cinq ans. Le sang empêchait de distinguer la couleur des cheveux.

Sabine travaillait depuis des années dans son service, mais elle n'avait jamais vu chose pareille. Sa gorge se noua. La femme était nue, attachée au sol par des anneaux de fer passés à ses poignets et à ses chevilles. Une laisse la bâillonnait. En arrière-plan, des murs couleur de glaise et les arcs en plein cintre d'un caveau vide. Sabine crut reconnaître la sacristie souterraine moyenâgeuse évoquée par Sneijder dans sa cassette. La photo suivante montrait la même femme sur la table d'autopsie, sous une lampe bleue. Sabine eut un mouvement de recul, mais elle en avait déjà trop vu.

— Les pitbulls n'ont pas laissé grand-chose d'elle, expliqua Sneijder. L'homme a d'abord écorché les bras et les jambes de sa victime avec une lame afin que le sang éveille l'instinct de chasseur des bêtes affamées.

C'est ce même individu qui avait tué sa mère, songea-t-elle.

— La femme était vivante ?

— « Le méchant Friedrich qui criait et pleurait à fendre l'âme, énonça Sneijder, citant un passage du livre. Le méchant garçon assommait des oiseaux, donnait des coups de pied aux chiens et fouettait sa femme ; jusqu'au jour où, enfin, un chien lui mordit le pied », telle est l'histoire, poursuivit Sneijder.

Il observa un petit temps de silence.

— Oui, elle était vivante. Mais le médecin légiste pense qu'une profonde morsure dans la carotide a été d'emblée mortelle. Je présume que ça n'a pas dû apporter grande satisfaction à Struwwelpeter. Il avait sans doute imaginé un scénario un peu plus long.

Il venait d'appeler le tueur « Struwwelpeter ». L'idée qu'il pût y avoir un lien entre ces assassinats et le personnage d'un livre pour enfants fit froid dans le dos à Sabine.

— Elle s'appelait Waltraud Nesselberger. En réalité, elle n'était pas enseignante, mais travaillait chez un avocat, rédigeant des testaments et des actes de donation. Vous avez connu cette femme ? Vous avez tout de même vécu quelques années à Cologne.

Sabine fit signe que non. Elle se força à regarder la photo suivante, celle où un baquet en fer-blanc contenait un cadavre réduit à l'état de morceaux carbonisés. Les habits de la victime étaient soigneusement pliés et empilés à côté d'elle. Un collier doré avec une croix était posé sur le corsage. Mais l'assassin n'avait pas jeté la chaîne n'importe comment, il lui avait donné la forme d'un cœur, comme pour conférer à son acte une valeur esthétique. À l'arrière-plan d'une autre photo, on apercevait le rebord d'une énorme cloche, large d'au moins deux mètres, au-dessous de laquelle s'entassaient des gravats et des sacs de ciment. On apercevait un ciel gris par les lucarnes de la toiture.

— Elfriede Nikitsch, cinquante-huit ans, ancienne institutrice à Leipzig. On n'a réussi à l'identifier que grâce aux clichés du dentiste qui lui avait posé un implant.

La poitrine de Sabine se contracta. La vue de ces photos l'aurait-elle bouleversée autant s'il n'y avait eu derrière la main de l'assassin de sa mère ? Sans doute pas. Ces êtres lui auraient été indifférents. Mais sa mort était la suite de la folle série macabre. Sabine éprouvait pour ces victimes la compassion qu'elle aurait éprouvée si elle les avait connues personnellement.

Au beau milieu de ces pensées noires, un détail retint pourtant son attention.

— Nesselberger, Nikitsch et Nemez… tous les noms commencent par un N.

— Deux même par « Ne », pour être exact. Mais je ne pense pas que cela ait une signification. Dans l'histoire du livre, la petite Pauline était seule chez elle ; elle jouait avec des allumettes jusqu'au moment où la robe, le tablier et les cheveux s'enflammèrent. Dans la réalité, cela s'est passé différemment. Struwwelpeter a attaché la femme dans un baquet, l'a arrosée d'essence et a renouvelé par deux fois l'opération de combustion après sa mort. Comme il n'a pas réussi à ouvrir les fenêtres, il a cassé les vitres afin d'assurer l'aération nécessaire.

Sabine examina une seconde fois la photo du clocher. Que la construction en bois n'ait pas pris feu tenait du miracle.

— D'où a-t-il sorti le baquet ?

— Il servait à gâcher le ciment. Le clocher a été restauré, expliqua Sneijder. Cette mort a dû le satisfaire davantage que la première.

— Personne n'a aperçu le feu ou la fumée ?

— Pas à 4 heures du matin.

Sabine ne quittait pas la photo des yeux, pensant irrésistiblement à sa mère, attachée à l'orgue.

— Ces femmes ont été tuées comme des bêtes.

Sneijder acquiesça.

— De vrais supplices. « La main brûle, les cheveux brûlent, l'enfant elle aussi brûle », murmura-t-il en joignant les mains devant sa bouche, l'air songeur.

Sabine connaissait par cœur le texte du livre. Elle l'avait suffisamment entendu dans son enfance.

— Vous êtes prête pour le troisième meurtre ? lui demanda Sneijder en montrant les photos suivantes dont on ne voyait que le verso.

— Le serai-je un jour ? se demanda-t-elle en serrant les poings. Vous l'avez dit tout à l'heure : « Quand sinon ? »

— Vous apprenez vite.

Elle retourna les clichés et vit le visage de sa mère. Le bureau commença à tourner. Les yeux ouverts, les narines collées, la bouche écartelée. Elle se cramponna à l'accoudoir de son fauteuil.

— Le tube et le tuyau respiratoire n'étaient enfoncés que de cinq centimètres dans sa trachée artère. Votre mère aurait pu y survivre. Mais Struwwelpeter lui a fait ingurgiter deux litres d'encre à l'aide d'un entonnoir. Il a sans doute méticuleusement rassemblé le contenu de soixante-dix encriers. D'après le laboratoire Pelikan, il s'agissait de noir brillant. On peut en trouver dans n'importe quelle papeterie pour quatre euros les trente millilitres.

Il se tut, comme s'il voulait la laisser s'imprégner de son propos.

— Comment avez-vous eu l'idée du livre ? À cause des bretzels salés que le garçon tient à la main quand le grand Nikolaus le plonge dans le bac à encre ?

Jusque par-dessus la tête, le grand Nikolaus les plonge dans le bac d'encre. Le vers du conte lui vint à l'esprit. Dans cette histoire, Nikolaus plonge trois garçons dans un grand bac et les teint en noir parce qu'ils se sont moqués d'un Maure noir comme du charbon.

— Votre mère a-t-elle traité de manière discriminatoire des enfants noirs ?

— Jamais. Mais elle n'aurait pas mangé volontairement des bretzels. Si on l'avait noyée à l'aide d'huile ou d'eau de vidange, l'idée ne me serait pas venue que l'assassin mettait en scène un épisode du *Struwwelpeter*. Pourquoi tant de cruauté ? Prend-il son pied à faire souffrir ?

Sneijder secoua la tête.

— Invraisemblable. Ce n'est pas un délinquant sexuel. Rien ne l'indique. Il a tout au plus trente ans, célibataire, introverti, habite peut-être encore chez sa mère dans les environs de Cologne où il a commis son premier meurtre, et, surtout, il hait les femmes.

Sabine reposa la photo.

— Sa petite amie l'aurait-elle trompé, humilié ou quitté ?

— Si nous partons de l'hypothèse d'un traumatisme, nous le trouverons dans sa prime enfance, bien avant qu'il ait eu une première petite amie. Très probablement du fait d'une éducation trop sévère.

— On ne peut pourtant pas rendre responsable de ces meurtres une enfance difficile, objecta-t-elle. Cela ferait beaucoup de tueurs fous lâchés dans la nature !

— C'est l'« introjection du criminel », répondit Sneijder comme si c'était la réponse à tout.

Il se rassit sur la table.

— Il y a deux moyens de surmonter un traumatisme de l'enfance. Ou bien on se détruit soi-même en se convainquant, au fil des ans, que ses parents avaient raison de cogner parce qu'on était au-dessous de tout. Ou bien on accepte que l'éducation qu'on a reçue fasse désormais partie de soi, on reprend à son compte les habitudes des parents cogneurs et bourreaux et on les vit à fond.

— Il est néanmoins peu probable que la mère de ce salopard l'ait brûlé, mordu et obligé à boire de l'encre. C'est trop abstrait pour moi, dit Sabine, luttant contre les larmes.

— Bien compréhensible ! Comment suivre le raisonnement d'un cerveau malade sans devenir fou soi-même ?

Sabine regarda par la fenêtre. Le soleil se levait derrière les clochers de la cathédrale. Puis la porte du bureau s'ouvrit. Simon était dans le couloir, un lourd sac en bandoulière. Il toisa Sneijder avec surprise.

— Vous ici ? Vous ne perturbez pas les plantes en pensant ?

— Non, mais votre présence me prive d'oxygène, répondit Sneijder avec froideur.

Moi aussi, se dit Sabine. *Je t'ai vu hier avec ta femme et tes deux enfants*.

— Pas de souci, c'est comme si j'étais déjà parti. Bine, la station-service attend.

Sneijder montra du doigt le plafond.

— Vous m'avez apporté une tasse de thé à la vanille dans le bureau ?

— Vous pouvez aller la chercher vous-même. Je dois partir.

— On n'a jamais besoin de finir ce qu'on n'a pas commencé, philosopha Sneijder en regardant sa Swatch. Nous avons encore à parler, cinq minutes. Pendant ce temps, rendez-vous donc utile, faites du thé… et maintenant disparaissez !

Simon, hors de lui, ferma la porte. Sneijder se tourna vers Sabine comme s'il n'y avait pas eu d'interruption.

— Notre homme a un talent inouï pour maîtriser ses victimes.

Attirant une chaise à lui, il s'y assit à l'envers et posa les bras sur le dossier. Cette désinvolture ne lui allait pas, mais il ne se souciait manifestement pas d'élégance pour l'instant.

— Il ne frappera à nouveau que lorsqu'il aura la certitude de sortir vainqueur. C'est pour cela qu'il recherche le point faible de sa victime. Les sentiments comme le repentir lui sont étrangers. La conscience serait un frein pour lui. Il ne connaît pas de limites, ni locales, ni temporelles. Il se sent invincible.

Invincible ! Sabine songea à l'encrier trouvé par son père devant sa porte.

— A-t-il aussi fait des cadeaux aux autres personnes qu'il harcèle au téléphone ?

— Oui, mais ce ne sont pas des cadeaux... ce sont des indications. À Leipzig, une boucle de cheveux. À Cologne, un collier de chien en cuir noir, portant le nom de Gretchen.

Sabine se souvint que la sœur du méchant Friedrich s'appelait Gretchen. Mais cela n'avait certainement pas échappé à Sneijder.

— Son problème, c'est le pouvoir et le contrôle, insista Sneijder. Même s'il laisse quarante-huit heures à ses victimes et fournit des indications, il savoure le triomphe de toujours avoir un coup d'avance.

— Il sait que rien de ce qu'il communique ne peut lui nuire ou le démasquer !

— Exact, confirma Sneijder. Il est fier d'être plus malin que les enquêteurs. L'idée qu'il puisse se faire prendre l'excite. Le narcissisme est son talon d'Achille. C'est par là que nous devons l'attraper.

De nouveau ce «nous»!

— Pourquoi me racontez-vous tout cela ? finit-elle par demander.

— Parce que vous êtes un poil plus intelligente que vos collègues. Parce que vous valez mieux que ces types du LKA qui cuisinent votre père comme s'il s'agissait d'un grand criminel. Il m'a suffi de le voir une fois pour être certain qu'il est incapable de tuer quelqu'un.

Sabine eut les larmes aux yeux.

— Alors, aidez-le !

— Mais c'est ce que je fais ! Pourquoi croyez-vous que je suis ici à vous livrer tous les détails de l'affaire ?

— Comment est-ce que je peux vous être utile ?

— C'est à vous de me le dire !

Diable ! Comment sortir de son chapeau, dans la seconde, une idée utile ? Son cerveau était paralysé. Depuis qu'elle avait lu le rapport d'autopsie, elle se demandait pourquoi il s'en était pris à sa mère. Elle remit les photos dans le livre.

— Ce psychopathe choisit-il ses victimes au hasard ou bien certaines femmes entrant dans le schéma de ses histoires ?

Sneijder regarda à nouveau sa montre.

— Je ne pense pas qu'il les choisisse au hasard. Elles doivent avoir un rapport avec l'histoire.

Sabine réfléchit. S'il y avait un rapport, c'était entre sa mère et l'autre enseignante plutôt qu'avec l'assistante de l'avocat de Cologne.

— Il doit y avoir un lien entre l'enseignante de Leipzig et ma mère.

— J'ai déjà cherché sans succès dans cette direction. Au cours d'un incendie, il y a dix ans, dans l'école élémentaire de Cologne où votre mère était directrice, tous les dossiers ont été anéantis. Dans les nouveaux dossiers, on ne trouve aucun parallèle avec Leipzig.

Le mystérieux incendie de l'école de Cologne. Sabine s'en souvint avec un certain malaise. On n'avait pas réussi à en établir l'origine. Son père y aurait-il été pour quelque chose ?

— Pouvez-vous me donner une copie du dossier de l'enseignante de Leipzig ?

— Malheureusement, j'ai les mains liées. Votre cavalier seul peut vous valoir une suspension. Je ne peux vous associer aux recherches. Du moins pas officiellement.

Sa formulation laissait tout de même ouverte une petite porte.

— Il doit y avoir un lien. Peut-être que je le trouverai, insista-t-elle.

— Si c'est le cas, je ne me serai pas trompé sur votre compte, dit le policier en souriant pour la première fois depuis qu'ils se connaissaient, un sourire bref.

Il se leva, fit le tour de la table et tira à lui le clavier.

— Je vous copie le dossier.

— Vous n'y arriverez pas sur ce PC.

— Si on connaît les bons mots de passe, Écureuil, on y arrive même avec un portable.

Il ouvrit la bande du menu, se transféra par l'intranet de la police sur son PC qui était branché à l'étage au-dessus et envoya les documents électroniques à l'imprimante de Sabine. Une trentaine de pages serrées en sortirent quasi instantanément, qu'il rassembla.

— Vous y trouverez mes commentaires personnels, expliqua-t-il avant de lui tendre la liasse.

— Ce qui signifie que je dois garder ces informations pour moi.

— Dans le cas contraire, vous nettoierez dès demain les toilettes pour hommes dans le métro.

— Quelle générosité !

— Je sais, merci, lança-t-il en se dirigeant vers la porte. Je ne veux pas savoir comment vous allez vous y prendre pour établir un lien avec votre mère. Pour moi, seuls comptent les résultats. Vous avez deux heures. Ensuite, je pars pour l'aéroport.

16

Helen avait la nuque trempée de sueur. Elle avait fouillé de fond en comble le bureau de Frank, tous les classeurs, les blocs-notes, les lettres et les albums photo, mais n'avait rien trouvé. Elle avait même mis sens dessus dessous la collection de céramiques dans la vitrine, cherché derrière les textes de loi et les volumes de l'encyclopédie Brockhaus, sous la lourde chouette en marbre. Pour finir, elle avait passé en revue ses vêtements. Pas de photo, pas de numéro de téléphone. Pas le moindre indice qu'il ait eu une liaison avec Anne Lehner, ni avec une autre femme. Elle ne put accéder au tiroir du bureau ni aux classeurs mobiles, car Frank avait emporté sa serviette et donc la clé.

9 h 30 sonnèrent. Son premier patient serait là dans trente minutes. Peut-être devait-elle changer son fusil d'épaule et s'occuper d'abord d'Anne Lehner ?

Elle traversa le jardin pour gagner son cabinet. Son bureau était contigu à la salle de consultation. Si hier elle avait lu les données générales relatives à Anne, elle allait consulter les procès-verbaux et les notes.

Anne Lehner avait d'abord consulté une logothérapeute de la Bachallee, la rue où elle habitait. Mais cela n'avait rien donné. Cherchant une alternative, elle était alors tombée sur Helen. La thérapie durait depuis six mois, quinze séances au total.

Vendeuse dans une pharmacie, introvertie et mal dans sa peau, elle avait eu une enfance sans beaucoup d'amour ni d'affection. Peut-être cela tenait-il à sa famille catholique ? Une collègue l'avait persuadée de s'inscrire à un site de rencontres en ligne. Elle y avait fait la connaissance de plusieurs hommes. Mais aucune de ces liaisons ne durait plus de deux mois. C'étaient généralement des hommes mariés en quête d'une aventure avec une femme naïve.

Est-ce ainsi que tu as fait la connaissance de mon mari ?

Helen ferma les yeux un bref instant. Elle n'avait pas vu le paiement d'une adhésion à un site de rencontres sur les relevés de Frank ces six derniers mois. Se seraient-ils rencontrés dans son cabinet ? Impossible. Anne ne venait que le vendredi après-midi. À cette heure-là, Frank participait à des conférences avant de se rendre à son club de golf.

Helen consulta la première note. Durant les séances, il était essentiellement question de son attirance pour les hommes d'un certain âge. *Recherche protection ; complexe d'Électre*, avait-elle noté. Dans le pendant du complexe d'Œdipe, une femme hait sa mère et se sent attirée par son père. Diagnostic superficiel qui pouvait s'appliquer à bon nombre de femmes. Helen songea à sa propre existence… et son cœur se serra. Ses parents avaient péri, voici cinq ans, dans un accident d'avion à Madère. Le train d'atterrissage s'était bloqué et l'appareil avait pris feu. Les deux pilotes et les huit passagers avaient brûlé vifs. Helen avait entendu parler de cet accident aux informations et une étrange sensation au niveau de l'estomac lui avait donné la certitude qu'elle ne reverrait jamais ses parents. La confirmation officielle ne lui était parvenue que deux jours plus tard. Elle avait sombré, et il lui avait fallu des semaines pour admettre la mort de ses parents. Étonnamment, elle avait éprouvé plus de peine pour son père que pour sa mère.

Quelques mois après l'accident, elle avait abandonné son appartement de Vienne pour revenir vivre à Griesskirchen dans la maison bâtie par son père. Son mari avait quatorze ans de plus qu'elle. Rien d'étonnant ; ses parents avaient quinze ans de différence d'âge. Inconsciemment, elle avait dû copier cette relation.

Concentre-toi sur Anne Lehner ! Au cours de la thérapie, elle avait tenté de piquer l'amour-propre de sa patiente, de la persuader qu'elle était une femme intéressante et séduisante. Pendant l'une des dernières séances, Anne avait même raconté qu'elle entretenait depuis peu une liaison compliquée avec un homme marié d'un certain âge.

Frank !

Helen serra les poings. Si son soupçon se vérifiait… Elle refoula cette pensée. Quelle tordue quand même, cette bonne femme ! Elle venait en thérapie chez elle et couchait avec son mari sans avoir l'air d'y toucher. Et voilà que quelqu'un venait de lui sectionner deux doigts. Qui ? Un ancien amant ? Quelqu'un à qui elle avait vendu des médicaments inappropriés ?

Helen avait renoncé à son travail à la police pour éviter les problèmes qui risquaient de la briser. Bien qu'ayant eu à souffrir en personne de l'étouffement d'une affaire et d'une campagne de calomnies, elle avait eu du mal à prendre cette décision. Elle avait voulu, en ouvrant un cabinet, se ménager une petite zone de confort. Et qu'est-ce que cela lui avait rapporté ? Elle se retrouvait à présent au beau milieu d'une affaire d'enlèvement et de chantage.

Et le passé ne la laissait pas en paix pour autant. Elle n'allait pas pouvoir différer plus longtemps de collaborer avec la police. Demain matin au plus tard elle rencontrerait Ben. Elle ouvrit le meuble qui contenait ses expertises judiciaires. Le parquet avait confisqué le dossier Winkler. Helen sortit les quelques documents restant dans la chemise. D'abord l'article d'un journal à scandales. La manchette était épouvantable.

Des enfants violés, torturés et dépecés !

Au-dessous, une photo de Christoph Winkler, vingt-huit ans, présentant bien, le gendre idéal. Comme toujours, ces types avaient l'air inoffensifs. Winkler, assistant social, avait un abord aimable, il était cultivé. Un casier judiciaire vierge, une carrière professionnelle exemplaire.

Il passait ses loisirs avec Louis, le fils de ses voisins, un adolescent de dix-sept ans. Le père de ce dernier, un maçon, était le plus souvent au chômage l'hiver et la mère vivait des aides publiques. Un jour, Louis refusa d'aller chez Winkler. Il déclara à ses copains de classe que celui-ci abusait de lui. Les parents continuèrent cependant à l'y envoyer deux fois par semaine. Ils avaient apparemment besoin de son argent.

Mais, un soir, Winkler blessa l'adolescent au point que celui-ci se plaignit de maux de ventre et dut être transporté à l'hôpital. Le médecin diagnostiqua une déchirure entre l'anus et les bourses. Les bactéries intestinales pénétrèrent dans la cavité abdominale. Vingt-quatre heures plus tard, le garçon était mort. L'hôpital déposa plainte, le service d'aide à l'enfance intervint à son tour, le parquet ouvrit une instruction et Helen établit une expertise sur Winkler.

Au bout de quatre entretiens, elle diagnostiqua qu'il était un violeur compulsif et n'avait jamais été démasqué parce que, extrêmement intelligent, il menait une double vie. Helen laissa même entendre que les parents du garçon étaient au courant des abus et qu'ils avaient reçu de l'argent. Mais Christoph Winkler était le fils de la procureure Johanna Winkler, et c'est ainsi que tout avait commencé.

Le parquet ne tint pas compte de l'expertise d'Helen. Il n'y eut même pas de prélèvement d'ADN. On décréta que la police avait fait erreur sur la personne et que la mort de l'adolescent s'expliquait par le climat familial perturbé. Le médecin traitant déclara soudain que Louis s'était fait cette déchirure en jouant. À peine une éraflure, de la taille d'un ongle. L'adolescent ne pouvant plus témoigner, Winkler fut libéré. Helen ignorait combien Johanna Winkler avait dû allonger pour ça, mais il était certain que plus d'une personne s'était enrichie.

Les deux années suivantes, quatre enfants âgés de quatre à six ans disparurent dans la région où habitait Winkler. Le cinquième vivait ailleurs : Flo, le fils de Ben Kohler. Les soupçons ne se portèrent pas sur Winkler. Pourquoi d'ailleurs l'aurait-on suspecté ? La justice ignorait l'expertise d'Helen et ses demandes de test polygraphe, de perquisition et d'analyses ADN avaient été confisquées. Mais Winkler avait finalement commis une erreur. Un chien déterra des ossements enveloppés dans du papier journal, dans une forêt proche de Vienne, la Wienerwald. Winkler était abonné à ce journal. Son nom et son adresse figuraient encore sur l'étiquette.

Au cours de l'enquête, le cas de Louis fut réexaminé. Les médias se demandèrent soudain comment une psychothérapeute avait pu ne pas repérer un criminel en puissance. On aurait ainsi sauvé la vie de cinq enfants. On ne trouva pas trace des demandes qu'elle avait faites. Il fallait un responsable : le préfet de police, par une mise en scène théâtrale, porta un coup fatal à la réputation d'Helen. Elle quitta son emploi de psychothérapeute, refusant désormais d'être impliquée dans une affaire criminelle. Décision qu'elle prit à regret, en raison de sa collaboration avec Oliver Brandstätter, le partenaire de Ben, qui, durant toute cette affaire nauséabonde, n'avait cessé de se montrer loyal envers elle. Frank et un avocat ami l'avaient également aidée.

Les pensées d'Helen revinrent à l'enlèvement d'Anne. Cette fois, elle ne baisserait pas les bras, elle ne se laisserait pas non plus la police lui faire jouer le rôle de bouc émissaire. Il lui restait vingt-trois heures pour sauver Anne, et elle avait une idée pour dépister le ravisseur. Sa patiente habitait au 33 de la Bachallee. Son GPS l'y conduirait.

On sonna alors à la porte de son cabinet. Il n'était pas encore 9 heures. Elle sortit et trouva sur l'escalier extérieur la mère et sa fillette de cinq ans qu'elle élevait seule.

— Entrez et installez-vous à votre aise dans la salle de consultation. Je suis à vous dans une minute.

Elle se rendit dans le bureau de Frank. *Si tu ne le fais pas maintenant*, se dit-elle, *plus tard tu hésiteras*.

L'anneau avec les clés inconnues était dans le tiroir. Mais celui-ci était fermé, et Frank avait emporté sa serviette au travail. Helen porta la lourde chouette en marbre jusqu'au bureau.

— On va bien voir si tu connais Anne Lehner ou non, murmura-t-elle.

Puis elle fit tomber la sculpture sur la serrure. Le bois explosa, le cylindre métallique sortit de son logement et la chouette fendit le parquet neuf. Helen ouvrit le tiroir. Pas d'anneau !

Elle fouilla frénétiquement parmi les coupe-papier, les crayons, les allumettes, les cartes SIM et le coupe-ongle. Il était derrière la boîte de Davidoff ! Elle le sortit avec soulagement.

Après la séance, elle se rendrait à l'appartement d'Anne Lehner.

17

Kolonowicz tenait avant tout à avoir la paix dans son service. Aussi Simon prépara-t-il une théière de thé à la vanille qu'il porta dans le bureau de Sneijder. Puis il partit enquêter sur l'attaque à main armée de la station-service, seul. Sabine avait expliqué à son supérieur qu'elle avait de la paperasse à faire concernant le décès de sa mère : visite chez un avocat, à l'assurance. Elle ignorait si Kolonowicz l'avait crue, mais en tout cas il n'avait pas insisté. La veille, d'ailleurs, n'avait-il pas été le premier à lui proposer de prendre un congé exceptionnel ?

Elle se rendit en voiture chez sa mère et monta directement à l'étage sous les combles. L'équipe anthropométrique du LKA n'était pas encore passée. Sinon, il y aurait eu un nouveau scellé sur la serrure.

L'appartement de sa mère donnait une impression de solitude et de vide. L'air renfermé pesait dans chaque pièce comme une haleine mortelle. Assise sur le canapé du salon, Sabine feuilleta les trente-cinq pages du dossier d'Elfriede Nikitsch. L'institutrice à la retraite avait été une femme séduisante. Blonde, mince, silhouette sportive, divorcée et mère de deux enfants. C'était sa fille aînée qui avait reçu l'appel de Struwwelpeter et la boucle de cheveux brûlés. Le dossier comportait un CV, une liste de ses hobbys, de ses goûts et de ses habitudes, un rapport détaillé sur ses activités durant les dernières semaines avant son enlèvement, ainsi que des témoignages d'amis, de parents et d'anciens collègues.

Au bout d'une demi-heure, Sabine ferma le dossier. Elle en avait assez de lire les détails de la vie de cette femme qu'elle ne connaissait pas. Pas la moindre association d'idées, pas le moindre éclair ! Il n'existait aucun lien avec sa mère, mis à part que les deux femmes avaient à peu près le même âge, qu'elles étaient divorcées et mères de deux enfants. En annexe, il y avait une liste avec les noms de ses élèves et de tous ses collègues récents ou anciens. En trente-cinq années de carrière, cela faisait du monde. Sabine ne reconnut personne.

Maman, qu'avais-tu de commun avec cette femme ?

Sneijder lui avait expliqué qu'il avait en vain comparé ces listes avec celles de sa mère. Mais des documents avaient disparu dans l'incendie de l'école de Cologne. Personne n'avait jamais découvert ce qui avait provoqué le feu dans le bureau du directeur, réduisant le bâtiment en cendres. Sabine avait toujours eu un soupçon. Elle se souvenait d'une nuit, dix ans auparavant, quand ses parents, des traces de suie sur le visage, les vêtements brûlés et les cheveux puant la fumée étaient rentrés à la maison, furieux. Ils s'étaient douchés et avaient ensuite fourré leurs habits dans un sac poubelle. La même nuit, Sabine les avait entendus se disputer et finalement se jurer de ne jamais dire un mot sur ce qui s'était passé dans la nuit. Peu après, ç'avait été le déménagement à Munich et la séparation.

À vrai dire, il existait un moyen de retrouver les documents du temps d'avant l'incendie. Sabine savait que sa mère avait gardé tous les cahiers de classe de sa carrière.

Quand elle eut fini de fouiller toutes les pièces à la recherche de ces fameux cahiers, Sabine se dit soudain avec horreur que ces documents étaient peut-être en train de moisir dans la cave de son père, à Cologne.

Debout sur le palier devant la porte de l'appartement, elle avisa soudain l'échelle de meunier menant au grenier. Dernière lueur d'espoir ! Quand sa mère, Monika et elle avaient déménagé de Cologne à Munich, elles y avaient transporté des dizaines de cartons. L'appartement de sa mère étant le seul à ne pas avoir de cave, le bailleur l'avait autorisée à ranger des effets personnels dans le grenier commun.

Sabine grimpa les quelques marches et s'agenouilla à côté de la lucarne. Le grenier, haut d'à peine un mètre cinquante, sentait le bois et la laine de verre. Des mouches et des frelons morts jonchaient le sol, des toiles d'araignée pendaient des poutres. Il faisait au moins dix degrés de plus que dans le reste de la maison.

Sabine était en nage. La poussière et la sciure lui collèrent aux mains tandis qu'elle avançait à quatre pattes. Devant le conduit de cheminée étaient empilées les boîtes renfermant les cahiers de classe. Sur la languette du premier carton était écrit son nom, *Bine*, de la main de sa mère. À l'intérieur, elle trouva ses livres de biologie, de chimie et de latin du temps de son lycée sportif. Si elle avait choisi un autre métier, elle ne serait certainement pas là, accroupie dans ce grenier, mais s'occuperait plutôt de la succession de sa mère, comme elle l'avait prétexté auprès de Kolonowicz. Or elle avait su dès son enfance qu'elle entrerait dans la police et intégrerait un jour le BKA. Son père avait compris qu'elle était mue par son sens de la justice. En revanche, sa mère avait toujours considéré son choix comme une réaction de dépit. Si cela n'avait tenu qu'à elle, sa fille serait devenue enseignante, comme elle. *Si au moins la petite distribuait des audioguides dans un musée, comme Monika ! Mais dresser des profils de criminels ? Tu parles d'une foutaise !*

Sabine essuya la sueur sur son front et regarda sa montre. Une heure encore, et quelqu'un du service conduirait Sneijder à l'aéroport. Elle ouvrit tous les cartons. Dans l'un, il y avait les livres scolaires de Monika, dans un autre leurs animaux en peluche et des albums de photos. Toujours pas de livres de classe ! Le dernier carton ne contenait que de la vaisselle en porcelaine, un recueil de poésies, une boîte de fer-blanc avec des pièces de monnaie et un vieil album jauni d'où glissa une pochette de format A4. *École de Cologne 1989-2001*, était-il écrit au recto. Au stylo à bille, de l'écriture de sa mère. Dedans, une liasse de photos. Des photos de classe ! Son cœur se mit à battre plus fort. Elle entendit alors la porte d'entrée de la maison se refermer. Puis des voix lui parvinrent de la cage d'escalier. Retenant son souffle, elle tendit l'oreille. Deux hommes montaient.

Elle rampa jusqu'à l'échelle de meunier et glissa un œil par la trappe. L'un des hommes posa une question qu'elle ne comprit pas.

— … tout en haut, répondit l'autre.

Son cœur s'affola. Elle ne connaissait aucune des deux voix. Si c'était l'équipe anthropométrique du LKA, elle devait s'éclipser au plus vite. Pliant la pochette en deux, elle la fourra dans sa poche et descendit l'échelle. La porte de l'appartement était encore ouverte. Le plomb qu'avait posé Simon était arraché. Sabine en sortit un autre de son sac.

Merde ! Les feuilles imprimées par Sneijder étaient restées sur le canapé. Elle courut jusque dans le salon, coinça le rouleau de papiers sous son bras et quitta l'appartement. Les types arrivaient au troisième.

— Est-ce qu'ils ont déjà interrogé les gens de l'immeuble ?

— Non.

Sabine referma sans bruit la porte à la serrure fracturée et colla en toute hâte le plomb neuf. Avant que les hommes parviennent au quatrième, Sabine eut le temps de monter sur la première marche de l'échelle. Les inspecteurs arrivèrent sur le palier.

Elle feignit d'être en train de descendre du grenier. S'essuyant la sueur du front, elle demanda, sans leur laisser le temps de dire un mot :

— Vous êtes les employés du service antiparasite ?

— Non, grommela le plus grand des deux.

Sabine avait fermé sa veste de manière à dissimuler son arme et son insigne.

— Cette putain de martre va nous rendre fous ! pesta-t-elle. Elle rentre par on ne sait où. Ça fait deux semaines qu'on a mis un œuf de poule dans un piège, mais cette saloperie ne se laisse pas prendre, ajouta-t-elle en repoussant l'échelle contre le mur et en passant devant les deux hommes.

Elle sentit qu'ils la suivaient des yeux, un peu stupéfaits. Une fois dans la rue, elle aspira avec délice l'air printanier et jeta un regard circulaire. Pas d'autres policiers en vue ! Elle sortit les photos de l'enveloppe. Douze au total, pour douze années de service. Les classes de sa mère à l'école de Cologne ; trois générations sur quatre années[1]. L'écriture, au dos, bien qu'effacée, restait lisible : c'étaient les signatures des élèves et des collègues.

1. L'école élémentaire allemande ne dure que quatre années.

Quand, peu avant 11 heures, Sabine arriva en trombe dans son service, elle tomba littéralement dans les bras de Kolonowicz.

— Bon Dieu, mais qu'est-ce que tu fous ici ? gueula-t-il. Tu as déjà réglé tous tes problèmes administratifs ?

— Où est Sneijder ? répondit-elle.

Son chef rougit de colère.

— Simon doit se farcir le travail tout seul sous le prétexte que tu as des affaires personnelles à régler. D'accord, OK, mais alors pourquoi traînes-tu ici ?

Elle courut aux ascenseurs.

— Est-ce que Sneijder est encore là ?

— Aucune idée. Mais un collègue du LKA est là pour te parler, lui cria-t-il. Bordel, qu'est-ce qui se passe ici ?

— Je te l'expliquerai plus tard.

Arrivée à l'étage du dessus, elle courut à la salle de réunion. De loin, elle vit que les palmiers n'étaient plus dans le couloir. La pièce était vide. Les ordinateurs de Sneijder avaient disparu. Il n'y avait, à côté de la porte, qu'une énorme valise Samsonite. Au même instant, Sneijder sortit des toilettes. Il avait le visage aussi blanc que les murs du service de pathologie. Une aiguille était plantée dans chacune de ses mains, entre l'index et le pouce.

— Vous vous sentez à nouveau mal ?

— Non, je me porte à merveille ! grogna-t-il. J'adore prendre l'avion, faire la queue avant le départ, sans parler de la cohue à bord et des sièges étroits. Et il y a toujours un bébé dans la rangée devant ou derrière moi.

Quel abruti cynique ! Sabine lui fourra dans les mains les photos de classe de sa mère.

— J'ai comparé les noms des élèves et des collègues d'Elfriede Nikitsch avec ceux de ma mère. Sur douze ans, il y a cinq coïncidences : quatre élèves et un enseignant.

Sneijder jeta un œil sur le dos des photos. Son regard s'éclaira. Instantanément, son visage prit un peu de couleur.

— Décommandez le taxi, préparez-moi du thé à la vanille et venez dans mon bureau dans une demi-heure. Il faut que je donne quelques coups de fil.

Il lui claqua la porte au nez.

Trente minutes plus tard, Sabine entra dans la salle de réunion. Les palmiers avaient retrouvé leur place dans le couloir. Sneijder n'avait sorti et branché qu'un ordinateur portable. Il flottait encore une odeur de feuilles de thé… et d'herbe. Un joint était écrasé dans le cendrier.

— Qu'avez-vous obtenu ? demanda Sabine.

Il se renversa dans son siège et croisa les mains derrière la tête comme s'il était venu à bout du pensum de la journée.

— On recherche les cinq personnes.

Puis il fit demi-tour sur sa chaise et posa les pieds sur l'appui de la fenêtre.

— J'ai une bonne et une mauvaise nouvelle.

— La mauvaise d'abord.

— Laissez-moi choisir l'ordre. Je voudrais vous avoir dans mon équipe pour l'enquête contre Struwwelpeter.

Sabine eut le souffle coupé.

— Est-ce la bonne ou la mauvaise nouvelle ?

Abaissant les jambes, il se tourna et, décontenancé, examina la jeune femme.

— La bonne, bien sûr !

— De qui se compose votre équipe ?

— De moi, répondit-il comme si c'était la chose la plus naturelle du monde. Une équipe procède selon des standards. Moi, je travaille différemment.

Cela n'étonna pas Sabine le moins du monde. Sneijder paraissait être tout sauf un enquêteur conventionnel.

— Et la mauvaise nouvelle ?

— Le LKA veut vous interroger.

— Je sais.

— Mais vous ne savez pas tout. Nos collègues ne sont pas aussi inefficaces que je le croyais. Ils ont découvert, je ne sais comment, que vous aviez interrogé Dédale. Au total, durant les cinq dernières semaines, vous vous y êtes connectée trois fois à partir de l'adresse IP de votre PC. Certes, on n'a pas enregistré le contenu de vos requêtes, mais le procureur suppose que vous vous êtes procuré le *modus operandi* des assassinats de Struwwelpeter.

— Ce n'est pas vrai, il s'agissait de…

Il leva la main.

— Aucune espèce d'importance ! Il n'y a qu'un problème : votre père a pu apprendre par la presse les meurtres de Leipzig et de Cologne. Quand lui aviez-vous téléphoné la dernière fois ?

Sabine savait ce que cela signifiait.

— Mais mon père n'est pas Struwwelpeter !

— C'est ce que *nous deux* nous savons, l'interrompit-il. Mais le LKA présume, lui, que votre père connaissait ce *modus operandi* et qu'il a cherché à coller le meurtre de son ex-femme sur le dos du tueur en série.

— N'importe quoi !

— Sans doute, mais l'Église, le ministère public et le LKA exigent une solution rapide. La semaine prochaine, le curé en chef des catholiques vient à Munich célébrer une messe dans la cathédrale. Il faut que l'affaire soit élucidée d'ici là. Si les collègues commencent à vous cuisiner, vous êtes fichue pour moi et mon enquête. Il n'existe qu'un moyen d'échapper à leur interrogatoire. Et c'est là que nous retrouvons la bonne nouvelle.

Il lui offrit le sourire de croquemort qui n'appartenait qu'à lui.

— Vous m'accompagnez à Dresde. Un appel au BKA de Wiesbaden suffira à régler le problème de votre autorisation de déplacement pour raisons de service.

Il claqua des doigts.

— Maintenant ?

— Quand sinon ?

C'était clair. Sabine regarda l'heure.

— Dresde est à cinq cents kilomètres.

— Quatre cent soixante, pour être exact, si nous passons par Nuremberg et Chemnitz. La voiture de service de la PJ de Munich est en bas. Le plein est fait. Si vous roulez bien, nous y sommes dans quatre heures et demie.

— C'est moi qui conduis ?

— Certainement pas moi, répondit-il aussitôt.

Bien sûr, il n'avait pas le permis.

— Et nous faisons quoi, à Dresde ?

Il ferma son ordinateur et débrancha.

— N'oubliez pas vos papiers, votre arme et le volume de *Struwwelpeter*. Je vous expliquerai le reste en route.

18

Avant de partir, Helen s'était mise sur son trente et un : corsage, blazer et jupe bleu marine. Il ne lui avait fallu que quinze minutes pour atteindre la banlieue sud de Vienne. Peu avant midi, la circulation était fluide. Elle s'était contentée de suivre les indications de son navigateur.

Tout en roulant, elle n'avait cessé de téléphoner avec son kit mains libres. D'abord au traiteur qui, le lendemain matin, arriverait avec des glacières, des antipasti au jambon et un buffet méditerranéen. Des garçons serviraient champagne et vins fins, tandis que des brochettes de crevettes et une paella dans une poêle géante, sur un feu en plein air, seraient le clou du repas. Ensuite, les invités se retrouveraient dans le bar.

L'orchestre arriverait vers 16 heures pour installer ses instruments, ainsi que le photographe et son assistante. Même si, en principe, il ne devait pas pleuvoir, Helen avait loué un chapiteau pour l'orchestre et une quarantaine d'invités. On le dresserait dans le jardin. Une femme avisée n'était jamais prise au dépourvu. Mais à présent Helen espérait presque qu'il plût des cordes pour l'anniversaire de son mari.

Elle était dans Siebenhirten, un quartier vert aux jardinets bien entretenus. En tournant dans la Bachallee, elle éteignit son portable. Pas de problème pour se garer ! À côté d'une place de stationnement, un panneau indiquait un cabinet de psychothérapie. Helen ralentit, baissa sa vitre et cligna des yeux. *Dr Rose Harmann*, put-elle lire. *Logothérapie et analyse existentielle. Méthode Viktor E. Frankl.* Ce devait être la consœur chez qui Anne Lehner était d'abord allée, mais avec qui cela n'avait pas marché. Helen avait déjà entendu ce nom. C'était, semble-t-il, une sommité dans le monde des congrès et colloques. Mais elle ne la connaissait pas personnellement.

Helen passa lentement devant un parc et un arrêt de bus, avant d'arriver au bon bâtiment, numéro 33. Un immeuble moderne, de six étages, avec balcons et parking souterrain. À voir les buis dans des pots en marbre et la large façade vitrée avec une fontaine, on se serait cru dans l'entrée d'un centre des congrès. Anne avait travaillé toute sa vie, était célibataire sans enfants et passait ses congés chez elle. Helen se demanda néanmoins comment une simple assistante de pharmacie pouvait se payer un logement dans ce coin.

Elle se gara, puis chercha le numéro sur l'interphone à affichage. Il y avait cinquante appartements. Anne habitait au numéro 48, au dernier étage. Helen sortit de son sac le trousseau de clés trouvé dans le tiroir de Frank.

C'était l'épreuve de vérité. Elle espéra s'être trompée et que la clé était celle du vestiaire de son mari, au club de golf. Les doigts tremblants, elle enfonça la plus grande des deux dans la serrure. Elle glissa à l'intérieur sans aucune résistance. La porte s'ouvrit avec un petit clic. Helen resta figée sur le seuil, interloquée.

Tu t'attendais à quoi, pauvre idiote ? Du calme ! Elle entra. Le sol du vaste hall d'entrée était couvert de carreaux crème. Un escalier chromé menait aux étages supérieurs. À côté, trônait un ascenseur à cabine de verre ovale. Au-dessus d'elle, un toit vitré laissait entrer le soleil dans cet immense espace de six étages. Il flottait une odeur de terre mouillée. Le concierge venait manifestement d'arroser les buis disposés à l'extrémité des couloirs. Helen se dirigea vers l'ascenseur, ses talons claquant sur le carrelage. On entendait de loin en loin le cliquetis d'une porte dans l'immeuble.

La cabine monta avec un froissement soyeux. Helen eut l'impression d'être une pièce d'exposition dans une vitrine. Elle lut sur l'écran de commande qu'il y avait dans l'immeuble trois sous-sols, des boutiques, un salon de coiffure avec manucure, un espace de remise en forme avec solarium et sauna ainsi qu'un parking collectif. Une oasis pour riches à la périphérie de la grande ville.

Elle sortit directement sous le toit. Vu d'en haut, le volume de l'entrée était encore plus impressionnant. Ici aussi, l'architecte, certainement dans un souci esthétique, avait utilisé des éléments vitrés, si bien que plus rien ne protégeait du soleil.

Le tapis orange étouffait les bruits. Elle s'arrêta devant la porte 48. Bien sûr ! La serrure avait été forcée. Ben Kohler lui avait dit qu'il y avait eu effraction et qu'Anne avait certainement été enlevée dans son appartement. L'encadrement de la porte avait été enfoncé à plusieurs endroits à l'aide d'une pince-monseigneur. La porte fermait néanmoins. Le concierge de l'immeuble avait dû la réparer tant bien que mal.

Le scellé de la police était posé au-dessus de la serrure. Helen l'arracha sans autre forme de procès et introduisit dans la serrure la petite clé du trousseau. Le cylindre grinça quand elle repoussa le verrou. La porte résista, mais Helen l'ouvrit d'une secousse.

Elle hésita un instant. Commettait-elle un délit en pénétrant dans l'appartement ? D'un autre côté, elle avait déjà forcé le bureau de Frank. Impossible de faire marche arrière. Elle devait trouver des réponses. Elle entra et referma derrière elle.

L'appartement était aménagé avec goût. Reproductions d'œuvres d'art aux murs, éditions reliées cuir de romans des années soixante-dix, vitrines en tous genres, lampes en métal, table de verre, canapé en cuir, orchidées sur le rebord des fenêtres et cuisine intégrée en chrome avec lambris marquetés. *Dis-moi où tu habites, et je te dirai qui tu es*. Mais qui diable était Anne Lehner ?

Une nouvelle surprise attendait Helen. Les pièces avaient un aspect froid, mais extravagant. Rien à voir avec l'image d'Anne qu'elle s'était faite. Pourtant, c'était certainement le bon appartement. La clé marchait, il y avait eu effraction et c'était bien le nom d'Anne qui figurait sur la plaque de la porte.

Des cadres étaient posés sur les commodes, mais quelques photos manquaient. L'une d'elles était même déchirée par le milieu. Le ravisseur avait-il effacé des traces susceptibles de le trahir ?

Helen entra dans la salle de bains. Dans l'armoire à glace, elle trouva l'habituel bric-à-brac féminin, mais aussi de la crème à raser, de l'after-shave et un rasoir mécanique. Cruelle impression de déjà-vu. Frank utilisait un Gillette Mach 3, car il prétendait que les rasoirs électriques lui arrachaient les poils. En apercevant l'emballage bleu des lames, elle eut l'impression de se trouver dans sa propre salle de bains. En plus, Frank se servait aussi de l'after-shave Wilkinson Océan.

Tu t'attendais à quoi ? Qu'il ait une clé de cet appartement mais qu'il ne s'y douche et ne s'y rase pas ?

Helen referma violemment l'armoire. Elle se regarda dans le miroir. Pourquoi agissait-il ainsi à son égard ? Pourquoi venait-il ici ? Combien de fois ? Toutes les semaines ? N'était-elle plus assez bien pour lui ? Ils étaient mariés depuis deux ans seulement, et elle avait quatorze ans de moins que lui. Ça ne lui suffisait plus ?

Furieuse, elle ouvrit la cabine de douche. Un tube de gel moussant, noir, Davidoff !

Frank, tu es vraiment trop prévisible !

Helen aurait remarqué le parfum d'une autre femme ou l'odeur d'une autre lotion après-rasage, Frank le savait.

Mais qu'as-tu fait, espèce de salopard ?

Elle ferma les yeux et essaya de se mettre dans la peau de son mari.

Tu n'arrives pas à joindre Anne lundi matin. C'est une voix étrange qui te répond sur sa boîte vocale. Quelques heures plus tard, tu vas chez elle. Tu espères l'y trouver, car tu as laissé le trousseau de ses clés dans ton bureau. Mais la porte a été fracturée. Tu entres. Anne a disparu. Tu paniques. Celui qui est entré par effraction n'a rien enlevé, mais tu passes en revue l'appartement, tu enlèves de leur cadre les photos sur lesquelles tu figures, ou bien tu en arraches un bout. Puis tu effaces tes empreintes digitales et tu appelles la police, anonymement, pour signaler la disparition.

Mais, Frank, tu as commis une erreur. Tu as oublié d'aller dans la salle de bains ! Comment, d'ailleurs, aurais-tu pu deviner que j'allais y jeter un coup d'œil ?

Sa poitrine se serra au point qu'elle en perdit presque le souffle. Elle en avait assez vu, en fait. Pas besoin d'aller dans la chambre. Il y avait assez de traces de Frank comme ça. Elle y entra pourtant. Peut-être voulait-elle se torturer pour mieux pouvoir haïr Frank ?

La vue du lit double, des oreillers de soie noirs et du couvre-lit crème lui donna un coup au cœur. *Frank, tu as couché dans ce lit ? Nu, trempé de sueur ? Tu as essuyé ton sperme avec un mouchoir ? Tes doigts gardaient-ils l'odeur de cette femme ?*

Tous les vendredis soir ? Tu ne m'as pas fait ça, dis...

Moi qui te soigne quand tu es malade, qui te remonte le moral quand tu as perdu un procès. Tu ne m'as pas fait ça ? Dis-moi au moins que ce n'était que pour le sexe. Que tu n'aimes pas cette femme !

Elle ouvrit l'armoire tout en se haïssant de le faire. Dans un tiroir, des culottes noires, un tube de vaseline, des bougies, des huiles parfumées et des crèmes de massage. Quel cauchemar ! Elle eut une folle envie de tout jeter par la fenêtre. Mais quelle espèce de traînée était donc cette Anne Lehner ? La petite femme grise employée dans une pharmacie, perpétuellement exploitée par des hommes rencontrés sur des forums en ligne ? Difficilement croyable !

N'était-ce pas plutôt elle qui exploitait les hommes ? Sinon, comment se serait-elle offert cet appartement ? Frank n'avait pas dû limiter ses contributions à la bague au rubis. En contrepartie, il avait le droit de fréquenter ce nid d'amour, d'enduire le corps d'Anne d'huile de massage et de la pénétrer avec de la vaseline.

Helen eut envie de vomir. Elle ouvrit la penderie. Des piles de lingerie noire et lilas. Derrière, elle tomba sur un col dur. Elle sortit le vêtement. Une chemise d'homme sur mesure, bleu marine, avec les initiales FB qu'elle ne connaissait que trop bien : c'était elle-même qui lui commandait ce genre de chemises chez le tailleur italien Bernardi & Salucci. Tout, dans cet appartement, indiquait que son mari menait une double vie depuis des années.

— Salopard ! hurla-t-elle en faisant tomber d'un geste la lingerie. Tu étais si pressé que tu as oublié une de tes chemises !

Elle vida toutes les étagères. Culottes, chaussettes, bas, soutiens-gorge et sweat-shirts. Elle s'empara d'une pile de corsages et les jeta dans la pièce. Détruire lui faisait du bien. Son attitude la surprenait elle-même, pourtant elle continuait. Quelle joie de mettre le foutoir dans cet appartement ! Soudain, elle sentit une douleur. Du sang jaillit d'une profonde coupure dans un doigt. Elle suça la plaie. Son cœur s'emballa.

Qu'est-ce qui l'avait coupée ? Des radios gisaient par terre, au milieu des vêtements épars. Elle avait dû les sortir sans y prendre garde. Elle s'agenouilla près de la montagne de linge. Ce n'étaient pas des radios, mais des échographies. Un bébé !

Elle prit les clichés. Ils montraient un fœtus de trois mois. Était-ce l'enfant d'Anne ? Comment était-ce possible ? Enceinte à quarante-cinq ans ? D'après la date inscrite en marge, elle devrait être à présent au sixième mois de grossesse. Helen n'avait pourtant rien remarqué. Et puis Anne n'avait jamais dit un mot à ce sujet lors des séances.

Frank était-il le père ? Un malaise s'empara d'Helen. Les échographies lui tombèrent des mains, leurs bords tachés de son sang. Elle s'adossa contre l'armoire. Elle avait fait du beau travail ! On aurait dit qu'Attila avait traversé la chambre avec ses hordes de cavaliers. Elle aurait pu étrangler Frank. Et Anne avec ! Mais quelqu'un d'autre s'était déjà chargé de cette dernière. Absorbée par ses problèmes personnels, elle avait complètement oublié le ravisseur.

Pourquoi ce type l'avait-il choisie, elle, Helen, pour ce jeu macabre ? Qu'avait-elle à voir avec cette affaire ?

Bon, d'accord, elle était la thérapeute d'Anne, et son mari avait une liaison avec cette traînée. Était-ce suffisant pour la mêler à ça ? Pas évident. Il devait y avoir autre chose.

À chaque heure qui passait, les chances de survie d'Anne s'amenuisaient. La colère envahit Helen. C'était donc à elle de sauver cette femme ? Mais qu'est-ce qui l'amenait à le penser ? Ce monstre pouvait bien lui trancher tous les doigts et les envoyer dans des boîtes en carton ! Qu'elle crève, après tout ! Elle l'avait mérité. Qu'est-ce qu'elle en avait à foutre ? Que Frank s'occupe de sa maîtresse – qu'il ne connaissait pas, à l'en croire, et qui, peut-être, était enceinte de ses œuvres.

Quelle mauvaise plaisanterie !

Elle avait cru être une épouse parfaite pour Frank. Il détestait les enfants. Elle les aimait et aurait aimé en avoir, mais elle était stérile. Le seul enfant qu'elle avait eu dans sa vie – Flo – lui avait été ravi par un assassin, un violeur. Et une autre femme allait maintenant mettre au monde un enfant de Frank ! Elle ne put contenir ses larmes.

Elle savait une chose : Frank était mêlé à cette affaire jusqu'au cou. Peut-être même connaissait-il le ravisseur d'Anne.

Le nom du gynécologue d'Anne était inscrit sur l'échographie. Helen la fourra dans sa poche et quitta l'appartement.

19

— Accélérez ! ordonna Sneijder en tendant le bras vers le volant et en appuyant sur le klaxon.

— Bas les pattes ! cria Sabine. C'est moi qui conduis !

Ils fonçaient à cent quatre-vingts à l'heure sur l'autoroute, en direction de Dresde. Sabine déboîta et doubla une Mercedes. La voiture banalisée ayant cent quatre-vingt-dix chevaux sous le capot, ils seraient parvenus à destination plus vite que ne l'avait estimé Sneijder.

Celui-ci, toujours pâle, reprit sa place. Il avait reculé au maximum le siège passager afin de loger ses longues jambes. Son iPhone sonna. Pour la cinquième fois déjà. Après quelques mots, il mit fin à la conversation. Depuis qu'ils étaient partis de Munich, il était resté pendu au bout du fil. Sabine n'avait rien compris à ce qu'il racontait.

— Expliquez-moi donc enfin ce que nous allons faire à Dresde.

Sneijder tira sur sa ceinture de sécurité comme si elle l'étranglait. Son veston bâilla une seconde. Il portait un holster sur son pull-over à col roulé noir. Elle reconnut un Glock 17 à sa crosse noire à cannelures. Elle-même, obéissant à l'ordre de Sneijder, était armée de son Walther PPK.

— Une des cinq personnes qui ont successivement été dans l'école de Cologne et de Dresde est morte.

— Assassinée ?

— Cancer de l'intestin. Un ancien élève. Il est étranger à notre affaire. On recherche les quatre autres. On connaît le domicile officiel de trois d'entre elles, pas de la quatrième.

Sabine devina que cette dernière l'intéressait particulièrement.

— Quel est son nom ?

— Carl Boni.

Elle se souvint d'avoir lu ce nom un peu inhabituel en comparant les signatures au dos des photos avec la liste des élèves de l'école d'Elfriede Nikitsch. Durant les quatre années, l'écriture de Carl était restée enfantine, comme s'il tenait le stylo-bille dans son poing en s'efforçant de calligraphier les lettres de son nom. Un garçon blond, aux traits réguliers, ayant une demi-tête de plus que ses camarades.

— Nous ne connaissons ni son domicile, ni son lieu de travail, ni son lieu de résidence actuel. Les collègues de Wiesbaden s'en occupent, mais il faudra au moins encore vingt-quatre heures pour obtenir un premier résultat.

Cela n'expliquait toujours pas ce qu'ils allaient faire à Dresde.

Sneijder se massa les tempes.

— Carl Boni aura vingt-quatre ans le 6 novembre. Mécanicien auto. Son père est mort d'une crise cardiaque il y a plus de trois ans. Quatre jours avant Noël exactement. La mère vit encore, mais nous ne connaissons pas non plus son domicile.

Sabine sentit son estomac se serrer.

— La mère et le fils ont-ils été assassinés ?

— Possible. La tante de Carl, la sœur de son père, une certaine Lore, vit encore en tout cas. Elle habite Dresde.

— Nous allons chez sa tante ? s'exclama Sabine qui leva involontairement le pied alors qu'elle doublait un poids lourd, se laissant distancer un instant.

— Ne mollissez pas ! lui intima Sneijder en lui faisant signe d'accélérer. La famille Boni a jadis habité chez cette tante.

— Je ne comprends pas. Nous roulons à tombeau ouvert, juste pour rendre visite à tante Lore ? Pourquoi ne pas l'appeler ?

Le policier la regarda comme si elle avait insulté son intelligence.

— J'ai essayé. Personne ne répond. Elle a disparu sans laisser de trace depuis le 6 mai.

Sabine commença à y voir plus clair. Sneijder agissait avec méthode.

— On dirait que quelqu'un veut exterminer la famille.

Ils restèrent silencieux un moment. Sabine finit par digérer la dernière information et résuma tout haut :

— Tout est lié en quelque sorte…

— Bien sûr que c'est lié ! Si je m'arrache un poil du cul, j'ai les yeux qui pleurent !

Quel abruti quand même ! Ignorant son commentaire, elle poursuivit :

— L'assistante de l'avocat de Cologne a été enlevée le 6 avril et tante Lore a disparu le 6 mai. L'institutrice de Leipzig a été enlevée le 20 avril et ma mère le 20 mai.

— Intéressante remarque, Écureuil, grimaça Sneijder.

— Pourtant, je ne fume pas d'herbe, répondit-elle, sarcastique.

Il ignora la pique.

— Carl est né un 6 novembre, et son père est mort un 20 décembre. Naissance et mort. Apparemment deux dates mémorables, réfléchit-il tout haut. J'ai l'impression de tenir une solution, mais elle ne colle pas à mon problème.

— Quelle était la profession du père de Carl ?

Il la regarda d'un air absent, comme si sa question le faisait revenir de très loin.

— Vous ne devinerez jamais. Organiste liturgique et spécialiste de Bach.

Un frisson lui courut le long du dos : elle avait de nouveau devant les yeux sa mère, un tuyau dans la gorge et la bouche écartelée, grotesque dans sa rigidité cadavérique. Elle se souvint aussi de l'enregistrement de Sneijder.

— Le sacristain a entendu jouer un morceau de Bach avant de trouver le cadavre de ma mère.

— C'est du moins ce qu'il a affirmé. Mais, d'une manière ou d'une autre, tout cela n'est pas encore très clair. Les cathédrales de Cologne et de Munich sont catholiques, l'église Saint-Thomas de Leipzig est évangélique. Cela a quelque chose à voir avec Bach et la musique d'orgue, mais je ne trouve pas de rapport cohérent dans ce putain de système religieux.

Sabine sursauta. Le terme de « curé en chef » lui revint en mémoire.

— Votre manie de blasphémer finit par énerver, dit-elle abruptement.

— Comment puis-je blasphémer à propos de quelque chose qui n'existe pas ? Je ne crois ni à Dieu ni à diable.

— Vous devez tout de même bien croire à quelque chose.

— Je crois que je mourrai un jour.

Minable.

— *Science flies you to the moon, religion flies you into buildings*, poursuivit-il en citant un adage connu. Je crois à la science, à la psychologie et au fait qu'un jour on guérira le cancer de la thyroïde, mais je ne crois pas aux religions occidentales.

Ils longeaient une interminable succession d'éoliennes gigantesques.

— Pour vous, le bouddhisme est OK ?

— Oui, le bouddhisme zen.

— C'est pour ça que vous êtes chauve ?

Il ne répondit pas. Elle songea soudain aux trois doigts avec lesquels il humiliait ses semblables.

— Pouvez-vous m'expliquer en trois phrases simples la différence entre le bouddhisme zen et les autres religions ?

Son sourire de croquemort flotta sur son visage.

— Je peux même vous l'expliquer en une phrase : les religions occidentales comptent sur une rédemption extérieure, les religions asiatiques prônent l'autorédemption.

Autorédemption ! Pas mal ! Voilà qui convenait à un égocentrique comme lui.

— J'aimerais philosopher avec vous sur ce sujet, mais il faut que j'aie encore plusieurs entretiens avant notre arrivée à Dresde.

Il prit son iPhone.

— Qui appelez-vous ?

— Je secoue un peu les collègues du LKA de Saxe. Nous avons besoin de pouvoir entrer chez notre vieille tante Lore.

20

Trois mois plus tôt
Cinquième séance de thérapie

Le Dr Rose Harmann alluma le dictaphone.

— Mardi 24 février, 17 heures. Cinquième séance avec Carl Boni.

Elle le posa sur la table. Puis elle but une gorgée. Du jus de limette ! La boisson bio était amère, mais riche en vitamines.

— Ça a l'air dégoûtant, remarqua Carl.

— C'est bon pour la santé, paraît-il.

Elle se pencha et repoussa le verre. Ce geste déclencha à nouveau cette satanée douleur au bas-ventre. Elle ferma une seconde les yeux et serra les dents.

— Vous ne vous sentez pas bien ? lui demanda Carl d'une voix soucieuse.

— Merci, tout va bien.

Ces maudites crampes empiraient de jour en jour. Elle irait voir son gynécologue demain. Sans rendez-vous, mais ce n'était pas un problème. Elle le connaissait bien. Il examinait aussi sa mère. Elle n'en dirait rien au père de l'enfant. Elle pressentait que les complications ne l'attristeraient pas outre mesure. Pour le moment, elle se passerait de ses manifestations de sympathie.

S'appuyant sur un des accoudoirs, elle prit une profonde et lente respiration.

— Notre dernière rencontre remonte à quatre bonnes semaines, constata-t-elle.

— J'ai eu la grippe et j'étais débordé, se justifia le jeune homme.

Il était confortablement assis sur le canapé, les doigts couverts de cambouis.

Rose sourit.

— Pas de problème. En définitive, c'est à la thérapie de se focaliser sur la vie, et non le contraire.

Normalement, elle aurait dû en référer au tribunal. Mais, comme il déposait régulièrement des cassettes dans sa boîte aux lettres, elle constatait qu'il travaillait sur lui-même. Elle voulait lui en laisser le temps.

Peu à peu, la crampe se dénoua. La douleur disparut. Mon Dieu, que c'était bon ! Mais la réapparition du coup de canif ne se ferait pas attendre longtemps. *Ne pense pas au bébé maintenant ! Concentre-toi sur la séance !*

Elle montra les cinq minicassettes sur la table.

— Merci beaucoup pour ce matériau d'un grand intérêt.

Carl feignit de les découvrir.

— Vous les avez écoutées ? Je ne sais même plus ce qu'il y a dessus.

Bien sûr que tu le sais. Tu n'en as pas oublié un mot.

Mais le mensonge de Carl n'avait pas d'importance. Il s'était ouvert, parlait pour la première fois de son enfance et mettait au jour un matériau utile.

— Vous rappelez-vous quand vous avez enregistré la première ?

— J'ai fait un cauchemar, alors j'ai bombardé l'appareil de tout un baratin avant de partir au travail.

Le débit de sa voix, sur la première cassette, était encore très hésitant. La résonance laissait supposer que Carl s'était enregistré dans sa salle de bains. Sans doute devant le miroir au-dessus du lavabo. Cela expliquait pourquoi il se parlait en se tutoyant. *Espèce de bon à rien!* Sur les autres, son débit était plus rapide, plus fluide, comme s'il s'était habitué à laisser libre cours à ses pensées. Mais là encore, il parlait de lui à la deuxième personne.

Vaine tentative pour minimiser le contenu des cassettes. Son besoin de parler était évident. Sinon, il ne se serait pas donné la peine d'acheter quatre cassettes supplémentaires.

— Vous rêvez toujours ?

— Presque toutes les nuits.

— Les rêves peuvent être utiles. Ils montrent que votre subconscient s'occupe de choses longtemps refoulées, dit-elle, puis, poussant vers lui les cassettes par-dessus la table : Merci encore.

Il la regarda, étonné.

— Elles sont à vous.

— Une seule. Mais c'est votre matériel. Prenez-le…

— C'est vous qui m'avez donné les cinq cassettes. Je n'en ai pas besoin.

Vu son expression, il croyait ce qu'il disait. Il voulait probablement ne pas prendre en compte l'effet libérateur du monologue. Refoulait-il l'achat des cassettes pour se persuader qu'il avait été *obligé* de les enregistrer ? Elle n'insista pas.

— J'aimerais parler du contenu avec vous.

— Dans quel but ? Vous avez déjà tout entendu.

— Bien. Nous pouvons aussi parler de choses qui n'y sont pas évoquées. Par exemple votre scolarité.

Carl haussa les épaules. C'était donc pour lui un sujet acceptable.

— Je sais que vous avez souvent déménagé, reprit Rose en feuilletant ses notes. Après le jardin d'enfants à Vienne, vous êtes allé à l'école élémentaire à Cologne, avez suivi votre cycle de fin d'études à Leipzig et votre apprentissage de mécanicien auto à Dresde. Quel effet cela vous faisait-il d'être arraché à votre environnement ?

Il fixa le plafond et fronça les sourcils, comme si le souvenir était profondément enfoui.

— Je ne sais pas… je n'y ai jamais réfléchi. Nous devions déménager : ni ma mère ni moi n'avons eu notre mot à dire. Tous les trois ou quatre ans, mon père acceptait un nouvel emploi d'organiste. Il jouait pendant la messe, dans la cathédrale.

— Et votre mère ?

— Elle n'avait pas le choix. Elle cherchait un nouveau boulot.

— C'était difficile ?

— Elle a une bonne formation d'infirmière, et on a toujours besoin de gens pour le travail de nuit.

— Quel rôle votre mère a-t-elle joué dans votre enfance ?

— Aucun.

— Elle vous battait aussi ?

— Jamais.

— Bien sûr, une infirmière… Comment réagissait-elle en voyant des hématomes et des brûlures sur votre poitrine et vos bras ?

— Elle ne réagissait pas. Je les lui cachais.

— Pourquoi ?

Il haussa à nouveau les épaules.

— Si elle les avait vus, elle aurait compris que je n'avais pas été sage.

— Et ça aurait eu des conséquences ? Étiez-vous réellement vilain ?

Il la foudroya un instant du regard. Les veines de son cou gonflèrent. Elle venait de mettre le doigt là où ça fait mal.

— Étiez-vous vilain ?

— Sinon, papa aurait-il brûlé un enfant de cinq ans avec un fer à repasser ? répondit-il d'une voix un peu plus forte cette fois.

Rose songea aux cicatrices de ses avant-bras. Si ce qu'il racontait sur les cassettes était vrai, son corps devait être couvert de traces de mauvais traitements. Elle imagina un instant le spectacle. Plus que jamais, à présent qu'elle était enceinte, elle trouvait inconcevable qu'on pût torturer ainsi son propre enfant.

— Les enfants essaient de comprendre pourquoi leurs parents les maltraitent, expliqua-t-elle. Ils s'en attribuent instinctivement la faute. J'ai souvent entendu des patients me dire : « Il doit y avoir quelque chose de mauvais en moi, sinon mon père ne me frapperait pas. »

Carl dit à voix basse :

— Je suis reconnaissant à mon père de son éducation.

— Réellement ? Comment ça ?

— Une éducation sévère n'est-elle pas préférable à pas d'éducation du tout ?

Même si elle a pour résultat l'abus de drogue et trois ans de prison avec sursis ?

— Croyez-vous que votre mère était au courant de l'éducation que vous donnait votre père ?

— Elle n'était jamais à la maison.

— Où était-elle quand votre père recourait à ces méthodes ?

— Je vous l'ai déjà dit : elle travaillait souvent la nuit et le week-end.

— Croyez-vous que vous infliger des souffrances excitait votre père ?

Carl regarda fugitivement la pendule, l'air inquiet.

— Exciter ? Qu'entendez-vous par là ?

— Y avait-il une composante sexuelle ?

Carl ouvrit de grands yeux.

— Pardon ?

L'expérience avait appris à Rose que c'est toujours le corps qui réagit le premier aux vraies émotions. Les mots viennent ensuite. L'indignation de Carl n'était donc pas feinte.

— Parfois, en cas de mauvais traitements à un enfant…

— Il n'y a pas eu de *mauvais traitements* ! Quelle expression ! s'écria-t-il, la voix tremblante. Il fallait que papa m'*éduque*, comme d'autres garçons l'étaient.

— Bien sûr, admit Rose à contrecœur. Écoutez, un enfant voit souvent avec d'autres yeux qu'un adulte. Il cherche à justifier à ses propres yeux des choses qu'il ne comprend pas. Je ne dis pas que c'est votre cas, mais certains enfants pensent qu'ils sont répugnants, méchants, malades et qu'ils ont des idées perverses, qu'ils reçoivent ce qu'ils méritent.

— Ce n'était pas comme ça !

— Pour vous, votre père n'était donc pas un sadique ?

Il commença à se ronger les ongles.

— Bien sûr que non. Il était très croyant et accordait de l'importance à la discipline. Vous croyez peut-être que m'éduquer était un plaisir pour lui ?

Rose n'avait pas de certitudes sur ce point. Ni le tribunal ni l'Office de protection de la jeunesse ne lui avaient fourni de preuves à cet égard, en tout cas sur la période où Carl avait vécu en Autriche. Elle ne connaissait que le témoignage enregistré de ce dernier. À l'en croire, son père l'aurait, dès ses cinq ans, deux ou trois fois par semaine, quasiment étouffé avec un sac en plastique. Plus tard, il l'avait brûlé à la flamme d'une bougie ou coupé avec les tessons d'un flacon d'eau bénite. Des coups presque quotidiens, qu'il soit malade ou non. À côté de ça, les douleurs qu'elle ressentait dans son bas-ventre n'étaient que broutilles.

Tout s'était arrêté à la mort du père. Mais pas dans la tête de Carl. Avec, pour conséquence, un manque d'estime de soi qui l'accompagnerait toute sa vie. Peut-être une ultime conversation avec son père, peu avant sa crise cardiaque, aurait-elle pu y changer quelque chose, mais Carl n'avait jamais su ce que son père avait voulu lui dire sur son lit de mort, trois ans plus tôt.

— Quand votre père vous corrigeait-il ?

Rose supposait qu'il était violent quand il avait bu, quand il était dépressif ou si Carl ne lui obéissait pas. Mais la réponse la prit au dépourvu.

— Toujours une heure avant le retour de ma mère. Il me soignait tout de suite après.

Un instant, elle se mit à la place de Carl à sept, dix ou quatorze ans. Que ressentait-il chaque fois que sa mère quittait la maison, sachant qu'elle ne rentrerait pas avant une ou deux heures, voire pas avant le lendemain matin ? Quand son père s'approchait de lui ou l'appelait ? D'après ce qu'elle savait actuellement de son enfance, il n'avait pas été abusé sexuellement. Seulement des châtiments corporels ! Le père était peut-être un sadique ou un fanatique religieux cherchant dans son fils un exutoire à sa volonté de puissance. Mais il manquait quelque chose dans ce tableau. Le *pourquoi*.

— Sur les cassettes, vous évoquez une poésie que votre père récitait quand… il vous appliquait ses mesures éducatives.

— Je la déteste.

— De quelle poésie s'agit-il ?

— C'est des vers, quoi… je veux dire… je ne m'en souviens plus, balbutia-t-il en se rongeant derechef les ongles. On pourrait parler d'autre chose ?

— Bien sûr. Buvez un peu d'eau et respirez à fond.

Les épaules de Carl se relâchèrent aussitôt.

— Que diriez-vous si nous demandions à votre père de vous écrire une lettre ?

— Il est mort.

— Je sais, mais que pourrait-il y avoir dans cette lettre ?

— Je ne sais pas.

— Si vous le saviez, que…

— Pouvons-nous, s'il vous plaît, parler d'autre chose !

Il retira ses doigts de sa bouche et essuya ses ongles ensanglantés sur son jean.

— Bon, bon, soupira Rose. De quoi alors ?

— Votre anniversaire, c'est quand ?

Elle resta d'abord perplexe.

— C'est mon signe du zodiaque qui vous intéresse ?

Il lui fallait réagir avec distance, concrètement, mais avec un soupçon d'ironie. Elle se demanda s'il comptait lui faire un cadeau. À quel point il serait peiné si elle refusait.

— Non, juste le jour de votre anniversaire.

— À quoi cela vous servira-t-il ? Nous devons nous concentrer sur d'autres sujets.

— De toute façon, je l'ai déjà trouvé sur Internet. On est nés le même jour. Mais je voulais vous l'entendre dire, ajouta-t-il d'un ton de déception.

— Vous connaissez ma position à ce propos. Nous avons encore quinze minutes devant nous. Qu'en pensez-vous ? Si nous terminions par un exercice de relâchement ?

— Pourquoi pas ? dit-il en jetant un regard vers le radio-réveil.

Rose ferma les lamelles des deux stores. La pièce se retrouva dans la pénombre. Elle alluma le lecteur de CD et baissa le son de la musique méditative au point qu'on ne l'entende qu'à peine. Elle prit dans une armoire un métronome à balancier qu'elle posa entre eux sur la table.

Carl se recula d'un bond sur le canapé.

— C'est de l'hypnose ?

— Non, mais, si vous êtes d'accord, nous allons tenter un relâchement en profondeur.

— Après, je me souviendrai de tout ?

Rose ne put s'empêcher de sourire.

— Naturellement. Et je ne vais pas vous ensorceler. Promis !

Bien que tendu, il sourit.

— D'accord.

— Quel est votre plus beau souvenir ?

— L'anniversaire de mes sept ans, répondit-il du tac au tac.

— Oh, très bien. Prenons donc votre anniversaire comme point de départ.

Les joues de Carl tressaillirent, il était excité.

— OK.

— Bien, détendez-vous. Redressez-vous, tenez-vous droit, laissez pendre vos bras et concentrez votre attention sur le mouvement du balancier.

Rose observa un moment le rythme respiratoire de Carl, puis, se penchant, elle baissa le poids du balancier et lança celui-ci d'une chiquenaude.

Tic… tac… tic… tac…

— Respirez à fond, régulièrement, dit-elle d'une voix détendue, accordée à la cadence du métronome. Concentrez-vous sur le mouvement du balancier. Ce qui vous entoure s'efface, s'obscurcit. Votre pouls se ralentit. Vous n'entendez plus que ce rythme, et votre cœur commence à battre en mesure.

Tic… tac… tic… tac…

Le dictaphone enregistrait la séance d'hypnose, mais Rose garda à la main un crayon et un bloc-notes, au cas où elle aurait quelque chose à noter. Elle continua d'une voix plus douce :

— Vos bras et vos jambes deviennent lourds. Vous sentez vos pieds peser sur le sol. L'énergie traverse votre corps. Votre front est froid. Une agréable sensation de calme vous envahit.

Carl prenait manifestement ce travail au sérieux. Au bout d'une trentaine de secondes, ses sourcils s'abaissèrent. Son souffle devint plus profond et plus lent.

— Quand vous inspirez, votre conscience se concentre sur votre ventre.

Rose observa un temps de silence.

— Quand vous expirez, votre corps et votre conscience se détendent. Inspirez… expirez… fermez les yeux.

Ses yeux se fermèrent à cet instant.

— Nous sommes le 6 novembre, le jour de vos sept ans. Où vous trouvez-vous ?

— Je…

Carl s'arrêta. Cela se produisait presque toujours lors d'une première séance d'hypnose. Il leur fallait sans doute s'habituer au son de leur voix.

— Je suis dans ma chambre.

— Vous regardez par la fenêtre. Que voyez-vous ?

— Dehors, c'est la nuit. Je vois les flèches de la cathédrale de Cologne. Les deux clochers ressemblent à un squelette, un squelette qui ne serait plus que de la cendre. Tout est si étrange. Nous n'habitons que depuis peu dans cette ville.

— Que faites-vous dans votre chambre ?

— Je suis debout derrière la porte. Elle est entrebâillée. J'écoute.

— Qu'entendez-vous ?

— Papa et maman. Ils chuchotent, ils sont énervés. Puis ils m'appellent. Je sais ce qui va se passer. Mais je feins d'être surpris.

— Par quoi ?

— Il y a un gâteau sur la table du salon. Tout est éteint, seules brûlent les sept bougies. Maman tient un cierge magique. C'est la même odeur qu'à Noël. Papa me pose la main sur l'épaule et me dit : « Bon anniversaire. Maintenant, tout ira bien, mon fils. »

Rose nota la dernière phrase.

— Savez-vous ce qu'il voulait dire ?

Carl secoua la tête.

— Que fait votre mère ?

— Le cierge se consume. Elle me prend dans ses bras en me disant de toujours être sage et gentil.

— L'êtes-vous ?

— À ce moment-là, oui. Je m'avance lentement vers la table et je lève les yeux pour voir les cadeaux. Papa n'aimait pas que je coure. Je prends le premier paquet et j'enlève précautionneusement le ruban et le papier.

— Votre père ne voulait pas que vous déchiriez le papier ?

— Non.

— Qu'y a-t-il dedans ?

— Un livre illustré. Papa dit que je dois veiller à ne pas le tacher de chocolat et à ne pas arracher de page.

— Quel livre ?

— *La Petite Sorcière*[1]. Dans les autres paquets, il y a d'autres livres illustrés, un château fort avec des personnages en plastique, des crayons de couleur, un bloc de papier à dessin, une écharpe et des gants en laine pour l'hiver et une casquette, pour l'année prochaine, contre le soleil.

— Pas de ballon, pas de frisbee ? Pas de patins à roulettes ?

— Trop dangereux, commenta Carl en secouant la tête, les yeux fermés.

Rose prit encore quelques notes.

— Que se passe-t-il ensuite ?

— Ma tante Lore, la sœur de mon père, nous rend visite. Elle est venue par le train, tout exprès de Dresde, et restera quelques jours chez nous.

— Exprès ? Pour l'anniversaire ?

— C'est ce qu'elle a dit.

— Et vous pensez quoi ?

— Je ne sais pas. Ils boivent du café et mangent du gâteau aux noix. Pendant que je joue avec mes chevaliers, mes parents racontent que leur vie de famille va repartir.

— Pourquoi ? Que s'est-il passé à Vienne ?

1. *Die kleine Hexe*, d'Otfried Preussler.

— Il y avait cet homme, dit Carl en fronçant les sourcils. Je n'en sais pas plus.

Cet homme !

Voilà, on y était ! Rose posa son crayon.

— De quoi vos parents s'entretiennent-ils encore ?

— Les femmes discutent dans la cuisine. Papa s'assied à côté de moi, par terre, et nous feuilletons le livre illustré. Il m'explique qui est la petite sorcière et me parle de son corbeau Abraxas.

— Pourquoi aimez-vous tant vous rappeler cet anniversaire ?

— Parce que mon père ne m'a pas battu.

Rose eut soudain la bouche sèche,

— Vous avez été sage ce jour-là ?

Carl acquiesça.

— Vous écorchiez-vous souvent les genoux en jouant au football dans la rue ? Aviez-vous des T-shirts sales, les mains pleines de cambouis parce que la chaîne de votre vélo avait déraillé ?

— Je n'avais pas de vélo.

— Racontez-moi ce qui s'est encore passé ce soir-là.

Carl plissa les yeux.

— Rien de plus.

— Comment la journée s'est-elle terminée ? insista Rose.

— Papa m'a lu le livre.

— Et après ?

— Il est parti.

— Où a-t-il disparu ? A-t-il quitté l'appartement ?

— Je crois qu'il est allé à la cuisine, dit Carl en fronçant les sourcils.

Rose sentit son pouls s'accélérer.

— Y était-il seul ?

— Je… je n'en ai aucune idée !

— Et si vous le saviez, ce serait quoi ?

Il secoua la tête.

— Vous le savez, s'obstina Rose avec douceur.

Elle devinait que Carl n'avait pas choisi cette journée-là par hasard. Sans doute son subconscient voulait-il lui communiquer quelque chose, mais il résistait.

— Vous le savez ! Qui était encore dans la cuisine ? Votre mère ? Votre tante ?

Carl pencha la tête. Il grimaça.

— Oui, peut-être…

— Votre père était en colère ?

— Il parlait fort.

— Il était en colère contre vous ?

— Non, il ne m'a pas battu ce jour-là.

— En colère contre votre mère ?

— Il lui a reproché quelque chose qui s'était passé avant, et elle a pleuré. Je n'en sais pas plus, la porte était fermée.

— Ça arrivait souvent ?

— Non, jamais. J'ai regardé les images d'Abraxas ce soir-là. Il attend sur le toit de la maison que la petite sorcière revienne de l'assemblée des sorcières.

— Mais qu'a dit votre père avant de fermer la porte ?

— Le corbeau a été assez insolent avec la petite sorcière et…

— Qu'a dit votre père ?

— Je ne sais pas.

— Pensez à la colombe blanche. Imaginez que *vous* êtes cette colombe blanche. Elle, elle le sait !

Carl ouvrit les yeux. Malgré le demi-jour, il cligna des paupières.

— J'ai dit que je ne savais pas, putain !

— Mais la colombe blanche le sait…

Carl devint écarlate.

— Arrêtez vos conneries !

— Dites-le-moi.

— Que je suis toujours sage et gentil ! (Sa voix dérailla.) Il l'a rappelé à ma mère !

— Et quoi encore ?

— Rien !

— Quoi encore ? demanda-t-elle, penchée en avant.

— Qu'elle ne devra plus abandonner la famille ! Vous êtes contente maintenant ? lança-t-il d'un ton haineux, avant de se laisser aller en arrière, épuisé.

Rose remarqua qu'il avait le cœur qui battait à tout rompre. Elle aussi avait un pouls rapide. Pendant que Carl essuyait la salive à la commissure de ses lèvres, elle arrêta le métronome. Ils avaient fini. Carl lui avait inconsciemment fourni l'indication décisive. *Ne devra plus abandonner*.

— Merci, se contenta-t-elle de dire.

Il fallut une bonne minute à Carl pour retrouver le calme.

— Merci de quoi ?

— De m'avoir dit la vérité.

— Je… je ne sais pas si tout ça est vrai, balbutia-t-il.

— Je pense que oui. Votre mère menaçait d'abandonner la famille si vous étiez désobéissant, vilain ou impertinent, n'est-ce pas ?

Carl haussa les épaules.

— Possible.

— Votre père aimait-il votre mère… peut-être même l'adorait-il, voire l'idolâtrait ?

— Peut-être… je crois que oui.

— Moi aussi. Et je présume que votre père vous éduquait si sévèrement parce qu'il avait peur que sa femme l'abandonne.

Elle marqua une pause.

— L'abandonne *une nouvelle fois*. Sans doute non seulement parce que vous n'étiez pas sage, mais aussi à cause d'un autre homme.

C'était peut-être même arrivé plusieurs fois, se dit Rose. Beaucoup de choses restaient encore dans l'ombre. Mais quelque chose avait poussé cette femme dans les bras d'autres hommes. Des patients, des médecins mariés ou de jeunes aides-soignants ? Absolument sans importance ! C'était la raison qu'il fallait connaître.

— On peut penser que vous déménagiez si souvent parce que votre père voulait commencer une nouvelle vie avec votre mère et vous.

Rose était parfaitement consciente de ce qu'elle suggérait. Sa phrase impliquait que la mère de Carl avait une liaison dans chaque ville.

Carl jeta un œil au radio-réveil.

— La séance est finie.

— Je sais, merci. Une chose encore…

Rose attendit pour être certaine de mobiliser toute son attention.

— C'est peut-être cela que votre père voulait vous dire sur son lit de mort. S'excuser pour ses mauvais traitements, expliquer qu'il voulait empêcher l'éclatement de la famille.

— Conneries !

Rose éteignit le dictaphone. Ils se levèrent d'un même mouvement.

Elle l'accompagna jusqu'à la porte.

— Réfléchissez-y.

Elle savait que le problème allait longtemps encore occuper l'esprit du jeune homme, l'obséder. En lui tendant la main, Rose sentit que quelque chose lâchait dans son bas-ventre.

Encore une crampe ? Non, pitié !

Elle n'enregistra même pas que Carl prenait congé et quittait les lieux. Elle s'appuya contre la commode. Un vase se renversa. *Non, ça ne va pas recommencer !* La panique l'étreignit quand elle vit un flot de sang chaud couler entre ses cuisses.

21

Assise dans sa voiture, Helen examinait l'échographie trouvée dans l'armoire à linge d'Anne. En marge, à côté d'un nom, Dr Konstantin Rachovsky, un numéro de téléphone. Devait-elle appeler ? Et ensuite ? Bien sûr, continuer à rechercher par ses propres moyens. Elle n'avait pas le choix.

Elle pensa à Frank. Combien de temps resteraient-ils mariés ? Pouvait-elle sauver son couple ? Le voulait-elle, d'ailleurs ? Quel effet avaient les mots « sans enfants » et « divorcée » dans la biographie d'une psychothérapeute pour enfants, auteur d'ouvrages spécialisés ? En réalité, cela n'avait aucune importance. Après la fin catastrophique de sa liaison avec Ben Kohler et avec le divorce qui lui pendait au nez, il lui fallait bien s'avouer qu'elle était incapable d'entretenir des rapports heureux avec un homme. Bon Dieu, quelle erreur avait-elle de nouveau commise pour que son époux tombe dans les bras d'une autre ? Cela ne pouvait tout de même pas s'expliquer uniquement par le fait qu'Anne utilisait de la vaseline ou portait des culottes sexy !

Helen composa le numéro du cliché. Une voix enregistrée l'informa que le Dr Rachovsky commençait ses consultations à 14 h 45. Soit ! Cela lui donnait le temps de trouver où il officiait.

Le cabinet se trouvait dans la banlieue sud. Il rappela à Helen celui de son gynécologue. Parquet en hêtre, plantes d'intérieur d'un vert éclatant, partout de larges et claires baies vitrées, photos de bébés dans la salle d'attente et magazines féminins dans le porte-revues. Elle reconnut la même odeur de menthe. Son ventre se serra à la vue des femmes enceintes qui attendaient leur tour.

La secrétaire était assise derrière un pupitre, entourée de bonsaïs. Derrière elle, de l'eau clapotait dans un bassin en pierre.

— Vous avez rendez-vous ? susurra la dame.

— Non. Je suis le Dr Helen Berger, psychiatre, mentit-elle, et j'aimerais m'entretenir avec mon collègue au sujet d'une patiente commune.

La femme appela le gynécologue par l'interphone. Tout en attendant que s'ouvre la porte du cabinet, Helen ne cessait de penser à Anne Lehner. Il ne fallait surtout pas se couper dans la conversation ! Elle avait certes étudié la psychologie, mais n'était que « thérapeute », et par conséquent Anne était une « cliente », non une « patiente ». Mais ses chances d'obtenir un renseignement étaient plus grandes si elle s'entretenait de médecin à médecin à propos d'une patiente commune.

Quinze minutes plus tard, elle était assise dans le bureau du Dr Rachovsky, une pièce remplie jusqu'au plafond de rayonnages bourrés de littérature spécialisée. Des diplômes pendaient aux murs.

Rachovsky avait un certain embonpoint. Difficile de lui donner un âge. Des rouflaquettes et une barbe grise, sans moustache, le vieillissaient à coup sûr de quelques années.

Helen jugea qu'il devait approcher la cinquantaine. Il avait de fines lunettes de lecture sur le bout du nez. Il pratiquait manifestement le sport de manière régulière, car des photos, sur son bureau, le montraient sur un voilier, sur un cheval ou un vélo. Une coupe de fruits contenait des carottes, des pommes et du chou-rave. Il était peut-être végétarien. Une autre chose fascina Helen : comme son propre gynécologue, le Dr Rachovsky avait des mains énormes, aux doigts épais.

Il posa les avant-bras sur son bureau.

— Ma secrétaire m'a dit que vous vouliez me parler d'une patiente commune.

Il parlait d'une voix sonore et paisible.

Helen croisa les jambes.

— Il s'agit d'Anne Lehner.

Rachovsky acquiesça.

— Je ne voudrais pas être discourtois, mais puis-je voir vos papiers ?

— Bien entendu.

Elle fouilla dans son sac à main et, ignorant la carte de visite qui indiquait qu'elle était psychothérapeute, elle montra au médecin son permis de conduire.

— Haha. Dr Helen Berger. Très bien. Où exercez-vous ?

— J'ai un cabinet à Griesskirchen, je fais des vacations à la Baumgartner Höhe et je suis chargée de cours à l'université de Vienne.

Durant sa formation, elle avait effectivement travaillé deux ans dans l'établissement psychiatrique de la Baumgartner Höhe et, ultérieurement, donné des cours à l'université. Mais elle ne pouvait pas trop s'avancer sur ce terrain glissant.

— Je suis spécialisée dans les troubles dissociatifs de l'identité et les conséquences des abus sexuels perpétrés sur des mineurs.

— Excusez du peu ! En quoi puis-je vous être utile ?

— Anne Lehner est en traitement chez moi.

— Ça m'étonne, l'interrompit-il. Prend-elle un traitement ?

— Non. Je voulais lui prescrire des psychotropes contre la dépression. J'ai peur que sa grossesse ne la perturbe, qu'elle rejette l'enfant. Elle a quarante-cinq ans et pourrait…

— Anne Lehner a perdu son enfant, l'interrompit-il à nouveau. Il y a trois mois.

Hein ? Helen dut se ressaisir pour ne pas laisser voir qu'elle était désemparée.

— Je m'en doutais, réagit-elle. Elle n'en parle pas.

— Vous disiez à l'instant qu'elle ne voulait peut-être pas de l'enfant ? demanda-t-il, l'interrompant pour la troisième fois.

Helen commença à se sentir mal à l'aise. Si elle n'y prenait garde, elle allait se retrouver dans de sales draps. Un mot de travers, et il percerait ses mensonges.

— Anne semble avoir une conception maladive de la sexualité. Être enceinte n'entrait pas dans sa vision du monde.

— Je ne pense pas qu'elle ait perdu volontairement son enfant, si c'est ce que vous sous-entendez, dit-il. Au contraire. Elle était en parfaite santé et heureuse d'avoir un bébé. C'était certes, à son âge, une grossesse à risques, mais la fausse couche est survenue de manière soudaine. Plutôt étonnant pour un troisième mois. Peut-être à cause d'une erreur de dosage de médicaments…, ajouta-t-il en haussant les épaules.

Il la fixa.

— C'est pour cela que je vous ai demandé si elle suivait un traitement médicamenteux.

Les idées s'entrechoquèrent dans la tête d'Helen. Une erreur de dosage ? À sa connaissance, Anne ne prenait pas de médicaments. Elle se rappela soudain le flacon dans le classeur à roulettes de Frank.

— Une solution antibiotique à haute concentration pourrait-elle avoir provoqué la fausse couche ?

— Possible. Anne aurait effectivement pu s'en procurer, mais, comme je vous l'ai dit, je ne le pense pas. Elle aurait été une bonne mère.

Rachovsky avait raison. Préparatrice en pharmacie, elle n'aurait eu aucun mal à se fournir en antibiotiques. Mais Helen soupçonnait quelqu'un d'autre, une personne qu'elle connaissait bien. Ou plutôt qu'elle avait cru bien connaître. Frank avait-il pu administrer à Anne, à son insu, cette solution pour provoquer une fausse couche ? Était-il réellement capable d'un pareil crime ? L'idée était insupportable. Mais, d'un autre côté, il ne voulait pas d'enfant. L'argent n'était pas le problème compte tenu de son salaire. Mais un enfant illégitime aurait provoqué un scandale susceptible de nuire à sa carrière.

Non, il fallait refouler des idées aussi absurdes. Frank n'en était pas capable. Les remords l'auraient anéanti. *Mais peut-être est-ce à cause de ça qu'il lui a offert la bague ?* L'achat datait du 6 mars, c'est-à-dire deux mois et demi plus tôt. Du point de vue des dates, c'était possible. Son mari, un infanticide ? Helen n'en pouvait plus. Elle devait sortir d'ici au plus vite et prendre un bon bol d'air frais.

— Chère collègue, grommela Rachovsky. Ça ne va pas ?

— Pardon ? dit-elle, surprise. Pourrais-je avoir un verre d'eau ?

— Bien sûr.

Il lui apporta un verre d'eau qu'elle avala d'un trait.

— Pourquoi avez-vous été surpris qu'Anne suive une thérapie ?

Il sourit.

— Elle est tout de même médecin.

Non, pas médecin, préparatrice en phar… Helen sentit le sang refluer de son visage. Elle devait être pâle comme un linge.

— Médecin ? répéta-t-elle.

— À ce que je sais, elle a fait des études de médecine, murmura Rachovsky. Je suis étonné qu'elle suive un traitement psychiatrique et qu'elle doive prendre des antidépresseurs. Bien sûr, la fausse couche a été un coup dur. Mais c'est une femme forte, pleine d'assurance et équilibrée.

Tout se mit à tourner autour d'Helen. Anne était une femme quelconque, effacée, inhibée sexuellement, atteinte d'un cancer, toujours humble et soumise. Avec ses grosses lunettes d'écaille et ses cheveux gris, elle paraissait vieille et fragile.

— Comment décririez-vous Anne, physiquement ? insista-t-elle.

— Diable, dit-il en levant les bras. Cheveux châtain, courts, coiffure moderne, des yeux vert foncé, bronzée, sportive et très sexy. Pourquoi cette question ?

— Elle m'a fait une tout autre impression, murmura Helen.

— C'est ce qu'il m'a semblé, en effet, confirma le médecin en avançant son siège. Surtout quand vous l'avez décrite comme une patiente de quarante-cinq ans. Alors que je sais qu'elle a tout juste quarante ans. Anne-Rose vous ressemble, d'ailleurs.

Helen sursauta.

— Pardon ?

— Je disais qu'elle vous ressemble..., répéta-t-il.

— Non, je veux dire..., bafouilla-t-elle. Vous avez dit Anne-Rose ?

— Oui, c'est son prénom complet.

22

Coschütz était une région encore rurale, parsemée de maisons à colombage soigneusement entretenues, aux volets rouge-brun et aux bardeaux moussus. Les lignes téléphoniques allaient de l'une à l'autre en décrivant d'amples courbes, comme si, ramollies par le soleil de l'après-midi, elles ne cessaient de s'allonger. Le bâtiment à charpente apparente au bout de la grande rue, avec ses poutres marron et ses briques couleur de glaise, était en parfaite harmonie avec le paysage de cette région du sud de Dresde.

Un jeune collègue de la PJ locale, les cheveux d'un roux éclatant et le visage plein de taches de rousseur, leur ouvrit la porte, au deuxième étage. *Famille Vollmahr*, était-il écrit sur le paillasson. C'était donc ici qu'habitait « la vieille tante Lore ».

Sneijder montra ses papiers.

— Analyste et psychologue médico-légal, murmura-t-il sans un regard pour le jeune policier.

— Je vous attendais, dit celui-ci en s'écartant et en examinant le document.

— Ah, Maarten Sneijder, j'ai déjà entendu parler de vous, remarqua-t-il avec un léger ton d'ironie.

— Maarten S. Sneijder ! corrigea le Néerlandais avec son arrogance habituelle tout en entrant dans l'appartement sans demander pardon. Et ne me suivez pas comme un petit chien !

Sabine aurait voulu se cacher sous terre. Le policier lui lança un regard éloquent. Le sac en bandoulière, elle suivit Sneijder. Il régnait à l'intérieur une atmosphère de mort et de décrépitude. Les plantes étaient desséchées dans leurs pots. Des commodes massives, des abat-jour à pompons, de lourds rideaux, des tapis épais et, aux murs, de sombres peintures à l'huile : les pièces semblaient une reconstitution poussiéreuse de la RDA des années soixante-dix.

Après un regard circulaire, Sneijder appela d'un signe le policier et leva trois doigts.

— En trois phrases concises : que s'est-il passé ici ? Juste l'essentiel !

— Je ne peux pas, répondit le collègue en inspirant fortement.

— Alors, il faut apprendre à le faire, rétorqua Sneijder le plus calmement possible. C'est tout un art de présenter simplement des choses complexes. L'inverse est à la portée de chacun. Nous n'avons guère de temps. Allez-y !

Le garçon roux que Sabine avait pris en pitié dès le premier instant bredouilla quelques explications jusqu'à ce que Sneijder lui arrachât le dossier des mains pour le feuilleter lui-même.

Ils apprirent que le mari de Lore Vollmahr avait eu un infarctus dans cet appartement, le 6 mai, un vendredi. Pour cet homme de quatre-vingt-un ans, qui avait déjà survécu à deux accidents vasculaires cérébraux l'ayant laissé hémiplégique, l'issue ne pouvait être que fatale. On l'avait retrouvé dans son fauteuil à bascule, le combiné du téléphone à la main, comme s'il avait voulu appeler les secours. Le même jour, Lore avait disparu sans laisser de trace. On l'avait vue pour la dernière fois faire des courses dans la zone piétonnière.

Sneijder ferma le dossier.

— Il est probable que ce fut le contraire, réfléchit-il à haute voix. Sa femme a disparu et il est mort d'un infarctus *après*.

Sabine comprit où il voulait en venir.

— Nous avons besoin de la liste des appels.

— Exact, confirma Sneijder en parcourant à nouveau les pièces du dossier. Le dernier appel sur le poste fixe provenait d'un portable à carte. Le mari de Lore n'était pas en train d'appeler les secours quand son vieux cœur a lâché. C'est lui qui a été appelé et la peur l'a tué.

— La peur ? s'étonna le rouquin.

— Sa femme a été enlevée et il avait quarante-huit heures pour la sauver, répondit le policier. Depuis, est-ce qu'on a touché ou changé quelque chose dans l'appartement ?

— Non. Le mort est encore à la morgue, sa femme n'a pas réapparu et l'administration municipale attend que quelqu'un ordonne l'inhumation. Personne n'a occupé l'appartement depuis.

Sneijder entra dans la chambre pendant que Sabine inspectait la salle de bains et les toilettes. Elle cherchait quelque chose d'inhabituel, un indice que Struwwelpeter n'avait pas manqué de laisser au malheureux. Dans la cuisine, elle trouva une petite boîte en carton à côté du grille-pain. Elle contenait des lunettes de lecture et une cuillère à café sur un morceau de velours.

— Sneijder ! cria-t-elle.

L'enquêteur accourut et reconnut aussitôt l'objet.

— La même boîte qu'à Cologne et Leipzig, constata-t-il, en appelant à lui le policier. Veillez à ce qu'on relève les empreintes digitales de cette boîte.

Puis, tendant la main vers Sabine, il claqua des doigts :

— Le livre.

Un vrai gentleman, il n'y a pas à dire ! Elle sortit le livre du sac et ils le feuilletèrent ensemble. Ils avaient certainement l'air de deux parfaits idiots aux yeux de leur collègue de Dresde. Mais Sneijder s'en souciait visiblement comme d'une guigne.

L'autre, feignant la curiosité, s'approcha.

— C'est le nouveau guide du BKA ?

Sneijder se redressa.

— N'essayez jamais plus de vous moquer de moi en ma présence, compris ? Alors, vous pourrez peut-être apprendre quelque chose, dit-il, puis, le regard plus sombre encore : Qu'apprenons-nous si, au premier acte d'une pièce de théâtre, un fusil pend au-dessus de la scène ? Tout simplement que, plus tard, il tirera ! C'est en fonction de ce principe que nous suivons une trace, continua-t-il en montrant la boîte d'un signe de la tête. Et maintenant, occupez-vous des empreintes digitales !

Sabine ne vit pas très bien ce que cette allusion au théâtre pouvait signifier. Sans doute la constatation que les indices comme les cadeaux de Struwwelpeter ne se retrouvaient pas sans raison ou par hasard sur les lieux de ses crimes.

Le jeune policier prit son portable et Sabine lut ses pensées sur son visage. Elle avait au moins la consolation de ne pas être la seule à être rudoyée par Sneijder. C'était le lot commun.

Elle ouvrit la double page de l'histoire suivante. Voilà, ils y étaient ! Elle montra les images.

— Lunettes et cuillère !

Papa lièvre dépouillait le chasseur endormi de ses lunettes et de son fusil. L'image suivante, le lièvre visait le chasseur avec le fusil, les lunettes sur le nez. Puis le chasseur sautait dans le puits tandis que le levraut dansait joyeusement autour du puits, une cuillère dans sa petite patte. Mais il se brûlait car le café bouillant lui coulait sur le nez.

— C'était donc l'« Histoire du chasseur sauvage », résuma Sneijder en se détournant du livre pour regarder par la fenêtre.

Le centre-ville de Dresde était à quelques kilomètres plus au nord.

— Alors le chasseur sauvage finit par arriver près du puits profond. Il y saute, le péril était grand. Le lièvre tire avec le fusil, récita l'homme du BKA, songeur.

Abandonnant le spectacle de la ville, il se tourna vers Sabine.

— Son cadavre est dans un puits.

Puis il s'adressa au policier qui venait de passer un coup de fil.

— Comment vous appelez-vous ?

— Frick.

— Bon. Écoutez-moi bien, Frick. J'espère que cela n'excède pas vos capacités. Il faut que vos collègues recherchent le cadavre d'une femme dans les caveaux et les catacombes de toutes les églises et cathédrales de la ville… Sur-le-champ ! ajouta-t-il tandis que le jeune policier le fixait toujours, perplexe.

— On est bonne pâte, dit-il, mais ça commence à bien faire.

— Bonne pâte ou dur à la comprenette ? demanda Sneijder.

Incapable d'entendre plus longtemps ces humiliations, Sabine intervint :

— Vos collègues devraient d'abord choisir les églises qui ont un puits sur leur terrain.

— Ça servira à quoi ?

— Bordel ! jura Sneijder. C'est juste pour faire les malins !

— Je vous en prie ! dit Sabine au Néerlandais en le toisant avec sévérité. Les puits, c'est très important, ajouta-t-elle en regardant Frick.

— J'ai visité la Frauenkirche[1] après sa reconstruction, lors d'une sortie scolaire, remarqua celui-ci. Sous les chambres funéraires, il y a un très ancien puits.

Du coin de l'œil, Sabine vit Sneijder dresser l'oreille.

— L'organiste joue-t-il des morceaux de Bach pendant les messes ? demanda-t-il.

Frick haussa les épaules.

— C'est bien possible. Je ne m'intéresse pas à l'Église catholique.

— Vous devriez, l'interrompit Sneijder. Vous sauriez que cette église est un temple luthérien.

— Commencez par ce temple, proposa Sabine. Et tâchez de savoir si on y joue Bach.

Frick jeta à Sneijder un regard prudent.

— D'autres questions ?

— Oui. Y a-t-il une librairie Haital en ville ?

Chaque ville était comme un être vivant, avec un visage, un corps et des membres qui lui donnaient son atmosphère particulière, son rythme, son odeur, son âme.

1. L'église Notre-Dame de Dresde, détruite en 1945, a été reconstruite à l'identique entre 1994 et 2005.

Sabine avait toujours associé Dresde à son fameux opéra, le Semperoper. Pour elle, Dresde était la ville de nombreux chœurs, d'orchestres célèbres et de dizaines de musées. Mais Dresde valait mieux que cela. Le cœur baroque de la ville, avec ses constructions pleines de charme, ses innombrables fontaines, ponts, monuments, tours et sculptures, était comme le décor d'un conte oriental. Les bâtiments qui bordaient l'Elbe avaient quelque chose de méditerranéen dans la douceur de l'air printanier. Sabine passait généralement ses congés à Berchtesgaden, avec son VTT, ou dans un bungalow sur la mer du Nord. Bien qu'ayant beaucoup voyagé en Allemagne, elle regrettait de ne pas connaître certaines de ses villes. Elle serait volontiers restée quelques jours ici. Une autre fois peut-être.

Sur les talons de Sneijder, elle se faufila entre les grappes de touristes sur le parvis du temple. Sa base ressemblait à une caserne, massive et ocre, d'où montait vers le ciel, en plein milieu, un dôme puissant, entouré de tourelles, de toits pointus, d'encorbellements et de fenêtres. Frick sortait justement de la porte principale.

— Quand je le vois ainsi, murmura Sneijder à sa compagne, je me demande s'il est porteur de la solution ou simplement un élément du problème.

— Ressaisissez-vous ! souffla Sabine.

Le policier s'arrêta devant eux, hors d'haleine.

— On y joue effectivement le « cycle de Bach ». Et, vous n'allez pas me croire, il y a un cadavre en bas, dans le puits !

— Je vous crois, affirma Sneijder qui, considérant des enquêteurs de la PJ qui conversaient avec un pasteur et un groupe de types armés d'appareils photo, ajouta : Pourquoi la presse est-elle déjà ici ?

Frick regarda autour d'eux en un geste démonstratif.

— Avec ce déploiement policier ! Comment aurions-nous pu l'empêcher ?

Sabine trouva cette réponse étrange. À l'évidence, des gens prêts à vendre des informations, il s'en trouvait ailleurs qu'à Munich.

— Frick, je ne supporte pas la foule. Tenez donc à distance ce curé et ces couillons de journalistes.

Puis Sneijder se dirigea vers l'entrée, suivi de Sabine.

— Tenez ces gens à distance ! dit-elle, imitant son ton autoritaire, quand Frick ne fut plus à portée de voix.

Sneijder ne daigna pas la regarder.

— Je ne fonctionne que lorsqu'il y a peu de gens autour de moi. Ils me privent d'oxygène. En avion, dans le bus et dans les réunions, j'ai des maux de tête.

Il devait se réjouir que le puits soit dans un lieu isolé.

— Merci infiniment de votre franchise, dit-elle. Je sais enfin pourquoi vous réduisez les conversations à trois phrases.

Il ne répondit pas.

L'intérieur du temple n'était qu'un immense volume. Il s'élevait jusqu'au dôme et, plus haut encore, jusqu'au clocher qui laissait pénétrer le soleil couchant. Sur les nombreux balcons s'étageant entre le sol et le sommet, des touristes prenaient photo sur photo. Au-dessus de l'autel doré resplendissaient les tuyaux argentés de l'orgue. Un froid glacial émanait des lourdes pierres des murs. Sabine frissonna. La cathédrale de Munich avait tout d'une humble église de campagne, comparée à cet édifice colossal.

Un policier fit un signe dans leur direction, sur quoi un ecclésiastique petit et replet, en soutane et au visage de crapaud, se précipita vers eux.

— Êtes-vous ces messieurs dames de Munich ? s'enquit-il d'une voix qui, elle aussi, rappelait le coassement du crapaud.

Sneijder acquiesça et le prêtre leur fit signe de le suivre.

— J'espère que le curé n'a rien touché là-dessous avec ses doigts boudinés, murmura Sneijder pour lui-même.

Sabine s'abstint de tout commentaire. Ils descendirent dans la crypte. Il y faisait plus froid encore. La voûte, très basse, recouvrait plusieurs pièces aux piliers et aux cintres en briques jaunes. De vieux cercueils en bois dépassaient des niches. Ce devait être la crypte funéraire. Sabine chercha des yeux un puits, mais en vain.

— C'est la chapelle du chœur, expliqua le prêtre, elle est juste au-dessous de l'autel.

— Très intéressant, commenta Sneijder.

Ils arrivèrent devant une porte fracturée, derrière laquelle descendait un étroit escalier en colimaçon.

— Normalement, l'accès à l'ancien tombeau est barré.

— Les mêmes traces d'effraction qu'à Munich, remarqua Sneijder qui rentra la tête dans les épaules pour pouvoir suivre l'homme.

Sabine, elle, passa la porte sans avoir à se baisser. Deux étages plus bas, soit à vingt bons mètres de profondeur, ils débouchèrent dans la crypte. Ici, on pouvait garder quelqu'un prisonnier pendant des mois sans que personne le remarque. Sur le sol couraient les câbles emmêlés des techniciens de la police. La lumière éblouissante de projecteurs illuminait la voûte. L'odeur de renfermé, de champignons et de fruits pourris évoquait un cellier. Mais Sabine savait que l'odeur avait une autre origine.

Après le dernier coude d'un étroit couloir, ils arrivèrent devant un bassin rond, en maçonnerie, surmonté d'une construction en bois qui avait pourri au cours des siècles.

Un seau était posé par terre. Le couvercle rond du puits, en bois lui aussi, était posé contre le mur. À l'aide d'un treuil, l'équipe médico-légale de la police de Dresde était en train de hisser hors du puits le cadavre d'une femme.

D'un geste bref, Sneijder ordonna à Sabine de ne pas s'approcher. À deux mètres de distance, ils virent les policiers déposer le cadavre par terre, au pied de la margelle. Il dégoulinait d'eau. Le photographe s'affaira tandis que ses collègues de l'anthropométrie prenaient les mesures. Sabine n'avait encore jamais vu un cadavre massacré à ce point. Elle détourna aussitôt les yeux.

Sneijder s'accroupit pour mieux observer. Il sortit du sac son dictaphone et se mit à chuchoter dans le micro. Debout derrière lui, Sabine n'en perdit pas un mot.

— Visage très gonflé. On dirait qu'il a été ébouillanté. Ce qui en reste ressemble sans doute possible à Lore Vollmahr sur sa photo d'identité. Les deux objets qui sortent des orbites crevées sont certainement les manches de deux cuillères en argent. Le meurtrier a bâillonné la femme, lui a entravé les mains et les pieds… et l'a certainement précipitée encore vivante dans le puits. Une cheville est tordue. Des fractures ouvertes de la cuisse et du tibia…

L'entendre formuler ses observations d'un air si distancié et d'un ton aussi neutre était terrifiant. Sabine risqua un nouveau coup d'œil sur le cadavre boursouflé, mais détourna aussitôt le regard.

— … talons et plante des pieds gorgés d'eau. Cette femme se trouve selon toute vraisemblance dans ce puits depuis plus de deux semaines. Des traces de sang sur les lèvres. Sans doute morte de blessures internes, peut-être étouffée par son propre sang. Depuis six ou sept jours tout au plus.

Sneijder termina son enregistrement et se releva.

— Vous êtes toute pâle, dit-il.

Quoi d'étonnant à cela ? Sabine avait une pierre à la place de l'estomac, la bouche sèche et elle avait un besoin urgent d'air frais. Pourquoi ne pouvait-elle s'empêcher de s'imaginer ce qu'avait enduré cette femme, agonisant seule et bâillonnée, pendant des jours, dans ce trou froid et humide ?

— Ce n'est pas tous les jours qu'il m'est donné de voir un tel spectacle, dit-elle d'une voix rauque.

— Moi non plus.

Sneijder tendit sa carte de visite aux collègues qui, le masque devant la bouche et des gants en latex aux mains, examinaient le cadavre.

— Je vous prie de me faxer le rapport d'autopsie provisoire d'ici après-demain au plus tard.

Sabine n'en crut pas ses oreilles. Il avait bel et bien dit « Je vous prie ».

Quand ils ressortirent à l'air libre, le soleil déclinait au-dessus des toits. Sabine ferma un instant les yeux, laissant le vent lui caresser les cheveux et le visage. Elle respira avec délices l'air aux odeurs de fleurs. Bien sûr, la brise n'effaçait pas de ses vêtements, ni surtout de son souvenir, l'odeur de cadavre et la puanteur habituelle des catacombes. Mais c'était mieux que rien.

— Le visage ébouillanté, le puits et, à la place des lunettes perdues, les cuillères dans les yeux, énuméra-t-elle. De meurtre en meurtre, il s'enfonce toujours plus dans les histoires.

— C'est ce qu'il y a d'effrayant là-dedans, dit Sneijder. Mais le plus épouvantable encore… Struwwelpeter devait connaître ce puits et il était ici il y a peu.

— Qu'est-ce qui vous permet de dire ça ?
— Sinon, qui aurait enfoncé les cuillères dans les orbites du cadavre ?
Il leva les yeux vers la pointe de la cathédrale. Une volée d'oiseaux entourait la croix.
— Il faut que nous trouvions ce Carl Boni.

TROISIÈME PARTIE

Mercredi 25 mai

«Je ne peux pas vous présenter
Un monde qui soit vraiment rond,
Si souvent que je le rapièce.»

Wallace Stevens, *L'homme à la guitare bleue*

23

Pendant qu'un expresso coulait du percolateur et que la radio donnait les nouvelles du matin, Helen courut jusqu'à la boîte aux lettres dans l'herbe mouillée de rosée. Elle avait encore passé une mauvaise nuit. Peu avant 5 heures, elle s'était finalement levée, était descendue sans bruit au rez-de-chaussée pour ne pas réveiller Frank et avait pris une douche bouillante.

Elle se trouvait à présent à côté du chemin forestier, dans son jogging chaud. Elle regarda autour d'elle. Griesskirchen dormait encore. On avait déjà livré le journal. Soulagée, elle laissa tomber ses épaules. Pas d'autre boîte, pas d'autre doigt sectionné. Dans quelques heures, on allait savoir si Anne Lehner survivrait au jeu du dément.

Dusty, excité, lui sauta dessus. Elle sortit un biscuit pour chien de la poche du jogging.

— Tiens, espèce de morfal !

En dépit de son âge et des nombreuses friandises ingurgitées, Dusty gardait la ligne. Il passait son temps à chasser les souris et les lapins dans les champs, n'hésitant pas parfois à poursuivre les chats de la voisine.

Helen alla sur la terrasse, le journal sous le bras. La table de jardin et les chaises étaient couvertes de rosée.

Elle sortit un coussin d'un coffre et s'assit. De la brume courait sur les champs. Elle sentit sur son visage la chaleur du café. Elle frissonnait, mais avait besoin de fraîcheur pour garder les idées claires. Son portable était sur la table. Il n'allait pas tarder à sonner. Elle but un peu de son café et parcourut les gros titres du journal, mais ne tarda pas à le reposer, incapable de se concentrer.

Dans quelques heures, quand arriveraient le traiteur, le cuisinier, les musiciens et les photographes, la propriété allait être le théâtre d'un grand remue-ménage. Comment allait-elle réussir à passer cette journée à côté de Frank ? Faire contre mauvaise fortune bon cœur ? Jouer les épouses candides et heureuses devant les invités ? Ce n'était pas son genre. Elle n'avait jamais été bonne comédienne.

Vautré sur le gazon à quelques mètres d'elle, Dusty essayait de mordiller les brins d'herbe mouillés. Des sauterelles sautaient çà et là dans la pelouse. Lentement, le soleil se montra au-dessus des montagnes. À part la radio en sourdine, on n'entendait pas un bruit en provenance de la maison. Frank dormait toujours.

Peu après 8 heures, le portable sonna. Bien que s'y attendant, Helen sursauta.

Correspondant inconnu !

Elle eut soudain une boule dans la gorge. Dusty, qui se roulait toujours dans l'herbe, ignora la sonnerie. Elle se saisit du téléphone.

— Allô ?

— Bonjour, madame le docteur, dit la voix contrefaite.

Ce ne serait pas un bon jour…

— Qui ai-je enlevé et pourquoi ? demanda la voix. Il vous reste trente minutes pour trouver la bonne réponse.

— Vous avez enlevé Rose…

— Et puis ?

— Elle a fait des études de médecine et travaille comme psychothérapeute.

— Exact. Mais pourquoi est-elle ma prisonnière ?

— Elle était enceinte, mais a perdu son bébé.

— Ce n'est pas la raison.

Le pouls d'Helen s'accéléra.

— Elle a une liaison avec mon mari.

— Ça ne m'intéresse pas ! Connaissez-vous la bonne réponse oui ou non ?

Son cœur s'affola. Que diable voulait-il entendre ? Et, soudain, elle se mit à crier malgré elle :

— Pourquoi devrais-je me casser le cul pour Rose si elle baise avec mon mari ? Je m'en fous, après tout, de ce qui lui arrive !

Il y eut un silence de quelques secondes à l'autre bout du fil. Puis l'atroce voix reprit :

— Vous serez responsable de la mort de cette femme. Comme jadis… avec les enfants dont vous avez la mort sur la conscience.

Maudit salopard !

— Au revoir, madame.

— Attendez ! cria-t-elle.

Dusty leva les yeux, intrigué.

Silence.

— Je peux découvrir la vraie raison.

— Vous avez trente minutes.

— Donnez-moi vingt-quatre heures. Je saurai tout.

— Ce ne sont pas les règles du jeu.

— Douze heures, supplia-t-elle.

Il parut réfléchir.

— Rose a encore huit doigts, dit-il. Je peux repousser sa mort de huit heures tout au plus.

Helen se sentit défaillir.

— D'accord.

— Pour toute heure que vous laisserez s'écouler, elle perdra un doigt.

— Ce qui veut dire que vous m'appellerez toutes les heures ?

Plusieurs idées s'entrechoquèrent dans sa tête. Elle n'avait pas le choix. Il lui fallait informer Ben Kohler de cette conversation. Il devrait obtenir de Telekom la mise en place d'un détecteur d'appels afin de remonter jusqu'à cet homme.

— Non, ce n'est pas comme ça qu'on va faire, dit-il.

Bon Dieu, qu'elle haïssait cette voix déformée !

— Vous allez éteindre votre portable dès la fin de cette conversation, si bien que votre messagerie sera activée par chacun de mes appels, ordonna-t-il. Dès que vous connaîtrez la bonne réponse, dictez-la à la place de votre annonce sur la boîte vocale. Je vous appellerai une première fois à 10 heures, puis toutes les heures, pour écouter votre message.

— Mais je n'aurai que trente secondes pour m'exprimer.

— Alors soyez brève, et il raccrocha.

Elle contempla, paralysée, l'affichage du téléphone. Elle avait jusqu'à 17 heures. À 10 heures, Anne Lehner perdrait un autre doigt. Elle devait éteindre son portable, mais elle avait encore un appel important à passer avant. Elle devait obtenir quelques certitudes ! Elle ne pouvait téléphoner du poste fixe, de peur que Frank ne l'entende.

Elle composa le numéro de Ben Kohler, espérant que le ravisseur n'allait pas vérifier, dans les minutes à venir, si la boîte vocale s'activait après la dixième sonnerie.

Ben décrocha :

— Ah, Helen, qu'y a-t-il ?

Dieu merci, il était à son bureau.

— Bonjour, Ben…

À cet instant, deux camionnettes de livraison s'arrêtèrent devant leur propriété. Le premier véhicule clignotait, mal garé sur le chemin forestier, comme si le chauffeur se demandait s'il était à la bonne adresse et devait entrer chez eux.

— Helen ? Au cas où tu appelles à cause de la fête de ce soir… J'ai pas mal de trucs sur le dos pour le moment, mais je te promets que je ferai un saut.

— Merci, c'est sympa, mais je t'appelle pour une autre raison.

Elle entendit alors que quelqu'un essayait de la joindre sur son portable. Elle s'affola, se leva d'un bond et traversa la pelouse en courant. Elle vit, derrière la vitre de la cabine, le chauffeur de la première fourgonnette, un téléphone à l'oreille. Pourvu que ce soit lui qui l'appelait !

— Je te rappelle à propos d'Anne Lehner.

Elle fit signe au chauffeur. Il la vit, et elle lui indiqua d'entrer dans la propriété.

— On ne l'a toujours pas retrouvée.

Ben, je sais !

Le chauffeur abaissa son téléphone, le signal d'appel cessa.

— Je croyais qu'elle s'appelait Anne Lehner et qu'elle travaillait dans une pharmacie, c'est du moins ce qu'elle avait prétendu, mais j'ai appris hier qu'elle s'appelle Anne-Rose et qu'elle est psychothérapeute.

— Exact, nous le savons depuis peu, murmura Ben. La brigade criminelle ne s'occupe pas de cette affaire, mais, hier, après notre conversation, je me suis renseigné auprès des collègues.

Les deux camionnettes s'arrêtèrent l'une derrière l'autre devant l'auvent pour voitures. Helen demanda à l'un des chauffeurs de s'avancer un peu, afin de laisser le passage à sa Toyota.

Dusty gambadait joyeusement au milieu de tous ces véhicules. Helen le siffla et le terrier accourut.

— Reste là, couché, chuchota-t-elle.

— Dis-moi, qu'est-ce qui se passe chez toi ?

— Préparatifs de la fête ! Que sais-tu de cette femme ?

— Son vrai nom est Anne-Rose Lehner. Elle est divorcée depuis plusieurs années. Mais son cabinet de psychothérapie est sous son nom de jeune fille depuis douze ans.

— Un instant ! l'interrompit Helen. Elle aurait dû signaler son changement de nom au ministère de la Santé et à la fédération des psychothérapeutes.

— Ce qu'elle n'a pas fait, répondit Ben. Elle a sans doute gardé l'ancien nom pour des raisons de sécurité.

Helen se souvint de la plaque, dans la Bachallee, devant laquelle elle était passée en voiture la veille.

— Son nom de jeune fille était-il Harmann ?

— Oui, Anne Lehner et Rose Harmann sont une seule et même personne.

Je le savais. Anne Lehner, espèce de traînée ! Helen bouillait de colère. La malheureuse préparatrice en pharmacie qui sortait d'une chimiothérapie et devait porter une perruque avait feint de consulter une logothérapeute habitant dans sa rue. C'est-à-dire chez elle, tout simplement. Oh, putain ! Helen voyait enfin clair dans ce merdier.

— Autre chose ? demanda Ben. Je suis désolé, j'ai peu de temps. Le BKA de Wiesbaden vient de prendre contact avec nous. Je dois aller à une réunion.

En dépit de la tension et du chaos qui l'entouraient, elle était heureuse d'entendre la voix de Ben, même pour deux ou trois minutes. Ils avaient beau ne pas s'être vus pendant trois ans et elle avait beau avoir des remords chaque fois qu'elle pensait à lui, c'était grâce à lui si elle tenait le coup dans cette situation. Sans lui, elle serait devenue folle.

— Pas de problème. Je dois partir moi aussi.

— À ce soir, dit Ben avant de raccrocher.

Helen éteignit son portable. Les deux chauffeurs vinrent à sa rencontre.

— Nous livrons la tente et du matériel.

Elle leur tendit la main.

— La tente doit aller là, sur la pelouse, l'entrée du côté de la maison. La scène pour l'orchestre sera à l'arrière de la tente. Les flambeaux entre celle-ci et la terrasse. Les frigos dans la remise, à côté de l'auvent. Vous pourrez vous raccorder à l'électricité dans la cabane. Les bancs, les chaises et les tables du buffet le long de la limite de la propriété, à côté des thuyas.

— Pas de problème, assura l'un des hommes en portant un doigt à sa casquette.

Helen n'avait pas le temps de s'occuper de tout ça. Où Frank était-il resté planté ?

— Vous avez le feu d'artifice ?

— Bien sûr.

— Installez-le là-bas, dans le champ à côté du chemin forestier. Mais recouvrez-le d'une bâche, les invités doivent en avoir la surprise.

— Pas de problème. Comme la dame le souhaite.

Les hommes se mirent au travail.

Frank apparut enfin sur la terrasse. En robe de chambre, il semblait un peu irrité par tant de bruit. Apercevant les camions de livraison, il écarquilla les yeux et traversa la pelouse d'un pas lourd.

— Hé, vous ne pouvez pas vous garer là, vous bloquez ma voiture !

— C'est bon, c'est bon, dit Helen aux deux hommes. Mon mari si occupé va rester ici et c'est lui qui, exceptionnellement, réglera tout.

Après s'être lancé un regard, les hommes reprirent leur travail. Frank regarda Helen d'un air abasourdi.

— Il va peut-être falloir que je m'en aille aujourd'hui.

— Peut-être ? Moi, en tout cas, je dois partir tout de suite. Bonjour, au fait, ajouta-t-elle en se dirigeant vers la maison.

— Un moment, s'écria-t-il en la saisissant par le bras au passage. Je viens de passer dans mon bureau…

Elle fixa la main de Frank sur son bras d'un air furibond. Il se hâta de la relâcher.

— Peux-tu m'expliquer pourquoi mon parquet est fendu et le tiroir de mon bureau fracturé ?

— Et toi, peux-tu expliquer où se trouve ta chemise bleue sur mesure ? En outre, ce n'est pas *ton* parquet, mais un parquet dans *ma* maison.

Helen sentit la colère de Frank se dissiper. Son regard devint glacial, le regard d'un cobra sur le point de mordre. *Mais pas avec moi, mon petit ami !*

— Tu m'espionnes ? demanda-t-il froidement.

— Aurais-je une bonne raison de le faire ?

Les ouvriers ignorèrent la querelle. Ils ouvrirent les hayons des fourgonnettes et commencèrent à décharger les bâches de la tente et les barres d'aluminium.

Dusty geignait entre Helen et Frank, les regardant tour à tour, sans comprendre pourquoi sa petite famille était en train de se disloquer.

Se détournant sans plus de commentaires, Helen alla à sa voiture. Elle siffla, et Dusty la suivit. Elle ne pouvait pas laisser le chien ici, pendant que les ouvriers mettaient la propriété sens dessus dessous. Elle ouvrit la portière.

— Saute dans la voiture, allez, hop !

Le terrier ne se le fit pas dire deux fois. Il aimait rouler au moins autant que manger un biscuit ou poursuivre un chat. Il adorait mettre le museau à la fenêtre, fermer les yeux et laisser ses oreilles flotter au vent.

Frank s'approcha lentement d'elle.

— Où vas-tu ?

Rien ne se lisait sur son visage, sa voix était glaciale. C'est ainsi qu'il devait se présenter quand il interrogeait quelqu'un en qualité de procureur.

— Je serai de retour dans quelques heures, répondit-elle sèchement.

— Dans cette tenue ?

Qui cela dérangeait-il qu'elle aille à Vienne en tennis et jogging gris ? Frank peut-être ? Elle n'en avait rien à foutre !

— Laisse au moins ton portable allumé, au cas où les ouvriers auraient besoin de quelque chose.

Elle attacha sa ceinture.

— C'est malheureusement impossible.

— Mais pourquoi, nom de Dieu ?

— Parce que je vais essayer de sauver la vie de ta petite pute, bougonna-t-elle.

Et elle claqua sa portière.

24

Sabine sortit de la chambre sur la pointe des pieds pour ne pas réveiller ses nièces. Elle avait de nouveau passé la nuit chez Monika. Pendant que sa sœur était dans la salle de bains, elle prépara des corn-flakes et des crêpes pour les enfants dans la cuisine.

Le retour de Dresde, dans la nuit, avait été un cauchemar. Six heures, dont une dans un embouteillage. Sneijder dormait à côté d'elle comme un enfant, la tête sur un coussin gonflable appuyé contre la vitre, sans aiguilles d'acupuncture dans les mains. Les vibrations de la voiture l'avaient visiblement bercé. Pas la moindre trace de migraine ou de céphalée de Horton. Après l'avoir déposé au Mercure, elle avait pris le chemin de chez sa sœur et s'était glissée dans la chambre des fillettes.

Connie, la benjamine, entra dans la cuisine, les cheveux en bataille et les yeux encore ensommeillés. Son pyjama était aussi froissé que si elle avait passé la nuit à se tourner et à se retourner. Dans sa main, son ours en peluche avait l'air aussi épuisé qu'elle. En voyant Sabine, elle ouvrit de grands yeux.

— Tu as dormi chez nous, tante Bine ?

— Oui, hier soir, c'était tard, et tu rêvais déjà, mon trésor.

Sabine posa trois bols de chocolat sur la table. Kerstin et Fiona arrivèrent à leur tour et s'assirent.

— Tu restes à la maison aujourd'hui ?

— J'aimerais bien, mais je suis de service.

L'idée de se rendre au bureau lui donna mal au ventre. Les collègues du LKA avaient laissé trois messages, plus furieux les uns que les autres. Sitôt le petit déjeuner avalé, elle allait se rendre à Maillingerstrasse, au LKA, et expliquer pourquoi elle avait recherché des informations sur les meurtres dans les églises en recourant à Dédale. Mais auparavant on allait lui passer un savon pour n'avoir pas rappelé à son retour de Dresde. Après la découverte épouvantable du cadavre dans les catacombes du temple, elle n'avait eu aucune envie, pendant le trajet du retour, de se faire sonner les cloches par les gens du LKA. Elle n'arrivait pas à chasser de son esprit la vision cauchemardesque de la morte. Grâce à la mission confiée par le BKA de Wiesbaden, elle avait au moins une raison à peu près valable de ne pas s'être rendue à la convocation. Mais Maarten Sneijder ne pourrait lui éviter l'interrogatoire aujourd'hui. Il fallait y passer !

Sabine et les fillettes avalèrent leurs corn-flakes, leurs crêpes et leur muesli croustillant. Le repas terminé, la table avait tout d'un champ de bataille. Monika, en peignoir et une serviette autour de la tête, s'assit à son tour et beurra une tranche de pain noir. Elle n'avait pas bonne mine. La journée au muséum serait dure. Sabine s'inquiétait pour elle. Sans doute Moni ne cessait-elle de penser à la mort de leur mère. Elle aussi, bien sûr, mais de manière totalement différente. L'enquête ne lui laissait aucun répit et orientait ses pensées vers un objectif très concret. Sneijder avait beau être un salopard arrogant à qui elle souhaitait de crever à cause de nombre de ses commentaires, le travail à ses côtés agissait comme une espèce de thérapie.

Comme Sabine n'en aurait pas le temps, Monika devrait téléphoner dans la journée à son ex-mari qui était toujours l'avocat de leur père. Avec un peu de chance, ce dernier sortirait aujourd'hui de sa détention préventive.

— Qu'est-ce que tu fais aujourd'hui ? demanda Kerstin.

Mon mea culpa.

— Il faut que j'avoue certaines choses à mes collègues et à mes supérieurs…

Le portable de Sabine vibra. Un SMS. Elle lut rapidement le message.

Ai obtenu votre mise à disposition aujourd'hui encore pour enquête BKA. Vol pour Vienne à 9 h 30. Ai pris billets en ligne pour nous deux. Déposé pour vous carte d'embarquement au guichet Air Berlin Info. Soyez à l'heure – M.S.S.

— C'est pas vrai, murmura-t-elle en le relisant.

Connie, la tête posée sur les deux mains, lui lança un regard ensommeillé par-dessus la table.

— Que s'est-il encore passé ? demanda-t-elle avec la maturité d'une adulte.

Fiona, l'aînée, se pencha pour regarder le cadran. Sabine referma le portable.

— Je dois partir pour Vienne.

Monika plissa les yeux et la dévisagea, l'air perplexe.

Les fillettes étaient soudain complètement éveillées.

— Pour une intervention avec des chiens, des hélicoptères et des gilets pare-balles, crièrent-elles.

— Pour une intervention « top secret », chuchota Sabine en souriant. Avec jumelles nocturnes et caméras à infrarouge. La totale, quoi !

— On peut venir avec toi ?

Sabine hocha la tête, indécise.

— Trop dangereux cette fois. Et puis il y a un type un peu fou avec moi. Il vient des Pays-Bas et s'appelle Maarten Sneijder.

Connie resta bouche bée.

En réalité, c'était elle, Sabine, qui assistait Sneijder, mais les fillettes n'étaient pas obligées de le savoir. On pouvait lire sur leur visage les dizaines de questions qu'elles brûlaient de poser, mais, avant que l'une d'elles eût ouvert la bouche, Monika tapa dans ses mains.

— Allez, hop ! Lavez-vous les dents et habillez-vous ! Je vous emmène au jardin d'enfants et à l'école. On part dans cinq minutes. Le bus ne nous attendra pas !

Deux des fillettes se levèrent et coururent dans la salle de bains, seule Fiona resta à table.

— Tu vas vraiment à Vienne ? demanda-t-elle avec sérieux quand ses sœurs eurent disparu. C'est à cause de la mort de grand-mère ?

Sabine lança un regard à Monika.

— Elle est la seule à savoir, expliqua cette dernière. Hier, elle a entendu une conversation au téléphone entre son père et moi, mais je l'ai persuadée de ne rien dire à ses sœurs pour l'instant.

Sabine approuva de la tête.

— Je vais trouver pourquoi mamie est morte – et maintenant, file à la salle de bains.

Fiona bondit, embrassa Sabine et disparut. Monika enleva la serviette de sa tête et s'en servit pour se sécher les cheveux.

— Il suffit que ce type claque des doigts pour que tu te sauves ? Il y a pourtant pas mal de choses à régler ici après la mort de maman.

Comme si elle ne le savait pas! Sabine vérifia que Fiona n'était pas en train d'écouter dans le couloir.

— Sneijder est plus près de découvrir l'assassin de notre mère que n'importe qui d'autre.

— Ah, encore ce Sneijder ! J'ai longuement téléphoné hier à Gabriel, et je te le dis : papa a quelque chose à voir avec sa mort.

— N'importe quoi !

— Rappelle-toi ce qui s'est passé il y a dix ans. Ce mystérieux incendie dans l'école ! Il était déjà dans le coup. Ensuite la séparation de nos parents, lança Monika d'un ton amer. C'était de sa faute. Tout comme pour la guerre acharnée qui a démoli maman. C'est sûr qu'il l'a trompée et qu'il voulait éviter de payer une pension.

Sabine ne voulait pas reprendre la dispute à ce sujet avec sa sœur : elle était trop têtue pour admettre qu'il y a toujours deux personnes impliquées dans une séparation et que c'était surtout leur mère qui avait mené une campagne haineuse contre leur père. Forte des informations dont elle disposait désormais, elle savait que leur père ne pouvait absolument pas être le meurtrier. Sinon, il aurait dû jeter la femme de Dresde dans le puits, brûler l'institutrice de Leipzig dans le clocher et faire dévorer par des chiens la femme de Cologne. Leur père n'était pas capable, ni physiquement ni nerveusement, de tels crimes. Contrairement au véritable assassin. Sabine pressentait que celui-ci n'allait pas tarder à frapper de nouveau.

Peut-être même l'avait-il déjà fait ? Elle pensa à ce départ précipité pour Vienne.

Deux heures plus tard, Sabine était assise à côté de Sneijder, en classe affaires, dans un avion de flyNiki. Comme la veille, il portait un veston sombre et un pull-over noir à col roulé. Avec son crâne chauve, il avait tout d'un croquemort. Sabine ne s'était pas non plus mise sur son trente et un : jean, chaussures de marche et pull en polaire gris. Dans le compartiment à bagages, elle avait rangé son sac de voyage dans lequel elle avait bourré en hâte le strict nécessaire. Y compris le courrier du LKA la convoquant à un interrogatoire.

Dès que l'avion eut décollé, on leur servit des boissons. Elle prit un verre de jus d'orange, Sneijder un double whisky. Elle l'aurait plutôt cru amateur de jus de carotte ou de lait de soja, car le whisky lui semblait peu compatible avec son faible pour l'acupuncture, le bouddhisme zen et la marijuana. Mais elle s'en fichait après tout, il était assez grand et il pouvait s'envoyer ce que bon lui semblait.

Le signal « Attachez vos ceintures » s'éteignit. Sneijder tapait un message sur son iPhone.

— Dites-moi enfin ce que nous allons faire à Vienne ! l'interrompit Sabine.

— Certainement pas voir les pandas du zoo de Schönbrunn, répondit-il sans lever les yeux.

Très drôle ! Elle s'enfonça dans son siège et croisa les bras. Le changement de pression dans la cabine lui boucha tout à coup les oreilles. Elle mit le casque, choisit un programme de musique et ferma les yeux. Peut-être parviendrait-elle à ne pas penser pendant quelques minutes à ses parents, à Struwwelpeter ou à ses collègues du LKA.

Une demi-heure plus tard, ayant terminé sa correspondance, Sneijder secoua Sabine pour la réveiller. Il lui enleva le casque des oreilles et le fourra dans le casier devant lui.

Il avait disjoncté ou quoi ?

— J'ai découvert quelque chose au sujet de Carl Boni, dit-il comme si de rien n'était.

— Oh, comme c'est sympa, voilà que nous nous reparlons !

— Allez, arrêtez ces conneries de bonne femme, dit-il en s'appuyant sur son dossier et en fermant les yeux un instant.

Conneries de bonne femme ! Elle allait répliquer, quand elle s'aperçut qu'il avait une mine épouvantable. Son front était couvert de sueur et son visage aussi blanc que les parois de la cabine. Il avait posé les bras sur les accoudoirs et elle vit les aiguilles d'acupuncture piquées dans ses mains. Un miracle qu'on l'eût laissé monter à bord avec ces aiguilles. Il aurait pu tuer le pilote, détourner l'avion et le précipiter sur une tour. Mais rien à craindre de ce côté-là : il n'avait même pas le permis de conduire.

— Vous voulez un comprimé contre la douleur ?

Il refusa.

— J'irai mieux quand nous aurons atterri, dit-il, puis, tournant la tête vers elle, il baissa la voix : Carl est né à Vienne, où il est allé au jardin d'enfants ; il a ensuite fréquenté l'école élémentaire à Cologne, fini sa scolarité primaire à Leipzig et fait un apprentissage de mécanicien auto à Dresde. Votre mère l'a eu comme élève à Cologne, Elfriede Nikitsch fut son institutrice à Leipzig. Apprenti, il logeait chez sa tante Lore, à Dresde.

Les pièces du puzzle s'assemblaient, et ce n'était pas loin d'être plausible.

— Mais quel lien avec le meurtre de l'assistante juridique à Cologne ?

— Les Boni habitaient à proximité de la cathédrale de Cologne. Waltraud Nesselberger vivait dans la même maison. Elle s'occupait parfois du jeune garçon quand ses parents s'absentaient.

Deux enseignantes, une voisine et sa tante. Sabine se rappela le visage du blondinet sur la photo de classe de sa mère. C'était donc ce Carl Boni qui l'avait assassinée.

— Je vois à quoi vous pensez, dit Sneijder. Mais tant que nous ne connaîtrons pas tous les dessous, évitez de tirer des conclusions trop hâtives.

— A-t-il assassiné son éducatrice du jardin d'enfants à Vienne ?

— Non. Mais j'ai trouvé son lieu de séjour. Depuis la mort de son père, il y a plus de trois ans, il vit de nouveau à Vienne. Sa mère aussi. Elle est seule et possède une petite maison en banlieue.

Sabine sentit un étrange fourmillement dans son ventre.

— Il faudrait…

— Je m'en suis déjà occupé, l'interrompit Sneijder. J'ai demandé à la police de Vienne de placer immédiatement Mme Boni sous protection jusqu'à ce que nous ayons pu lui parler.

Sabine devina que quelque chose clochait.

— Mais c'est impossible. Elle a disparu il y a deux mois.

— Il y a *deux mois* ? ne put-elle s'empêcher de s'écrier. Carl Boni est-il recherché ?

— Depuis environ quinze minutes, répondit Sneijder en pianotant sur son iPhone.

Une chose était donc claire : les meurtres continuaient. Sabine se leva, ouvrit le compartiment à bagages et fouilla dans son sac.

Sneijder l'observait, le visage toujours aussi pâle.

— Vous débarquez en cours de route ?

Ce n'était pas l'envie qui lui en manquait, ne serait-ce qu'en raison de ses remarques stupides.

— Je voudrais vous parler de quelque chose, dit-elle en sortant le volume de *Struwwelpeter* du sac et en se rasseyant. L'ordre chronologique des assassinats.

Elle ouvrit le livre.

— La première victime de Struwwelpeter a été dévorée par des chiens, c'est la première histoire, celle du méchant Frédéric. La deuxième a été brûlée, c'est la seconde histoire, celle de Pauline et des allumettes. La troisième, on l'a retrouvée au fond d'un puits, conformément à la *quatrième* histoire, celle du chasseur sauvage. Et ma mère, victime numéro quatre, est morte noyée dans de l'encre, c'est-à-dire la *troisième* histoire, celle des *garçons noirs*.

Sneijder fit tourner une épingle et ses paupières tressaillirent un instant.

— J'ai aussi remarqué, murmura-t-il. Notre petit ami assassine dans un ordre différent de celui des histoires du livre.

— Mais cela ne correspond pas à un psychopathe qui programme exactement tout ce qu'il entreprend.

— Cela correspondra à n'en pas douter ! affirma-t-il. En réalité, nous ne savons pas encore tout. Il faudra voir le tableau complet pour comprendre où aboutit tout cela.

— C'est bien ce qui me fait peur, dit Sabine en feuilletant le livre jusqu'au moment où elle trouva l'histoire suivante.

Un frisson lui parcourut la colonne vertébrale.

Dans la cinquième histoire, Struwwelpeter se glissait dans la peau du tailleur et, d'un pas rapide, bondissait dans la pièce pour couper les pouces du petit Konrad avec ses grands ciseaux. *Il est là, sans pouces – ils sont partis en douce.* Avec ce genre d'instrument, on pouvait se livrer à pas mal d'atrocités.

Qu'y avait-il ensuite au programme ? Kaspar à la Soupe mourait de faim, Philipp le Surexcité était enterré vivant sous une montagne de vaisselle, Jean Tête-en-l'air tombait dans la rivière et Robert le Volant était emporté par le vent soufflant en tempête. Sabine se souvint du commentaire de Sneijder gratifiant l'assassin, sur son dictaphone, d'une intelligence supérieure à la moyenne. Neuf histoires, neuf morts. Ils n'en étaient toujours pas arrivés à la moitié, ou bien, selon la formule de Sneijder, ils ne disposaient pas du tableau complet.

Occupés à discuter de l'affaire, ils ne virent pas le temps passer. Pendant l'atterrissage, l'iPhone de Sneijder sonna. Imperturbable, il prit l'appel.

— Vous êtes fou ? siffla Sabine. Éteignez ce truc !

Il agita la main pour la faire taire et continua à parler. Puis il raccrocha et tapa un SMS. L'avion accéléra sa descente. Tous les passagers étaient attachés depuis longtemps. Sabine avait les oreilles bouchées par la pression. Tout à coup une hôtesse de l'air bondit de son siège et se précipita sur eux.

— Éteignez ça immédiatement ! cria-t-elle. Ce n'est autorisé qu'en cas d'urgence !

— C'est un cas d'urgence ! grogna Sneijder, finissant de taper son SMS avant de ranger son téléphone. Vous feriez mieux de vous asseoir et de vous attacher.

Au même instant, les roues touchèrent le sol. L'hôtesse chancela, recula et s'agrippa au compartiment à bagages.

Sneijder se tourna vers Sabine comme si de rien n'était.

— C'était la PJ de Vienne, expliqua-t-il. Ils viennent nous prendre dans une heure à l'aéroport. J'ai envoyé un SMS à notre contact. Il s'appelle Ben Kohler.

25

Pourquoi quelqu'un enlevait-il et mutilait-il une psychothérapeute avant d'impliquer une de ses collègues dans l'affaire ? La question tournait depuis des heures dans la tête d'Helen. On aurait dit que le fou voulait les monter l'une contre l'autre. Jusqu'à récemment, Helen avait cru que seule une relation professionnelle de thérapeute à patiente la liait à cette femme. Mais l'infidélité de Frank la mettait en situation de partager avec Rose – qui jouait un double jeu difficile à comprendre – plus qu'elle ne l'aurait souhaité.

Une chose était certaine : le ravisseur de Rose Harmann détestait les psychothérapeutes. Sinon, aurait-il mutilé une femme tout en en rendant responsable une autre ? Au début, Helen avait supposé qu'il s'agissait d'un de ses propres patients. À présent, elle était sûre qu'un des patients du Dr Harmann se cachait derrière. Elle devait donc pénétrer par effraction dans le cabinet de Rose si elle voulait connaître la vérité.

Elle se gara dans la Bachallee, comme la veille. Pas devant l'immeuble hypermoderne à l'ascenseur en verre où vivait Anne Lehner, mais quelques numéros avant. Au niveau du panneau indiquant le cabinet du Dr Harmann devant lequel elle était passée en voiture. Entre deux maisons individuelles avec jardinet se cachait un bâtiment d'un étage en forme de bungalow : lieu idéal pour un cabinet dans ce quartier luxueux. Face au bungalow, il y avait un parking et, plus loin dans la rue, un arrêt de bus.

Helen prit Dusty en laisse et traversa la rue. Elle lut soigneusement la plaque du cabinet.

LOGOTHÉRAPIE ET ANALYSE EXISTENTIELLE
MÉTHODE VIKTOR E. FRANKL
CABINET DE PSYCHOTHÉRAPIE
DOCTEUR ROSE HARMANN
MÉDECIN AGRÉÉ
BACHALLEE 17

Un chewing-gum était collé sur le mot « docteur ». Helen avait espéré pouvoir contourner le cabinet et tomber sur une porte de terrasse à l'arrière. Elle aurait brisé la vitre avec une pierre sans autre forme de procès et serait entrée ; elle était assez désespérée pour ça. Mais le bâtiment n'offrait pas ce genre de possibilité. Une serrure de sécurité pour clé magnétique fermait la massive porte en bois. Avec un ongle, Helen écarta la garniture en caoutchouc entre la porte et le cadre. Elle ne vit rien, mais elle était sûre que la porte n'était pas bloquée par un seul verrou, que cinq ou six autres chevilles étaient enfoncées dans le cadre. Jamais elle ne pourrait l'ouvrir.

— Merde ! jura-t-elle en regardant Dusty. Pas de problème, mon petit, ta maîtresse a un plan B.

Son portable, éteint, était dans la poche de son jogging. Elle n'osa pas l'allumer car le fou pouvait appeler à tout moment. Elle raccourcit la laisse de Dusty et courut jusqu'à une cabine téléphonique double. Le câble d'un des combinés était arraché, mais le deuxième fonctionnait.

Helen appela Ben Kohler. Elle voulait lui demander d'envoyer un de ses collègues pour ouvrir le cabinet afin qu'elle puisse jeter un œil dans ses documents. Mais une secrétaire lui répondit qu'il avait à faire et devait partir incessamment pour l'aéroport. La boîte vocale de son portable se déclencha. *Merde!* Elle appela à nouveau et réussit à joindre Oliver Brandstätter à qui elle expliqua vouloir entrer dans le cabinet de la thérapeute disparue.

— Tu es folle ou quoi? s'énerva ce dernier. Je ne peux pas faire ça!

— Dans ce cas, je vais demander à quelqu'un d'autre.

— Helen, ma chérie, dit-il d'un ton indulgent. Personne ne t'aidera. Le procès, c'était il y a trois ans à peine. Personne ne l'a oublié. Après ce que tu as envoyé dans les dents à la PJ et au parquet, tu n'as plus un ami ici. (Il baissa la voix.) Pour beaucoup, ce serait une aubaine de t'accuser d'une action illégale.

— Merci de me le rappeler!

— Je veux juste te mettre en garde contre une bêtise!

— Toi, tu ne peux pas… ?

— Je suis prêt à t'aider à tout moment, tu le sais, mais pas s'il s'agit d'une enquête en cours.

Merde!

Elle raccrocha violemment le combiné. Le temps passait à toute allure. Elle devait à tout prix entrer dans ce cabinet. Elle commençait à manquer d'idées… mais si, il existait une autre possibilité. Un plan C. Elle avait sur elle les clés de Frank ouvrant l'appartement d'Anne…

Elle partit en courant vers l'immeuble moderne, monta au sixième étage par l'ascenseur de verre. Dans le couloir, elle tomba sur un homme aux cheveux gris. Il était en peignoir et se rendait manifestement au sauna de la résidence. Elle répondit par un sourire de commisération à sa remarque : « Les chiens ne sont pas admis ici ! »

Elle trouva dans l'entrée de l'appartement une étagère pleine de clés. Une pour une Smart, une autre pour une cave, une troisième pour une boîte aux lettres. D'autres semblaient être des clés de valises, d'antivols pour vélos ou de cadenas. Elle trouva enfin ce qu'elle cherchait. Une clé magnétique ! Un code était enregistré sur quatre surfaces magnétiques rondes.

Elle la fourra dans sa poche et quitta l'immeuble.

Un quart d'heure plus tard, elle arrivait devant la porte du cabinet. Le chewing-gum était toujours collé sur la plaque et la clé magnétique ouvrit la porte. Elle referma derrière elle. Dusty, au moins aussi excité qu'elle, flaira le tapis et les chaussures de l'entrée.

Helen écarta le rideau et regarda par la fenêtre. Personne ne l'avait vue entrer. Pas un chat sur le parking à côté du cabinet. Une Smart d'un vert métallique était garée à côté de la benne à vieux papiers. La voiture de Rose Harmann ! C'était avec elle qu'elle était venue à Griesskirchen en se présentant sous le nom d'Anne Lehner. Helen se souvenait à présent du numéro d'immatriculation viennois. *Mais qui es-tu réellement ?*

Elle vit des photos de Rose sur les murs de l'entrée. Des clichés de presse encadrés, pris lors de congrès, de colloques ou de cérémonies. Elle ressemblait exactement au tableau que le gynécologue avait donné d'elle : grande, sportive, sexy, la quarantaine, les yeux verts et des cheveux châtains, courts, coiffés avec goût. Il émanait d'elle une assurance à vous faire pâlir de jalousie. Pas étonnant que Frank l'ait trouvée attirante.

Les paroles du gynécologue lui revinrent en mémoire. *Anne-Rose vous ressemble, d'ailleurs.* Il avait raison. Superficiellement, elles étaient le même type de femme. D'une manière paradoxale, cette constatation atténua la douleur d'Helen. Si Frank la trompait, autant que ce soit avec une belle femme et non avec une malheureuse petite personne effacée. Helen trouvait presque inconcevable d'avoir vu en elle l'insignifiante et solitaire préparatrice en pharmacie dont elle jouait le rôle. Cela ne faisait guère honneur à sa réputation de psychothérapeute, en principe formée à percer à jour ses patients. Mais même les psychothérapeutes pouvaient se méprendre sur les gens. Et puis Rose Harmann était elle-même une thérapeute expérimentée. Et manifestement une bonne comédienne.

Une grande photo de Rose, derrière un pupitre, intéressa plus particulièrement Helen. Elle étudia les traits de cette femme apparemment complexe. Un logo, sur le pupitre, indiquait qu'il s'agissait d'une réunion organisée par le ministère de l'Intérieur. Sans doute Rose faisait-elle des expertises. Frank, en tant que procureur, devait travailler avec elle sur certaines affaires. C'est ainsi qu'ils avaient probablement fait connaissance. D'ailleurs, Helen n'avait-elle pas rencontré Frank lors de la procédure engagée contre elle ? Leur liaison durait peut-être depuis des années, était même antérieure à son mariage avec Frank ? Rose ne donnait pas l'impression d'être une femme à laisser échapper une occasion.

Helen s'expliquait maintenant les choses ainsi : quand Rose était tombée enceinte, volontairement ou non, elle avait voulu s'attacher Frank et éliminer Helen. Elle s'était donc déguisée en femme timide, d'un certain âge, pour suivre une thérapie chez sa rivale et l'espionner. Quelqu'un d'aussi astucieux avait certainement des tas d'ennemis. L'un d'eux était en train de lui couper un doigt après l'autre.

Dusty jappa.

— C'est bon, c'est bon, dit Helen en s'agenouillant et en lui grattant doucement le cou. On va rester un petit moment ici. Ça commence à devenir intéressant.

La porte de gauche ouvrait sur la salle de consultation, une pièce claire avec canapé, table de verre et baie vitrée donnant sur le parc. Devant la chaise, un dictaphone et un bloc-notes. Le réveil était tourné dans la direction opposée. *Futé !* Afin que le nouveau patient s'assoie instinctivement sur le canapé. En face, la porte du bureau de Rose était ouverte. *Futé encore une fois !* Le patient avait ainsi le sentiment que Rose n'avait pas de secret pour lui. Cette femme était astucieuse.

La salle de consultation n'intéressait pas Helen. Dusty, oui. Il sauta sur le canapé et s'y allongea comme pour en prendre possession. Helen, en revanche, se sentit mal à l'aise de devoir fouiller dans les placards de la cuisinette. Elle finit par trouver une assiette creuse qu'elle remplit d'eau et posa devant Dusty, sur le tapis. Puis elle alla dans le bureau.

— Nous recherchons ton ravisseur, murmura-t-elle en étudiant le calendrier posé sur la table de travail.

Elle dénombra une vingtaine de personnes ayant eu rendez-vous avec Rose durant les dernières semaines. Elle ne savait pas vraiment ce qu'elle cherchait, mais cela allait se préciser dans les toutes prochaines minutes. Dans l'armoire, elle trouva les dossiers de ces patients. Elle les examina rapidement, éliminant d'emblée ceux des enfants et des femmes. Elle eut tôt fait de comprendre le système de classement de Rose. Sur l'étagère aux classeurs verts étaient rangés les cas de personnes souffrant de troubles de la personnalité graves, les cas incurables. Le vert symbolisant l'espoir, c'était peut-être le truc mnémotechnique du Dr Harmann. *Ne jamais abandonner l'espoir et tout tenter pour les patients*. Helen décida d'étudier chacun des dossiers restants et ouvrit le premier de ceux intitulés « Troubles graves remontant à l'enfance ». Elle avait l'impression qu'elle recherchait un homme entre vingt et trente ans, souffrant d'un traumatisme de développement et ayant suivi des séances chez le Dr Harmann durant les six derniers mois.

Elle feuilleta rapidement les fiches intercalaires vertes. Ulf Lange avait quarante-deux ans et, dans son travail de chef de train, avait des problèmes d'autorité avec ses supérieurs. Thomas Probst, un notaire de Vienne, souffrait de tendances à l'automutilation et le conseiller en gestion d'entreprise Christian Garke ne contrôlait pas ses pulsions pédophiles. Rose traitait donc aussi ce genre de personnes ! Mais une voix intérieure lui dit : ces hommes sont trop vieux. Dix fiches plus loin, elle tomba sur celle d'un mécanicien auto de vingt-trois ans. Inconsciemment, elle fit un lien entre son nom de famille et le mot français « bon ». Mais la comparaison ne valait rien. Il y avait en réalité une assez grande contradiction : ce qu'Helen lut dans les notes du Dr Harmann évoquait tout sauf l'idée de « bon ». Carl Boni n'était pas venu consulter de son plein gré. Il avait été condamné à trois années de prison avec sursis pour détention de cocaïne, harcèlement, coups et blessures. En réalité, le tribunal avait autorisé une peine de substitution : suivre une thérapie. Si Carl avait dealé, ce n'aurait pas été possible. Ce jugement clément avait été pour lui une sacrée chance. Et, peut-être, le malheur de Rose.

Helen referma le dossier. Tout portait à croire que Carl Boni était le monstre qui avait enlevé Rose et la mutilait. Sa haine des femmes, sa thérapie imposée et son comportement de harceleur étaient comme des pièces d'un puzzle s'intégrant au tableau d'ensemble. Mais, finalement, tout cela ne demeurait qu'une vague hypothèse. Trop peu pour changer l'annonce de sa messagerie. Elle devait s'avouer qu'elle n'en savait guère plus qu'avant.

Elle entendait Dusty ronfler dans la pièce d'à côté. Elle s'assit auprès de lui. Il se roula sur le dos et s'étira quand elle le caressa.

Au bout d'un petit moment, elle se releva et examina le cabinet de consultation. Des livres spécialisés en logothérapie, des disques de Miles Davis et de Duke Ellington, tout un tas de CD de jazz et des romans de la *Beat Generation*. Un peu plus âgée, Rose Harmann aurait été une représentante typique des années soixante-dix, vivant en opposition à la société. Helen aurait pu trouver cette femme sympathique, si elle n'avait montré autant de duplicité et de perfidie. À ses yeux, elle n'était qu'une carriériste, une garce jalouse, une obsédée sexuelle qui brisait la vie des autres.

Elle allait quitter la pièce pour aller fouiller le bureau, quand son regard tomba sur une enveloppe ouverte posée sur la commode. Certes, la lettre n'y était plus, mais le nom du destinataire l'intéressa : Petra Lugretti, une juge. Helen la connaissait. C'était l'ancienne femme de Frank, autrefois spécialisée dans la délinquance des mineurs. Sous l'enveloppe, il y avait un formulaire, vide. Il devait servir à donner une appréciation sur une thérapie en cours. Seul le nom du patient était inscrit : Carl Boni. Les coïncidences se multipliaient.

Un verre portant des traces de rouge à lèvres rose était également posé sur la commode. Helen le sentit : du campari. Bon, que signifiait tout ça ? Rose Harmann avait l'intention d'envoyer au tribunal une expertise ou un premier jugement sur la thérapie suivie par Carl Boni. Mais apparemment, cette lettre n'avait pas été expédiée. Il semblait aussi que ce patient avait été adressé à Rose par Petra Lugretti. Peut-être avaient-elles travaillé ensemble autrefois, ayant fait connaissance par l'intermédiaire de Frank. Il y avait de nombreuses possibilités. En tout cas, le monde était petit !

Oublie un peu Frank ! Concentre-toi sur Carl Boni ! Peut-être que ce n'est pas lui !

Helen retourna dans le bureau et rouvrit le dossier Carl Boni. Sur la feuille synoptique, elle trouva la date de sa dernière visite : le vendredi 20 mai. Son cœur se serra. La séance avait eu lieu trois jours avant l'enlèvement. Le même jour, elle était venue chez elle, déguisée en Anne Lehner.

Elle feuilleta les notes. Le Dr Harmann n'avait pas été la première thérapeute à travailler avec Carl. Mais c'était apparemment celle qui avait le mieux réussi. À en croire ses commentaires, elle n'était pas adepte du traitement des simples symptômes, préférant les méthodes à visées plus longues. Elle voulait parvenir au cœur des troubles psychiques de Carl et le rendre conscient des vrais motifs de son comportement. Une voie risquée. Ses remarques manuscrites montraient que le cas était aussi intéressant que dangereux. C'est peut-être pour cela que figurait le mot « dictaphone » dans la rubrique « méthode ». Elle avait enregistré les séances !

Helen sentit qu'elle était sur la bonne voie. En temps normal, on n'enregistrait que les séances difficiles ou les expertises juridiques délicates. Elle ouvrit tous les tiroirs et toutes les armoires. Elle finit par découvrir une boîte contenant des cassettes de dictaphone. Elle en trouva neuf au total, les enregistrements de l'entretien initial et des huit séances.

Dans la même boîte, il y avait cinq autres cassettes, titrées à la main : *auto-enregistrement CB*. L'écriture bavait sur la droite. Le regard d'Helen se figea, un frisson lui parcourut le dos. C'était l'écriture d'un gaucher, l'écriture de celui qui lui avait adressé les boîtes contenant les doigts sectionnés.

Oubliant toute précaution, elle alluma son portable. La prochaine heure pleine n'avait pas encore commencé. Elle tapa en toute hâte un SMS sur le portable personnel de Ben Kohler : « C'est Carl Boni qui a enlevé Rose Harmann ! » Puis elle l'éteignit. Dès qu'il aurait lu le message, la police se lancerait aux trousses du fou. Mais pourquoi avait-il enlevé et mutilé sa thérapeute ? Il lui restait un peu plus de six heures pour le découvrir. La réponse se trouvait sur les cassettes. Devait-elle rentrer avec le classeur, le dictaphone et les cassettes ? Ce serait perdre un temps précieux. En outre, Frank lui casserait les pieds avec les préparatifs de la fête. Elle avait autant besoin de ça que d'une colique hépatique.

Elle décida de rester. Elle porta la boîte dans le cabinet de consultation où Dusty dormait comme un bienheureux. Elle s'assit sur le canapé et introduisit le premier enregistrement dans le dictaphone.

— *Mardi, 28 décembre. Première séance avec Carl Boni. Il est peu avant 15 heures. Je l'attends d'un instant à l'autre. J'espère qu'il n'est pas ce que je crois…*

Pas l'ombre d'un doute ! Elle entendait la voix de sa patiente Anne Lehner. La même voix qui, dans le portable de son ravisseur, appelait au secours.

26

Tout en buvant un expresso et en mangeant un croissant dans un café, Sabine ne quittait pas de l'œil le hall d'arrivée de l'aéroport de Vienne. La porte automatique s'ouvrait sans cesse et une foule se pressait au contrôle des douanes. Des jeunes, sac au dos, des hommes d'affaires, attaché-case à la main, des familles bronzées avec chapeau de soleil et T-shirts colorés. Presque tous étaient attendus. Les plus heureux étaient les chiens qui bondissaient d'excitation, remuaient la queue et saluaient sans retenue leur maître ou leur maîtresse de retour.

Sneijder avait un problème à régler dans le bureau des douanes. Lui aussi finit par franchir la porte automatique, tirant derrière lui son énorme valise. Découvrant dans le bâtiment de l'aéroport une librairie Haital, il fit un signe à Sabine et s'y dirigea du pas d'un chameau ayant flairé une source souterraine. C'est là-bas qu'il devait attendre Ben Kohler.

Elle passa d'abord un coup de fil à Monika, puis au Dr Gaze, son cher ex-beau-frère, et enfin à Kolonowicz, son chef. Celui-ci était déjà au courant de leur déplacement pour raisons de service. Les nouvelles concernant son père n'étaient pas bonnes. Le LKA ne voulait le relâcher qu'une fois que Sabine aurait parlé avec les enquêteurs. Elle chercha dans ses affaires le courrier exprès et appela le collègue en charge du problème. Lequel s'étrangla, parce qu'il voulait la voir *en personne* au commissariat. Autrement, on ne pouvait prendre aucune décision. Sabine raccrocha. *Espèce de con !* C'était donc encore une fois elle qui devait endosser la responsabilité du maintien de son père en détention. Ce n'était guère de nature à lui remonter le moral.

Finalement, elle paya et se rendit elle aussi à la librairie. Sneijder vint à sa rencontre. D'une main il tirait la valise, dans l'autre il tenait un livre.

— Vous ne lisez jamais ? demanda-t-il.

— Pas le temps. Mon truc, c'est plutôt les livres audio au volant.

Ils venaient de sortir par la porte tambour quand un homme jeune barra le chemin à Sneijder en lui mettant un insigne sous le nez.

— Contrôle des achats. Veuillez me suivre au bureau.

Le cœur de Sabine s'arrêta un instant. Sa première idée fut que Sneijder avait volé le livre.

— De quoi s'agit-il ? demanda Sneijder sans perdre son flegme.

— Suivez-moi au bureau, je vous prie, répéta l'homme.

Sneijder agita le livre.

— C'est ça, le problème ?

— Vous avez une facture ?

Sneijder redressa lentement la valise. Avec sa poignée télescopique, elle devait faire un bon mètre cinquante. *Nom de Dieu*, se dit Sabine. Elle allait de nouveau subir le même genre de scène que celle avec l'hôtesse de l'air. Étonnamment pourtant, Sneijder remit sans commentaire le livre au détective.

Sabine jeta un coup d'œil sur la couverture. Une biographie de l'écrivaine Brigitte Schwaiger, un signet au tiers de l'ouvrage, quelques pages écornées. Un tampon avec le nom de Sneijder sur la page de garde. Sabine distingua même un ex-libris numéroté : 398. Au-dessous, une dédicace manuscrite.

— Veuillez m'excuser, dit l'homme en lui rendant le livre.

Sneijder le prit sans un mot et le fourra dans la poche extérieure de sa valise. Ils se remirent en route.

— Vous ne lisez que des biographies ?

— Principalement. Schwaiger s'est noyée dans le Danube.

— Un peu comme Virginia Woolf. L'idée du suicide vous fascine-t-elle ?

— En psychiatrie, Schwaiger parlait souvent du « chemin plus court » qu'elle entendait choisir. Vous avez raison, le suicide est un sujet fascinant.

Sneijder jeta un coup d'œil circulaire. Finalement, il indiqua de la tête la sortie du hall menant aux taxis. Dehors, un homme large d'épaules, aux cheveux blonds très courts, vêtu d'un anorak noir, regardait lui aussi autour de lui.

— Voici notre homme. Les enquêteurs, je les renifle à cent mètres.

Ils se dirigèrent vers lui.

— Je présume que vous êtes Ben Kohler, dit Sneijder.

L'homme se retourna, l'air interrogateur.

— Maarten Sneijder ?

— Maarten S. Sneijder, rectifia le Néerlandais. Voici ma collègue Sabine Nemez, du BKA de Wiesbaden et de la PJ de Munich.

Sabine H. Nemez, pensa-t-elle. *Putain, que ça fait con !*

Ils se serrèrent la main. Le regard de Kohler s'attarda sur elle, sur sa mèche argentée et ses seins, mais pas assez longtemps pour que cet examen devînt désagréable. Sabine pria pour que Sneijder reste poli. Elle savait d'expérience que les policiers pouvaient avoir des réactions épidermiques à l'égard de collègues étrangers, surtout si ces derniers se montraient arrogants. Le péché mignon de Sneijder.

— Voulez-vous aller au commissariat ?

— Pour quoi faire ? répondit Sneijder. Souhaitez-vous nous inviter à boire un *Melange* avec de la *Sachertorte*[1] ? continua-t-il en imitant l'accent viennois. De l'avion, je vous ai envoyé un SMS indiquant ce que vous aviez à préparer.

Ben Kohler haussa les épaules.

— C'est la poisse. La messagerie de mon vieux portable est pleine à craquer. De plus, la batterie est le plus souvent vide. Que vous le vouliez ou non, vous allez devoir *parler* avec moi.

— Bon, alors je propose que vous vous bougiez enfin les fesses et que vous nous conduisiez directement au logement de Carl Boni.

Sabine prit une profonde inspiration. Décidément, la politesse avait fait long feu.

— Les collègues ont retourné l'appartement de fond en comble il n'y a pas deux heures, répondit Kohler, impassible.

— Dans ce cas, on va le fouiller à nouveau.

— Pourquoi ?

---

1. *Melange*, nom viennois du café au lait. *Sachertorte*, gâteau viennois au chocolat.

— Pour frimer ! Maintenant, portez ma valise jusqu'à votre voiture et ne perdons pas davantage de temps.

Une fois de plus, Sabine aurait souhaité être à cent pieds sous terre, voire être restée à Munich pour subir l'interrogatoire des collègues.

— Mais bien entendu, chère madame, acquiesça Kohler toujours aimable, qui, ignorant Sneijder et sa grosse valise, jeta sur son épaule le sac de voyage de Sabine et passa devant.

Était-ce là le fameux charme viennois ? Sabine sourit. Elle était peut-être entre de meilleures mains ici.

Au bout de cent mètres, ils arrivèrent à la voiture de Kohler, garée dans la zone de stationnement interdit devant le hall d'arrivée. Sa carte de la PJ, en évidence sur le tableau de bord, indiquait expressément sa qualité d'inspecteur-chef. Hochant la tête, il froissa le PV posé sur le pare-brise. Pendant ce temps, Sneijder logea sa valise dans le coffre de l'Audi, qu'elle remplit presque à elle seule. Il ouvrit les loquets du bagage, puis la fermeture Éclair d'un sac de cuir noir posé au-dessus des affaires. Il en sortit un holster contenant un Glock 17 brillant. Il ôta son veston, enfila le holster d'épaule et introduisit un chargeur dans l'arme.

Les yeux de Sabine lui sortirent de la tête. Ce type était fou ! Il avait emporté son flingue à l'étranger.

— Vous êtes entré ici avec un Glock ? constata Kohler d'un ton sec, tout en bourrant le sac de Sabine dans ce qu'il restait du coffre.

— Toujours. Je le déclare. Il est transporté en toute sécurité, et la douane me le restitue.

— Je connais la procédure.

Kohler ouvrit la portière de devant pour Sabine. Elle prit place en souriant sur le siège passager. Sneijder devrait donc s'asseoir à l'arrière.

— Un joli modèle, le Glock, dit Kohler.

— C'est vrai, bien qu'il soit fabriqué en Autriche.

Sabine resta interloquée. Visiblement, c'était le coup de foudre entre Kohler et Sneijder. Mais le policier autrichien, contrairement à Simon, ne baissait pas pavillon. Les hommes montèrent à leur tour. Kohler sortit de la place de parking et accéléra sans brutalité.

— Autrefois, je tirais avec un pistolet militaire néerlandais, expliqua Kohler en jetant un œil dans le rétroviseur. Mais le « Reine Wilhelmine » est un modèle peu fiable. Canon long, mais imprécis. Faible puissance de tir.

Oh là là, se dit Sabine, *ça va être un drôle de trajet.*

Sneijder ne réagit pas. Il sortit sa blague à tabac et roula une cigarette.

— Ça vous dérange si je me roule une sèche ?

— Non, pas de problème, répondit Kohler, mais ça me gêne si vous la fumez.

— Seriez-vous un bon Samaritain ?

Sabine s'absorba dans la contemplation de la Millenium Tower devant laquelle ils passaient.

— Je sens l'herbe de ma place, dit Kohler.

— Dites, vous n'en avez jamais fumé ?

— Jamais en service. Cela allonge le temps de réaction.

Sneijder se pencha entre les deux sièges.

— Et cela occulte les influences extérieures. Ce qui permet parfois à un détail infime qu'on n'aurait pas vu sinon de se cristalliser avec toutes ses facettes et de prendre d'énormes proportions. Cela facilite la pensée associative.

— Pour les gens qui en tiennent une couche, cela a sans doute son utilité, remarqua Kohler.

— Tout le monde en tient une couche, collègue. Le problème, c'est l'épaisseur, rétorqua le Néerlandais en se laissant de nouveau aller dans son siège. En service, ce truc est très utile.

— Ça doit vous rendre particulièrement populaire auprès de vos supérieurs.

Sneijder eut un pâle sourire.

— Il n'y a encore jamais eu de grand patron du BKA qui puisse me souffrir. Je le prends comme un compliment.

Sabine se tourna vers ses compagnons.

— Et si nous arrêtions cette dispute de cour d'école pour parler sérieusement ?

Les deux hommes se turent.

C'était une journée chaude. Le soleil illuminait la ville dont ils distinguaient de mieux en mieux les contours à mesure qu'ils avançaient sur l'autoroute. Kohler baissa sa vitre et de l'air tiède envahit la voiture.

— Vos collègues ont-ils trouvé Carl Boni ? s'inquiéta Sabine.

— On le recherche, mais il reste introuvable, répondit Kohler en chaussant de fines lunettes de soleil qu'il prit dans la boîte à gants. Il n'a plus reparu à son travail depuis deux mois. Un garage un peu louche qui vend des véhicules hors d'usage, une casse. Le patron, le vieux Ruben, n'avait pas signalé l'absence de son mécanicien.

— La mère de Carl a disparu au même moment ?

— Deux jours plus tard. Les deux se cachent sans doute.

Sabine avait une tout autre hypothèse en tête.

Sneijder se pencha de nouveau.

— Invraisemblable. Durant ces deux derniers mois, quatre femmes qui l'avaient approché de près ou de loin ont été enlevées et assassinées peu après. Deux enseignantes, une voisine et une tante. Sa mère est probablement morte depuis deux mois, mais vous n'avez pas encore trouvé son cadavre.

— Que proposez-vous ?

— Où habite-t-il ?

— Dans le deuxième arrondissement, Lassallestrasse, un quartier misérable. Nous y serons dans vingt minutes.

Ayant quitté l'autoroute, Kohler brûla l'orange à un carrefour. Ignorant les coups de klaxon, il prit un virage serré à une telle allure que la valise de Sneijder heurta bruyamment une paroi du coffre.

— Ne perdons pas de temps, commenta Sneijder. Prenez votre téléphone et faites organiser des équipes de recherche. Qu'elles recherchent un cadavre dans les catacombes de la cathédrale Saint-Étienne et les caveaux des églises de Vienne.

Kohler le regarda d'un air perplexe par-dessus ses lunettes de soleil, puis il prit son portable.

— J'espère que vous vous trompez.

Le deuxième arrondissement, entre le Danube et le canal du Danube, ressemble à une île. Kohler leur expliqua que les Viennois donnent à ce quartier le surnom de « Mésopotamie » et appellent l'autre côté du Danube la « Transdanubie ». Les Viennois avaient décidément un humour étrange. Kohler se gara en double file dans la Lassallestrasse. Les anciens rails du tramway, désormais abandonné, étaient couverts de mauvaises herbes qui perçaient entre les pavés. Carl habitait un immeuble ancien. Avec ses cinq étages et sa façade grise décrépie aux vitres en partie brisées, il faisait penser à un vestige de l'immédiat après-guerre. Certains logements étaient sans aucun doute vides. Au coin de l'immeuble, un salon de coiffure à côté d'un magasin de légumes. Il devait avoir plu récemment, car le trottoir était parsemé de flaques. Cela empestait la crotte de chien et les fruits pourris. Kohler se dirigea vers la double porte en bois qui donnait sur une voûte.

Mais Sneijder s'immobilisa, montrant une fourgonnette rouillée garée à dix mètres de là, l'inscription *Ruben & fils* bien visible sur le flanc.

— Carl a peut-être piqué la voiture, dit-il en regardant vers le haut de la bâtisse. Il est certainement là-haut. Allons-y !

Ils franchirent le porche en courant. Face à eux, la cour intérieure. À droite, un escalier en colimaçon, aux marches de guingois.

— L'appartement est au premier étage, porte 9.

Sabine et Sneijder suivirent le policier viennois. Comme il y avait un entresol, ils grimpèrent en fait deux étages. Typique de Vienne ! Un écriteau indiquait que l'ascenseur, un monstre en acier avec une cabine minuscule à porte grillagée, installé postérieurement à la construction, était hors service.

Conformément à l'ordre donné par Sneijder, l'appartement de Carl avait été ouvert par les services anthropométriques. Un scellé était posé sur la serrure. Mais on l'avait brisé.

— Je suppose que vos collègues ne sont pas revenus chercher quelque chose qu'ils avaient oublié ? chuchota-t-il.

Kohler fit non de la tête et sortit son pistolet de service de son holster. Au même instant, la cabine de l'ascenseur fut appelée à un étage supérieur. Sabine, levant les yeux, aperçut une vieille femme, un filet à provisions vide à la main. Malgré l'écriteau, le truc marchait donc encore !

Pendant que la cabine passait devant eux dans un fracas de ferraille, Sneijder prit lui aussi son arme et appuya sur la poignée. Ce n'était pas fermé à clé ! Il entra, Kohler sur ses talons. Sabine venait derrière.

L'entrée était plongée dans l'obscurité. Les fenêtres de l'appartement ouvraient sur l'étroite cour intérieure. Les pièces avaient à peu près trois mètres de haut. Les papiers peints à fleurs dataient certainement des années soixante. On avait posé des fils électriques par-dessus l'enduit des murs. Dans l'entrée, une seule ampoule nue pendait du plafond. Sabine voulut allumer, mais Kohler l'en empêcha d'un geste.

Ils se faufilèrent sans bruit dans la cuisine, chichement équipée d'une cuisinière, d'une table et d'un banc d'angle. Cela sentait l'urine. Une lampe torche et un urinal gisaient sur le sol, à côté d'un tas de débris de mousse. Sneijder fit la moue. Il enjamba le récipient pestilentiel et alla planter son doigt dans la terre humide d'un pot de fleurs sur le rebord de la fenêtre. Puis il ouvrit le lave-vaisselle. Les assiettes étaient sales, mais certainement pas là depuis deux mois. Kohler, à côté de l'évier, tourna et retourna un carton de lait et montra la date de péremption : juin. Carl Boni habitait toujours ici.

Ils entendirent alors un bruit dans la pièce contiguë. On aurait dit que quelqu'un ouvrait la poignée d'une fenêtre.

Passant devant Sabine, Sneijder fonça dans la pièce. Kohler le suivit.

— Mains derrière la tête, à genoux, pas un geste, cria Sneijder.

Sabine se précipita à son tour. Le salon était meublé d'une commode, d'un canapé et d'une console informatique avec un PC. L'écran scintillait. Un gaillard grand et robuste, en bleu de travail et chaussures à embouts d'acier, se tenait devant la fenêtre ouverte. Son T-shirt blanc taché de cambouis laissait deviner des épaules et des bras musculeux. Sabine lui donna dans les vingt-trois ans. À cet instant, une seule pensée lui traversa la tête. *Tu as assassiné ma mère !* Elle voulut se précipiter sur lui, mais il avait un pistolet à la main, le canon braqué sur Sneijder.

— Du calme, l'ami, dit celui-ci. Nous voulons juste te parler. Et maintenant baisse ton arme !

L'homme ne réagit pas. Une échelle de fer, à côté de la fenêtre, permettait de gagner le toit. Il ne comptait tout de même pas s'enfuir par les toits ? Ou bien envisageait-il de passer dans l'appartement voisin par la corniche ?

— Je passe par cette fenêtre, dit l'homme d'un ton calme. Si quelqu'un m'en empêche, je descends la petite... à vous de décider.

Le canon était maintenant pointé sur Sabine. Elle eut soudain la gorge sèche, tandis que les paumes de ses mains se couvraient de sueur. Il ne pouvait pas s'enfuir avant qu'elle ait obtenu des réponses ! Salopard, pourquoi as-tu tué ma mère ? Que t'avait-elle fait ? Elle t'avait eu en classe ? Et rien d'autre ?

Kohler se plaça entre le type et Sabine.

— Je vous arrête !

— Enfoiré...

Un coup partit. La balle s'enfonça dans l'encadrement de la porte à peu près à la hauteur de la tête de Sabine. Du bois et du plâtre lui frappèrent la figure. Instinctivement, elle leva les bras et se laissa tomber par terre.

Sneijder tira et toucha Carl à l'épaule droite, ce qui le fit pivoter sur lui-même. La deuxième balle de l'inconnu pulvérisa la lampe et se logea dans le plafond. Une pluie de morceaux de verre et de crépi s'abattit sur le plancher. Sneijder se rua sur Carl, mais celui-ci recula en titubant, perdit l'équilibre et tenta de se rattraper à un battant de fenêtre. Il tomba à la renverse dans le vide. Le Néerlandais agrippa un bref instant la jambe de son pantalon, mais le tissu se déchira et lui glissa des doigts.

Un cri, puis un bruit sourd montèrent jusqu'à eux. Sneijder se pencha à la fenêtre.

— *Verdomme !* Il est tombé tête la première sur une poubelle. Appelez une ambulance ! cria Sneijder, qui sortit en courant de l'appartement.

Kohler regarda à son tour par la fenêtre et appela les secours. Pendant ce temps, Sabine suivait son collègue dans l'escalier. Elle arriva essoufflée dans la cour intérieure, quelques mètres carrés à peine qui suffisaient à ranger deux ou trois bacs à ordures ménagères, des vélos, des voitures d'enfant et une caisse en bois remplie de sable pour l'hiver.

— Il vit ? demanda Kohler par la fenêtre.

— Oui, dit Sneijder en ôtant de la main de Carl un pistolet de petit calibre et en le passant dans sa ceinture.

Carl Boni était allongé au milieu d'une flaque de sang. La balle de Sneijder était restée dans son épaule. Mais la blessure à la tête paraissait beaucoup plus sérieuse. D'un trou à l'occiput s'écoulait tant de sang que Sneijder enleva son veston, le roula et le pressa contre la plaie.

— Il a perdu conscience. Approchez ! Appuyez la main sur son épaule !

Sabine hésita. Pourquoi aider ce salopard à sauver sa peau ? Qu'il crève ! Comme les femmes qu'il avait torturées.

— Approchez !

Ses mains tremblaient. Elle n'avait qu'une envie : abattre sur-le-champ cette foutue engeance. Mais, s'il mourait, elle n'aurait jamais de réponse à ses questions.

— Allez !

Elle s'agenouilla et pressa la paume d'une main sur la blessure par balle. Les yeux de Carl, sous ses paupières, clignaient comme s'il était en train de vivre le pire des cauchemars. *Mais il ne fait que commencer, je te le promets !*

Quelques minutes plus tard, elle entendit la sirène de l'ambulance. Une lumière bleue éclaira la cour. Un médecin et deux infirmiers arrivèrent en courant avec un brancard. Une demi-douzaine de personnes étaient à leurs fenêtres. En bas, Kohler tenait à l'écart les badauds.

— Blessure ouverte à l'occiput, fracture de la hanche et blessure par balle à l'épaule, expliqua Sneijder au médecin.

Celui-ci, un homme d'une cinquantaine d'années à la barbe grise, écarta le policier sans ménagement.

— Merci, mais ce n'est pas ma première intervention.

— Dès qu'il aura repris connaissance, nous devrons l'interroger.

— Bien sûr, grogna le médecin d'un ton qui signifiait « Casse-toi ! » plutôt qu'autre chose.

Il fit une injection dans le bras de Carl. En apercevant la plaie de la tête, il grimaça, puis posa hâtivement une compresse. Les infirmiers chargèrent alors Carl sur le brancard, déplièrent les roues et poussèrent le tout jusqu'à l'ambulance. Il resta sur les pavés une flaque de sang et le veston souillé de Sneijder.

— L'homme venait d'être arrêté et est dangereux, expliqua Kohler au médecin. Je vous accompagne à l'hôpital.

Sneijder lui remit le pistolet de Carl.

— Si jamais il se réveille, demandez-lui où il a caché le cadavre de sa mère.

— Le BKA de Vienne n'est pas loin d'ici, dit Kohler en prenant l'arme. Dans le neuvième arrondissement, place Josef-Holaubek. Retrouvons-nous là-bas dans une heure.

Il rejoignit le médecin à l'arrière de l'ambulance. La sirène se remit en marche et le véhicule démarra sur les chapeaux de roues.

Sneijder garda le silence.

— Voilà qui est fait, dit Sabine en essuyant ses mains ensanglantées sur son jean.

— Pour vous peut-être, parce que ce type a certainement assassiné votre mère, répondit Sneijder en hochant la tête. Mais tout n'est pas clair.

Il alluma une cigarette qu'il venait de rouler et avala la fumée, les yeux clos. Il souffla sur des brins de tabac restés accrochés à sa lèvre. Les gens les regardaient toujours des fenêtres.

L'odeur de l'herbe donna la nausée à Sabine.

— Qu'est-ce qui vous chagrine ?

Sneijder demeura silencieux un petit moment. Il laissait l'herbe agir. Il finit par ouvrir les yeux.

— Ça, je peux vous le dire. Pourquoi Carl avait-il une arme à portée de main s'il était juste assis devant son ordinateur ? Et pourquoi a-t-il voulu s'enfuir de son propre appartement par la fenêtre en entendant des cambrioleurs s'introduire chez lui ?

— C'est pourtant évident. Parce que la police avait fouillé son appartement et posé sur sa porte des scellés qu'il a dû arracher, répondit-elle.

Pourquoi Sneijder avait-il une démarche d'esprit si compliquée ?

Il fronça les sourcils.

— Possible… mais improbable.

— Examinons le disque dur de son PC, proposa-t-elle.

Il secoua la tête comme si l'ordinateur l'intéressait autant que la prochaine messe du pape.

— Vous avez remarqué l'urinal dans la cuisine ?

— Il avait été utilisé assez récemment. Ça puait terriblement, confirma-t-elle.

— À côté, il y avait de vieux bouts de tissu, des attaches de câble et des morceaux de mousse découpés.

Si elle avait noté le reste, les attaches de câble lui avaient échappé.

— Quand on ligote quelqu'un à un tuyau ou à des barreaux, on entoure au préalable les parties métalliques avec de la mousse afin que la victime ne puisse faire du bruit avec ses phalanges.

— Et les tissus servent de bâillon ?

Sneijder tira une autre bouffée.

— C'est une possibilité.

L'idée lui parut tirée par les cheveux.

— Vous croyez qu'il retient sa mère dans les catacombes d'une église proche ?

Sneijder fit signe que non.

— L'urinal indique que sa victime est beaucoup plus près que ça.

Il écrasa son mégot sur le sol.

— Écureuil, nous allons fouiller la cave de l'immeuble.

27

L'escalier conduisant à la cave de l'immeuble était aussi étroit que l'accès à des oubliettes du Moyen Âge. Il y avait des odeurs de pomme de terre, de carotte et de pourriture. L'humidité était incrustée dans les murs. Les fils électriques couraient par-dessus le crépi et l'eau condensée sur les douilles rouillées embuait les ampoules. Celles-ci ne dispensaient qu'une pâle lueur rouge-brun dans le couloir s'ouvrant devant Sabine. Que les fusibles ne jaillissent pas des placards électriques antédiluviens comme des fusées de feu d'artifice relevait du miracle.

Sneijder la suivait. À environ trois mètres de profondeur, ils arrivèrent devant un bâti en bois. Le cadenas était ouvert. Les charnières de la porte grincèrent. Derrière, un couloir au plafond de briques voûté plongeait dans l'obscurité.

Sneijder enfonça un doigt dans les fentes du mur.

— Un abri antiaérien datant de la guerre, affirma-t-il. À Rotterdam, on en trouve encore des dizaines et des dizaines. Il faudrait classer monument historique les fondations du bâtiment et la cave. Mais je suppose qu'à Vienne il en existe des centaines.

Brusquement, Sabine se souvint de l'odeur de cadavre provenant du puits de la cathédrale de Dresde. Tout en elle se révolta à l'idée de continuer à avancer. Elle ne voulait pas découvrir une nouvelle victime. Sneijder la doubla. Les murs renvoyèrent l'écho macabre du claquement de ses semelles sur le béton. Elle hésita puis finit par le suivre.

Il s'arrêta devant une porte en bois. Cave n° 9. Un scellé sur l'encadrement en bois. Il l'enleva, ouvrit la porte, passa le bras à l'intérieur et alluma. Au plafond, une ampoule de vingt-cinq watts jetait une faible lueur. Difficile d'y voir moins. Des pneus, des bidons, des tuyaux d'échappement et de vieux moteurs à essence s'empilaient dans le réduit.

— Mauvaise pioche, murmura Sneijder.

Sabine examina les caves 1 à 8, deux fois plus vastes que celle de Carl. Pourquoi le mécanicien possédait-il le local le plus petit alors qu'il avait tout ce bric-à-brac à entreposer ? Les caves 10 à 16 étaient elles aussi deux fois plus grandes. Sabine s'approcha de la porte d'un débarras attenant à la cave de Carl. Sans numéro.

— Regardez, dit-elle. Carl pourrait avoir élevé une cloison et posé une porte supplémentaire.

Sneijder appuya une oreille contre les planches de la porte.

— On n'entend rien… mais… vous sentez ?

Elle acquiesça. Une âcre odeur d'urine passait par les fentes, et ce n'était pas de la pisse de rat. Il secoua la poignée. Un lourd cadenas cliqueta. Pas de plomb sur l'encadrement. Les policiers n'avaient donc pas regardé derrière cette porte sans numéro. Sneijder recula d'un pas, prit de l'élan et balança son pied. Le bois crissa, le chambranle se tordit. Deuxième coup de pied. Le Néerlandais était plus costaud que Sabine ne l'aurait cru. La chasse à l'assassin provoquait manifestement chez lui une poussée d'adrénaline. Le bois éclata sous l'effet du troisième coup de pied, la porte s'ouvrit à la volée.

La maigre lueur du couloir pénétra dans le local. Sneijder chercha à tâtons un interrupteur. Il le trouva et l'actionna. Il y eut un clic, mais pas de lumière. Entre-temps, les yeux de Sabine s'étaient habitués à l'obscurité. Au fond, un matelas était posé par terre. Elle distingua un corps humain. Elle crut défaillir. Mais elle se fit violence, entra et s'accroupit devant le matelas. Le mélange d'excréments et d'urine empestait épouvantablement. Elle toucha une couverture du bout des doigts, puis sentit les jambes nues, froides et sèches, d'une femme.

— Il y a quelqu'un par terre, chuchota-t-elle.

— Ne touchez rien ! Il y a une lampe de poche dans la cuisine. Je reviens tout de suite.

— Attendez !

Sabine ne pouvait s'empêcher de chuchoter. Elle sortit son portable et alluma l'écran.

— Tenez ça !

Sneijder éclaira le matelas. La femme, autour de la quarantaine, avait de longs cheveux emmêlés. Elle portait un slip serré et un tricot avec de fines bretelles, tous deux noirs de sueur et de poussière de charbon. Elle ne bougeait pas. Elle était bâillonnée. Les poignets et les chevilles, ligotés deux à deux par des attaches de câble, étaient également liés à de lourds pieds de parasol en béton. Comme le policier l'avait soupçonné, les tenons métalliques étaient enveloppés dans de la mousse. La femme était allongée sur le matelas comme sur un chevalet de torture.

Sabine lui prit le pouls. Incroyable !

— Elle vit !

Sneijder éclaira le visage. Les yeux étaient fermés et la femme ne réagit pas. Elle était maigre, ses pommettes saillaient, elle avait les lèvres desséchées. Elle n'avait certainement pas mangé depuis des semaines.

Sabine lui ôta précautionneusement le bâillon. Elle sentit, derrière, un autre bout de tissu. Elle enfonça le bout des doigts dans la gorge de la femme et sortit le chiffon glaireux. Il sentait le vomi. Un miracle que la victime n'ait pas été étouffée !

Sabine se tourna vers Sneijder.

— Il faut appeler une ambulance.

— Attention !

Du coin de l'œil, Sabine vit la femme lancer la tête en avant. Puis elle sentit la morsure. Les dents s'étaient plantées dans sa main. Elle poussa un cri. La douleur la parcourut comme un coup de fouet. Sneijder, d'un bond, s'accroupit à côté d'elle. Il saisit la tête à deux mains et enfonça les pouces derrière les oreilles. Mais les mâchoires étaient de vraies tenailles. Les dents s'enfonçaient dans la chair, du sang coula sur le poignet de Sabine.

— Faites quelque chose ! cria-t-elle.

Sneijder accentua la pression de ses pouces. La femme ouvrit lentement la bouche. Sabine put retirer sa main et la tête de la femme retomba sur le matelas. Elle toussa, puis la toux se transforma en nausée. Sneijder éclaira la blessure de Sabine. L'empreinte des dents se voyait sur la paume et le dos de la main. La plaie saignait.

— Ça va aller, dit-elle.

Sneijder tourna l'écran vers son propre visage.

— Nous sommes venus vous délivrer. Vous êtes en sécurité.

Les yeux exorbités et écarquillés fixèrent le policier. Puis les pupilles roulèrent et s'arrêtèrent sur Sabine.

— Nous allons appeler un médecin. Vous êtes sauvée, dit celle-ci.

Sneijder sortit de sa poche revolver un étui en cuir qu'il ouvrit. Il contenait un passe-partout, une petite lime, des ciseaux à ongles et un couteau de poche.

— C'est mieux qu'un couteau suisse.

— Pourquoi avez-vous enfoncé la porte, alors ?

— Je n'ai jamais su me servir d'un passe-partout, expliqua-t-il en coupant les attaches de câble avec les ciseaux.

La femme poussa un gémissement de douleur quand les bords du ruban plastique lui cisaillèrent la chair des poignets.

— C'est bientôt fini. Comment vous appelez-vous ?

— Ursula…, gémit-elle

— Vous êtes super, Ursula. Courageuse. Encore un instant.

Elle se cabra quand il coupa les liens des pieds. Sneijder se tourna vers Sabine.

— Ça ne capte pas là-dessous, dit-il en lui tendant le portable. Remontez et appelez une ambulance. Composez le 112, l'appel d'urgence européen. La police vous mettra en relation avec les secours. En redescendant, prenez une couverture et une bouteille d'eau.

Sabine partit, laissant Sneijder dans l'obscurité. Elle l'entendit parler avec calme, plein de sollicitude :

— N'ayez pas peur, Ursula. Les secours arrivent tout de suite. Vous êtes en sécurité. Ne craignez rien, Ursula, je regarde juste si vous avez des fractures ou des blessures internes…

Jamais Sabine ne l'aurait cru capable de ça. Quand il le voulait, il pouvait même se montrer sympathique.

En arrivant dans la cour intérieure, elle avala goulûment un bol d'air frais. Les badauds étaient entre-temps rentrés chez eux. Elle appela les secours, demandant un médecin et une ambulance pour une femme déshydratée et sous-alimentée. Après avoir donné son nom et indiqué l'adresse, elle raccrocha.

Debout à côté de la poubelle, elle contempla la flaque de sang. Le veston souillé de Sneijder était encore par terre. Quand elle le ramassa, un portefeuille tomba de la poche intérieure. Les volets en cuir se déplièrent, laissant échapper quelques cartes de visite. Sabine les ramassa. Elles étaient identiques. *Maarten Somerset Sneijder*, était-il écrit. Somerset ? Drôle de second prénom ! Au-dessous, une adresse à Wiesbaden et des chiffres : ex-libris 399, ex-libris 400, 401, et cetera. Le papier était en fait trop mince pour des cartes de visite. Sabine les retourna : c'étaient des étiquettes autocollantes pour imprimante laser.

Elle remit le tout dans le portefeuille qu'elle rangea dans le veston, à côté de l'iPhone. Puis elle remonta dans l'appartement de Carl prendre une couverture et une bouteille d'eau.

Un quart d'heure plus tard, une ambulance s'arrêta devant l'immeuble. Le même médecin barbu qui avait transporté Carl Boni en descendit.

— Comment ferais-je sans vous pour avoir des patients ? demanda-t-il avec cynisme quand il passa devant Sneijder.

Celui-ci se tut, mais son regard en dit long. Les infirmiers remontèrent de la cave au bout de dix minutes et déplièrent les roues du brancard sur lequel reposait la femme. Le médecin lui posa un cathéter au creux du bras. Une poche de liquide se balançait au bout d'une tige.

Quand le brancard passa à côté d'elle, Sabine aperçut le visage effroyablement pâle et décharné d'Ursula. Combien de temps était-elle restée prisonnière dans ce trou à rats ? Cinq ou six jours ? Plus longtemps encore ?

Le hayon de l'ambulance se referma, et Sneijder rejoignit Sabine.

— Une situation inhabituelle, murmura-t-il. Jusqu'ici, quand j'arrivais sur le lieu du crime, il y avait toujours un médecin examinant un cadavre.

— Elle va sûrement s'en tirer, dit Sabine, histoire de se remonter le moral.

— Montrez un peu, ordonna Sneijder en prenant sa main mordue. Le médecin aurait dû vous soigner sans attendre.

— Ça ira. Qu'avez-vous découvert ?

Il lâcha sa main.

— Elle s'appelle Ursula Zehetner, elle est mariée et a quarante et un ans. Elle ignore qui l'a enlevée et ne connaît personne du nom de Carl Boni.

— Profession ?

— Éducatrice en jardin d'enfants.

Sabine n'eut pas à réfléchir longtemps.

— Carl est allé au jardin d'enfants à Vienne. Elle avait alors vingt-deux ans. Cela concorde.

— Possible, admit Sneijder, tâtant son pantalon à la recherche de quelque chose.

Sabine lui tendit son veston.

— Votre portefeuille est tombé.

— Merci.

Il enfila le veston dont la tache de sang avait séché entre-temps et sortit du tabac et du papier à cigarette de la poche latérale.

— Vous n'achetez pas vos livres chez Haital, vous les volez, lui lança-t-elle carrément.

Sneijder s'immobilisa au beau milieu de son geste. Il arbora soudain son fameux sourire de croquemort.

— Pourquoi dites-vous ça ?

— Vous collez une étiquette sur la première page, vous en écornez quelques autres, vous écrivez une dédicace, vous le pliez de manière à casser le dos et vous mettez un signet.

— Vous êtes folle.

— Une erreur, monsieur le détective, dit-elle, singeant sa voix. Ce livre est à moi. Cela fait déjà deux semaines que je lis cette biographie.

— Vous êtes folle, répéta-t-il.

— Je crois que c'est vous qui êtes fou ! Pas la peine de me raconter des salades ! Si je n'avais pas le sens de l'observation et un peu de jugeote, je ne serais pas à la PJ. Quand vous êtes entré dans la librairie à Munich, vous n'aviez pas de livre sur vous. Mais vous en aviez un en sortant. Pareil à l'aéroport de Vienne.

Imperturbable, il roula sa cigarette.

— Et pourquoi je ferais ça ?

— Je présume que vous avez quelque chose contre les librairies Haital. Que signifient les numéros sur les étiquettes ?

— Qu'est-ce que ça pourrait bien être ? Ce sont des numéros d'ex-libris.

— Pas possible ! Vous avez volé quatre cents livres ?

— Trois cent quatre-vingt-dix-huit, corrigea-t-il.

Cela avait tout d'un aveu, mais d'un aveu dont il était fier.

— Votre salaire est donc si minable que vous êtes obligé de voler des livres ?

— Vous n'y êtes pas, dit-il en quittant la cour et en gagnant la rue où il sortit son iPhone de son veston.

— Nos bagages sont dans la voiture de Kohler et nous n'avons pas la clef de la voiture.

— … et vous ne savez pas vous servir d'un passe-partout.

— Exact.

Il leva les yeux. Le ciel était toujours nuageux, ne laissant passer que quelques rayons de soleil de temps à autre.

— Allons à la PJ de la place Josef-Holaubek, proposa-t-il en agrandissant sur son iPhone la carte GPS, afin de s'orienter.

Sabine lui emboîta le pas, restant silencieuse quelques minutes. Au premier embranchement, ils suivirent les rails du tramway.

— Le S de votre nom, c'est pour Somerset ? demanda-t-elle finalement.

— Aucun de mes collègues ne sait ce que signifie ce S, répondit-il.

On aurait dit une menace. Sabine sourit avec un malin plaisir.

— Ne vous en faites pas, je ne trahirai pas notre secret… Somerset !

— Mon père m'a donné ce prénom à cause de William Somerset Maugham. Somerset était écrivain, agent secret et médecin.

— Et voleur ?

— *Vervloekt !*

Il se frotta les tempes. Une seconde plus tard, il avait retrouvé son sang-froid.

— Mon père avait une petite librairie à Rotterdam. Elle ne marchait pas spécialement bien. Un an avant la réunification de l'Allemagne, nous avons quitté les Pays-Bas. Mon père a ouvert à Duisbourg une nouvelle librairie, spécialisée dans la poésie, les livres cadeaux et la littérature. L'affaire était florissante jusqu'au jour où Haital a ouvert un magasin dans la même rue.

— Ce n'est pas un crime.

— Vous ne savez pas de quoi vous parlez, grogna-t-il. Avec votre naïveté de paysanne bavaroise, vous ne voyez pas plus loin que le bout de vos sabots. Haital est un groupe qui n'a qu'un seul but : le profit maximal ! La direction met tout en œuvre pour ruiner les concurrents. C'est ainsi que de petites entreprises familiales sont acculées à la faillite tandis qu'Haital étend ses tentacules sur le marché du livre. Mais vous, avec vos livres audio, vous n'avez aucune idée de tout ça.

Ma naïveté de paysanne bavaroise ! Elle lui aurait volontiers tordu le cou !

— Mais c'est que vous leur portez un tort considérable avec vos opérations de représailles ! Quatre cents livres, cela représente au moins quatre ou cinq mille euros de perte de chiffre d'affaires. Ou deux mois de salaire d'une vendeuse, charges comprises. Vous pensez réellement que ça les tracasse ?

— Plutôt quatre mois de salaire. Et puis, c'est une question de principe. Je *dois* faire ça.

— Vous feriez mieux de soigner votre névrose obsessionnelle.

Il ne répondit pas. Sabine n'attendait pas autre chose de lui. Elle regarda autour d'elle.

— On aurait dû tourner à ce croisement.

Prenant son iPhone à Sneijder, elle jeta un coup d'œil sur le plan de la ville et revint sur ses pas, jusqu'au parc qu'ils venaient de longer. À ce moment le téléphone sonna. Le nom de Ben Kohler apparut sur l'écran.

— Allez-y, prenez, lui cria Sneijder derrière elle.

Elle s'annonça.

— Où êtes-vous ?

Sabine regarda par-dessus la grille en fer forgé derrière laquelle se dressait une haie de plus de deux mètres de haut.

— Nous longeons l'Augarten.

— Vous n'êtes que là ?

Elle lui expliqua qu'ils avaient fouillé la deuxième cave de Carl où ils avaient trouvé sur un matelas Ursula Zehetner, ligotée et à demi morte de faim, laquelle était en route pour l'hôpital.

— Une *deuxième* cave ?

L'idée que Sabine avait déjà eue lui traversait sans doute l'esprit : les policiers de Vienne auraient pu trouver la femme quatre heures plus tôt s'ils avaient procédé à une fouille plus méthodique.

— Bon boulot, finit-il par dire. Ursula a disparu depuis… (Il tapa sur un clavier.)… depuis sept jours. Je n'ai pas le temps de vous donner d'autres explications pour le moment. Allez jusqu'au prochain pont sur le canal du Danube, le Friedensbrücke. Une voiture vous y prendra dans dix minutes.

— Vous ne pourriez pas nous l'envoyer ici ? Elle nous conduirait directement au commissariat…

— Vous n'allez pas au commissariat, l'interrompit Kohler. Le chauffeur vous emmène à Marienplatz, premier arrondissement.

— Un tour de ville guidé ? demanda-t-elle, en même temps qu'elle sursautait en s'entendant poser cette question.

Le cynisme de Sneijder déteignait-il sur elle ? Si elle prolongeait sa collaboration avec ce type, elle risquait de perdre sa naïveté de paysanne bavaroise et de devenir comme lui.

— Pas de visite guidée, non, répondit Kohler d'un ton qui paraissait abattu. Juste une visite de l'église Marienkirche, dans le centre-ville. Plus tout jeune avec ses huit cents ans.

Il se tut.

— Oui, j'arrive, cria-t-il ensuite à quelqu'un, avant de revenir à Sabine : Sneijder avait hélas raison. Nos hommes ont découvert un cadavre de femme dans les sous-sols.

28

Assise par terre dans le cabinet de consultation, Helen contemplait les notes de Rose Harmann éparpillées autour d'elle.

Cette femme était folle ! Au cours d'une séance d'hypnose trop rapidement improvisée, elle avait arraché des informations à Carl, l'avait ensuite littéralement harcelé, avant de le pousser dehors sans lui laisser un moment de répit. La seule idée de l'inconscience de cette femme lui remit Frank en mémoire. *La fête !*

Il était 14 heures. Il restait encore tant de choses à organiser, des choses dont Frank n'avait pas la moindre idée. Il avait sans doute essayé de la joindre sur son portable des dizaines de fois. Mais l'anniversaire de son mari était le moindre de ses soucis.

Elle jeta un regard sur son écran éteint. Elle était encore incapable de donner la bonne réponse à sa boîte vocale. Pourquoi Carl Boni avait-il enlevé sa thérapeute ? Il ne lui restait que trois heures pour le trouver. La réponse était dans les cassettes. Avant d'écouter les monologues enregistrés de Carl, elle décida de passer l'enregistrement de la huitième et dernière séance de mars. Elle introduisit la bande.

Instinctivement, elle se mordit la lèvre et serra le poing : impossible de ne pas entendre comme un soupçon de dépression dans la voix de Rose, une certaine distance, presque de la peur…

29

Deux mois plus tôt
Huitième séance de thérapie

Les champs étaient dans la brume, il pleuviotait et le soleil se cachait derrière les nuages. Par ce froid après-midi de mars, Rose se serait volontiers planquée sous une couverture avec un livre. Pas un livre sur la grossesse, les préparatifs de la naissance ou l'éducation des enfants. Un mois plus tôt, elle avait mis toute cette littérature dans un carton qu'elle avait rangé dans le coin le plus reculé de sa cave. Lors de la prochaine collecte de la Croix-Rouge, il disparaîtrait à jamais de son existence, et avec lui les idées noires à propos du bébé qu'elle n'avait pu mettre au monde. Il n'avait vécu que trois mois à peine dans son ventre. Trois mois ! Puis il y avait eu ces fortes contractions, et une hémorragie l'avait expulsé. Elle avait senti que c'était un garçon. Il n'avait même pas ouvert les yeux pour apercevoir la lumière. Il se serait appelé Daniel. Comme le prophète de la Bible qui avait survécu dans la fosse aux lions. Mais son Daniel s'était nourri tout juste trois mois de son liquide amniotique. Il serait peut-être devenu chauffeur de taxi, journaliste ou médecin, se serait marié, serait devenu père à son tour et, un jour, aurait lu avec sa femme des livres sur la grossesse. Toutes choses qu'elle ne connaîtrait pas.

Le lendemain, elle l'avait expliqué au père de l'enfant et il l'avait prise tendrement dans ses bras. Il s'était montré plein de sollicitude, mais elle avait cru déceler chez lui un certain soulagement. Elle était probablement un peu paranoïaque. En tout cas, cela le touchait moins qu'elle. Depuis, ils n'en avaient pas reparlé. Elle lisait les premiers textes de Jack Kerouac et la littérature spécialisée sur les traumatismes et les psychoses. Elle cherchait à étouffer en elle toute pensée relative au bébé.

Mais ce n'était pas la seule raison de son humeur maussade. Elle s'était récemment aperçue que Carl Boni traînait assez souvent dans les parages de son cabinet, même les jours où ils n'avaient pas rendez-vous. Pourquoi donc ? L'observait-il ? Avait-il découvert son petit secret ? Avait-il gardé en travers de la gorge le coup de l'hypnose, car c'était bien entendu de cela qu'il s'était agi ? Il avait en lui le don de s'immiscer dans la vie d'autrui, un attribut comparable au dard du scorpion. Il ne *pouvait* pas agir autrement. Il devait s'introduire dans des existences autres que la sienne, pour d'une certaine façon s'attirer de l'affection. Mais pourquoi ?

Si elle ne se tenait pas sur ses gardes, il allait se mettre à la harceler, elle aussi. Ou bien elle renonçait à son cas, comme ses trois prédécesseurs, ou bien elle réussissait la thérapie. Mais ça pressait ! Pas seulement par curiosité ou amour-propre comme au début, mais dans un souci de sauvegarde. Plus elle perdait de temps à lui imposer des exercices inutiles, plus il s'immisçait dans sa vie. Au moment précisément où elle était vulnérable et où la perte de son bébé provoquait chez elle un accès de dépression.

Elle devait parvenir au cœur du problème de Carl, le *sauver*, dans la mesure où il était possible de sauver en si peu de temps un être à ce point traumatisé. Elle s'était déjà proposé de le faire lors de la dernière séance, mais n'y était pas parvenue.

Cette fois, oui, elle réussirait! Elle se l'était juré. Le fait que Carl traînait la nuit autour de sa Smart sur le parking avait été déterminant. Dans les cinquante minutes à venir elle saurait si elle avait du cran ou non.

Le thermostat réglant à vingt et un degrés la température de son cabinet s'était mis en route. On entendait le glouglou du radiateur. Rose portait une longue jupe couleur crème, un corsage et, par-dessus, un gilet tricoté. Assise à sa place, elle posa le magnétophone sur le bureau.

— Vous n'avez pas votre tête ordinaire, remarqua Carl. Vous n'allez pas bien ?

— Si, tout va pour le mieux.

Pour le mieux! Si elle s'était écoutée, elle se serait mise à chialer. Elle était au bord de la dépression. Elle alluma le magnétophone.

— Vendredi, 18 mars, 16 heures. Huitième séance avec Carl Boni. (Bref silence.) Lors de notre dernière rencontre, vous avez appris certaines techniques vous permettant de contrôler votre agressivité. Comment allez-vous aujourd'hui ?

Il portait un jean taché de cambouis, un tricot de corps et un anorak léger. Il grimaça.

— Pas spécialement bien.

— Voulez-vous en parler ?

Il fit non de la tête.

— Bon, alors je propose que nous…

— Avant de commencer, l'interrompit-il, je voudrais vous donner quelque chose.

Il porta la main à sa poche.

Le pouls de Rose s'accéléra. Depuis des semaines, elle redoutait cela. Il posa sur le bureau un petit tigre en tissu rayé, à peu près de la taille du Winnie l'Ourson de sa voiture.

— Pour que Winnie se sente moins seul.

Elle ne prit pas le cadeau, sur quoi Carl le poussa vers elle. Le jouet en peluche lui souriait. *Prends-moi ! Serre-moi contre toi !* L'envie de chialer la reprit.

— Je le prends comme un signe d'estime. Mais je ne peux accepter le cadeau.

Carl, d'incrédulité, resta la bouche ouverte.

— Je l'ai acheté pour vous !

— Songez aux limites dont nous avons parlé.

— Vous ne vous laissez pas convaincre ?

— Non, mais merci pour ce geste.

Il s'appuya de nouveau contre le canapé, l'air plus abattu encore.

— Vous venez de dire que vous ne vous sentiez pas bien. Avez-vous à nouveau eu des cauchemars ?

— Non.

— Quelles pensées vous occupent l'esprit pour l'instant ?

— D'après vous ?

— La question est de savoir ce que vous pensez, vous !

Carl se frotta les yeux. Ils étaient rouges comme s'il avait mal dormi ces dernières semaines. Sa fine barbe blonde de trois jours était devenue une broussaille touffue.

— C'est vous la thérapeute, répliqua-t-il. Qu'en pensez-vous ?

— Bon, soupira-t-elle. Je pense que ce qui vous préoccupe, c'est de savoir pourquoi votre mère menaçait d'abandonner la famille.

— Possible, dit-il. Malheureusement, je ne peux plus le lui demander.

Rose se redressa sur son siège.

— Pardon ?

— Elle a eu une attaque cérébrale il y a deux jours.

Elle regarda l'animal en peluche sur son bureau. La mauvaise conscience s'insinua sourdement en elle.

— Je suis désolée. Comment va-t-elle ?

Il haussa les épaules.

— Elle est en soins intensifs. Pour le moment, on sait seulement qu'elle n'est pas lucide et qu'elle restera hémiplégique. Si elle ressort un jour de l'hôpital, ce sera une personne dépendante.

— Oh, je suis vraiment navrée !

Elle lut la douleur sur son visage. Pourtant, elle pressentait que quelque chose clochait. Mentait-il ?

— Pourquoi ne m'avez-vous pas téléphoné ? Nous aurions repoussé la séance.

— Qu'est-ce que ça aurait changé ?

Il se releva un instant, étira les jambes et se rassit de l'autre côté du canapé, comme pour tout reprendre à zéro.

— Je suis prêt. Comment comptez-vous m'embobiner cette fois ?

— Vous croyez donc que je vous ai floué avec la séance de transe ?

— Comment appelleriez-vous ça ? Vous m'avez provoqué et, grâce à l'hypnose, vous m'avez arraché des informations.

En dépit de sa rancœur, il lui avait apporté un cadeau. Mais elle ne pouvait pas accepter l'ours en peluche ! Cela ne ferait qu'embrouiller un peu plus les sentiments de Carl.

— C'était une transe, une espèce de profond relâchement, le corrigea-t-elle. Mais appelez-la hypnose, si vous le souhaitez. Il demeure un fait : c'est vous qui m'avez indiqué le point décisif, votre septième anniversaire.

— Dans mon souvenir, c'était un jour heureux… jusqu'ici…

— Je n'ai pas détruit ce souvenir, il est toujours là. Mais vous aviez refoulé un événement qui a suivi. Il est maintenant réapparu.

— Je veux que ce souvenir disparaisse.

— Ah bon, comme il avait déjà disparu une fois ?

Il ne répondit pas.

— Ne devrions-nous pas nous servir de ce savoir ? proposa Rose. En nous posant une question ?

— Pourquoi ma mère menaçait d'abandonner la famille ?

Rose hocha la tête.

— Nous connaissons déjà la réponse. Elle menaçait de quitter votre père si son fils n'était pas sage. La question que nous devons nous poser est plutôt : pourquoi avait-elle si peur que son garçon soit vilain ?

Carl leva les bras, puis les laissa retomber sans force.

— Ce sont des conneries ! Pourquoi aurait-elle eu peur de moi ?

Dans la matinée, Rose était passée aux services de la municipalité de Vienne en charge des questions d'immigration, d'état civil et de nationalité. Elle s'était renseignée au sujet de la famille Boni. Elle n'aurait en fait pas eu accès à ces données si Petra Lugretti, la juge à qui elle devait d'avoir Carl comme patient, n'avait pas connu la responsable du service. Depuis quelques heures, elle pensait connaître la réponse à cette question. La difficulté était de la faire trouver par Carl lui-même.

— Votre mère n'avait pas peur de vous, mais d'un enfant vilain, le corrigea-t-elle. C'est différent.

Il fronça les sourcils.

— Je ne comprends pas.

Elle avait devant elle un sacré travail encore. Elle appuya le menton sur ses mains croisées.

— Parlons peut-être d'un autre sujet, proposa-t-elle. Vous m'avez dit, lors de l'entretien initial, que vous vous appeliez Carl Boni et que vous étiez fils unique.

Il acquiesça. Elle tira de sa serviette une copie de l'examen pratiqué par le médecin traitant de Carl. Le formulaire avait été rempli automatiquement par ordinateur à partir des données de la carte à puce de Carl et de son numéro de sécurité sociale. Elle lui tendit le papier.

— Jetez un œil là-dessus.

— Je connais ce papelard. C'est moi qui vous l'ai donné.

— Jetez donc un œil sur vos données personnelles !

— Carl Boni, né le 6 novembre à Vienne, résidant Lassallestrasse…

— Ce n'est pas exact, l'interrompit-elle. Quel est votre nom *complet* ? Qu'y a-t-il d'écrit ?

— Carl Maria Boni. (Il prit une profonde inspiration.) Mais ce n'est pas comme ça que je m'appelle. Tout le monde m'appelle Carl.

— Sans doute, mais votre second prénom est Maria.

Des taches rouges apparurent sur son visage.

— Écoutez, c'est très désagréable. Personne ne m'appelle Carl Maria.

— Il n'y a pas de raison que cela vous gêne. Beaucoup de gens célèbres ont ce second prénom : Klaus Maria Brandauer, Erich Maria Remarque, Rainer Maria Rilke.

Mais ne vous en faites pas, je ne vous appellerai pas comme ça.

— Ah, merci beaucoup, se moqua-t-il. Mais alors, pourquoi mettez-vous ça sur le tapis ?

— Parce que cela me paraît important.

Elle n'était tombée sur ce détail que la veille, en rangeant les pièces du dossier dans son classeur vert des affaires difficiles mais intéressantes.

— Pour quelle raison vos parents peuvent-ils vous avoir donné ce prénom ? Quelqu'un de votre famille s'appelle-t-il ainsi ? Votre marraine, votre grand-mère ou la sœur de votre père par exemple ?

— Elle s'appelle Lore, j'avais mon père comme parrain… et puis non, personne ne s'appelle comme ça.

— Étrange. Parfois, on a comme second prénom le nom d'une sœur ou d'un frère, suggéra-t-elle. Mais vous m'avez dit être fils unique.

— Oui, j'ai grandi sans frère et sœur.

Il le sait ?

À nouveau son cœur se mit à battre plus vite. Ou alors il n'a qu'une vague idée de la vérité et il a refoulé le reste ? Il lui fallait d'une manière ou d'une autre, l'air de rien, lui tirer les vers du nez.

— Pour quelle raison vos parents pourraient-ils avoir choisi ce prénom de Maria ?

— Comment pourrais-je le savoir ? Peut-être à cause de Marie-Antoinette ? Je n'en ai aucune idée !

— Vous venez de dire que vous avez grandi sans frère et sœur. Ça ne veut pas dire qu'il n'y en avait pas.

Carl se mit soudain à avoir très chaud. Il tira sur le col de son tricot.

— Je voudrais reporter la séance à une autre fois.

— Excellente idée, réagit Rose avec promptitude. Pendant ce temps, vous pourriez vous rendre au département 35 des services municipaux et voir si quelqu'un…

— Oui, putain de merde ! cria-t-il. Il y a eu une Maria. Mais je ne l'ai pas connue.

— Qui était-ce ?

— Je ne sais pas. Elle est morte avant ma naissance.

À l'âge de cinq ans. Peut-être Carl ignorait-il ce détail.

— Maria était-elle votre sœur ?

Il haussa les épaules.

— Possible. Je ne sais pas… peut-être. Mon père et ma mère ne parlaient jamais de ça.

— Comment avez-vous donc appris qu'il y avait eu cette Maria ?

— Euh… (Il réfléchit.) À dix ans, j'ai farfouillé dans la table de nuit de ma mère et j'ai trouvé une photo d'elle.

— Quel âge avait-elle sur cette photo ?

— Quatre ou cinq ans.

— Savez-vous de quoi elle est morte ?

— C'était bien avant ma naissance, expliqua-t-il en gonflant les joues.

Un an et trois mois. Le 6 août, pour être précis.

— Je me mets facilement à votre place, dit Rose. Et, croyez-moi, je sais qu'il n'est pas simple d'accepter ce genre de situation.

— Mais qu'y a-t-il à accepter là-dedans ? fulmina-t-il. Je ne l'ai même pas connue.

— C'est vrai, mais on vous a donné son nom comme second prénom et, sans le vouloir, on vous a mis sur les épaules une grosse responsabilité. Pour un membre de la famille que vous ne connaissiez pas.

— J'en ai marre de ce cirque, dit-il en secouant la tête de colère. C'est pour une autre raison que je suis ici.

Qu'est-ce que ce merdier autour de cette foutue gamine a à voir avec moi, avec mon problème de drogue, mon agressivité ou le fait que je harcèle les bonnes femmes ?

Plus que tu ne crois !

C'était évident, ils étaient sur le point de trouver la solution, et il bloquait à nouveau tout. Plus massivement que jamais. Il était temps de faire marche arrière et d'aborder le problème sous un autre angle.

— Vous avez raison. Si vous le souhaitez, nous pouvons parler de votre problème de drogue.

— Bien.

Ses épaules se relâchèrent. Ce sujet lui convenait mieux que l'histoire de sa famille.

— Quelles drogues preniez-vous ?

— Vous le savez bien. De l'ecstasy.

Elle attendit un peu, mais rien ne vint.

— C'est tout ?

Il acquiesça.

— Allez, allez, on ne récolte pas trois ans avec sursis pour de l'ecstasy.

— Et de la cocaïne.

Cela semblait plus proche de la vérité. Ils n'avaient jusqu'ici jamais parlé de drogues dures.

— De l'héroïne ?

— Je ne me pique pas.

— On peut aussi la sniffer, mais je suppose que vous le savez.

— Oui. De l'héroïne aussi, marmonna-t-il.

— Du LSD ?

Cette fois, il secoua la tête.

— Je n'accepterais jamais de toucher à ce truc.

— Le LSD a toujours eu mauvaise réputation, mais on l'a jadis utilisé dans les recherches en psychologie des profondeurs, expliqua-t-elle.

— Vous déconnez ?

— Dans les années cinquante, on a soigné des alcooliques avec du LSD.

— Mieux vaut être alcoolique alors.

— Bien sûr, dit-elle en souriant. On l'a même utilisé en psychiatrie, à l'époque. Stanislav Grof y avait recours pour des cas particulièrement graves. On a même obtenu de bons résultats chez des malades souffrant du cancer ou de céphalées de Horton.

— D'accord, peut-être, mais que vient faire le LSD dans une psychothérapie ?

— Il élargit le champ de la conscience et lève les blocages.

Il éclata de rire.

— Cinq verres de whisky ont le même effet. Utilisez-vous le LSD ?

— À titre expérimental, pour des recherches ? demanda Rose en examinant ses rayonnages où se trouvaient des romans de William Burroughs et Jack Kerouac. Pourquoi pas ?

— Vous me racontez des bobards.

— Pas du tout, mentit-elle.

— Merde, je comprends plus rien. Vous, si sage, vous donneriez du LSD à vos patients ?

— Si c'est utile. Nous avons effectivement recours à un médicament psychopharmacologique, de la Torrexine, une forme atténuée de LSD.

— Vous vous foutez de moi, les psychothérapeutes n'ont pas le droit de prescrire des médicaments.

— Mais les médecins, si… et j'ai fait des études de médecine.

Carl commença à se ronger les ongles. Il avait mordu à l'hameçon. Elle regarda l'heure. Vingt-cinq minutes encore. Il ne fallait pas laisser passer l'occasion. Il n'y avait pas d'autre moyen d'arriver à un résultat avec lui, maintenant. Tout ce à quoi elle avait eu recours jusqu'ici ne servirait de rien. Elle avait quasiment épuisé ses méthodes. Carl les avait presque toutes rejetées. Il ne restait plus que celle-ci. Cela n'avait certes plus rien à voir avec la psychothérapie, mais Rose voulait à tout prix venir en aide à Carl. Ne serait-ce, en définitive, que pour le tenir éloigné d'elle.

— C'est quoi, cette Torrexine ?

— En fait, je ne devrais pas vous en parler. D'autant moins que vous avez déjà touché aux drogues et que c'est une des raisons de votre présence ici, en thérapie.

— Allez, allez, je peux aller voir sur Internet si vous ne me le dites pas.

— Bon, d'accord. Dans les milieux spécialisés, on l'appelle la pilule de vérité. Elle lève les blocages psychiques, si bien qu'on peut parler librement de tout, sans être censuré par la conscience.

— Elle aurait quel effet sur moi ?

— Elle laisserait libre cours à vos sentiments envers votre mère et votre sœur décédée.

— Et ça servirait à quoi ?

— Vous pourriez tout dire sans devoir en avoir honte ultérieurement. C'est l'intérêt de la Torrexine. Vous vous débarrassez de tout et vous n'avez pas, ensuite, mauvaise conscience. Parfois, on obtient ainsi une percée thérapeutique.

— Et pourquoi n'utilise-t-on pas en permanence ce médicament miracle ?

— La Torrexine coûte cher. La prise se fait sur une base volontaire. On ne peut contraindre un patient. En outre, la plupart ne savent pas que ce produit existe. C'est vous, d'ailleurs, qui m'avez arraché cette information.

— À quoi ressemble cette pilule ?

— Changeons de sujet, voulez-vous ?

— À quoi ressemble cette pilule ?

— Vous avez des antécédents. Si vous êtes d'accord, je préférerais ne pas vous la montrer. Il vaut mieux changer de sujet et…

— Allez, allez, dit-il en avançant sur le bord du canapé. Montrez-moi cette merveille.

— Bon, sinon vous ne me laisserez pas en paix.

Rose alla ouvrir l'armoire aux médicaments fermée à clé et tendit à Carl une boîte de Torrexine.

Il l'examina. *Dix cachets dosés à 300 mg, agent actif : acide méthodoxique. À effets immédiats. Un cachet par semaine au maximum. À proscrire en cas de grossesse !*

Il sortit la plaquette contenant les comprimés, de petites pilules bleu clair. Sept avaient déjà été utilisées.

— Eh bien, madame le docteur, vous avez déjà fourni de la drogue à un paquet de patients !

— La Torrexine n'est pas une drogue. Elle est souvent utile.

— Il manque la notice, constata-t-il.

— Il n'y en a pas. Vous ne pouvez pas acheter la Torrexine en pharmacie comme un laxatif.

Il défit une pilule de la plaquette.

— Vous n'avez pas le droit ! s'exclama Rose en essayant de reprendre la boîte, mais Carl la cacha derrière son dos. Rendez-moi cette pilule, immédiatement !

— Oh, oh, oh... pourquoi un tel énervement, madame ? Je ne vous connaissais pas sous ce jour-là, dit Carl avec un sourire malicieux, puis, tournant le cachet entre ses doigts : Quel effet aurait cette pilule sur moi ?

— Aucun. Vous avez déjà l'expérience des drogues dures et, dans ce cas, la Torrexine n'a pas d'effet.

— Vous mentez !

— Non, ce serait comme donner une demi-aspirine à quelqu'un atteint de céphalées de Horton.

— Alors, ça ne risque rien..., dit Carl en mettant la pilule dans sa bouche et en l'avalant avec une gorgée d'eau.

— Bon Dieu de bon Dieu ! s'emporta Rose. Mais qu'est-ce que vous croyez ? Un comprimé coûte à lui seul cinquante euros !

— Mettez-les sur votre note d'honoraires pour le tribunal.

Rose ferma un instant les yeux pour essayer de se calmer.

— Rendez-moi la boîte.

Il la lui fit passer par-dessus le bureau et elle la rangea dans la poche de son gilet.

— Allez-y, posez-moi une question !

— Pourquoi avez-vous fait cela ? demanda-t-elle, furieuse.

— Non, une question sérieuse !

— Pourquoi avez-vous fait ça ? répéta-t-elle.

— Pour vous prouver que vous mentez et que ce comprimé fonctionne chez moi comme chez les autres patients ! Je suis désintoxiqué !

— Eh bien, parlez-moi donc de votre sœur.

— Ça, je ne veux pas. D'ailleurs cette paumée n'était pas ma sœur !

— Si ! Elle était votre sœur. Par le sang.

— Non, je ne la connaissais même pas.

— Vous sentez-vous responsable de sa mort ?

— Quoi ? s'écria-t-il. Elle est morte avant que je sois né !

— Vous sentez-vous responsable de sa mort ? répéta Rose.

— C'est des conneries ! dit-il en serrant les poings.

— Avez-vous l'impression que, si Maria n'était pas morte, vous ne seriez peut-être pas venu au monde ?

— Qu'est-ce que signifie cette ânerie ?

Les veines du cou de Carl commençaient à se gonfler.

— Vos parents ne voulaient peut-être qu'*un* enfant. Il fallait que Maria meure pour que vous puissiez venir au monde ?

Carl bondit.

— Si la mioche est morte noyée dans un étang, ce n'est tout de même pas de ma faute !

Il avala le reste d'eau d'un trait et reposa le verre les doigts tremblants.

Rose continua à respirer calmement sans laisser paraître sa surprise. C'est à dessein qu'elle posa à voix basse la question suivante.

— Votre mère n'a jamais surmonté la mort de Maria, n'est-ce pas ?

— La petite Maria était si pure et si innocente, dit-il d'un ton railleur. C'est comme ça qu'elle est restée dans le souvenir de tout le monde. Si la petite était encore vivante, elle aurait aujourd'hui des piercings, des tatouages, elle se ferait sans doute des piqûres d'héroïne dans une arrière-cour dégueulasse et elle aurait avorté plus souvent que tante Lore.

Rose ne put s'empêcher de penser à l'image d'une colombe blanche, l'incarnation de l'agressivité de Carl.

— Maria était donc pour votre mère un être sacré. Vous portez son nom.

— Je ne porte pas son nom ! Personne ne m'appelle comme ça.

— Le nom vit en vous, en tant que Carl Maria Boni, un morceau de votre sœur.

— Non, putain ! hurla-t-il. Je suis un garçon, *un garçon*, nom de Dieu ! Vous pouvez m'appeler mille fois comme ça, je n'ai rien de commun avec cette connasse, même si ma mère la pleure aujourd'hui encore. Je suis son *fils* !

Rose se leva et passa derrière le canapé. Elle posa un instant la main sur l'épaule de Carl, geste qui était un interdit absolu, mais, en cet instant, elle ne put faire autrement. Elle sentit Carl pencher la tête et lui toucher le bras. Elle lui caressa légèrement l'épaule comme pour dénouer la tension en lui, puis elle se rassit à son bureau.

— Calmez-vous, Carl. (Elle jeta un œil au dictaphone.) Respirez à fond.

— Je ne peux pas… je ne peux pas…, bégaya-t-il en se mettant à pleurer. Ce cachet de merde !

Elle lui tendit un mouchoir.

— L'effet va bientôt passer.

Le dictaphone était toujours en marche. Il fallait veiller à ce que personne de la commission d'éthique n'entende parler de cet enregistrement. Heureusement, aucun de ses membres n'assistait à cette séance. Son autorisation d'exercer la psychothérapie lui aurait été retirée sur-le-champ.

Elle attendit une minute que Carl eût retrouvé une respiration normale.

— Maria a désobéi aux recommandations de votre mère, n'est-ce pas ?

— Je ne sais pas, soupira-t-il.

— Elle n'avait pas été sage, elle est allée jusqu'à l'étang et s'est noyée, supposa Rose. La plus grande peur des parents est de perdre leur enfant.

Elle le savait désormais par sa propre expérience.

— Cette peur peut être si forte qu'ils préféreraient enfermer leurs enfants dans une cage plutôt que de les exposer à une blessure.

Carl essuya ses larmes.

— Je sais ce que vous voulez me dire, mais ma mère n'avait pas peur pour moi. Au contraire ! Elle se fichait que mon père me batte.

— Non, votre mère avait pour vous une peur bleue. Elle menaçait même d'abandonner la famille s'il devait vous arriver quelque chose. Chacun se débrouille comme il peut avec ses craintes. La peur paralysante de revivre le même traumatisme a poussé votre mère à avoir des relations avec d'autres hommes. Et votre père n'est pas parvenu à prendre un nouveau départ malgré des déménagements. Ce n'étaient pas les hommes de Vienne, de Cologne, de Leipzig ou de je ne sais où qui étaient responsables de la situation de votre mère. C'est en *elle* qu'était le problème. Elle l'emmenait avec elle dans chacune des villes nouvelles.

— Mais tout ça est bourré de contradictions !

— Pas du tout. Votre mère n'aurait pas supporté de perdre encore un enfant. Sa peur était si grande qu'elle aurait même préféré abandonner sa famille. Comme votre père idolâtrait votre mère…

— … il me battait jour après jour ? demanda Carl sur un ton cynique.

— Afin que vous soyez un garçon sage, obéissant aux ordres de votre mère.

Pour le moment, il refusait de comprendre. De nombreuses séances seraient encore nécessaires pour qu'il admette que ses accès de colère étaient dirigés contre sa sœur morte, à qui il attribuait la responsabilité de la rude éducation infligée par son père. Il haïssait les femmes… sa tante, une bigote hypocrite, sa mère et surtout sa sœur. Jusqu'ici, ses agressions n'étaient pas allées plus loin que – dans deux cas – des blessures physiques sur des jeunes femmes à qui il faisait des avances. Ses tendances au harcèlement s'expliquaient très vraisemblablement par son besoin de sécurité et de reconnaissance. Faible consolation pour les tourments de son enfance.

— Je crois que l'effet du comprimé est maintenant terminé, dit Rose. Il est l'heure de toute façon, mais vous pouvez rester assis un moment.

— Merci, mais je crois que je peux conduire.

Il se leva.

— Et ne me redonnez jamais cette saloperie de truc ! ajouta-t-il en prenant son animal en peluche et en le fourrant de manière démonstrative dans sa poche, comme pour la punir par ce geste de désamour.

— D'accord, je suis désolée.

Inutile de discuter, de lui faire remarquer qu'il avait avalé le comprimé alors qu'elle le lui interdisait. Il avait besoin de tenir quelqu'un pour responsable de son débordement affectif, et elle ne voyait pas d'inconvénient à jouer à cet égard le rôle de bouc émissaire.

Carl se dirigea vers la porte.

— Monsieur Boni, nous ne devrions pas laisser trop de temps s'écouler d'ici la prochaine séance.

Il expira profondément.

— Ma mère est en soins intensifs. Je ne sais pas si j'aurai le temps dans les jours qui viennent.

— Je comprends. Vendredi prochain, est-ce que cela vous irait ?

— J'ai besoin de temps pour ma mère. Je vous appellerai.

— Oui, bien sûr, dit Rose en repoussant son carnet de rendez-vous. Ç'a été une séance très lourde, aujourd'hui. Laissez les informations se tasser durant quelques jours. C'est votre subconscient qui va travailler à votre place.

Il acquiesça et prit la porte.

Elle n'avait même pas menti en disant ces derniers mots. La mort de sa sœur dans un étang de la région marécageuse de la Lobau, à proximité de Vienne – décès qu'elle avait appris dans les archives municipales – n'était certes pas quelque chose de nouveau pour Carl, mais il l'avait refoulé jusqu'ici. Maintenant, le souvenir avait jailli et il en avait parlé, sans doute pour la première fois de sa vie. Même s'il ne voulait toujours pas voir là l'origine de ses problèmes.

Rose étreignit dans la poche de son gilet le paquet de Torrexine. Le truc – un placebo inoffensif sans aucun agent actif – avait fonctionné. Elle aurait tout aussi bien pu lui faire avaler un bonbon.

Elle espérait qu'il ne saurait jamais qu'elle l'avait roulé.

30

L'homme de la PJ de Vienne s'était présenté à eux comme étant Oliver Brandstätter, le partenaire de Kohler. Il conduisit Sneijder et Sabine jusqu'à la Marienplatz, et il gara la voiture de service à côté de celle du médecin légiste. Sabine, en descendant, jeta un regard sur le badge collé au pare-brise. C'était une certaine Dr Irene Nicinsky, de l'hôpital central de Vienne, qui s'occupait du cadavre dans les sous-sols.

Sneijder sortit lui aussi.

— J'ai horreur d'avoir raison. C'est comme une malédiction.

Pendant que Brandstätter apportait à ses collègues une valise du service anthropométrique, Sneijder se dirigea vers la Marienkirche, un bâtiment à la façade grise, chargée de fioritures. Six colonnes entouraient l'entrée, supportant un avant-toit pointu aux extrémités duquel trônaient des sculptures. Au-dessus, un vitrail d'environ sept mètres de haut. Le clocher se dressait, solitaire. Au-dessus du cadran de l'horloge, il n'y avait plus que le toit se terminant en pointe : il évoqua pour Sabine un chapeau de sorcière.

Des deux côtés de la rue, des rubans jaunes flottaient au vent. Des policiers avaient bouclé la place et installé des panneaux de déviation. Quelques-uns d'entre eux fouillaient les poubelles des bâtiments voisins. La cloche de l'église sonna deux heures. C'était l'après-midi et l'estomac de Sabine protestait, mais elle oublia sa faim à l'idée du spectacle qui l'attendait.

Kohler vint à leur rencontre. Malgré les nuages noirs s'accumulant au-dessus de l'église, il avait noué avec décontraction son anorak autour des hanches. Ses lunettes de soleil étaient posées sur ses cheveux courts. Comme Sneijder, il portait son arme de service dans un holster d'épaule. Le tricot de corps noir mettait en valeur ses biceps et découvrait une moitié de tatouage sur un bras. Sabine n'était pas fan de tatouages, la plupart lui paraissant laids ou ridicules.

— Carl a-t-il repris connaissance ? demanda Sneijder, avant que Kohler eût le temps de dire un mot.

— Les médecins ont été obligés de le plonger dans un coma artificiel.

Ensemble, ils se dirigèrent vers l'église.

— Un de mes hommes est auprès d'Ursula Zehetner, à l'hôpital. Il a confirmé son identité. Nos hommes sont en train de vérifier si elle connaissait Carl Boni, ce que nous présumons. Carl a fréquenté le jardin d'enfants catholique de la Leystrasse où elle travaillait dans le passé. Les dates concordent.

Il accrocha ses lunettes de soleil à l'encolure de son tricot et se passa la main dans les cheveux. Sabine remarqua alors que le tatouage représentait un griffon, le symbole du Wega, le commando spécial d'intervention de Vienne.

— Quoi ? s'étonna Kohler.

— Vous étiez au Wega ?

— Vous vous y connaissez dans le domaine des unités spéciales. Ça fait un bail !

— Je regrette de vous interrompre, dit Sneijder, mais vous avez dit que cette éducatrice de jardin d'enfants avait disparu depuis *sept* jours. Je suppose que quelqu'un de l'entourage d'Ursula Zehetner a été contacté par le ravisseur. Soyez bref, dit-il, dressant trois doigts. L'essentiel en trois phrases.

Kohler le foudroya du regard, semblant se demander ce qu'il convenait de raconter sur cette affaire. Il finit par se faire violence.

— Le mari d'Ursula a reçu un coup de fil le jour de sa disparition. Le message était bref : s'il trouvait en moins de quarante-huit heures pourquoi sa femme avait été enlevée, elle resterait en vie. Sinon, elle mourrait. Le mari a aussitôt alerté la police, mais le ravisseur a cessé tout contact.

— Normalement, la femme devrait être morte depuis longtemps. Or, elle est en vie, objecta Sabine.

— Mais ça entre bien dans le schéma du tueur, dit Sneijder. Elle devait mourir de faim. Mais nous lui avons coupé l'herbe sous les pieds. Quel indice le ravisseur a-t-il fourni à M. Zehetner ? Allez, accouchez !

Les sourcils de Kohler se rapprochèrent. Son regard s'assombrit.

— Une vieille assiette à soupe en porcelaine peinte. Comment êtes-vous au courant ?

— C'est mon boulot de savoir ce genre de choses, dit Sneijder en lançant à Sabine un rapide coup d'œil. Histoire numéro six, l'histoire de Gaspard à la Soupe, qui ne voulait pas manger sa soupe et qui est mort de faim.

Ils arrivèrent à la porte de l'église. Sneijder posa la main sur le lourd bouton de laiton, mais Kohler lui barra le passage.

— Écoutez-moi un instant, dit-il en tapotant la poitrine de Sneijder. Vous venez de faire du bon boulot, mais je ne suis pas obligé de vous laisser descendre. Je pourrais vous arrêter pour port d'arme, effraction, blessures et entraves à une enquête en cours. Mon supérieur n'est pas spécialement enchanté qu'un collègue allemand arrive à Vienne, mitraille avec un Glock et enfonce des portes de cave. Je veux simplement que ce soit clair.

Et il enleva son doigt de la poitrine de Sneijder. Celui-ci parut peu impressionné, à croire que ce n'était pas la première fois qu'on lui parlait ainsi.

— Mais, contrairement à votre patron, vous êtes capable de faire la différence entre bons et mauvais policiers ? demanda-t-il.

— Oui, c'est pourquoi je vous laisse entrer pour vous puissiez examiner le lieu du crime. Et ensuite vous m'expliquerez ce à quoi nous avons affaire ici.

— Une offre équitable, apprécia Sabine avec un regard suppliant en direction de Sneijder.

Celui-ci finit par acquiescer.

— Allons-y.

Ils entrèrent et longèrent un autel derrière lequel se dressait, au-dessous de la coupole, une statue de l'archange Michel. À côté de la sacristie, un étroit boyau aux marches de pierre s'enfonçait dans l'obscurité. Pendant qu'ils descendaient, Sabine expliqua les enlèvements, les meurtres, les cadeaux et les devinettes téléphoniques de Cologne, Munich, Dresde et Leipzig. Elle décrivit les lieux des crimes, les causes de la mort et indiqua les liens des victimes avec Carl Boni ainsi que le fil conducteur du tueur : les histoires de Struwwelpeter.

Kohler enfila son anorak. Il faisait sensiblement plus froid qu'en haut. Sabine pouvait voir la buée de son haleine. Heureusement qu'elle portait une polaire. Il flottait une odeur de chaux et de pourriture semblable à celle de l'immeuble délabré de Carl. Pourquoi Kohler les avait-il conduits ici ? Carl était certainement responsable aussi de cet assassinat. Il avait manifestement un faible non seulement pour les vieilles églises, mais aussi pour les murs en ruine. Des conduites apparentes couraient au plafond. Des douilles vides pendaient. Les ampoules avaient été enlevées depuis longtemps. De toute façon, il n'y avait plus de courant dans ce sous-sol. Les enquêteurs avaient installé des tambours de câble et des lampes. Les trois policiers passaient entre des piquets plantés dans le sol et reliés les uns aux autres par des cordons.

— Ne vous déplacez qu'à l'intérieur de cette piste, les prévint Kohler.

Sabine savait de quoi il retournait : les gars de l'anthropométrie avaient procédé à ce marquage afin que les enquêteurs ne détruisent pas d'éventuelles traces.

— Tout va bien ? demanda Sneijder en se tournant vers Sabine.

Elle fit signe que oui tout en resserrant les cordonnets de son pull. Il lui redressa son col d'un geste rapide, presque avec sollicitude, comme s'il avait décidé de la prendre sous son aile. Ce n'est malgré tout qu'un salopard, se dit-elle. Même s'il avait cessé de la traiter comme une enfant immature.

— Si l'assassin met en scène des histoires du livre de Struwwelpeter, dit Kohler, réfléchissant tout haut, alors il s'est manifestement inspiré ici de celle de Philippe le Surexcité.

Sabine sentit ses doigts se glacer.

— Qu'a-t-il fait à cette femme ?

— Il l'a emmurée vivante dans du béton.

Ils traversèrent une crypte où étaient empilés des cercueils de bois en pleine décomposition.

Kohler montra une niche.

— Le pasteur vient de nous expliquer que les cercueils des riches bourgeois et des nobles dataient de la peste de 1680 qui a presque privé Vienne de toute sa population.

La plupart des niches en pierre étaient murées. Dans une ouverture cintrée, on voyait deux brouettes, des seaux, des lattes de bois et des cercueils. Au-dessus de cet amoncellement, il y avait encore des truelles, des attaches de câbles et des sacs de ciment vides. Derrière, un tas de sable et une pile de briques rouges.

— Les restes des travaux de rénovation d'il y a une dizaine d'années, indiqua Kohler en montrant de la tête les matériaux.

— On n'a pas l'impression que les travaux de la voûte aient été terminés, remarqua Sabine en regardant le plafond fissuré.

— Si on n'avait rien entrepris, elle se serait effondrée et aurait entraîné avec elle l'église entière. Le bâtiment s'enfonce de plusieurs millimètres par an.

Au bas de l'escalier, un passage menait dans une petite pièce voûtée. La porte métallique était ouverte. Les policiers avaient fait sauter une lourde chaîne munie d'un cadenas. On entendait des voix à l'intérieur, on voyait la lueur des flashs.

Sneijder s'arrêta devant la porte et montra le cadenas.

— Le même que dans la cave de Carl.

Cet indice n'avait pas grande importance, mais, quoi qu'il en soit, c'était un élément de plus en défaveur de Carl Boni. Sabine regarda à l'intérieur, entre Kohler et Sneijder. L'espace mesurait environ quinze mètres carrés. Murs en briques rouges. Pas de crépi. Au milieu, un pilier de béton de deux mètres de haut, d'où émergeaient deux tuyaux en plastique dont les extrémités plongeaient dans des seaux en fer-blanc. Un palan équipé de cordes et de roues en bois était accroché au plafond. On ne sentait pas l'habituelle odeur douceâtre de putréfaction. En revanche, une abominable puanteur d'urine, de matières fécales et de vomi.

Des projecteurs ne laissaient pas un recoin dans l'ombre. Un paravent en papier d'aluminium réfléchissait la lumière. L'homme du service d'anthropométrie portait des gants en latex et des surchaussures bleues. Le bout de sa cravate était coincé entre les boutons d'une chemise que son ventre paraissait vouloir faire craquer. Sa corpulence était telle qu'il avait de la peine à se courber. Il était en train d'envelopper une truelle dans une feuille plastique qu'il numérota, puis il marqua d'un fanion le lieu où on l'avait trouvée. Ensuite, ayant photographié l'endroit en question, il posa la feuille plastique sur une montagne de feuilles semblables derrière lui, dans un coin.

— Truelle, pas d'empreintes, murmura-t-il dans un dictaphone. Taches de rouille, poignée vermoulue. Distance du cadavre… (Il s'interrompit pour lire le chiffre sur un mètre ruban posé par terre.) Deux mètres quarante. Numéro huit.

— Gludowatz, est-ce qu'on peut entrer ? cria Kohler depuis le couloir.

L'homme se redressa pesamment.

— Comment travailler ? râla-t-il. Dans la Triester Strasse, aux heures de pointe, il y a moins de trafic qu'ici. Ne touchez à rien ! Et enfilez ça ! dit-il en tendant à Kohler un paquet de plastique bleu.

Sabine aperçut alors une Rolex en or à son poignet.

Kohler attendit que l'homme soit sorti et leur ait laissé la place pour enfiler les surchaussures bleues. Puis il passa les autres à Sabine. Celle-ci donna les dernières à Sneijder.

— Votre collègue s'appelle Gludowatz ? chuchota Sabine une fois que l'homme ne fut plus à portée de voix.

— C'est pour ça qu'il porte une montre en or ?

— Il y a d'autres raisons.

Kohler prit dans la poche de son pantalon une boîte de crème mentholée. Sabine s'en passa sous le nez. Sneijder déclina l'offre.

— Je connais l'odeur des cadavres.

— Ce n'est pas à cause du cadavre, dit Kohler. La femme est morte il n'y a pas très longtemps. Prenez donc !

Sneijder s'exécuta à son tour. Puis ils entrèrent, Kohler le premier.

— Oh, pitié ! ne put s'empêcher de dire Sabine.

Kohler sourit tristement. Malgré la crème, la puanteur montant des seaux était insupportable. Sabine avait pourtant grandi dans une ferme bavaroise, parmi les vaches, les porcs et les poules.

Elle fit le tour du pilier en respectant les piquets de délimitation et en évitant la chaîne accrochée au plafond, à l'extrémité de laquelle était fixée un miroir qui n'appartenait certainement pas à l'équipement de l'homme de l'anthropométrie. Une trousse de médecin était posée, ouverte, sur le socle du pilier. La policière découvrit, derrière le socle, une femme en blouse blanche qui, armée d'un scalpel et de divers outils de diagnostic, se livrait à l'examen du cadavre. Ce travail ne pouvait être reporté : une fois que les techniciens auraient fraisé la gangue de béton pour libérer le corps, il serait recouvert d'une couche de poussière de ciment de plusieurs centimètres.

— Docteur Irene Nicinsky, dit Kohler.

— Exact ! répondit-elle sans lever les yeux.

Grande, le visage couvert de taches de rousseur, elle portait une longue natte blonde.

— Tu n'arrêtes pas d'amener des gens. On se croirait à Schönbrunn, pendant les visites guidées, remarqua-t-elle sèchement.

— Des collègues du BKA de Wiesbaden et de la PJ de Munich.

— Si tu le juges utile, dit-elle avant de se coincer entre les dents une petite lampe torche. Ton chef est certainement d'accord pour que tes visiteurs piétinent tout ici.

Sneijder, étonnamment, se garda de tout commentaire. Sabine se plaça à côté du médecin légiste pour mieux voir. À hauteur de tête, un visage émergeait du bloc de béton. Le rayon de la torche dansait sur les traits de la morte. La chair des pommettes était déjà boursouflée. Les yeux offraient un spectacle effrayant. Sabine eut une nausée et se détourna. Du coin de l'œil, elle vit Sneijder examiner chaque détail, comme fasciné par l'imagination et la perversité de Struwwelpeter.

— La femme est morte il y a environ vingt-quatre heures, trente tout au plus, expliqua le médecin. L'humidité accélère le processus de décomposition.

Sneijder s'approcha.

— Trente heures ? Vous êtes sûre à cent pour cent ?

Le médecin avait toujours la lampe entre les dents. Elle abaissa le rayon lumineux jusqu'à ce qu'il éclaire le contenu du seau à demi plein.

— Faites-vous votre propre opinion, et n'hésitez pas à y mettre la main. Les excréments les plus récents datent d'environ trente heures.

— Il faut trouver qui est cette femme, dit Sneijder.

— Nous le savons, s'immisça Kohler en montrant une cicatrice de deux centimètres et demi entre la lèvre inférieure et le menton du cadavre, une ancienne coupure.

— Quand vous m'avez annoncé ce matin votre venue à cause de Carl Boni, je me suis fait porter son dossier. Sa mère a disparu il y a deux mois.

Sabine eut du mal à encaisser.

— C'est elle ?

— Oui, Carmen Boni. La cicatrice nous a permis de l'identifier. En outre, le dossier du dentiste indique qu'elle a un bridge à la mâchoire inférieure gauche.

— Exact ! confirma le médecin, en éclairant avec sa lampe l'intérieur de la bouche et en écartant la langue à l'aide d'un laryngoscope. Excellent travail, probablement effectué en Allemagne de l'Est.

À ce qu'il parut à Sabine, la cavité buccale était couverte de sang séché. L'extrémité de la langue paraissait quasi détachée du reste.

— Elle n'est tout de même pas depuis deux mois dans ce bloc de béton ? s'étonna-t-elle.

— C'est tout ce qu'il y a de plus certain, répondit le médecin en éclairant, en guise de preuve, l'autre bout de la pièce où plusieurs seaux étaient alignés. Pour les excréments et l'urine. Elle absorbait essentiellement des aliments liquides, semble-t-il, et on lui donnait en plus des laxatifs.

Puis, observant la main de Sabine, elle ajouta :

— Vous devriez faire soigner cette morsure sans tarder.

— Ça va aller.

Sneijder regarda Kohler.

— Carl Boni est notre tueur. Enfermer quelqu'un de vivant dans du béton correspond à son mode opératoire. Par contre, la chronologie ne correspond pas à l'ordre des histoires dans le livre. Si on part de l'hypothèse que condamner sa monitrice à mourir de faim correspond à l'histoire de Gaspard à la Soupe et le meurtre de sa mère à celle de Philippe le Surexcité, il manque une histoire entre les deux.

— Celle du Suceur de Pouce, dit Sabine. La mère a interdit à son fils Conrad de sucer son pouce pendant son absence. Sinon, le tailleur viendrait avec ses ciseaux et lui couperait les pouces comme s'il s'agissait de papier.

Elle réfléchit un moment, puis :

— Soit il a déjà découpé sa prochaine victime avec des ciseaux, soit il ne respecte pas la chronologie.

— Ou alors il n'avait pas prévu qu'on découvre l'assassinat de sa mère dès à présent, comptant ne nous le faire découvrir qu'ultérieurement, réfléchit à son tour Sneijder. Quoi qu'il en soit, il n'y a pas de concordance chronologique…

— Vous êtes à la poursuite d'un type salement malade, intervint le médecin. Mais vous vous trompez sur un point : à strictement parler, cette femme n'a pas été assassinée.

— Défaillance organique ? supposa Sneijder. Est-elle déshydratée ?

— Elle s'est suicidée, répondit laconiquement le Dr Nicinsky.

Sneijder haussa un sourcil.

— Dans ce bloc de béton ?

Sabine pensa au sang dans la bouche de la femme.

— Je ne vois qu'un moyen d'y parvenir, dit-elle. Dans son désespoir, elle s'est coupé la langue au prix d'un effort surhumain et s'est étouffée dans son sang.

— Exact, dit le médecin. Une femme pleine d'imagination.

— Était-elle médecin ? s'enquit Sneijder.

— Infirmière et assistante en pathologie, répondit Kohler.

Ils restèrent silencieux un moment. Le médecin éteignit la torche.

— Pourquoi maintenant, au bout de deux mois ? murmura Kohler. Je ne tiendrais pas deux jours dans ce bloc sans disjoncter.

Totalement immobile et avec deux cathéters dans le corps, songea Sabine. *Elle est à coup sûr devenue folle*. Les traits du visage de la morte étaient dans l'obscurité. Sabine, regardant les yeux fixes, chercha à deviner quelles avaient été ses dernières pensées.

— C'est l'espoir qui meurt en dernier, chuchota-t-elle. Son propre fils lui a volé deux mois de son existence et veut la tuer lentement. Il lui a sans doute donné quotidiennement à boire et plus rarement à manger. La seule possibilité de se débarrasser de lui et de mettre un terme à cette torture était la mort. Elle n'avait pas le choix.

Elle ferma les yeux un instant. Elle fut sur le point de pleurer. C'était absolument dément ! Pourquoi la femme n'avait-elle pas tenu quelques jours de plus ?

— Vous êtes bonne, la félicita Sneijder.

Sabine éloigna d'elle cette pensée. Elle se fichait d'être assez bonne pour suivre un fou dans son raisonnement. Elle voulait savoir pour quelle raison il avait introduit un tuyau dans la gorge de sa mère, lui avait fait ingurgiter deux litres d'encre avant de jouer à l'orgue un morceau de

Bach, tandis que, ligotée, elle luttait désespérément pour avaler un peu d'air et qu'elle mourait de manière horrible, étouffée par le liquide entré dans ses poumons. Alors que la seule erreur de sa mère avait été de s'installer à Cologne et de faire la classe à Carl Boni. Pourquoi ce salopard n'avait-il pas choisi quelqu'un d'autre ? Le concierge, la femme de ménage ou le professeur de gymnastique ? Quel homme était donc ce Boni ?

Le spectacle de cette femme morte la plongea dans une colère noire. Si Sneijder n'avait pas tiré sur Carl, elle l'aurait volontiers jeté elle-même par la fenêtre. Elle aurait aimé, à l'hôpital, lui retirer le masque respiratoire et le regarder crever. Ses mains se mirent à trembler. *Mon Dieu, ressaisis-toi !* Elle serra les poings et sentit un froid glacial à l'intérieur de son corps.

— Vous êtes psychologue médico-légal, pourquoi ce fou furieux agit-il ainsi ?

Sneijder la regarda avec tristesse.

— La vérité, c'est que nous ne le savons pas exactement, répondit-il, puis, regardant le pilier de béton : Peut-être que Carl Boni ne sait pas encore que sa mère s'est suicidée et que nous avons retrouvé son cadavre.

— Et quand bien même ? s'étonna Sabine qui ne comprenait pas où il voulait en venir, Carl étant en effet plongé dans un sommeil artificiel.

— Sortons, proposa Sneijder. J'ai une idée, mais elle ne peut marcher que si nous agissons rapidement.

31

Tandis qu'ils remontaient l'étroit escalier, Sneijder entreprit Kohler :

— À quelle heure les journaux bouclent-ils leur édition du soir ?

— Dans une heure environ, répondit celui-ci en regardant sa montre.

— Parfait, constata Sneijder en grimpant les marches deux à deux. Carmen Boni était veuve. Avait-elle d'autres proches à part son fils ?

— À ma connaissance, non. Après la mort de son mari, elle a eu un compagnon, de plusieurs années son aîné. Un peintre plus ou moins raté. Il est mort il y a six mois.

— Le fait qu'elle était seule pourrait nous être utile…, murmura Sneijder.

— Qu'avez-vous en tête ?

— Une méthode d'enquête proactive.

La grimace de Kohler exprima tout sauf la joie.

— Quelles fausses informations voulez-vous transmettre à la presse ?

— Que Carmen Boni est toujours vivante.

— À quoi cela nous servirait ? Et puis nous n'arriverons pas à faire passer ça.

Sneijder rentra la tête dans les épaules pour se faufiler par la porte donnant dans la nef.

— Nous tenons certes Carl Boni, mais regardez un peu le lieu du crime. Imaginez le temps que ça lui réclamait, la logistique indispensable. Peut-être a-t-il un complice.

— Qui se baladerait encore dans la nature et continuerait à tuer ? Allons, allons !

— Êtes-vous prêt à courir ce risque ?

Kohler ne répondit pas.

— Réfléchissez un peu : nous avons un trou dans la chronologie des histoires. En outre, les assassinats ne correspondent pas à l'ordre des récits du livre. Tout ça ne tourne pas rond à mon goût. Il nous manque trop de détails pour que nous puissions nous faire une image globale.

Sabine vit littéralement travailler les méninges de Kohler tandis qu'il hésitait.

— Si vous espérez, par ce bobard, pousser un éventuel complice à sortir de sa réserve et lui voir commettre une erreur, ça pourrait aussi sacrément mal tourner.

— L'éducatrice est certes en vie, mais il n'avait plus aucun contact avec elle depuis dix-sept ans, poursuivit Sneijder en levant la main. Ce n'est pas le cas de la mère. Elle est restée deux mois entre ses mains. Réfléchissez : à supposer que Carmen Boni soit en vie, sous accompagnement psychiatrique, elle pourrait nous donner une description du complice.

— Il y a du vrai là-dedans, approuva Sabine.

— Vous n'avez aucune idée des relations qui existent ici entre la police et la presse. Ça ne marchera pas ! Les journalistes ne sont pas des idiots. Ils vont vendre la mèche ! Et mon supérieur ne va pas approuver ce procédé.

Sneijder s'emporta.

— Qui dirige l'enquête, bordel ? Vous ou un type derrière son bureau pour qui les victimes ne sont que des chiffres dans des statistiques ?

— Je vous conseille de la fermer ! gueula Kohler.

Ils sortirent sur la Marienplatz. Des nuages sombres s'accumulaient. Le tonnerre se rapprochait. Il faisait toujours très lourd. Kohler avait le cou ruisselant de sueur. Il enleva son anorak et le noua de nouveau autour de sa taille. Il prit une profonde inspiration, comme s'il souhaitait que la pluie se mette enfin à tomber.

L'équipe des techniciens de la police franchit à ce moment-là le barrage improvisé et entra dans l'église. Dès que le Dr Nicinsky et les gens de l'anthropométrie auraient fini leur travail, ils découperaient le bloc de béton et transporteraient le cadavre au service de pathologie. Derrière le barrage se pressaient une dizaine de journalistes. Quand les ouvriers, armés de fraiseuses, se dirigèrent vers l'église, les flashs crépitèrent en un véritable feu d'artifice.

Sneijder loucha en direction des reporters.

— Ils n'ont encore aucune idée de ce qui se passe ici. Ils vont de toute façon inventer une histoire qui sera sous presse dans une heure. C'est le moment ou jamais de leur raconter un bobard.

Kohler ne réagit pas.

— *Gottverdomme !* J'y vais.

Instinctivement, la main de Kohler se glissa jusqu'à son holster.

— Dans ce cas, il faut que je vous arrête !

— Écoutez-moi, s'il vous plaît, dit Sabine de sa voix la plus douce.

Kohler tourna les yeux vers elle.

— Il n'était certainement pas prévu que Carmen Boni se suicide et que nous trouvions si rapidement son cadavre. Si Carl a effectivement un complice, le fait que sa mère soit en vie et qu'elle puisse nous dévoiler son identité serait de nature à lui faire perdre les pédales, argumenta Sabine, tout en suppliant Sneijder du regard.

Celui-ci renchérit avec autant de calme qu'elle :

— Les sadiques et les psychopathes sont des organisateurs exceptionnels et savent manipuler les autres à la perfection. Les gens qui ont une démarche structurée veulent atteindre un objectif. Le pire qui puisse leur arriver, c'est que, par l'effet du hasard, il se produise le contraire de ce qu'ils avaient prévu.

Kohler lâcha son arme.

— Comment pourrions-nous connaître la manière dont le complice réagira ?

— Les pires erreurs, on les commet quand on veut en réparer une première, dit Sneijder. Le complice va essayer d'effacer ses traces. Peut-être qu'il se montrera à l'hôpital.

— Même si je vous écoutais et agissais sans l'accord de mon supérieur, la presse ne me croirait pas. Jamais je n'ai donné une information à ces vautours. Pourquoi le ferais-je maintenant ?

— Ce n'est pas comme ça que ça marche, objecta Sneijder en ne quittant pas les journalistes des yeux. Il faudrait qu'un collègue corrompu vende l'information sous le manteau à un seul de ces connards de journalistes.

Kohler haussa les sourcils.

— Ça pourrait marcher.

L'obèse du service anthropométrique, qui passait à côté d'eux, s'arrêta et sortit des surchaussures bleues de sa poche.

— J'espère que ce n'est pas vous qui avez laissé traîner vos ordures en bas.

— Gludowatz, dit Kohler avec tact, tu ne voudrais pas te payer une nouvelle Rolex ?

Cette fois, c'était Sneijder qui était à la place du passager quand ils partirent pour le commissariat dans la voiture de Kohler. Sabine n'en était pas vexée, bien au contraire. Elle était heureuse que les deux hommes, cessant de se comporter comme des matous se disputant un territoire, acceptent de collaborer. Elle savait d'expérience combien il était difficile de s'entendre avec le Néerlandais.

Kohler jeta un bref regard dans la direction de Sneijder. Il avait remarqué que celui-ci s'enfonçait un ongle dans le dos de la main.

— Vous avez mal ?

— Mon crâne est sur le point d'éclater, répondit Sneijder en s'essuyant la sueur du front.

Il regarda par la vitre et se massa tour à tour les endroits douloureux.

— Nous avions pensé jusqu'ici que tout avait commencé début avril, à Cologne, par l'assassinat de Waltraud Nesselberger. Faux ! Carl Boni a commencé dès fin mars à planifier son affaire et il a choisi sa mère comme première victime. Il comptait certainement nous la présenter comme cadavre numéro six, après la mort de son éducatrice du jardin d'enfants.

Sabine se pencha en avant.

— Quel jour la disparition de sa mère a-t-elle été annoncée ?

— On suppose qu'elle a été enlevée le 20 mars au soir.

— De nouveau le 20 d'un mois, murmura-t-elle.

Tout concordait.

Sneijder se retourna vers elle.

— Bon travail, Écureuil.

— Écureuil ? s'étonna Kohler.

— Empressez-vous d'oublier ça, dit Sabine.

Quel idiot ce Sneijder tout de même ! De nouveau elle aurait aimé rentrer sous terre.

— C'est elle qui s'est aperçue que Carl Boni enlevait ses victimes le 6 ou le 20 d'un mois, expliqua Sneijder. Des dates magiques. Carl est né un 6 novembre et son père est mort un 20 décembre, dit-il regardant à nouveau par la vitre latérale. Tout ce cirque démentiel a commencé avec l'enlèvement de Carmen Boni. Mais cette démarche de Struwwelpeter n'entre pas dans le schéma général…

Sneijder parut alors poursuivre un monologue intérieur.

— Il retient sa mère prisonnière dans un pilier de béton pendant une durée assez longue afin de la faire sombrer dans la folie. Mais il n'en a informé personne. Pas de coup de fil, pas de devinette, pas d'indice, pas de cadeau. Qu'est-ce qui lui a valu ce statut particulier ?

— Il ne voulait manifestement pas lui laisser la moindre chance d'être sauvée, suggéra Sabine.

— Voilà le nœud de l'affaire, s'écria Sneijder en regardant devant lui. Comment réagirait-il si quelqu'un trouvait la réponse à la devinette en moins de quarante-huit heures ? Prendrait-il réellement le risque de laisser sa victime en vie ? (Il se tourna vers Kohler.) Nous devons passer au crible toute l'existence de Carl Boni. Tous ses contacts.

— Vous croyez que nous nous tournons les pouces ? grogna Kohler, tandis qu'il traversait une place que bordait un bâtiment moderne, tout en vitres, et se dirigeait vers l'entrée du parking souterrain. En ce moment, en dehors de moi, cinq collègues sont sur l'affaire. Nous avons déjà un dossier complet le concernant dans notre bureau.

Le médecin de service du commissariat avait désinfecté et pansé la morsure à la main de Sabine qui, assise avec Sneijder dans la cantine du BKA de Vienne, mangeait une roulade de chou tiédasse, baignant littéralement dans la sauce. Elle l'accompagnait d'un Coca Light. Elle avait goûté puis superbement ignoré le café homéopathique délivré par le distributeur automatique. Kohler leur avait fait porter leurs bagages. La valise de Sabine était appuyée contre l'appui de la fenêtre. De temps à autre, elle regardait la place Josef-Holaubek, tandis que ses pensées revenaient sans cesse à sa sœur et à ses parents. Comment allaient Monika et ses fillettes ? Et son père ? Un point la préoccupait tout particulièrement : jusqu'ici, elle n'avait pas éprouvé de véritable affliction à propos de sa mère. *Pourquoi ne pleures-tu pas ? Est-ce que tu ne devrais pas te sentir beaucoup plus mal ? N'aimais-tu donc pas ta mère ? Es-tu une mauvaise fille ?*

Un cliquetis sur un clavier l'arracha à ses pensées. Sneijder avait ouvert sa valise rouge pour en sortir son ordinateur. Il avait planté six longues aiguilles dans les points d'acupuncture de ses mains. On aurait dit un porc-épic tapant à la machine. Il avait aussi demandé un thé à la vanille, mais on lui avait apporté une camomille. Il n'avait pas besoin de manger, ce qui, vu sa maigreur, n'étonna guère Sabine.

— J'ai envoyé au BKA de Wiesbaden un court rapport, expliquant que les quatre assassinats d'Allemagne sont liés entre eux ainsi qu'avec les meurtres intervenus en Autriche, qu'un suspect a été arrêté et que nous sommes en train d'éclaircir l'affaire, dit-il. Au fait, votre père sera relâché dans la journée.

— Merci.

Sabine regarda son portable. Pas de nouvelle. Son ex-beau-frère aurait au moins pu l'appeler. Mais peut-être ne savait-il encore rien.

Dans la valise ouverte de Sneijder, elle vit quelques livres posés sur un costume et des cravates. Des biographies au dos plié. Le butin de ses récentes visites aux librairies Haital. Elle garda pour elle ses sentiments. Un jour, il se ferait attraper en flagrant délit et sa haine du groupe de distribution des livres grandirait encore. C'était devenu obsessionnel et il avait un besoin urgent d'aide. Mais il n'en accepterait pas – de personne.

Ce n'était d'ailleurs pas le seul domaine où il avait besoin d'aide, constata-t-elle en le voyant porter à ses lèvres une cigarette qu'il venait de se rouler. L'odeur douceâtre de l'herbe envahit la cantine. Mais Sabine avait trop de préoccupations en tête pour se tracasser à ce sujet.

Depuis une dizaine de minutes, ils entendaient des vociférations de l'autre côté des minces cloisons. Peu après, Kohler entra dans la pièce, l'air abattu, un dossier sous le bras.

— J'arrive de…

Comme frappé par la foudre, il s'arrêta net, fronçant le nez.

— Vous êtes fou ou quoi ? s'écria-t-il, courant à la fenêtre qu'il ouvrit énergiquement. Éteignez ce truc. Vous pouvez kiffer dans votre chambre d'hôtel, mais pas ici. Putain, mon patron vient déjà de me sonner les cloches à cause de vous ! De toute façon, quand il aura entre les mains l'édition du soir, nous serons dans la panade, ajouta-t-il en agitant le dossier comme pour aérer la pièce.

Sneijder écrasa sa cigarette et leva des yeux las.

— C'est le dossier de Carl ? Je peux ?

— Non, fulmina Kohler qui s'assit à côté de Sabine et posa le bras sur le classeur.

— Nous savons à présent qu'Ursula Zehetner a effectivement été l'éducatrice de Carl au jardin d'enfants. Je crois que nous avons progressé, mais le délire continue. Sneijder ferma son portable et se tourna vers eux.

— Laissez-moi deviner. Le chaînon manquant ?

— Exactement. Il y a six mois, Carl Boni a été condamné à trois ans de prison avec sursis pour harcèlement, possession de cocaïne, et comportement agressif à l'égard des femmes. En réalité, le tribunal l'a obligé à suivre une thérapie. Sa thérapeute est le Dr Rose Harmann.

— Il faut parler à cette personne, proposa Sabine.

Sneijder grimaça comme s'il pressentait le pire.

— Elle a été enlevée dans son appartement il y a plus de quarante-huit heures, dit Kohler.

— *Vervloekt !* ne put s'empêcher de jurer Sneijder. Alors elle n'est plus en vie.

— Possible. À vrai dire, personne n'a reçu d'appel téléphonique, de devinette ou de cadeau du ravisseur, comme ce fut le cas pour Ursula et les victimes allemandes…

— Ou, du moins, on n'en sait rien pour l'instant, précisa Sneijder.

Kohler se mordit la lèvre inférieure.

— Vous savez quelque chose d'autre ! insista Sneijder.

C'est pire que ça, songea Sabine. Kohler avait l'air de se faire un souci du diable.

— Mon ex-compagne pourrait être mêlée à l'affaire, murmura-t-il, perdu dans ses pensées. Helen Berger, une psychothérapeute. Il y a trois ans, elle travaillait comme psychologue médico-légale pour la brigade criminelle. Ces derniers jours, elle m'a appelé deux fois à cause de Rose Harmann.

Sneijder bondit.

— Et ça ne vous a pas mis la puce à l'oreille ?

— On ne savait rien de Struwwelpeter, lui rétorqua Kohler, avant de se calmer aussitôt. Pour l'instant, Helen est notre seule piste pour retrouver le complice de Carl, mais pas moyen de lui mettre la main dessus.

Sneijder rangea son ordinateur dans sa valise qu'il referma.

— Au lieu de rester ici, nous devrions aller au cabinet du Dr Harmann, dit-il.

Ils traversèrent une nouvelle fois Vienne dans la voiture de Kohler, Sabine assise à l'arrière. Le cabinet du Dr Harmann était à Siebenhirten, un quartier du sud de la capitale. Il leur fallut passer par le centre-ville, affronter la circulation très dense.

— On ne peut pas aller plus vite ? s'inquiéta Sneijder.

— C'est le trafic de l'après-midi, grommela Kohler.

— Essayez d'appeler Helen Berger.

— Son portable ne répond pas.

— Peut-être vous a-t-elle envoyé un SMS ? insista Sneijder. Et vous ne l'avez pas parce que la boîte de votre portable antédiluvien déborde.

— Vous me faites chier ! protesta Kohler en sortant son portable, un très vieux modèle effectivement.

Il consulta le menu.

— Merde, faites gaffe devant vous !

— Oui, mais ce n'est pas la première fois que je fais ça, putain ! s'exclama Kohler tout en tapant quelque chose sur son portable.

Sabine se pencha entre les sièges et vit qu'il effaçait les messages les plus anciens. Au bout d'un petit moment, on entendit le bruit d'arrivée d'un SMS.

— C'est le message que j'ai envoyé de l'avion, commenta Sneijder d'un ton sec.

Les bips ne s'arrêtaient pas. Kohler paraissait être très demandé.

— Merde ! s'exclama-t-il. Un message d'Helen, aujourd'hui, peu avant 11 heures : C'est Carl Boni qui a enlevé Rose Harmann ! lut-il tout haut.

— Cette femme en a plus dans le crâne que vous, dit Sneijder avec un sourire forcé.

Ils ne dirent plus un mot le reste du trajet. Trois quarts d'heure plus tard, ils s'engagèrent dans une allée. Loin du centre-ville, il n'y avait plus de tours, mais des pavillons avec jardinets et haies de thuyas. Kohler s'arrêta devant un parc. Une épaisse couche de nuages noirs enveloppait Vienne comme un lourd manteau. Sabine n'en pouvait plus de cette chaleur humide qui s'accumulait sous la voûte nuageuse.

Sneijder descendit et alluma un joint. D'un regard froid, il examina les voitures garées devant la maison comme s'il stockait dans sa tête les numéros d'immatriculation. C'était sans doute un réflexe, une seconde nature. Puis il montra le bungalow du côté opposé.

— Le cabinet doit être là.

Sabine traversa elle aussi la rue, suivant le nuage de marijuana.

— Harmann travaille dans la Bachallee, murmura Sneijder.

Sabine pensa soudain au compositeur. Sans le commentaire de Sneijder, cette association d'idées ne lui serait pas venue.

— Qu'y a-t-il d'étrange là-dedans ? s'étonna Kohler en fermant la voiture.

— Bach ! s'écria le Néerlandais, comme si Kohler était bouché. Le père de Carl Boni était organiste liturgique, spécialisé dans les œuvres de Bach. Et son fils consulte une thérapeute dans la Bachallee.

— Ce dont il est question en l'occurrence, c'est du ruisseau[1] dans le parc qui est derrière nous.

— Et quand bien même, déclara Sneijder en tirant sur sa cigarette et en arborant son sourire de croquemort. Vous croyez sérieusement que Carl pensait à un ruisseau bucolique quand, devant cette maison, paniqué à l'idée que cette psy allait retourner tout son passé avec la grâce d'un bulldozer, il a aperçu cette plaque ?

Il examina la serrure.

— Plusieurs verrous de sécurité. C'est certainement pour ça qu'il l'a enlevée dans son appartement. Comment allons-nous entrer ?

— On pourrait attendre que le juge délivre un mandat de perquisition, déclara Kohler en ramassant un caillou dans le parterre de fleurs et en le lançant dans une fenêtre. Mais, vu les indices laissant penser à une effraction violente, il y a péril en la demeure et nous entrons sans mandat.

Il sortit un passe-partout de sa poche.

C'était donc ainsi que travaillait la PJ de Vienne !

— Vous savez vous servir de ce truc ? demanda Sneijder.

1. Ruisseau se dit *Bach* en allemand.

— Bien sûr. Éteignez votre poêle avant d'entrer !

Sabine s'approcha du policier viennois.

— Vous pourriez apprendre à mon collègue à s'en servir. Comme ça, il ne serait plus obligé d'enfoncer les portes à coups de pied.

Sneijder tira une longue bouffée et écrasa le mégot sous son talon.

— Écureuil, avant d'ouvrir les portes à coups de pied ou de casser des vitres, je m'assure, moi, que la porte n'est pas ouverte.

— Très drôle…

Kohler se tut quand la porte s'ouvrit sans qu'il y soit pour rien.

Elle n'avait pas été fermée à clé. Aussitôt Sneijder porta la main à son holster.

— Doucement les basses, chuchota Kohler, tout en sortant lui aussi son arme de service.

Ils entendaient une voix sourde, déformée à l'intérieur de la maison. Sabine en eut la chair de poule.

32

Assise sur le canapé, Helen venait d'écouter l'enregistrement de la dernière séance avec Rose Harmann, puis les monologues de Carl. La cassette n'était pas terminée, mais les bobines du magnétophone ne tournaient plus qu'au ralenti. La faiblesse des piles déformait la voix de Carl. On aurait cru entendre une pièce d'épouvante à la radio.

Helen n'arrivait toujours pas à comprendre. À quel jeu dément cette thérapeute s'était-elle livrée avec ce jeune homme ? Il n'existait pas de médicament du nom de Torrexine. Inventer un produit pharmaceutique et « l'administrer » à un patient relevait du suicide professionnel. Si ces documents tombaient entre les mains d'une commission d'éthique, c'en serait fini de la carrière de Rose ! Pourquoi avoir pris de tels risques ? Par simple orgueil ? Ou par peur que son patient ne l'agresse si elle n'arrivait pas à terminer à temps la thérapie ?

Tout confirmait son soupçon : c'était bien Carl qui avait enlevé la thérapeute. Elle en connaissait aussi la raison. Elle regarda l'heure. L'ultime délai expirerait dans trente minutes. Il ne restait donc à Rose qu'un seul doigt. À cette idée, la nausée la prit. Mais Rose était encore en vie, dans la mesure où Carl avait tenu parole. Il était temps d'appeler la boîte vocale pour au moins sauver la vie de cette femme, même si elle la détestait profondément.

Soudain, Dusty sursauta, les oreilles pointées vers la porte. Quelques secondes plus tard, une vitre explosa et un objet rebondit avec fracas sur le parquet. Helen se leva d'un bond. Les pensées se bousculèrent dans sa tête.

Carl est ici !

Il fallait trouver une cachette ou une arme ! Elle courut à la salle de bains et ouvrit l'armoire murale. Des brosses, du rouge à lèvres et des étuis pour lentilles de contact ! Elle fouilla en hâte les casiers, à la recherche de ciseaux ou d'une lime à ongles. Le crissement de la serrure la paralysa. Merde, elle aurait dû fermer à clé et laisser celle-ci dans la serrure ! Déjà la porte s'ouvrait.

Dusty partit en courant.

— Ici, siffla Helen, mais trop tard.

Plusieurs personnes entrèrent. Puis elle entendit une voix familière :

— Dusty, vieux brigand. Qu'est-ce que tu fais ici ? Où est ta maîtresse ?

Ben ? Helen soupira de soulagement et abaissa la lime.

— Helen ? cria Ben en se précipitant dans la salle de bains, suivi d'un homme de grande taille, chauve et blafard, un pistolet à la main lui aussi.

— Baissez votre arme ! dit Ben à son collègue quand il aperçut Helen. Tout va bien ?

Helen acquiesça.

— C'est toi qui as brisé la vitre ?

— Un accident.

Ben portait un anorak noir. Ses cheveux étaient aussi blonds qu'avant, mais plus courts. Tandis qu'il s'avançait vers elle, le chauve et une jeune femme d'allure sportive, une mèche argentée dans les cheveux, inspectaient les autres pièces. Ben remit son arme dans le holster et montra la lime.

— Fais attention ! Lâche ça !

Helen la laissa tomber dans le lavabo et, tremblant encore, serra les poings.

— Qu'est-ce que tu fiches ici ?

— Tu es à bout de nerfs, dit-il en faisant un pas vers elle.

Un instant, elle crut qu'il allait la prendre dans ses bras, mais il hésita.

— J'étais inquiet. Ton portable est éteint.

— C'était pour travailler sans être dérangée.

— Tu cherchais à savoir pourquoi Rose Harmann a été enlevée ?

Elle fit signe que oui. Dusty vint se glisser entre eux et frotta son museau contre la jambe de Ben. Soudain, il regarda la porte en grondant.

Le chauve entra dans la salle de consultation, suivi de la jeune femme. Il aborda Helen sans détour.

— Je m'appelle Maarten S. Sneijder, du BKA de Wiesbaden. Je suis analyste. Voici ma collègue Sabine Nemez. Nous... (Il recula d'un pas.) Pourriez-vous tenir le cabot en laisse ?

Il parlait avec un accent néerlandais. Dusty lui montrait les dents, comme s'il allait lui sauter dessus d'un moment à l'autre.

— Dusty, arrête, ordonna Helen.

Le terrier se tut mais ne quitta pas Sneijder des yeux. Sabine Nemez hocha brièvement la tête à l'intention d'Helen, indiquant par sa mine qu'elle était gênée du comportement de son collègue.

— Je sais que vous avez travaillé comme psychologue médico-légale, reprit Sneijder. Aussi épargnez-moi, je vous prie, les bavardages psycho-machinchose. Tenez-vous-en aux faits ! Le ravisseur a-t-il pris contact avec vous ?

Quel butor ! Il avait de la chance qu'elle n'ait plus la lime en main…

— Oui, murmura-t-elle.

— Quand pour la première fois ?

— Lundi matin, entre 8 et 9 heures.

— Il y a cinquante-six heures. Alors Rose Harmann est déjà morte.

— Non. Ce matin, j'ai négocié un délai de huit heures supplémentaires. Il expire dans trente minutes, à 17 heures.

Sneijder haussa les sourcils d'étonnement.

— Le tueur accepte de négocier ?

— Quel tueur ? demanda Helen qui n'avait jusqu'ici entendu parler que d'un enlèvement.

— Vous êtes incontestablement une femme intelligente. Arrangez-vous pour nous résumer en une minute, en trois phrases, les tenants et les aboutissants, dit Sneijder en contemplant les documents et les cassettes qui jonchaient le sol.

Helen tremblait de rage contenue. Le compliment du Néerlandais avait tout du coup de griffe ironique.

— Sinon ? demanda-t-elle.

— Vous me faites perdre mon temps. Trois phrases, répéta-t-il, trois doigts dressés.

Helen lui montra à son tour un doigt, le majeur.

— J'ai dû me tromper sur votre compte, dit-il sans se formaliser.

— J'espère que vous avez une bonne thérapeute !

Sabine s'approcha d'elle et lui lança un regard d'excuse et implorant tout à la fois.

— Je vous en prie !

— Alors, expliquez-moi ce qui se passe, répliqua Helen. J'ignore de quel tueur il s'agit. Il ne nous reste que trente minutes pour sauver Rose Harmann.

Sans attendre l'accord de son collègue, Sabine se mit à raconter :

— Nous supposons que Carl Boni est un tueur en série…

En quelques minutes, Helen apprit ainsi que Carl avait enlevé six femmes à Cologne, Munich, Leipzig, Dresde et Vienne et qu'il en avait tué cinq. Après chaque enlèvement, il prenait contact avec quelqu'un de l'entourage de la victime, envoyait un indice et lui laissait quarante-huit heures pour découvrir la raison de l'enlèvement, à moins que la police ne soit informée avant la fin du délai. Ensuite, il tuait les femmes en s'inspirant librement des histoires du livre pour enfants *Struwwelpeter*.

— … et le docteur Harmann est sa septième victime, pour l'heure la dernière, dit Sabine en conclusion.

Struwwelpeter ! Helen connaissait le livre. Il n'en avait pas été question une seule fois dans les enregistrements, mais il devait être à l'origine des tortures infligées à Carl par son père. *Cinq assassinats en aussi peu de temps !* Il lui fallait d'abord assimiler tout ça. Des dizaines de questions lui vinrent à l'esprit.

— Où Carl a-t-il pris le temps de mettre en scène ces meurtres en deux mois seulement ?

— Il a abandonné son travail de mécanicien auto, répondit Sneijder.

— Et d'où tire-t-il l'argent pour ses deux mois de campagne de vengeance ?

— Nous l'ignorons, dit Sneijder, le visage de marbre.

— Cette fois, c'est l'histoire du Suceur de Pouce qui l'inspire, confia Helen. Il sectionne les doigts du

Dr Harmann, vraisemblablement avec un sécateur émoussé.

Sneijder se rapprocha d'elle.

— Racontez. Tout ce que vous savez sur lui, lui intima-t-il d'une voix ayant perdu un peu de son arrogance.

Helen regarda sa montre. Plus que quinze minutes. Elle s'assit sur le canapé. Dusty la rejoignit.

— La mère de Carl est tombée enceinte pour la première fois à dix-sept ans. Cinq ans plus tard, un 6 août, elle a perdu l'enfant. La petite Maria, ignorant ses recommandations, a couru jusqu'à un étang où elle s'est noyée. La mère ne s'en est jamais remise. Rongée par le remords, elle s'est réfugiée dans diverses aventures, dans l'espoir que son mari la répudierait. Mais il n'en a rien fait. Elle est ensuite tombée enceinte de Carl, mais n'a pu résister à la peur de le perdre lui aussi. Elle menaçait d'abandonner la famille. Sur quoi le père a dressé le fils, le soumettant à une obéissance absolue. Son martyre a commencé à Vienne et s'est poursuivi dans les autres villes.

— Pour quelle raison tue-t-il toutes les femmes avec qui, enfant puis adolescent, il a été en contact ? demanda Ben.

Pour qui avait écouté les cassettes, la réponse tombait sous le sens.

— Elles servent de substituts à sa sœur qu'il n'a jamais connue, mais qu'il hait.

— Et pourquoi enlève-t-il sa thérapeute ?

Elle prit enfin conscience que Carl Boni ne se contentait pas de menacer de tuer une femme, mais qu'il était un meurtrier plusieurs fois récidiviste. Soudain, les mots jaillirent de sa bouche.

— Il est venu devant chez moi à 5 heures du matin, il a déposé un doigt dans ma boîte aux lettres et a exigé de moi que je découvre les raisons de son geste, sanglota-t-elle. Il comptait la tuer et m'en faire porter la responsabilité…

La solitude l'avait presque rendue folle, mais à présent la pression dans sa poitrine se relâchait. Elle pouvait enfin partager son angoisse et raconter ce qu'elle avait enduré durant les dernières quarante-huit heures.

— Je ne savais pas si je…, dit-elle, des larmes plein les yeux.

— Tout va bien maintenant, murmura Ben en s'asseyant à côté d'elle et en la prenant dans ses bras.

Elle sentit la chaleur de son corps, sa peau, son après-rasage. Elle retrouva le sentiment de sécurité que Frank ne pouvait lui donner. Elle ferma les yeux et se laissa aller, pleurant comme un enfant contre l'épaule de Ben. Il la laissa faire, lui caressant les cheveux.

Dusty se dressa contre elle, la toucha de ses pattes en gémissant et lui lécha le visage. Les poils de son museau la chatouillèrent. Elle ne put s'empêcher de sourire.

— Tout va bien, mon petit, le rassura-t-elle en se défaisant de l'étreinte de Ben pour gratter le terrier derrière l'oreille.

Sneijder se racla la gorge. Une remarque stupide de sa part, et elle allait se remettre à pleurer. Mais il mit de la douceur dans sa voix.

— Vous n'avez rien à vous reprocher. D'après ce que nous savons, Carl Boni tue sa victime dès que quelqu'un enfreint ses règles et informe la police.

Helen essuya ses larmes. C'est alors seulement qu'elle remarqua les joues cramoisies de la jeune policière, qui avait aussi les larmes aux yeux. Bon Dieu, il fallait qu'elle se ressaisisse, sinon elle allait faire sangloter tout le monde dans cette pièce.

— Je viens de trouver pourquoi il l'a enlevée, finit-elle par dire. Harmann voulait se distinguer en obtenant un succès rapide. Carl lui faisait confiance. Mais elle l'a dupé deux fois, par une hypnose d'abord, puis par une pilule de vérité. Il s'est laissé rouler comme un jeune naïf, et son monde affectif a plongé dans un chaos incontrôlable. Sa haine s'est reportée non seulement sur elle, mais sur toutes les femmes de son enfance.

— Avez-vous une idée des raisons pour lesquelles Carl vous a choisie pour ce jeu ? demanda Sneijder.

Parce qu'il a découvert que mon mari baise sa thérapeute !

— Elle était en traitement chez moi, se contenta de répondre Helen.

C'est ce qu'elle avait déjà expliqué à Ben au téléphone. Elle se serait fait tuer sur place plutôt que d'en révéler davantage. Sneijder se tourna vers sa collègue.

— Écureuil, il y a une erreur dans notre théorie. La date des enlèvements, le 6 du mois, n'a rien à voir avec la naissance de Carl, mais avec la mort de sa sœur. Son père est mort le 20 décembre. Il ne s'agit que de mort. Deux journées de deuil mémorables. Écureuil ?

Sabine Nemez paraissait dans la lune, le regard dans le vague, les yeux rougis.

— Je n'ai pas pu m'empêcher de penser à ma mère… Carl l'a enchaînée à l'orgue de la cathédrale de Munich, à 19 h 30 le dimanche soir, et l'a noyée dans de l'encre. Après quoi, il a dû foncer comme un fou à Vienne. Pour sectionner le doigt de Rose Harmann qu'il a déposé à 5 heures du matin dans la boîte aux lettres, il a fallu qu'il l'enlève chez elle, la nuit, à environ 3 h 30. Il court après le temps.

— Votre mère a été l'une de ses victimes ? demanda Helen. Bon Dieu, je l'ignorais. Je suis désolée.

Beaucoup de choses prenaient maintenant un sens pour Helen. Cette femme avait perdu sa mère voici trois jours. Au lieu de se morfondre, elle venait à Vienne pour pourchasser un fantôme qui continuerait à assassiner si personne ne l'en empêchait.

— Carl Boni ne perd pas une seconde, constata Sneijder. Les intervalles entre les meurtres se raccourcissent, son jeu tend à sa fin.

— Ce n'est pas un jeu, mais une opération de vengeance sophistiquée, le corrigea Helen en regardant sa montre et en rallumant son portable. Il faut que je lui laisse un message à la place de l'annonce de ma boîte vocale, sinon il va tuer Rose Harmann.

— Un moment ! l'arrêta Sneijder en clignant des yeux. Croyez-vous possible que Carl Boni ait un complice ?

Elle secoua la tête.

— Vous êtes sûre ?

— Absolument. La confiance de Carl Boni a été bafouée. On s'est joué de lui et maintenant il travaille à sa manière sur ce que furent ses souffrances. Jamais il n'initierait quelqu'un à ses projets. Carl est aussi seul qu'un homme peut l'être. Comme s'il appelait à l'aide, il supplie les proches de ses victimes de découvrir la raison de ses actes. Il n'en voit probablement pas, et la bonne réponse l'amènerait à mettre un terme à sa vengeance.

— Pas de complice, donc, résuma Ben. Nous aurions alors pu nous épargner le bobard du journal.

— De quoi diable parlez-vous ? s'écria Helen.

— Carl Boni a été blessé et arrêté il y a quelques heures, expliqua Sabine. Mais il est plongé dans un sommeil artificiel et on ne sait donc pas où il retient Rose Harmann.

Helen laissa retomber le portable.

— Arrêté ? s'étonna-t-elle.

Ce n'était pas possible ! Pourquoi s'être donné tant de peine pour découvrir tout cela sur Carl Boni si la police l'avait mis hors d'état de nuire quelques heures plus tôt.

Elle regarda sa montre. Le délai venait d'expirer. Le monstre avait par conséquent été arrêté.

La sonnerie de son portable la fit sursauter.

Correspondant inconnu.

33

— C'est lui, dit Helen d'une voix étranglée.

— Ça ne peut pas être lui ! objecta Ben. Carl est en soins intensifs, surveillé par trois policiers.

— C'est lui, répéta Helen.

Elle le sentait. Dès qu'elle prendrait l'appel, elle entendrait sa voix contrefaite. Le ton arrogant avec lequel il lui demanderait si elle avait trouvé la raison de l'enlèvement. Elle savait aussi autre chose : Carl Boni avait entre-temps sectionné tous les doigts de Rose Harmann.

— Calme-toi, l'adjura Ben en lui prenant la main. Carl a été arrêté.

Non, putain ! Tu te trompes ! Cette sonnerie la rendait folle.

— Qui que ce soit, s'interposa Sneijder, activez le haut-parleur et parlez avant que le correspondant raccroche.

Helen posa le portable sur le bureau et articula un « Allô » impassible.

Une seconde plus tard, elle sursauta.

— Votre délai supplémentaire est expiré, dit la voix contrefaite.

Dusty dressa les oreilles, mais resta silencieux. Ben, Sneijder et Sabine, debout autour de la table de travail, écoutaient. D'un geste circulaire, Sneijder montra son oreille, puis vers le haut. Aussitôt, Ben bondit, sortit son portable et quitta la pièce.

— Pourquoi décrochez-vous ? demanda l'homme. Je croyais qu'on s'était mis d'accord.

— J'allais justement laisser mon message dans ma boîte.

— Très bien, grommela-t-il. Je suis sur haut-parleur ?

— Non, je suis dans la salle de bains, ça résonne, mentit-elle.

— Où ça ?

— Dans le cabinet de Rose Harmann.

— Qui est avec vous ? demanda-t-il sans paraître étonné.

— Juste mon chien, répondit Helen les mains tremblantes.

Cette conversation était différente des précédentes. Elle savait désormais qu'elle parlait avec l'assassin de cinq femmes. Il n'allait pas se laisser longtemps bercer.

— J'ai découvert ce que vous vouliez savoir, s'empressa-t-elle d'ajouter.

— Vous avez une minute.

D'un geste paisible de la main, Sneijder lui signifia de répondre avec lenteur et sang-froid. Du coin de l'œil, elle vit Ben qui, dans le couloir, la main devant la bouche, chuchotait dans son téléphone. Il donnait sans doute le numéro du portable qu'elle utilisait afin que le correspondant soit localisé. Elle devait gagner du temps. Elle respira profondément.

— Vous avez enlevé Rose Harmann. Elle était votre thérapeute. Le tribunal vous a autorisé à suivre une thérapie à la place de votre peine. (Elle observa un temps de silence. L'homme l'écoutait avec attention.) Je peux vous comprendre. Rose vous a menti, dupé et a abusé de votre confiance. Vous vivez une période où des sentiments ambivalents s'entremêlent chez vous, avec des hauts et des bas.

Sneijder griffonna quelque chose sur un bloc-notes trouvé sur le bureau.

EST-CE CARL BONI ?

Helen acquiesça. Elle comprit.

— Carl Boni, je sais ce que vous ressentez. Rose ne devait traiter que votre agressivité envers les femmes, mais elle a fouillé dans votre passé, mis au jour les mauvais traitements que vous infligeait votre père, les liaisons de votre mère, la mort de votre sœur…

— Elle n'en avait pas le droit, l'interrompit l'homme.

— C'est vrai. D'autant moins que Rose avait une liaison avec un homme marié et qu'elle avait perdu un enfant, comme nous le savons tous les deux. Je peux vous aider.

— Je n'ai pas besoin de l'aide de charlatans qui ont eux-mêmes tant à se reprocher qu'on devrait les enfermer !

Ben, ayant terminé son appel, revint dans la pièce, le pouce levé. Sneijder le regarda d'un air grave. Il venait manifestement de comprendre que l'homme hospitalisé n'était pas Carl Boni.

Tandis qu'Helen réfléchissait à ce qu'elle allait dire, Sneijder écrivit un autre mot.

RÈGLES DU JEU !

Helen comprit aussitôt.

— Carl, je sais pour quelles raisons vous avez enlevé Rose. Votre intervention a mis ses fautes en lumière. Sa liaison a été dévoilée. Rose devra rendre des comptes sur le plan aussi bien privé que professionnel. N'oubliez pas vos règles du jeu !

— Quelles règles ?

— J'ai résolu votre devinette. Vous avez promis de libérer Rose Harmann. Emmenez-la, je vous en prie, à l'hôpital le plus proche ! Elle a besoin d'être soignée.

Sneijder griffonna en toute hâte sur une autre feuille qu'il posa devant Helen.

CARL NE S'ATTENDAIT PAS À CE QUE VOUS DÉCOUVRIEZ TOUT. PLUS DE FINESSE !!!

— Vous avez raison. Mais du coup, le jeu a une règle supplémentaire qui n'était pas nécessaire jusqu'ici.

— Laquelle ?

Sneijder secoua la tête comme s'il avait affaire à des amateurs. Il poussa devant elle un nouveau billet.

DEMANDEZ POURQUOI.

Putain, comment avait-elle pu être aussi étourdie ? Elle avait failli révéler qu'elle était en contact avec la police et au courant des autres meurtres !

— Qu'est-ce que vous voulez dire avec votre « pas nécessaire jusqu'ici » ?

— Vous ne savez manifestement pas tout, dit-il d'une voix où s'entendait une certaine satisfaction. Venons-en à la phase suivante du jeu. Si quelqu'un résout la devinette, la personne enlevée reste en vie, comme promis. Mais c'est la personne qui a résolu la devinette qui prend sa place.

Helen resta un instant interloquée. Son estomac se noua. Dusty lui donna de petits coups de museau. Sneijder poussa une autre feuille.

JOUEZ LE JEU !

Helen secoua la tête. Les traits de Sneijder se figèrent. Il insista, gardant le doigt sur le papier.

— Que voulez-vous faire de moi ? demanda Helen.

— Vous avez résolu la devinette et sauvé la vie de Rose Harmann. Nous continuons le jeu tous les deux, et votre vie est dans les mains d'une autre personne.

Helen avait un « non ! » sur le bout de la langue, mais Sneijder continuait à tapoter le billet.

— Je vous donne une adresse. Venez et Rose sera libre.

— Et je dois vous faire confiance ? s'écria Helen.

— Vous voulez être responsable de la mort de Rose Harmann ?

— Vous savez ce que cette femme m'a fait !

— Vous ne l'auriez pas découvert sans moi. J'estime que vous avez une dette envers moi. Et puis je ne vous ai pas menti jusqu'ici.

— Je veux la preuve que Rose est vivante.

Sneijder eut une grimace de mécontentement.

— Je vous rappelle dans trente minutes sur le poste fixe du cabinet du Dr Harmann. Je vous dirai alors où vous rendre.

Il y eut un craquement sur la ligne.

— *Vervloekt !* jura Sneijder. Vous avez failli tout gâcher !

— Non, objecta Helen avec calme. Vous croyez qu'il n'aurait pas compris si j'avais accepté son jeu sans hésiter ?

— Le monde dément dans lequel il vit n'est qu'une autre forme de la réalité. Il n'aurait rien remarqué, dit Sneijder en relâchant ses épaules. Était-ce la même voix déformée que celle d'il y a deux jours ?

Helen acquiesça.

— Voilà au moins quelque chose de sûr, reconnut le Néerlandais, qui se tourna vers Ben : Pouvons-nous installer un dispositif de localisation d'ici trente minutes ?

— À partir du branchement d'un thérapeute, sans mandat ? Impossible. Oh, et puis merde, on va le faire quand même.

Il téléphona à un collègue du BKA.

— C'est OK.

Peu après son portable sonna. Au bout d'à peine une minute, il raccrocha.

— On a réussi à tracer l'appel. Un portable à carte prépayée. Ça ne mène à rien.

— À quel endroit a-t-il été donné ?

— Pour obtenir de Telekom l'antenne relais à laquelle le portable s'est connecté, il faut plus de temps. D'ici là, il sera au diable vauvert.

— Mettez tout de même en place une géolocalisation ! s'entêta Sneijder.

— Je n'en attends rien. De toute façon, dans vingt-cinq minutes nous saurons le lieu de l'échange. Nous nous y rendrons et…

— *Nous* ? s'écria Helen en se dressant. Si vous savez où ce mec se trouve, vous pouvez toujours le pincer, mais moi je me retire de l'affaire.

Ben la regarda avec compréhension.

— Bien sûr. Merci d'avoir accepté de jouer.

Sneijder se rapprocha d'elle.

— Je ne peux pas vous obliger à collaborer – jamais je ne pourrais m'y résoudre. Mais notre avantage, c'est que Boni ignore que vous coopérez avec nous, dit-il, puis, appuyant l'un contre l'autre le pouce et l'index, il poursuivit : On est à ça d'attraper ce type. Je voudrais vous demander de ne feindre qu'une heure encore que vous jouez selon ses règles, jusqu'à ce que nous ayons délivré Rose Harmann. Il y a des risques, mais nous pouvons les éliminer.

Elle lança un regard sceptique à Ben. Il haussa les épaules.

— C'est ton intérêt que nous le pincions. Carl Boni sait où tu habites et tu es sur sa liste noire. Avec ton aide, nous pouvons le mettre définitivement hors d'état de nuire. Mais ce n'est pas sans danger.

Sabine Nemez fut la seule à paraître tout sauf heureuse. Il sembla à Helen qu'elle hochait imperceptiblement la tête.

— Il nous reste encore un peu de temps, dit celle-ci. Je vais y réfléchir.

Debout dans le coin cuisine du cabinet, Helen passa en revue les événements de ces deux derniers jours tout en entendant les hommes téléphoner dans la salle de consultation. Pendant ce temps, Dusty s'était couché en rond par terre, le museau sur les pattes. Elle regarda l'écran de son portable. L'après-midi, Ben avait essayé de la joindre deux fois, et Frank cinq fois. Il devait se démener comme un beau diable dans toute la propriété, car personne d'autre que lui n'était là pour s'occuper de la fête. *Qu'il se démerde !* Il ne l'avait pas volé !

Sabine Nemez entra dans la cuisine et s'appuya contre la cuisinière, en face d'elle.

— Rien ne vous y oblige.

— Je sais.

— Puis-je vous demander quelque chose ? (Elle attendit qu'Helen acquiesce.) Pourquoi Carl Boni a-t-il tué ma mère ?

— Qu'en pense votre collègue le psychologue ?

Sabine fronça les sourcils.

— Je n'en sais trop rien. Sneijder est certainement un génie, mais il vit dans son monde, où lui-même est au centre, observa-t-elle d'un ton qui n'avait rien d'enthousiaste.

— À mon avis, Carl est supérieurement intelligent, mais incapable d'éprouver la moindre compassion, expliqua Helen. Il est imperméable à tout sentiment de culpabilité, incapable de tirer des leçons de l'expérience et de se mettre à la place d'autrui. Il n'arrive pas à entretenir des relations durables et méprise toute espèce de norme ou de règle sociales. À cela s'ajoute sa faible tolérance à la frustration. Son père l'a presque battu à mort à plusieurs reprises, parce qu'il s'imaginait que sa femme, qui le trompait régulièrement, abandonnerait la famille à cause de Carl. (Elle vit les larmes monter aux yeux de la jeune femme) Je crois qu'il vaut mieux que je me…

— Continuez, je vous en prie.

— D'accord. Imaginez le système des valeurs prévalant chez un sociopathe et agrandissez-le par une technique quelconque. Vous aurez alors une idée approximative de l'environnement et du monde dans lesquels vit Carl. Il déteste les fausses apparences, les relations hypocrites et les gens qui trompent leur partenaire. Ce sont le mensonge et la duplicité qui ont eu pour conséquence les mauvais traitements qui lui ont été infligés pendant l'essentiel de son existence. La thérapie de Rose Harmann a ouvert une soupape en lui. Je suppose que votre mère a été une des enseignantes de Carl.

Sabine acquiesça et la remercia. Helen changea alors de sujet.

— Comment réussissez-vous à vous entendre avec votre supérieur ?

— Sneijder n'est pas mon supérieur. Je travaille à la permanence de la police judiciaire de Munich. Il m'a autorisée à l'aider dans son enquête.

— Cela ne répond pas à ma question : comment arrivez-vous à vous entendre avec lui ?

— Extérieurement, il a tout d'un connard. Mais je crois qu'au fond de lui ce n'est pas un mauvais bougre. Pourquoi cette question ?

— J'ai travaillé comme psychologue pour la police judiciaire, avec Ben Kohler, sur certaines affaires. J'ai eu affaire à de drôles d'oiseaux, mais jamais à un pareil cynique, persuadé d'être la mesure de toute chose.

Sabine sourit avec amertume.

— Vous avez une assez bonne connaissance de l'homme.

— C'est mon boulot, répondit Helen.

Pour ce qui est de mon mari et d'une certaine patiente, elle a toutefois été prise en défaut...

Ben entra.

— Encore dix minutes avant l'appel de Carl.

Sabine s'éclipsa.

— Je préfère vous laisser seuls.

— Je ne voudrais pas que tu fasses quelque chose d'irréfléchi, dit Ben en touchant l'épaule d'Helen.

— Allez, nous avons travaillé ensemble assez longtemps. Est-ce que j'ai déjà perdu mes nerfs ?

— Non.

— Où en sont les préparatifs ?

— Une unité du Wega est sur le pied de guerre et attend qu'on lui communique le lieu de l'échange. En outre, une équipe du BKA surveillera toutes les routes y conduisant. Je suis mal à l'aise à l'idée de t'utiliser comme appât. On a de bonnes chances de pouvoir l'attraper sans ton aide.

— Mais Rose Harmann sera peut-être morte.

Le sort de cette femme lui était bien sûr indifférent, mais Helen était thérapeute et Anne Lehner l'avait consultée, même si c'était sous un faux prétexte. Pour paradoxal que cela pût paraître, Helen se sentait responsable de la maîtresse de son mari.

Le vieux portable de Ben sonna. Il regarda l'écran.

— Ton mari, dit-il et il prit l'appel.

— Bonsoir, monsieur le procureur… non, je suis désolé, je ne pourrai être à votre fête. Une intervention urgente… Votre femme ?

Il interrogea Helen du regard. Elle fit signe que non.

— J'ignore où elle est… Oui, je vous appelle si j'apprends quelque chose. Merci. Au revoir.

Ben resta muet après avoir raccroché. Elle n'avait pas d'explication à lui donner. Il n'était pas sot et devinait certainement que leur couple battait de l'aile.

— Tu t'es fait couper les cheveux, finit-il par dire. Ça te va bien.

— Tu as remarqué ?

— J'ai consulté ta page Web récemment. Je voulais voir si tu avais gardé ton ancien numéro de téléphone et si tu avais bien un cabinet à Griesskirchen.

— Je n'aime pas les changements.

— Je sais. Sur ta page, c'est toujours ton ancienne photo d'Ibiza qui est affichée.

Mon Dieu, cette photo ! C'était Ben qui l'avait prise, six ans plus tôt, pendant des vacances, tandis que le vent faisait voler dans tous les sens ses longs cheveux noirs. Elle sentit de la chaleur dans sa poitrine.

— J'ai toujours cette photo dans mon portefeuille, dit-il en souriant un instant avant de se reprendre. Pourquoi ne l'as-tu pas actualisée ?

— Elle est jolie, je l'aime bien.

— Elle n'est pas si jolie que ça.

— Espèce de crapule ! dit-elle en lui donnant des coups de poing dans les côtes.

Il fit semblant de gémir de douleur. Un instant, ce fut entre eux comme avant, quand elle n'avait pas encore épousé Frank.

Sneijder et Sabine entrèrent alors dans la cuisine.

— Je suis navré de déranger les amoureux, dit Sneijder, mais le délai de réflexion est terminé.

Charmant !

Ben le regarda comme s'il allait l'étrangler. Mais le téléphone d'Helen vibra.

— Un SMS, dit-elle.

Ben et Sneijder s'approchèrent.

— Cobenzlgasse, lut Helen. Numéro 24. Dans une demi-heure.

— Manque pas d'astuce, cette ordure ! râla Sneijder. Il envoie un SMS au lieu d'appeler le poste fixe. C'est où, la Cobenzlgasse ?

— Un quartier loin de tout, dans la banlieue ouest, expliqua Ben. La mère de Boni y habitait une petite maison avec un jardinet.

Il regarda l'heure.

— Si nous prenons les extérieurs, nous serons à Döbling dans trente minutes.

Il appela son service, communiqua la description de Carl Boni et de Rose Harmann et dépêcha une équipe d'observation dans la Cobenzlgasse. Puis il eut une autre conversation.

— C'est OK, dit-il après avoir rangé le portable. Dans dix minutes, les accès de la Cobenzlgasse seront barrés dans un large rayon. Le commando d'intervention du Wega sera là-bas dans vingt-cinq minutes et attendra l'ordre de passer à l'action.

— Vingt-cinq minutes ? s'étonna Sneijder en regardant sa montre. On est face à une affaire de meurtre et de prise d'otage à main armée, et vos collègues prennent leur temps. Même un opossum mort paraîtrait plus vif en comparaison ! s'exclama-t-il en faisant craquer ses vertèbres cervicales comme pour éliminer sa frustration.

Puis il se tourna vers Helen.

— Et alors ?

Elle n'aimait pas le cynisme de cet homme, mais elle haïssait bien plus encore Frank qui l'avait mise dans cette situation à cause de sa liaison.

— J'y vais, dit-elle d'une voix blanche.

— Vous êtes non seulement intelligente, mais courageuse, lui dit Sneijder, visiblement soulagé. Merci.

— Comment cela va-t-il se passer ? demanda-t-elle.

Ben soupira d'un air malheureux. En sa présence, il n'arrivait pas à dissimuler ses craintes.

— Tu prends ta voiture et tu te rends à l'adresse indiquée. Nous te suivrons sans nous faire remarquer. Toi non plus tu ne verras rien.

Elle le regarda d'un air sceptique.

— Mes anciens collègues du Wega t'attendent là-bas, tenta-t-il de la rassurer. Il ne peut rien t'arriver, en fait.

Helen savait ce que signifiait ce « en fait » : la situation, pour des dizaines de raisons, était toujours susceptible de déraper. Et c'est ce même doute qu'elle lut dans les yeux de Sabine.

34

Peu après 17 h 30, Ben, Sabine et Sneijder quittèrent le cabinet de Rose Harmann. Helen les suivit et ferma la porte d'entrée à clé. Les policiers se dirigèrent vers la voiture de service de Ben, elle vers la sienne, Dusty sur les talons. Le temps était à la pluie. Il faisait déjà nuit noire à cause de l'orage menaçant. *Et dire qu'on est fin mai !*

Elle ouvrit la portière et regarda en direction de la voiture de Ben, à environ trente mètres derrière la sienne. Dusty grogna.

— N'aie pas peur, mon petit, ils savent ce qu'ils font.

Dusty n'en continua pas moins à grogner. Elle n'avait de toute façon parlé que pour se donner du courage. Elle monta rapidement dans la voiture et mit le contact. La radio diffusa aussitôt de la musique. Dusty, sur le trottoir, montrait les dents.

— Arrête ! lui cria Helen en accrochant sa ceinture. Allez, monte !

Elle tapa de la main sur le siège à côté d'elle. Dusty finit par lui sauter sur les genoux et s'installa à la place du passager. Mais il jappait toujours. Sur un nouvel ordre, plus sec cette fois, il se roula en boule, à contrecœur. Il gardait cependant les babines retroussées et les oreilles dressées. Qu'avait donc ce chien ?

À peine avait-elle refermé la portière qu'elle entendit du bruit sur la banquette arrière. Dusty se remit à grogner et elle sentit soudain, entre ses côtes, la pointe acérée d'un couteau. Elle leva les bras dans un geste réflexe. La ceinture la maintenait attachée. Son cœur s'affola. Elle regarda dans le rétroviseur. Ben et les autres étaient montés dans leur voiture. Puis une silhouette sombre, coiffée d'une capuche, lui boucha la vue.

— La lame fait douze centimètres de long et peut transpercer votre poumon comme du beurre. En moins d'une minute, vous mourriez ici, étouffée par votre propre sang. Mettez votre clignotant et démarrez. Doucement ! ordonna l'homme d'une voix nette et cependant familière.

Dusty jappa.

— Arrête ! dit Helen d'une voix tremblante.

Elle sentait l'haleine de l'homme. Elle vit dans le rétroviseur que sa capuche était juste derrière son appuie-tête. Il ne prenait même pas la peine de se cacher car, de là où ils étaient, Ben et Sneijder ne pouvaient voir qu'il y avait un étranger dans la voiture.

Elle loucha sur le klaxon. Allait-elle prendre ce risque ? Elle jeta un bref coup d'œil dans le rétroviseur. L'homme la fixait.

— Inutile d'y penser ! dit-il.

— Vous êtes Carl Boni, n'est-ce pas ? murmura Helen.

Elle aurait pu s'épargner cette question puisqu'elle avait reconnu la voix et l'accent est-allemand des enregistrements de Rose Harmann.

— Roulez ! siffla-t-il.

Helen mit son clignotant et sortit de la place de parking. Dusty grognait toujours. Elle tendit la main vers lui.

— C'est bon, c'est bon, mon petit.

— Les mains sur le volant !

Elle comprit alors pourquoi l'homme n'avait pas attendu qu'elle démarre pour se dévoiler. Un geste de peur aurait pu provoquer une embardée. Elle vit dans le rétroviseur les portières de la voiture de Ben se fermer. Mais la voiture ne démarrait pas. *Putain, pourquoi ils ne suivent pas ?*

— Regardez devant vous !

Elle obéit, mais loucha vers le rétroviseur latéral. Les portières se rouvrirent. Ben sortit et fit un signe de la main à Helen.

— Regardez devant vous !

La pointe du couteau perça son jogging et pénétra entre deux côtes.

— Éteignez la radio !

Elle obéit. À part la respiration de l'homme et le grognement de Dusty, le silence se fit dans l'habitacle. Il la guida d'abord vers la droite, dans la Ketzergasse, puis à gauche dans la Triester Strasse. Le paysage rural céda la place à des centres commerciaux et à des blocs d'immeubles gris. Ils arrivèrent à un carrefour animé qu'un tramway traversait dans un bruit de ferraille. Des poids lourds se suivaient en longues files sur la bretelle d'accès.

— Ralentissez !

Le feu passa au rouge et Helen s'arrêta. L'homme se poussa entre les sièges tout en lui enfonçant un peu plus encore la lame dans la chair. Elle vit ses yeux. Leur bleu intense et les longs cils courbes avaient un effet hypnotique. Il avait un visage mince et anguleux, des cheveux blonds, presque filasse. Dusty poussa un glapissement quand l'homme l'attrapa par le collier et le jeta à bas du siège.

— Ne lui faites pas de mal, supplia Helen.

Il ouvrit la portière et, du pied, le projeta par l'ouverture. Le terrier chercha à le mordre à la jambe, mais en vain. Puis, claquant la portière, l'homme se glissa sur le siège ainsi libéré.

— Non, pas ça ! dit Helen en tentant de sortir, mais l'homme posa une main sur la boucle de la ceinture en augmentant la pression du couteau.

— Vous m'avez trompé. Si vous ne marchez pas droit, je vous plante pour de bon.

Dusty était à côté de la voiture. Elle ne le voyait pas, mais elle l'entendait gémir et griffer la portière avec ses pattes.

— Je vous en prie, ne laissez pas le chien tout seul dehors, dit-elle en se mettant à pleurer.

Le feu était toujours au rouge.

— Passez-moi votre portable ! (Il baissa un peu la vitre.) Allez !

On entendit plus nettement les gémissements du chien. Elle tendit le téléphone et l'homme le jeta dans la rue. Helen essuya ses larmes. N'y avait-il pas un passant pour remarquer ce qui se passait ? Le regard brouillé, elle vit dans le rétroviseur qu'aucune voiture ne les suivait.

— Où peuvent-ils être ?

Le feu passa au vert.

— Roulez !

Il appuya sur le couteau. Helen poussa un cri. Elle passa la vitesse et démarra. Elle doubla un tramway. Elle vit Dusty la suivre dans le rétroviseur latéral. Bon Dieu, le chien traversait le carrefour à l'aveuglette.

— Plus vite !

Ils franchirent plusieurs feux au vert. Au bout de quelques carrefours, Dusty s'arrêta au bord de la chaussée. Elle eut le cœur brisé de le voir seul, abandonné, se dresser sur ses pattes et suivre la voiture du regard. Les doigts tremblants, elle alluma le GPS.

— J'ai dit : les mains sur le volant !

— J'ai besoin du GPS, sanglota-t-elle. Je ne connais pas le chemin pour la Cobenzlgasse.

L'homme éteignit le navigateur. Les premières gouttes de pluie s'écrasèrent sur le pare-brise.

— Vous ne croyez tout de même pas que nous allons à la Cobenzlgasse ?

35

Sabine rejoignit Ben qui manipulait des câbles devant le capot ouvert. Les nerfs à vif, elle suivit des yeux la voiture d'Helen Berger qui s'éloignait.

— Qu'est-ce qu'elle a ?

— Qu'est-ce qu'elle peut bien avoir ? demanda Sneijder en descendant lentement de voiture. Vous voulez mon avis ?

— Oh merde, non ! jura Kohler.

Sneijder garda son calme.

— Chacun a le droit de connaître mon avis…

— La ferme ! gueula Ben en essuyant sur son pantalon ses mains pleines de cambouis.

Même en de pareilles circonstances, Sneijder était arrogant. Sabine sentit qu'elle allait exploser.

— Nous sommes là comme des cons.

Sneijder se rapprocha.

— Pendant que nous attendions son appel, ce salopard est venu ici et nous a ridiculisés.

— Il a sans doute ouvert la porte du conducteur avec un passe-partout et, de l'intérieur, le capot, dit Kohler. Le relais de pompe a été arraché de la boîte à fusibles.

— Vous pouvez réparer ? demanda Sabine.

— Si vous avez un relais, oui.

— Il faut lancer un avis de recherche de la voiture de Mme Berger, proposa Sneijder d'un ton impérieux.

Les feux arrière étaient en train de disparaître au bout de la Bachallee, dans l'obscurité annonciatrice de l'orage.

— Il y a quelque chose qui cloche, chuchota Sabine. Helen ne s'arrête pas.

— Je sais. Merde ! Je n'aurais pas dû la laisser partir, cria Kohler en rabattant le capot et en appelant ses collègues avec son portable. J'ai besoin d'une patrouille en civil pour filer une petite Toyota bleue avec une plaque d'immatriculation de Vienne et banlieue. Au coin de la Bachallee et de la Ketzergasse, sans doute vers le centre-ville, direction Triester Strasse… non, *tout de suite* !… Et qu'une deuxième voiture vienne nous prendre ici, au 17 de la Bachallee.

Ensuite, il ne dit rien pendant un bon moment, se contentant d'écouter.

Un éclair zébra le ciel au loin, bientôt suivi d'un roulement de tonnerre. Quelques gouttes se mirent à tomber sur la chaussée. Aussitôt l'asphalte surchauffé fuma. Le pull-over de Sabine était trempé de sueur. Quand allait-il enfin pleuvoir pour de bon ?

— Merci, finit par murmurer Kohler en rangeant son téléphone.

Assis sur le capot, il contemplait la ruelle. Ils étaient vraiment une bande de cons. Sneijder vint à côté de lui et alluma une cigarette.

— Que se passe-t-il ?

— Jusqu'il y a deux mois, Carl travaillait dans un garage. Mes collègues viennent de passer l'atelier au peigne fin. Le vieux propriétaire, Ruben, ne fait pas seulement commerce de voitures maquillées, mais aussi de cocaïne. Il reçoit la marchandise de Tchéquie et la fourgue dans des boîtes de nuit du centre-ville. Carl était le livreur. C'était simple : soit tu marches droit, soit tu perds ton travail. Quand il s'est fait pincer dans une descente de police, il a été condamné à cette thérapie.

— En quoi cela nous aide-t-il ? demanda Sabine.

Kohler serra les poings.

— Il y a deux mois, Carl a plaqué son boulot. Avant, il a vidé dans les chiottes les stocks de cocaïne de Ruben et lui a piqué sa caisse noire.

Sneijder exhala un nuage de fumée.

— C'est comme ça qu'il a payé ses voyages à Cologne, Leipzig, Dresde, Munich.

Munich !

Sabine se détourna. Elle avait l'impression que la ville se trouvait à des dizaines de milliers de kilomètres d'ici. Depuis des jours et des jours, on ne cessait de découvrir des cadavres dans des lieux tous plus étranges les uns que les autres. Une femme emmurée dans un pilier de béton et qui s'était étouffée après s'être sectionné la langue avec les dents, une femme à moitié morte de faim dans une cave, le cadavre dans un puits de la cathédrale de Dresde… et sa mère qui était morte noyée dans deux litres d'encre, un tuyau enfoncé jusqu'aux poumons.

Pour Sneijder et les autres, la mort de sa mère n'était qu'un maillon d'une longue chaîne de crimes. Mais elle, Sabine, avait perdu une partie de son existence. Plus rien ne serait comme avant. Elle n'échangerait plus un seul mot avec sa mère. Elle voulut se forcer à penser à quelque chose de beau, mais il ne lui vint à l'esprit que son anniversaire imminent qui serait assombri par les funérailles de sa mère. Elle se souvint alors du paquet, recouvert de papier cadeau bleu avec un ruban jaune et une carte à son intention, qu'elle avait trouvé dans l'armoire de sa mère. Qu'avait-elle voulu lui offrir ? Un gros volume illustré ?

Kohler consulta sa montre.

— La voiture de remplacement sera là dans cinq minutes, dit-il, se levant du capot pour faire les cent pas dans la rue.

Sneijder regarda Sabine avec curiosité.

— À quoi pensez-vous ?

— À des livres, murmura-t-elle.

— Vous n'arrivez pas à vous sortir de la tête cette affaire Haital.

— Hein ? Non, je…

— Si vous saviez la manière dont le trust procède, vous me comprendriez.

Ce crétin prétentieux s'imaginait sans doute que tout tournait autour de lui ! Kohler ne pouvait plus les entendre.

— Haital exerce des pressions sur les diffuseurs afin qu'ils cessent d'approvisionner les petites librairies, poursuivit Sneijder. Ensuite, le groupe fait une offre d'achat afin de fermer le site. Si l'offre est refusée, le harcèlement succède au boycott. On engage des chômeurs pour qu'ils viennent traîner dans le magasin. L'image se détériore et la clientèle d'habitués se tarit.

Sabine n'avait pas envie d'écouter ce fatras, mais Sneijder était intarissable.

— On graisse la patte à l'administration municipale, sur quoi il faut rénover le tout-à-l'égout et l'installation électriques de la librairie. Le courant est alors fourni par un groupe électrogène et un chantier s'ouvre juste devant l'entrée. Au bout d'une semaine, les ouvriers sont transférés sur un autre chantier, mais le générateur et les planches bouchant le trou restent sur place. Deux mois plus tard, l'entreprise familiale est ruinée.

— Vous n'y croyez pas vous-même, murmura Sabine.

Rien ni personne ne pourrait venir en aide à Sneijder. Il était amer, bien sûr, mais aussi paranoïaque.

— Vous devriez cesser de ne lire que des biographies de gens ayant choisi de se donner la mort.

— Plus facile à dire quand son propre père ne s'est pas pendu, murmura-t-il à son tour.

Sabine eut dans la bouche un goût amer.

— Je suis désolée.

Un bus passa devant eux, suivi de quelques voitures, mais aucune ne s'arrêta. Kohler était toujours hors de portée de leur voix, en train de téléphoner. Une odeur douceâtre arriva jusqu'à Sabine.

— C'est pour ça que vous fumez de l'herbe ?

— C'est pour oublier une autre souffrance.

Elle se retourna vers lui. Il avait une mine épouvantable.

— Une céphalée de Horton ?

Il eut une moue méprisante. La cigarette au coin des lèvres, il tapait sur son iPhone.

— Mon compagnon est mort il y a plusieurs années d'une déficience immunitaire.

Putain, quand cette foutue voiture va-t-elle arriver ?

— Écoutez, l'interrompit-elle, tout ça me navre infiniment, mais je ne suis pas votre psychothérapeute. Vous n'êtes pas obligé de me raconter tout ça.

— Ce n'est pas un secret, dit-il, haussant les épaules et pianotant toujours sur l'écran. Mes collègues de Wiesbaden sont au courant.

Il était à peine croyable que Sneijder lui raconte ces détails de sa vie intime. Éprouvait-il le besoin de s'épancher quand il avait loupé une opération comme celle-ci ?

— Je vous ennuie, n'est-ce pas ?

— Qu'est-ce que vous faites ? demanda-t-elle en guise de réponse.

Il n'arrêtait pas de tripoter son clavier.

— Je suis sur le site Web d'Helen Berger. Une jolie photo. Prise à Ibiza.

Incroyable ! Tandis que la police la recherchait, lui regardait les photos de son site.

Kohler rangea son portable et accourut.

— Il y a du nouveau, cria-t-il. L'homme sur qui vous avez tiré dans l'appartement de Carl Boni a été opéré d'urgence et se trouve en salle de réveil. On sait qui c'est, il s'appelle Eduard Wiltsching. Il a l'âge de Carl et travaille dans le garage de Ruben. La fourgonnette que nous avons aperçue devant chez Carl Boni lui appartient.

— Le complice de Carl ? demanda Sneijder.

— Non. Il s'agissait de tout autre chose. Carl s'était tiré avec l'argent de la caisse noire de Ruben. Trente-cinq mille euros ! Wiltsching était entré par effraction chez Carl pour récupérer l'argent quand nous l'avons surpris.

— Voilà pourquoi il a voulu s'enfuir par la fenêtre et a pris son arme, en conclut Sabine.

— Alors l'ancienne psychologue de la police avait raison, intervint Sneijder en écrasant son joint par terre : Carl agit seul, et il est encore en liberté. Je crois que notre voiture arrive.

Une Audi noire s'arrêta devant le cabinet. L'homme au volant, les cheveux bruns, avait à peu près l'âge de Kohler. Il avait des yeux noirs, au regard perçant, pareils à ceux d'un faucon. Il les appela de la main. Quand Ben prit place sur le siège passager, l'homme lui glissa :

— Grouillez ! J'ai plus important à faire que vous servir de chauffeur.

Sabine et Sneijder montèrent à leur tour.

— Je vous présente mon collègue Oliver Brandstätter.

— Nous nous connaissons déjà, dit Sabine.

Brandstätter se retourna et lui adressa un signe de tête.

— C'est moi qui vous ai conduits à la Marienkirche. Une jolie petite visite guidée, lança-t-il à Sabine en lui faisant un clin d'œil comme s'ils étaient des amis de trente ans.

Il reprit un ton sérieux en donnant à Kohler l'édition du soir d'un journal :

— De la part du patron. Je ne l'avais encore jamais vu dans une rage pareille.

UNE FEMME EMMURÉE DANS DU BÉTON VIVAIT ENCORE. Le titre s'étalait à la une.

Kohler passa la feuille de chou à l'arrière. Sur une photo, on voyait l'église prise de l'extérieur, sur une autre la mère de Carl Boni en tenue d'infirmière.

— Avec ce bobard, nous avons enfanté un monstre incontrôlable.

Pas seulement, pensa Sabine. Maintenant, Carl avait *deux* femmes en son pouvoir.

— Ce Boni vous a menés en bateau, constata Brandstätter.

— Vas-y, grogna Kohler. Fonce à Döbling, Cobenzlgasse.

Brandstätter passa la première. Sabine fut collée contre son siège. L'Audi partit en trombe.

— Stop ! cria Sneijder.

Brandstätter pila. Sabine fut projetée vers l'avant.

— Nous ne trouverons rien dans la maison de Carmen Boni, déclara le Néerlandais.

— Repars ! gronda Kohler. Pourquoi devrais-je vous écouter plus longtemps ?

— Parce que j'ai raison.

— La maison de sa mère est le seul endroit où Carl puisse se planquer, s'obstina Kohler.

Brandstätter redémarra.

— *Verdomme !* jura Sneijder en se poussant entre les sièges avant. Réfléchissez donc un peu ! Carl Boni savait qu'Helen Berger était en contact avec nous. Il a bricolé notre voiture et a sans doute enlevé Helen. Il devait se cacher à l'arrière de sa voiture. Il est mécanicien. Pour lui, c'est un jeu d'enfant tout ça ! En outre, c'est lui qui nous a soufflé le lieu de l'échange d'otages, dans la Cobenzlgasse. C'est une fausse piste. Interrogez l'équipe de surveillance ou le commando du Wega. Je vous parie un mois de salaire que ni lui ni Helen Berger ne se montreront là-bas.

— Arrête-toi, dit Kohler à son partenaire.

Brandstätter stoppa devant un arrêt de bus. Quelques gouttes de pluie éparses tombaient toujours, comme si l'orage réservait ses forces pour le grand bouquet final du feu d'artifice. Des passants, agglutinés sous l'abri, observaient avec curiosité cette voiture mal garée.

Kohler se retourna.

— Où la mène-t-il alors ?

— C'est ce qu'il faut trouver, collègue. La mère de Carl avait-elle une résidence secondaire qui nous soit restée inconnue ?

Kohler secoua la tête.

— Mais elle avait un compagnon, ce vieux peintre raté, se souvint Sabine.

— Qui est mort il y a six mois, compléta Sneijder. S'il n'avait pas d'enfant, c'est Carmen Boni qui a recueilli l'héritage. Avait-il un atelier, une galerie, un appartement ou une maison ?

— Un raté possède-t-il ce genre de truc ? grogna Kohler.

Il se colla néanmoins le portable contre l'oreille. Pendant qu'il téléphonait, une ombre gigantesque recouvrit la voiture : un bus venait de se coller contre leur pare-chocs. Le conducteur klaxonna en gesticulant, tandis que les gens réfugiés sous l'abri souriaient, visiblement amusés.

Brandstätter ne perdit rien de son flegme.

— S'il avance encore, ses passagers pourront tous s'asseoir avec nous.

Kohler écoutait attentivement. Puis il remit son téléphone dans sa poche.

— Hitzenhammer est mort à soixante-dix-huit ans. Vous aviez raison, il avait un appartement. Sa fille l'a vendu tout de suite. Mais Carmen a tout de même hérité de son atelier, un appartement mansardé dans un vieil immeuble, dit-il, puis il se tourna vers son partenaire : Vingtième arrondissement. 18 Traisengasse. Tu vois où c'est ?

— Un peu, oui…, répondit Brandstätter en faisant demi-tour dans un crissement de pneus. Un quartier pourri, traversé par une ligne de train de banlieue.

36

Ouvrant les yeux, Helen constata qu'elle était allongée. Sa nuque lui faisait mal. Un goût acide lui fit penser qu'elle avait vomi. Elle essaya de se redresser, mais la douleur dans son crâne fut telle qu'elle retomba en arrière.

Un éclair illumina l'endroit où elle se trouvait, immédiatement suivi d'un coup de tonnerre, tout près. Il y avait dans l'air une telle tension que le duvet de ses avant-bras se hérissa. Elle tourna la tête le plus loin qu'elle put. Des draps blancs pendaient du plafond tout autour d'elle. Elle était manifestement couchée sur un établi. Il flottait une odeur de bois et de courroies de cuir. Elle essaya de dégager ses poignets, mais les sangles qui les retenaient lui entrèrent dans la chair.

Puis la mémoire lui revint. Après que Carl eut chassé Dusty de la voiture et jeté son portable par la vitre, ils avaient roulé environ une demi-heure. La pointe du couteau toujours piquée entre ses côtes, elle n'avait même pas osé respirer à fond. Elle n'avait cessé de penser à Dusty et avait totalement perdu le sens de l'orientation. Ils s'étaient arrêtés dans un quartier sordide de Vienne.

Étrangement, elle se souvenait d'un détail sans importance : le tonnerre au loin, annonciateur d'une pluie diluvienne. *Dusty*. Pourvu qu'il trouve où se réfugier !

Pourvu qu'il ne passe pas sous une voiture ou un tramway ! À un feu rouge, elle avait senti une piqûre au niveau de la nuque, et sa tête s'était affaissée sur le volant.

Combien de temps s'était-il écoulé depuis ? Où Carl l'avait-il emmenée ? Pourquoi personne n'avait rien vu ou n'était venu à son secours ?

L'orage avait éclaté. Elle pensa se trouver dans une cave. La rue n'était pas éclairée. La lumière d'un éclair passa par un soupirail, animant des ombres bizarres sur les draps. Quand jaillit l'éclair suivant, elle avait la tête tournée de l'autre côté. Sur une table d'appoint était posée toute une panoplie d'instruments de torture à l'ancienne : écarteur buccal, outils de dentiste, poucettes, scie à os et un grand nombre de scalpels, de couteaux et de ciseaux. Ce qui la terrifia le plus, ce fut un sécateur, avec ressort et lame courbe, qui ressemblait à un bec de perroquet. Ses pensées s'affolèrent.

— Couteau, fourchette, ciseaux, point ne sont pour les petiots.

Elle sursauta. Le drap s'écarta. Carl Boni s'approcha de l'établi, silhouette maigre, aux longs bras et aux doigts minces. Il portait toujours le sweat-shirt noir à capuchon.

— Bien dormi ? Dans ce cas, nous pouvons commencer.

Il s'empara du sécateur et plaça un des pouces d'Helen entre les lames.

Le cœur de cette dernière fit un bond. Elle tenta de se cabrer.

— Attendez ! dit-elle d'une voix qui n'était plus qu'un croassement.

Il lui appuya la tête sur l'établi.

— Attendre quoi ? Vous m'avez menti et vous n'avez pas respecté les règles.

Mais j'ai résolu votre devinette, espèce de sale bâtard! eut-elle envie de hurler. Mais cela n'aurait eu pour résultat que de le rendre encore plus furieux. *Garde la tête froide*, tenta-t-elle de se persuader. *Tu as lu le rapport de Rose Harmann, tu sais comment elle l'a traité. Tu as écouté les enregistrements des séances et la confession de Carl.* Elle ne pouvait néanmoins pas lire totalement en lui, il était si fragile et si complexe qu'un mot de travers pouvait signifier la mort pour elle.

— Vous m'avez posé une devinette, et c'est ce qui m'a amenée à m'intéresser à vous. Je peux vous comprendre… je sais qui vous êtes.

— Ah bon? (Il suspendit une lampe à pétrole à un clou au plafond.) Coupure de courant aujourd'hui, nous devrons malheureusement opérer comme ça.

Il tourna un bouton et obtint plus de lumière.

— Qui suis-je donc? demanda-t-il en enlevant sa capuche.

Ses cheveux blonds, trempés par la pluie, lui collaient au front et frisaient sur ses tempes. Avec ses yeux bleus, ses longs cils et son regard pénétrant, le psychopathe avait l'apparence d'un ange.

— Qui suis-je, répéta-t-il en renforçant la pression du sécateur.

— Struwwelpeter.

Elle ne lut aucune réaction sur son visage, mais les lames se desserrèrent.

— Qui? Vous me prenez pour un fou?

Helen essaya de déglutir. Elle aurait payé cher pour un verre d'eau, pour s'enlever de la bouche le goût acide du vomi, et retrouver des idées claires. Dans son cabinet, cette conversation avec Carl n'aurait pas été un problème, mais ici, ses pensées étaient en plein chaos.

— Vous gardez un souvenir terrifiant de votre éducation. Vous avez des blessures psychiques, et votre corps est couvert de cicatrices. Jamais vous n'oublierez ce souvenir. Mais vous voudriez le surmonter, expliqua Helen en songeant aux meurtres énumérés par Sabine Nemez. C'est pour cela que vous vous glissez dans le personnage de Struwwelpeter. Il vous aide à éliminer de votre cerveau les horribles histoires du livre.

— N'importe quoi !

Helen comprit qu'elle était sur la bonne voie.

— Vous mettez en scène les histoires, vous les rejouez et vous transférez sur d'autres la souffrance engendrée par le souvenir. Ça a donc marché.

— Au moins un certain temps, chuchota-t-il.

— C'est normal. Je peux vous comprendre.

— Vous comprenez que dalle !

La pression sur son pouce se fit plus forte.

— Puis-je dire quelque chose ? demanda-t-elle, la voix rauque. En temps normal, la violence est le résultat de sentiments refoulés. Chez vous, c'est le contraire. Le Dr Harmann, par sa thérapie, vous a mis dans un état qu'on pourrait comparer à celui d'une cocotte-minute dont on soulèverait brutalement le couvercle.

Helen attendit que l'information fît son chemin et que le regard de Carl retrouvât sa clarté pour continuer :

— La violence que vous infligez à vos victimes est le résultat de ces sentiments chaotiques qui ont été ainsi libérés : le souvenir jusqu'ici refoulé de votre enfance.

— Ce n'est pas moi le responsable.

— Je le sais, Carl.

Helen tenta de sourire, mais sans y parvenir. Il avait froidement abandonné Dusty et sa plus grande envie était de lui planter un scalpel dans la poitrine.

— Le Dr Harmann a bouleversé vos sentiments au cours d'une thérapie exagérément accélérée… *et engendré un monstre*… Pour réparer ça, vous avez choisi de me faire entrer dans votre jeu.

— Non, je vous ai choisie parce que Rose couche avec votre mari.

Helen ferma un instant les yeux et songea à Frank, ce salaud. En ce moment, il devait jouer les parfaits gentlemen à sa fête, sans savoir où elle était. Hormis pour lui reprocher qu'elle n'accomplissait pas ses devoirs de maîtresse de maison, pensait-il à elle ?

— C'est vrai, Rose m'a trompée comme elle vous a trompé. Mais il y a une autre raison. Votre subconscient m'a choisie pour résoudre votre devinette, parce que, tout au fond de vous, vous recherchez une délivrance. Une aide *véritable*.

— Et vous croyez sérieusement pouvoir me la donner ?

— Le mot-clé, c'est la vengeance, n'est-ce pas ?

Carl écarta le sécateur. Les lames se refermèrent en claquant et, d'un geste vif, il enfonça profondément la pointe de l'outil dans le bois à côté de la tête d'Helen.

— Vous êtes persuadé que la vengeance exercée sur les femmes qui ont croisé votre existence contribue à votre purification.

— Et vous, de quoi êtes-vous persuadée ?

— Votre vengeance est un catalyseur. C'est elle qui m'a ouvert les yeux sur mon mari. Les femmes ne sont pas seules à tromper et à mentir. Les hommes aussi ! Mon mari a une liaison avec une autre. Votre vengeance m'amènera à me séparer de lui…

Et à un nouveau départ… si Carl me laisse en vie.

— Je n'aspire pas à me venger, objecta-t-il.

— Ce n'est pas une vengeance dictée par le désir ou l'envie. Pour une victime, la vengeance peut être un sentiment libérateur.

Le mot « victime » sembla déclencher quelque chose dans l'esprit de Carl. Son regard se perdit dans le vague.

— Certains jours, j'ai l'impression que je suis enfermé. Comme s'il y avait des milliers de barreaux me bouchant la vue. Derrière lesquels il n'y a rien. Parfois, les barreaux s'ouvrent un instant, comme lorsque, chez un chat, la pupille se dilate. Je vois alors ce qu'il y a derrière les barreaux.

Carl se tut, les yeux rivés sur la lumière de la lampe à pétrole. Un éclair jeta des ombres sur le drap. Il sembla ne pas entendre le grondement du tonnerre.

À ces derniers mots, Helen songea à un poème de Rainer Maria Rilke. Carl n'avait pas que le second prénom en commun avec le poète. Peut-être, à cause de traumatismes qu'ils avaient vécus, ressentaient-ils certaines choses de manière semblable.

— Oui, je suis une victime, chuchota-t-il. Il faut que j'agisse ainsi.

Il parvint à extraire le sécateur du bois en le faisant tourner dans le bois.

— Carl, soyez raisonnable. Même si nous ne sommes pas dans la Cobenzlgasse, la police va trouver cette cave.

Cela ne parut pas inquiéter Carl. Pourtant, où qu'ils fussent, dans la maison de sa mère ou ailleurs, les enquêteurs venus d'Allemagne les trouveraient. Il fallait seulement gagner du temps. Il baissa les yeux vers elle.

— Abandonnez tout espoir. Nous ne sommes pas dans une cave, dit-il en réduisant la lumière de la lampe.

Instinctivement elle leva les yeux. Le clou de la lampe était planté dans du bois. C'est alors qu'elle aperçut les poutres d'un plafond. Où diable l'avait-il transportée ? Un bruit sourd la fit sursauter. Non pas un coup de tonnerre, mais un craquement cette fois, comme si une bourrasque de vent avait enfoncé une lourde porte en bois. Cependant, le bruit ne venait pas de l'extérieur… il venait d'en dessous. Il y eut un nouveau craquement de porte. L'écho, se répercutant le long des murs d'une cage d'escalier, lui parvint de plusieurs étages plus bas.

Il m'a enfermée dans un grenier !

— Je reviens tout de suite, puis ce sera l'heure où l'on raconte les histoires aux enfants.

Il lui enfonça un chiffon dans la bouche et disparut derrière le drap.

Une porte s'ouvrit, puis se referma. Elle entendit ses chaussures crisser tandis qu'il descendait l'escalier.

Malheureusement, il avait emporté le sécateur.

37

Le vieil immeuble de la Traisengasse avait tout d'un bunker de l'entre-deux-guerres. Tout en coins et recoins, avec ses encorbellements, ses porches et ses cours intérieures, il abritait au moins une cinquantaine de logements. L'eau de pluie débordant des gouttières rouillées avait, au fil des ans, recouvert les murs de traces noires. Les battants des fenêtres étaient disjoints, leur peinture blanche écaillée. Pourtant, dans les cours, à côté de presque chaque fenêtre était installée une antenne parabolique. La télévision était de toute évidence la distraction favorite des habitants.

Sabine se trouvait dans la seconde cour intérieure. Sur un banc de bois étaient posés deux ballons de foot dégonflés. Les premières gouttes de pluie avaient accentué l'odeur de pourriture et de pisse de chien. La puanteur était la même devant le passage souterrain, là où Brandstätter avait garé la voiture. Le partenaire de Kohler était resté au volant, transmettant par radio sa position à la centrale.

Sabine se demanda pourquoi Carmen Boni avait gardé, dans un quartier pareil, l'atelier de son compagnon. Il ne pouvait en aucun cas s'agir d'un bon placement. Le bien n'avait probablement pas trouvé acquéreur. Il ne manquait que les cordes à linge pour que cette ruine n'eût rien à envier à une arrière-cour décrépie de Naples.

Sneijder et Kohler entrèrent à leur tour dans la cour. Deux secondes plus tard, l'averse si longtemps attendue se mit à tomber. Ils se réfugièrent sous l'auvent du numéro 18C. La porte était ouverte, mais le vent la referma sur les talons de Sabine. Peu après, l'eau entra en passant sous la porte, formant une flaque dans l'entrée qui, par un escalier branlant, menait au sous-sol.

— Allons-y, dit Kohler en descendant les marches en toute hâte.

Sabine et Sneijder le suivirent. La voûte était en pierre rouge. Dans la buanderie, il faisait si lourd que le crâne chauve du Néerlandais fut aussitôt couvert de gouttes de sueur. Kohler, comme un fou, fouilla toutes les caves et les réduits. Dans le local jouxtant la buanderie, il n'y avait que des vélos et une table sur laquelle des cendriers et des seaux recueillaient l'eau de pluie.

— Il n'y a rien ici, montons, constata Kohler hors d'haleine. L'atelier d'Anton Hitzenhammer se trouve au dernier étage.

Sabine se sentait un corps étranger dans ce bâtiment. Comparé à ce taudis, l'immeuble abritant l'appartement de Carl avait tout d'une élégante villa. Au cinquième, il n'y avait que deux portes d'appartement. Sur la plaque de l'une d'elles, un nom : *Helga Gruwohl.* Les toilettes étaient sur le palier. Près de l'autre porte, celle de Hitzenhammer, sur le rebord d'une fenêtre, des plantes grimpantes desséchées s'inclinaient vers le sol, leurs feuilles formant un étrange amalgame avec les conduites d'eau, la rouille et la chaux. Sneijder sortit son arme tandis que Kohler ouvrait avec son passe-partout.

— Comment pouvons-nous savoir si Carmen n'a pas vendu ou loué les pièces ? chuchota Sabine.

Sneijder enleva la sûreté de son Glock.

— Qu'est-ce qu'on en a à foutre ?

— Qui viendrait acheter un appartement ici ? murmura Kohler.

Il avait raison. Personne apparemment. La porte en bois grinça sur ses gonds. Le logement se composait de deux pièces avec une chambre, une cuisine intégrée et un coin toilette. Hitzenhammer avait sans doute utilisé ces pièces comme atelier à cause de la hauteur des fenêtres et du toit mansardé. Mais des stores en tissu assombrissaient maintenant l'appartement. Il restait une odeur d'huile et de térébenthine. Le parquet ondulait comme un tapis jeté en vrac. Dans l'armoire de l'entrée n'étaient accrochés que des cintres vides. Les autres pièces étaient elles aussi inhabitées. Des chevalets étaient posés contre les murs, le sol jonché de chiffons, de spatules, de palettes et de pinceaux. Rien n'avait changé depuis la mort d'Hitzenhammer.

Kohler remonta un des stores et ouvrit la fenêtre. Le ciel, au-dessus de Vienne, était noir comme du goudron. Le tonnerre grondait, tout proche. Les gouttes claquaient sur la tôle des fenêtres. Accompagnant la pluie diluvienne, un souffle frais envahit la pièce.

— C'est le bide total, dit Kohler.

— Pas tout à fait, corrigea Sneijder qui sortait de la chambre avec un livre à la main.

Enlevant d'une table basse les pinceaux, les tubes de peinture et les rouleaux de ruban adhésif, il y posa précautionneusement le mince volume cartonné. *Histoires drôles et images amusantes*, pouvait-on lire, en ancienne écriture gothique manuscrite, sur le carton jauni et, au-dessous :

Avec 15 jolis tableaux en couleurs pour enfants de 3 à 6 ans. Sur la reliure, un portrait de Struwwelpeter, crinière échevelée et longs ongles recourbés. On ne pouvait, à vrai dire, nulle part lire le mot Struwwelpeter. De plus, l'auteur était un certain Reimerich Kinderlieb.

Sneijder s'assit sur le canapé défoncé et ouvrit le livre. Le parchemin craqua.

— Je l'ai trouvé sous la couverture.

Sabine s'assit à côté de lui. La première histoire était celle de Philipp le Surexcité, avec des dessins anciens, au tracé maladroit.

— Est-ce qu'Heinrich Hoffmann a emprunté son Struwwelpeter à ce livre ? demanda-t-elle.

— Hoffmann a publié pour la première fois le livre en 1845, sous un pseudonyme, dans la maison d'édition de Zacharias Löwenthal.

Elle dut le regarder avec une certaine surprise, car il soupira avec un peu d'exaspération :

— Quand vous avez attiré mon attention sur cet ouvrage, je m'y suis intéressé de plus près. Cette version a été imprimée à mille cinq cents exemplaires. En trouver un est quelque chose d'incroyable. Surtout dans ce taudis.

— Pourquoi un pseudonyme ?

— Sans doute pas facile à concilier avec sa profession. Il était psychiatre pour enfants et médecin à la morgue de Francfort. Plus tard, il a dirigé un asile pour les fous et les épileptiques. À l'origine, il avait écrit et illustré le livre pour son fils. Il voulait sans doute le lui offrir pour Noël.

Sabine feuilleta l'ouvrage.

— L'ordre des histoires n'est pas le même que dans la version qu'on trouve actuellement en librairie, je parle de l'ordre des crimes.

Après le Suceur de Pouce venaient deux autres histoires : celles de Jean Tête-en-l'air et de Robert le Volant. Si Carl, enfant, avait eu ce livre, le nom de Struwwelpeter lui était peut-être demeuré inconnu. Les dessins étaient plus terrifiants que dans la version courante, celle que Sabine avait lue dans son enfance. Il était ahurissant de penser que ce livre avait été écrit par un psychiatre pour enfants.

— Pourquoi ce sont ces histoires qui ont fasciné Carl et non, par exemple, celles de *Max und Moritz*[1] ? demanda-t-elle.

— Vous devez formuler la question différemment. Pourquoi Carl se glisse-t-il dans le rôle d'un enfant exécrable et négligé ? Cela en dit long. Regardez un peu…

Il tira d'entre les pages une feuille de papier où figuraient quatre strophes d'une écriture jaunie.

Le clair de lune brillait dans la nuit noire,
La glace recouvrait les vertes prairies,
Quand, à toute allure, une voiture
Tourna le coin lentement.

Dedans, se tenaient assis, muets,
Des gens dans une conversation plongés,
Quand, tué d'un coup de feu, un lièvre
Fonça comme un fou par les champs.

Derrière, gisait une vieille tante,
Tout juste âgée de dix-sept ans,
Dans une caisse bleu foncé,
Qu'on avait peinte en noir.

1. Livre illustré pour enfants (1865) de Wilhelm Busch.

Sur elle accroupi, blond comme les blés,
Un garçon aux cheveux d'un noir de jais,
Qui, par la grâce des années,
Déjà tête chenue avait.

Sneijder fronçait obstinément les sourcils. Sabine voyait à sa mine que tous ses neurones cherchaient désespérément une réponse au pourquoi de ce poème.

— *Der Struwwelpeter* a pour objet de montrer que les enfants désobéissants sont punis, dit-il. Ils se noient, brûlent, meurent de faim ou sont dévorés par les chiens. Qu'est-ce que ce poème vient faire là-dedans ?

— Rien du tout, répondit Sabine. C'est une comptine que les enfants récitent depuis la nuit des temps.

Sa réponse parut ne pas satisfaire Sneijder. Il referma le livre d'un coup sec au moment où Kohler s'approchait d'eux.

— Voilà ce que j'ai trouvé dans la cuisine, dit celui-ci en montrant, accroché au bout de son stylo à bille, un appareil pas plus grand qu'une pièce de monnaie, à fermeture velcro, qu'il posa sur la table basse.

Sneijder examina l'objet, sans le toucher.

— C'est un changeur de voix qu'on peut se poser au niveau du larynx. C'est grâce à cet appareil que Carl réussissait à se donner une autre identité quand il téléphonait, une identité plus forte qui le mettait en état de consommer sa vengeance.

D'un geste de la main, Kohler balaya les réflexions du Néerlandais, comme s'il se désintéressait totalement de ce bavardage psychologique.

— Cela veut dire que Carl était ici quand il a passé un coup de fil à Helen il y a un peu plus d'une heure. Elle lui a dit où elle se trouvait, et il s'est débrouillé pour la faire rester sur place pendant une demi-heure. Il a profité de ce laps de temps pour se rendre au cabinet de Rose, bricoler notre voiture et sans doute toutes les autres devant la maison, sauf la Toyota d'Helen. C'est ensuite seulement qu'il lui a envoyé le SMS.

Ses mâchoires étaient serrées comme un étau.

— C'est bien possible, l'interrompit Sneijder, mais il y a un double hic : s'il était effectivement ici et qu'on se trouve dans son repaire secret, Helen Berger devrait y être aussi. Or elle n'y est pas.

Levant un deuxième doigt, il poursuivit :

— Où est-il à présent et où a-t-il emmené Helen Berger ? En tout cas, ils ne sont pas ici.

— Merde, commenta Kohler en allant à la fenêtre pour passer un coup de fil au chef du commando du Wega planqué dans la Cobenzlgasse, non loin de la maison de Carmen Boni.

Puis il rangea son téléphone, l'air déçu.

— Il ne se passe rien là-bas non plus. Les caméras à infrarouges ne décèlent rien. Il nous a roulés dans la farine.

Il referma la fenêtre. Instantanément, on n'entendit plus la pluie tambouriner contre la tôle de la fenêtre.

— Foutons le camp d'ici. Nous…

— Silence ! souffla Sabine.

Kohler se figea. Sneijder et lui l'interrogèrent du regard.

— Vous n'entendez pas ? chuchota-t-elle.

Sneijder leva les yeux. On entendait de petits coups sourds au plafond.

— Il y a quelqu'un au grenier, constata Kohler qui passa d'une pièce à l'autre pour inspecter les plafonds.

Il ne trouva pas de trappe, mais Sabine se rappela le grenier de l'appartement de sa mère qu'elle avait fouillé à la recherche des cahiers de classe.

— On n'accède certainement pas au grenier de l'immeuble par l'atelier, supposa-t-elle et elle sortit précipitamment de l'appartement.

Sneijder la suivit. Mais, là non plus, nulle trace de trappe ou d'échelle de meunier dans la cage d'escalier ou le couloir. Kohler continuait à chercher dans l'appartement.

— Une idée ? demanda Sneijder.

Sabine regarda la porte d'Helga Gruwohl.

— Il y a forcément un moyen de monter là-haut, dit-elle.

Du même mouvement, leurs deux têtes se tournèrent vers les toilettes communes à l'étage. Sneijder y arriva le premier, ouvrit la porte : une cuvette avec réservoir de chasse d'eau en céramique, un lavabo et une petite armoire à glace ouverte, avec des rouleaux de papier hygiénique. Rien de plus.

À côté de l'interrupteur, dans le mur, il y avait une ampoule nue. Au plafond, ils aperçurent les contours d'une tabatière. Sneijder grimpa sur la lunette du WC, dégagea une poignée et ouvrit la fenêtre. Une échelle en trois parties descendit automatiquement. Son arme à la main, Sneijder grimpa.

— Kohler ! héla Sabine en faisant signe à l'enquêteur de venir, et elle suivit Sneijder.

La pièce était assez haute pour qu'on y tienne debout. Il fallut quelques secondes à Sabine pour que ses yeux s'habituent à l'obscurité. Un peu de lumière filtrait par une vitre ternie. Ce grenier s'étendait sur toute la superficie de l'immeuble. Quelques cloisons en liège d'un mètre et demi de haut le coupaient en diverses parties.

Des plaques de polystyrène expansé et des paquets de laine de verre encombraient le sol. L'aménagement prévu n'avait jamais été réalisé. Dans l'angle situé au-dessus de l'atelier d'Hitzenhammer, on avait tendu des cordes à linge auxquelles étaient suspendus des draps blancs qui descendaient jusqu'à terre. D'autres étaient accrochés aux poutres du toit en pente. Quelqu'un s'était aménagé ici un petit espace clos. On se serait cru dans la salle commune d'un hôpital où les lits sont isolés par des cloisons en toile. Une lampe était allumée derrière les draps. L'ombre d'un lit où reposait une personne se dessinait sur l'étoffe.

Sneijder passa son Glock à Sabine.

— Couvrez-moi ! dit-il en se dirigeant vers les draps et en les écartant.

Sabine regarda autour d'elle, puis jeta un œil par-dessus la cloison de liège la plus proche. Pas de trace de Carl Boni. Kohler, à cet instant, passa la tête par la lucarne.

— Il faut appeler une ambulance ! cria Sneijder.

— Comment va-t-elle ? cria à son tour Kohler en prenant son portable et en composant aussitôt un numéro.

— Elle s'en tirera.

Sabine sentit son estomac se nouer. Ayant à nouveau regardé dans toutes les directions, elle se précipita vers les draps. La femme, allongée sur les ressorts métalliques d'un lit pliant, n'avait pas perdu conscience. Ligotée et bâillonnée, elle détournait la tête, terrorisée.

— Je vous avais demandé de me couvrir ! maugréa Sneijder. Ne vous avisez plus de désobéir à mes ordres !

Sabine ignora le reproche. La femme avait un besoin urgent de soins médicaux. Un sécateur à long manche était suspendu à un crochet en bois.

— Ce n'est pas Helen Berger, murmura Sabine en regardant du coin de l'œil Kohler qui téléphonait, toujours sur l'échelle de meunier.

— Je le vois bien.

Il manquait à la femme neuf doigts, sectionnés au ras du métacarpe. Le sang coulait goutte à goutte le long des courroies en cuir. Il y avait déjà une flaque noire par terre.

Sabine ôta son pull et son débardeur noir qu'elle déchira en deux, ce qui lui permit de stopper l'hémorragie des deux mains. Après un rapide coup d'œil sur son soutien-gorge noir, Sneijder libéra la femme de son bâillon.

— Tout va bien, vous êtes en sécurité, chuchota-t-il.

— S'il vous plaît, laissez-moi tranquille. Je ne sais pas, sanglota-t-elle, détournant toujours la tête.

Puis elle se mit à pleurer :

— Je ne sais pas ce que cela veut dire.

Sabine pressa le tissu contre les blessures.

— Qu'est-ce que vous ne savez pas ?

Le regard de la femme se troubla quand elle tourna enfin la tête. Comme hypnotisée, elle avait les yeux rivés au plafond. Ses lèvres bougèrent de manière à émettre un chuchotement :

— Le clair de lune brillait dans la nuit noire…

38

Il n'y avait décidément pas moyen de se défaire de ces maudites courroies de cuir… Helen essayait de faire coulisser sa main, mais elle transpirait et le cuir, telle une plante carnivore, se rétractait. Elle était déjà écorchée, et tout geste était douloureux. Comme ses bras, attachés le long de l'établi, étaient tordus, ses muscles se crispaient. La sueur lui coulait sur les tempes.

Elle aurait surtout voulu recracher le bâillon, mais il était tellement enfoncé que le réflexe nauséeux lui contractait sans arrêt l'estomac.

Le battement de porte, à l'étage inférieur, cessa. Elle entendit à nouveau les pas de Carl dans la cage d'escalier. La porte s'ouvrit et la lumière d'un éclair dessina sur le drap une silhouette grandissante, comme au théâtre d'ombres. Carl écarta le tissu et vérifia le bâillon et les courroies. Il caressa avec délicatesse les poignets écorchés.

— Vous vous infligez des souffrances inutiles, dit-il, la tête penchée de côté, un sourire aux lèvres. « Konrad, dit la maman, je sors et toi, là resteras ! »

Sa voix se fit soudain aussi claire et douce que celle d'une fillette.

— « Jusqu'à mon retour sage et obéissant seras. Et surtout, Konrad, ton pouce point ne suceras. Sinon le tailleur, avec ses ciseaux, bien vite arrivera. Et tes pouces comme du papier de soie coupera. »

Ses yeux s'assombrirent.

— Vous avez été sage et obéissante ?

Elle voulut répondre, mais n'émit qu'un gémissement. Il enleva le bâillon.

— Vous avez été sage ?

Elle toussa.

— Vous aviez dit que je remplacerais Rose Harmann et que quelqu'un devrait me sauver.

— C'était avant que vous me trompiez.

Elle devina que, cette fois, ce ne serait pas un jeu, qu'il n'y aurait pas de cadeau, pas d'appel, pas de devinette et pas de délai de quarante-huit heures avant de mourir. Mais il lui restait une chance.

— Pourquoi avez-vous modifié votre voix au téléphone ?

Il ne répondit pas, examinant, impassible, le sécateur entre ses mains.

— Où est votre modificateur de voix ?

— Je n'en ai plus besoin. Ce serait trop dangereux d'aller le chercher. Si vos collègues ne sont pas trop bêtes, ils l'ont déjà trouvé.

Le jeu était terminé ! Il était d'autant plus important de gagner du temps.

— Où suis-je ?

— Au dernier endroit où la police aurait l'idée de rechercher un assassin.

Un assassin !

— Carl, vous n'êtes pas un assassin. Je peux vous soigner. Nous trouverons une solution.

— Dans quel but ?

— Éliminer les spectres de votre enfance.

L'air indifférent, il aiguisait les lames avec une pierre. En entendant ce bruit régulier, Helen crut devenir folle.

— Oh, vous pouvez m'aider à éliminer mes angoisses, concéda-t-il. Au moins pour un certain temps.

Il lui tourna le dos et fouilla parmi les instruments. Soudain, sans crier gare, il fit volte-face, lui coinça le pouce entre les deux lames et serra les branches.

Helen se cabra sous ses liens.

— Non !

Elle vit son visage se contracter sous l'effort, les pommettes saillir quand il coupa. La douleur transperça Helen, du bras jusqu'au cerveau. Puis les lames se rejoignirent et quelque chose tomba par terre.

La douleur était intolérable.

— Mais je veux vous aider, sanglota-t-elle.

— Mais vous m'aidez, répondit-il affectueusement.

Puis le son de sa voix changea.

— Soit ça me grandit, soit je vais à ma perte.

Helen se laissa retomber sur l'établi. Elle ferma les yeux et serra les dents. Cela ne servait à rien de lui parler.

Il faut tenir !

Elle serra instinctivement le poing gauche pour réduire l'hémorragie. Tentative ridicule, mais elle ne pouvait rien entreprendre d'autre. Elle sentit l'absence du pouce.

Tes pouces, c'est le moindre de tes problèmes ! Il va d'abord te mutiler et ensuite te tuer ! Tiens bon ! Gagne du temps !

Elle essaya de respirer calmement. Mais plus facile à dire qu'à faire. Tout son corps était contracté.

— « Badaboum ! La porte s'ouvre et le tailleur surgit dans la pièce, fond sur le Suceur de Pouce. »

Il plaça l'autre pouce entre les lames. Helen ne sursauta même pas. Il allait lui couper un deuxième doigt. Elle garda les yeux fermés, respirant calmement et profondément.

Tiens bon!

Carl appuya comme pour tester ses réactions. Il pencha la tête vers elle et elle sentit son haleine sur sa joue.

— « Malheur ! Maintenant ça fait clic et clac, chuchota-t-il. Les pouces s'envolent à coups de ciseaux. Les grands ciseaux bien aiguisés ! Aïe, Konrad crie alors fortement. »

Mais Helen ne cria pas. C'est à Frank qu'elle devait tout ça ! Il avait à tout prix fallu que son mari si propre sur lui aille en baiser une autre. Une arriviste déboussolée qui avait fait subir à un garçon jadis maltraité une thérapie de choc. Elle avait en plus éveillé la curiosité de ce dernier en se rendant chez Helen coiffée d'une perruque. C'est cette folle qui avait mené Carl directement chez elle.

— Clic et clac, dit Carl.

Elle resta sans réaction.

— Nous avons le temps, dit-il en éloignant le sécateur.

Elle l'entendit approcher une chaise et s'asseoir auprès d'elle. Tout en aiguisant les lames, il se mit à parler d'une voix basse que seuls les grondements du tonnerre interrompaient.

— Mes parents se sont connus à l'hôpital. Mon père était organiste liturgique et, à l'occasion d'un voyage, avait été invité à jouer dans la cathédrale Saint-Étienne de Vienne.

Ferme-la ! Ça ne m'intéresse pas ! Mais Helen ne dit pas un mot. Tant qu'il parlait, il ne la faisait pas souffrir. *Trouvez ce grenier, putain !* Ses pensées vagabondaient. Carl continuait à parler. Elle avait l'impression qu'il était loin.

— Vous m'écoutez ? demanda-t-il en la heurtant.

Un réflexe lui fit ouvrir les yeux, mais elle les referma aussitôt pour ne pas voir son visage.

— Dans la cathédrale, à la fin de la messe, une statue de Marie se détachant du mur est tombée sur l'orgue et a cassé un bras à mon père. Une double fracture compliquée. Ma mère était toute jeune, infirmière stagiaire. Elle s'est occupée de lui, et ils se sont mariés. Il n'est pas retourné en RDA. Ils vivaient à Vienne. La petite garce est d'abord venue au monde et, cinq ans plus tard, ce fut mon tour.

Le bruit de la pierre sur le métal était intolérable.

— Si la statue de Marie n'avait pas brisé le bras de mon père, tout se serait passé autrement. Je ne serais pas ici. Vous ne seriez pas ici. N'y a-t-il pas de quoi rire ? C'est la Sainte Vierge qui est intervenue en personne dans les événements et qui a tout déclenché. Mais pourquoi ? Pour me torturer toute ma vie ?

Avec la précision d'un dément, il aiguisait les lames jusqu'à les rendre luisantes.

— Peut-être avait-elle prévu tout ça ? Elle était vierge et, bien entendu, ne supportait pas l'infidélité. Le Dr Harmann m'a ouvert les yeux. Si ma mère n'avait pas trompé mon père, nous aurions été une famille harmonieuse. Mais elle lui a menti et l'a trompé, comme le font les autres femmes. L'infidélité me rend fou ! Je ne fais aux femmes que ce que mon père m'a fait à cause de ma mère.

— Vous ne pouvez tout de même pas punir toutes les femmes !

— Certaines seulement…

Elle l'entendit changer de main et continuer à aiguiser.

Chritt… chritt…

Son regard se perdit.

— Notre voisine de Cologne avait une liaison avec son patron. Un avocat marié. Ma mère entendait quand il venait. Elle connaissait d'ailleurs la femme de cet homme, mais elle ne lui a jamais parlé de rien. J'ai certainement rendu un grand service à cette femme quand les pitbulls ont égorgé la salope.

Chritt... chritt...

— Et cette chère tante Lore... j'étais déjà en apprentissage... elle me frappait derrière la tête à coups de cuillère en bois, devant mon père, quand je ne récitais pas une prière entre chaque bouchée à table. Vous trouvez ça normal ? Alors qu'elle avait avorté de deux enfants illégitimes ?

Chritt... chritt...

— Ma monitrice avait sûrement une liaison aussi. À coup sûr même. Elle portait tout le temps des minijupes, avait une bonne couche de rouge à lèvres et croisait toujours les jambes d'une manière...

Chritt... chritt...

— Ah oui, et Munich, se rappela-t-il en riant doucement. J'ai eu de la peine à retrouver mon institutrice de Cologne. Une petite bonne femme très mignonne. Qui aurait cru ça d'elle ? Mais elle aussi avait une liaison... J'ai parfois l'impression que le monde entier ne tourne pas rond.

Malgré la douleur lancinante de son moignon et le sang qui coulait sur son poignet, Helen prêtait l'oreille tout en essayant de ne pas le laisser paraître. Sabine Nemez était de Munich : il parlait donc de la mère de la policière.

Chritt... chritt...

— Et puis c'est même l'école qui a brûlé à cause de ça, comme elle me l'a raconté avant de mourir.

Chritt... chritt...

— Je vois à votre réaction que ce cas vous intéresse.

Elle ouvrit les yeux et fixa du regard la lumière de la lampe à pétrole. Son palais était complètement desséché. Elle desserra les lèvres.

— Mon mari m'a trompée. Je n'ai pas de mal à imaginer ce que vous ressentez.

— Vous ne le saurez vraiment qu'en éprouvant ce que j'ai éprouvé.

Il cessa d'aiguiser. Elle sentit l'odeur de la pierre devenue brûlante sous l'effet du frottement.

— Helen, ce n'est pas la peine de faire semblant de comprendre. Je peux vous appeler Helen, n'est-ce pas ? Vous êtes de mèche avec la police et vous m'avez trompé. C'est vous qui avez eu l'idée de dire à la presse que ma mère était encore vivante quand on l'a retrouvée ?

— De quoi parlez-vous ?

— Helen, elle était morte comme on ne peut pas être plus mort. Elle s'est tranché la langue avec les dents. Vous me prenez pour un idiot ? Vous espériez quoi de ce mensonge ?

Elle garda le silence. Elle se mit à se détester ! Pourquoi avait-elle ouvert la bouche ?

Carl se leva et lui coinça l'autre pouce entre les lames. Le métal était presque incandescent.

— Non, je vous en supplie…, implora-t-elle.

— *Non, je vous en supplie*…, la singea-t-il. Je vais vous poser une devinette. Si vous ne trouvez pas la réponse, je vous coupe le pouce. Que signifient ces mots : « Le clair de lune brillait dans la nuit noire… » ?

39

Cinq jours plus tôt
La dernière séance de thérapie

Rose accompagna sa patiente jusqu'à la porte et prit congé. Du parc, de l'autre côté de la rue, lui parvenait une délicieuse odeur de printemps. Tandis que la jeune femme anorexique se dirigeait vers le parking, Rose ferma à clé son cabinet de l'intérieur.

La dernière patiente de la journée. Elle regarda l'heure à la pendule. Vendredi, il était 13 heures passées. Les derniers jours avaient été épuisants, mais un week-end de détente s'annonçait. D'abord, une visite chez sa meilleure amie, puis un après-midi dans le centre de remise en forme de son immeuble : une séance d'ayurveda pour commencer, une caipirinha au bar du sauna, une visite chez la manucure et chez le coiffeur et, le soir, un dîner aux chandelles dans un restaurant Marriott, avec *lui*.

Elle alluma le lecteur de CD. Une mélodie de saxophone monta des baffles. Son corps ondula en rythme, tandis qu'elle se préparait un spritz. Pas un de ceux qu'on vous sert dans les mauvais établissements, mais un cocktail à base de campari et de vin blanc corsé, avec un glaçon. Elle commençait à le siroter quand elle entendit un coup de sonnette à la porte. Elle jeta machinalement un œil dans la salle de consultation. Sa patiente n'avait rien oublié.

Rose passa dans l'entrée. Rien sur le portemanteau. Elle ouvrit.

— Quand deux psychologues se rencontrent, le premier dit au second : Comment vais-je ?

Appuyé au chambranle de la porte, Carl ne souriait pas de sa plaisanterie. Il avait l'air grave. Il mâchait un chewing-gum, le doigt encore sur la sonnette.

— Vous avez bu, constata Rose.

Carl ferma les yeux et huma.

— Vous aussi ! Oh, madame le docteur boit du vin.

Il portait un jean et une veste en cuir légère. Elle constata que ses ongles et le bout de ses doigts n'étaient pas, contrairement à son habitude, pleins de cambouis.

— Monsieur Boni, nous n'avons pas rendez-vous aujourd'hui.

Enlevant le doigt de la sonnette, il la toisa sans vergogne, depuis son jean étroit, en passant par le corsage, jusqu'au châle marron qu'elle avait elle-même tricoté. Son regard s'arrêta sur la chaînette en bois, très à la mode, qui cachait en partie son décolleté.

— Depuis notre dernière séance, il y a deux mois, je cherche à vous joindre, poursuivit Rose. Vous ne répondez ni au téléphone ni à mes messages. Vous ne réagissez même pas à mes lettres.

— Me voici.

— C'est ce que je vois. Super ! Même votre employeur ignore où vous êtes.

Il fronça les sourcils.

— Vous avez appelé Ruben ?

— Oui, et il ne vous porte pas dans son cœur.

— Je l'emmerde, ce vieux con. J'ai démissionné il y a deux mois. Ça l'a pas mal mis en rogne. Vous auriez dû voir sa tête.

Il avait gardé son air grave. Il cracha dans le parterre de fleurs à côté de la porte.

Les pensées se culbutèrent dans la tête de Rose. Ruben savait certainement que la justice avait imposé une thérapie à son mécanicien. Bizarrement, il n'avait pourtant pas signalé au tribunal l'absence de Carl. Sinon, la juge se serait adressée à elle. Mais cela pouvait encore se produire : si l'on découvrait que Carl était au chômage depuis deux mois et qu'il ne venait pas à ses rendez-vous thérapeutiques, le tribunal souhaiterait sans aucun doute l'interroger et voudrait consulter ses dossiers. Il lui faudrait alors falsifier les comptes rendus afin que personne ne s'avise qu'elle l'avait berné en lui administrant un placebo.

Rose regarda autour d'elle. Sa patiente était déjà partie. Aucun véhicule sur le parking. Même la camionnette bringuebalante du garage Ruben n'était pas là.

— Vous êtes venu à pied ?

— Avec ma nouvelle voiture.

Il appuya deux fois sur une clé à télécommande. Les feux d'une Ford Fiesta bleu foncé clignotèrent. Rose s'aperçut que Carl se rongeait les ongles. La peau manquait aux endroits où du sang séché s'accumulait dans le lit de l'ongle. Mauvais signe.

— Je m'apprêtais à écrire au tribunal que vous ignorez votre obligation de soins. Je considère cela comme une interruption de traitement.

Elle avait effectivement tapé un rapport à l'intention de Petra Lugretti, mais ne l'avait pas envoyé, dans l'espoir que Carl finirait par se manifester. Sinon, un mandat d'arrêt serait lancé contre lui, et le tribunal déciderait selon toute vraisemblance de l'obliger à purger sa peine de prison. Heureusement, il venait de réapparaître, même si c'était à une heure intempestive.

— Dans ce cas, il faudrait tenir au plus vite la prochaine séance, suggéra-t-il.

— Bonne idée, mais pas maintenant.

— Non ? Ça ne vous intéresse donc pas de savoir à quel point les choses ont mal tourné pour moi ces deux derniers mois ? Ou bien madame le docteur préfère-t-elle l'apprendre par les journaux ?

Elle fit un pas de côté.

— Entrez.

— Oh, merci infiniment, dit-il en collant son chewing-gum sur le mot « docteur » de la plaque avant d'obéir. Non, merci, pas de vin pour moi.

Il se jeta sur le canapé comme s'il était chez lui.

— C'est quoi la merde que vous écoutez là ?

Rose éteignit le lecteur de CD et s'assit.

— Fixons donc deux nouveaux rendez-vous.

— Pas besoin.

— Pas besoin ? Pourquoi ?

Il ricana.

— À supposer que vous connaissiez la réponse, quelle pourrait-elle être ?

Il se payait sa tête. En outre, elle n'avait aucune envie d'échanger les rôles avec un patient ivre.

— La raison pourrait-elle être que vous m'avez ridiculisé ? demanda-t-il.

L'estomac de Rose se contracta.

— La raison pourrait-elle être que vous m'avez berné et que vous avez abusé de ma confiance ?

Rose sentit une vague de chaleur lui monter à la tête.

— Vous parlez de la Torrexine, constata-t-elle en affectant le plus grand calme.

— Oui, c'est ça. La Torrexine. Un comprimé coûte tout de même cinquante euros ! Un psychotrope qui n'est pas donné, la singea-t-il. Il est réservé à quelques patients seulement.

— Je regrette.

— Tu parles ! s'écria-t-il en bondissant du canapé. Vous vous êtes foutue de moi. Est-ce que vous imaginez combien je me suis senti idiot quand j'ai découvert que ce putain de médicament n'existe pas ? J'ai dû vous paraître bien niais quand vous avez réussi à me faire parler, en larmes, de ma sœur. Carl Maria a rempli votre cabinet de ses lamentations !

Rose posa les mains sur ses cuisses. Ses paumes étaient moites. Carl était une bombe à retardement. Sa haine des femmes devait être immense, notamment envers sa sœur et sa mère. Et voilà qu'elle avait attiré sur elle cette haine en recourant à cette pilule de vérité.

— Vous n'auriez pas un peu peur ? chuchota-t-il.

Elle ne répondit pas. Elle avait l'impression qu'une main invisible lui serrait la gorge. Elle ne pouvait plus déglutir.

— Ce n'est pas la peine d'avoir peur, Rose. J'assume désormais à ma manière les résultats de nos dernières séances.

— C'est très bien.

— Oui, c'est très bien. Ça me plaît, à moi aussi, confirma-t-il en se rongeant les ongles.

Elle devait essayer de garder sous contrôle la nervosité de ce garçon, mais, pour l'instant, elle était plus tendue que lui. Elle avait la bouche sèche. *Putain, une boisson forte ne serait pas de trop !*

— Vous ne voulez pas savoir comment je m'y prends ?

— Bien sûr que si, racontez-le-moi, s'il vous plaît, dit-elle d'une voix rauque.

— Vous aviez tort, mon père n'était pas un sadique.

— Non, en effet, admit-elle.

— Il n'aimait pas me brûler sur tout le corps avec le fer à repasser. Mais nous savons, vous et moi, pourquoi il le faisait néanmoins. Il était malade. C'est ma mère qui l'avait poussé à ça. Après avoir baisé avec le premier venu, pour oublier sa fille – la sale petite garce –, elle a menacé mon père de le quitter si j'étais vilain. C'est bien ça, n'est-ce pas ?

— Votre mère…

— Mais j'étais *sage* ! hurla-t-il. Et pourtant, chaque semaine, il manquait m'étouffer avec un sac en plastique. Ce merveilleux organiste, si croyant, si humble et si respectueux. Un modèle pour la paroisse, un homme que tout le monde admirait pour sa manière sublime de jouer de l'orgue. Mais, avec moi, ce bigot de fils de pute jouait un tout autre jeu. Il me posait des devinettes. Des problèmes que je devais résoudre dans un délai précis. Mais j'étais trop *jeune* pour ces problèmes.

Des larmes apparurent au coin de ses yeux. Jamais encore il n'avait parlé de cela. Rose ne se souvenait pas non plus qu'il eût évoqué ces devinettes dans les enregistrements.

— Quelles devinettes ?

Il essuya ses larmes d'un revers de main. Ses pupilles brillaient.

— « Qui a composé les cinq principales messes pastorales ? Combien y a-t-il de mesures dans l'oratorio de Noël de Bach ? Dans quel ordre telle ou telle liturgie se déroule-t-elle ? » Je devais trouver la réponse pendant que mon père jouait. Mais un enfant de dix ans a-t-il une chance de trouver cela en quarante minutes ? L'ignorance était identifiée à la méchanceté. J'entends encore parfois ses questions insistantes, ses problèmes insolubles, les blâmes, les reproches et les tortures mentales ! « Le clair de lune brillait dans la nuit noire… »

Il se boucha les oreilles à deux mains.

Rose se rappela que Carl, dans ses enregistrements, avait évoqué un poème que son père lui répétait tout en le corrigeant.

— De quel poème s'agissait-il ?

— C'étaient des dizaines et des dizaines de vers.

Il serra les paupières et sa voix adopta un timbre monotone.

— « S'ils mangent leur soupe, et n'oublient pas le pain non plus, si, sans faire de bruit, ils sont sages en toute occasion, si, en se promenant dans la rue, ils donnent la main à maman… »

— Carl, l'interrompit-elle.

Il ouvrit les yeux et reprit :

— Il y a un poème dont je n'ai toujours pas compris ce qu'il signifiait. « Le clair de lune… » Putain, je comprends rien à rien.

— Carl ! Vous disiez à l'instant que vous aviez trouvé le moyen de travailler sur vos traumatismes. Racontez-moi !

Un sourire joua sur ses lèvres. Ses yeux, cette fois, sourirent eux aussi. Soudain une expression heureuse illumina son visage.

— Je suis allé à Dresde, sur la tombe de mon père. Assis au pied de la dalle de marbre, je lui ai parlé. Je lui ai dit que je savais pourquoi il avait agi ainsi. J'ai aussi compris ce qu'il avait voulu me transmettre sur son lit de mort… et je lui ai pardonné.

— C'est très bien, dit Rose en lui prenant la main.

Il avait les doigts froids. Il souriait. Elle se hâta de le lâcher.

— Pardonnez-moi, je vous en prie, d'avoir abusé de votre confiance.

— Je suis désolé : vous, je ne pourrai pas vous pardonner… Vous êtes une femme !

À nouveau, elle sentit la panique la saisir à la gorge. Dans quelle intention était-il venu la voir ? Ses mains se mirent à trembler.

Carl se leva et se dirigea vers la porte. Avant de quitter la pièce, il jeta un dernier regard circulaire, comme pour prendre congé d'une période de sa vie. Ses yeux se portèrent sur la commode.

La lettre ! Elle sentit son pouls s'accélérer.

— Qu'est-ce que vous comptez faire maintenant ? se hâta-t-elle de demander pour détourner son attention, mais il avait aperçu l'enveloppe.

Il la prit, la tourna entre ses doigts et vit à qui elle était adressée.

— Est-ce le rapport pour le tribunal que vous prétendez ne pas avoir encore écrit ?

— Je voulais ne l'envoyer qu'après vous avoir parlé.

— Rose, vous m'avez encore menti. Vous êtes incorrigible ! dit-il d'une voix où ne se manifestait même pas de déception, comme s'il ne s'était attendu à rien d'autre de sa part.

Il déchira l'enveloppe, en sortit la lettre et la fourra dans la poche intérieure de sa veste.

— Ah oui, vous m'avez demandé ce que je comptais faire. Je pars aujourd'hui pour Munich. Je rends visite à une vieille connaissance. Il m'a fallu beaucoup de temps pour la retrouver. Elle habitait autrefois à Cologne. Mais je suis heureux de la revoir. Elle se souvient certainement encore de moi.

Rose l'accompagna jusqu'à la porte. Il sortit, mais se tourna encore vers elle.

— Quand je reviendrai, nous aurons un dernier rendez-vous, d'accord ?

— D'accord, dit-elle avec effort. Amusez-vous bien en Allemagne !

— Oh, je n'y manquerai pas.

Rose le suivit des yeux tandis qu'il allait à sa voiture. Elle respira à fond, laissa retomber ses épaules. Il aurait pu arriver n'importe quoi durant ces dernières minutes. Elle avait les genoux en coton. Elle referma à clé et retourna dans la salle de consultation. Les doigts tremblants, elle prit le verre de spritz et l'avala d'un trait. Puis elle regarda par la fenêtre. Carl montait dans la Ford Fiesta bleue. Il fit demi-tour sur le parking et partit.

— Oh putain ! dit-elle en se préparant un autre verre, sans glaçon, qu'elle vida cul sec.

Il lui fallut un quart d'heure pour retrouver son calme, gardant tout ce temps les yeux fixés sur le mur en face d'elle. Elle devait avertir le tribunal de la visite de Carl. Le plus tôt serait le mieux. Tant pis si on découvrait ses méthodes thérapeutiques. Mieux valait cela que d'être harcelée par un fou.

Elle regarda l'heure. Déjà 14 h 30. Elle devait rendre visite à sa meilleure amie. *Sa meilleure amie !* Quelle blague ! Un mauvais jeu de mots dont elle avait pris l'habitude ces derniers mois.

Dans la salle de bains, elle essuya le fard de ses paupières, le rouge de ses lèvres et enleva ses lentilles de contact. Elle se poudra le visage pour masquer son bronzage artificiel. Puis elle prit dans la petite armoire les grosses lunettes d'écaille qui la vieillissaient de vingt bonnes années. Elle se contempla dans la glace, laissant mollement tomber les commissures des lèvres.

— Tu es vraiment laide, espèce de vieille fille ! grinça-t-elle.

Puis elle ôta ses habits et revêtit un pantalon gris, un pull à col roulé de couleur sombre et des chaussures plates usagées. Elle prit ensuite une perruque grise sur son socle. Après avoir aplati avec du gel ses cheveux roux coiffés à la diable, elle mit le postiche que sa mère portait dans les années soixante-dix.

— Comme ça, tu fais bien dix ans de plus, ma pauvre petite pharmacienne cancéreuse.

Un sac marron au bras, elle sortit et rejoignit sa voiture à petits pas.

Le cabinet de cette pauvre conne était à environ vingt minutes en voiture. Elle arriverait à l'heure au rendez-vous. De quoi allaient-elles parler aujourd'hui ? De sa relation malheureuse avec un homme marié ? Qu'est-ce que la péquenaude de Griesskirchen allait lui conseiller cette fois ? À dire vrai, la thérapeute était plus professionnelle qu'elle ne l'aurait cru : elle se livrait peu, il était difficile de déchiffrer sa personnalité. Mais elle allait peut-être apprendre du nouveau sur elle aujourd'hui. Inconsciemment, toutes les femmes parlaient d'elles quand elles donnaient des conseils à une autre femme. Il n'en allait pas autrement pour elle-même.

Avant le dîner avec Frank, elle aurait encore assez de temps pour une séance d'ayurveda et un passage chez la manucure et le coiffeur. Aujourd'hui, il pourrait rester jusqu'à 23 h 30 et, après le restaurant, ils rentreraient chez elle en voiture. Il aimait lui mordiller l'oreille tandis que l'antique tourne-disque jouait ses vieux disques de jazz et qu'elle lui récitait des poèmes cochons de William Burroughs. Elle, elle aimait l'entendre lui chuchoter à l'oreille qu'*elle parlait comme une nonne et embrassait comme le diable*. Elle était bien la femme que cet homme méritait d'avoir.

Il manquait une dioptrie aux lunettes d'écaille, aussi était-elle obligée de se concentrer sur sa conduite. Elle ne remarqua donc pas la Ford Fiesta bleue qui la suivait.

40

Une pluie diluvienne s'abattait sur la ville. Sabine se tenait dans la cour du vieil immeuble, sa polaire était trempée. Un collègue de la PJ de Vienne lui avait donné une veste imperméable avec des bandes jaunes réfléchissantes.

Les battants arrière de l'ambulance se refermèrent. Sans perdre une seconde, elle démarra, gyrophare et avertisseur sonore allumés, faisant jaillir des trombes d'eau des nids-de-poule. Elle s'engouffra dans le passage souterrain, sa sirène retentissant contre les parois en béton. Quelques secondes plus tard, Sabine vit la lumière bleue du gyrophare se refléter contre les murs des immeubles et dans les flaques d'eau.

Elle regarda alors de l'autre côté de la rue, devant le numéro 18. Depuis un quart d'heure, Maarten Sneijder, Ben Kohler et Oliver Brandstätter s'engueulaient avec d'autres policiers. Le groupe, entouré de véhicules de police, se tenait devant l'entrée pour piétons. On entendait les éclats de voix en dépit de la pluie. Rien que des hommes. C'est pourquoi elle s'était mise à l'écart. Elle renonçait sans peine aux goujateries, aux postures de machos et aux accusations réciproques. Parmi les policiers se trouvait également un gros bonnet, un type en costume beige, avec des lunettes et une couronne de cheveux gris. Peut-être le chef de Kohler. Les passions étaient exacerbées.

Sabine ne s'intéressait pas à ce qu'ils se disaient. Elle avait d'autres problèmes en tête. Sa valise était restée à la cantine du BKA et elle n'avait aucune idée de l'endroit où Sneijder et elle pourraient passer la nuit. La batterie de son portable était presque vide et suffirait à peine à un bref entretien avec sa sœur. L'assassin de leur mère était toujours en cavale et les collègues du LKA de Munich, qui n'avaient aucune idée de ce qui s'était passé à Vienne ces dernières douze heures, attendaient toujours qu'elle réponde à leur convocation. Le gars au complet croisé beige allait certainement prendre contact avec Munich. Après le coup d'éclat qui leur avait fait perdre la trace d'Helen Berger, son boulot au service permanent de la PJ ne tenait plus qu'à un fil. Elle pouvait de toute façon tracer une croix sur son ambition d'une formation auprès du BKA de Wiesbaden. Son humeur était à l'unisson du temps, exécrable !

La voix de Sneijder lui parvint soudain. Il parlait bas, mais avec fermeté. Les autres avaient d'ailleurs fait silence. Il se détacha du groupe et la rejoignit. La pluie ruisselait sur sa calvitie. À la lumière des éclairs qui jaillissaient de minute en minute par-dessus les toits, elle remarqua son extrême pâleur.

— Vous voulez une place sous l'auvent ? demanda-t-elle.

— Non, merci, répondit-il en s'essuyant le visage. Notre bilan n'est pas très brillant, Écureuil ! Que nous ayons sauvé une autre victime de Carl ne les intéresse pas. Helen Berger a disparu. C'est ma faute ! Et je n'ai pas la moindre idée de l'endroit où il a bien pu la transporter.

— Comment va Rose Harmann ?

— Carl lui a sectionné neuf doigts. Sept étaient dans le seau. Le médecin des urgences ne pense pas que les chirurgiens puissent en récupérer un seul. Elle a un début de gangrène et de septicémie. Il n'est pas exclu qu'ils soient même obligés de…

Sneijder fut interrompu par la sonnerie de son iPhone. Il écouta attentivement quelques secondes.

— Quelle antenne ? demanda-t-il finalement. Haha… et l'autre ?… Bien, merci.

Sabine n'avait pas compris un traître mot. Il rangeait son téléphone quand Kohler accourut.

— Sneijder, je suis désolé, mais je dois confisquer votre arme, votre passeport et votre insigne de fonction jusqu'à ce que l'affaire soit éclaircie. Je vous conduirai ensuite tous les deux au commissariat où nous rédigerons un rapport.

— Vous ne parlez pas sérieusement ? dit Sneijder en plissant les yeux. Si vous posez la main sur moi…

— Ce n'est pas moi qui décide ! répliqua Kohler. Vous vous êtes immiscé dans une enquête en cours, et nous avons maintenant perdu un témoin.

— Une enquête en cours ? pouffa le Néerlandais. Elle ne l'est devenue qu'après notre arrivée à Vienne, argumenta-t-il avec un geste désobligeant en direction du groupe d'hommes. Qu'est-ce qu'ils entreprennent pour trouver Helen Berger ?

Kohler eut une grimace amère.

— Helen et le préfet de police ont un contentieux personnel. La retrouver n'est pas sa priorité.

— Si vous me faites confiance, nous allons la retrouver.

— Vous faire confiance ? Croyez-moi, je voudrais bien. Mais je ne peux pas, dit-il en s'essuyant le visage. Pour vous, c'est terminé. Allons-y !

Sneijder ne bougea pas d'un pouce.

— Oubliez un instant les âneries administratives et écoutez-moi. J'ai fait localiser le téléphone de Carl Boni.

Kohler ouvrit de grands yeux, puis il secoua la tête.

— C'est impossible.

— D'accord, je sais que votre « Telekom » ne communique aucune fadette à la PJ, même si le procureur le demande. Vos collègues doivent attendre que l'opérateur ait fait les comptes du trimestre. Mais nous travaillons différemment.

— Nous ? Les spécialistes du BKA de Wiesbaden piratent-ils Telekom ?

— Non, mais le Service fédéral des renseignements est capable de déplomber n'importe quel programme.

— D'où tenez-vous le numéro de portable de Carl ?

— Grâce au pistage des données. Il a appelé Helen Berger à 17 h 01.

— Et d'où tenez-vous le numéro du portable d'Helen ?

— Nom de Dieu ! s'écria Sneijder en levant les bras au ciel, puis en se tapant la poitrine, sur la poche de son veston où il rangeait son iPhone. Sur la page Web d'Helen, à la rubrique « contacts », il est difficile de ne pas le trouver.

Sabine comprit alors que Sneijder n'avait pas passé son temps à bâiller aux corneilles.

— Et quand avez-vous organisé tout ce cirque ?

— Devant le cabinet du Dr Harmann, pendant que nous attendions la voiture de remplacement.

— Si je raconte ça à mon chef, il va m'arracher la tête.

— *Godverdomme !* Si vous racontez ça à votre chef, c'est moi qui vais vous arracher la tête ! Alors, ce que j'ai trouvé vous intéresse-t-il ou bien comptez-vous continuer à me faire un cours sur la bureaucratie ?

Kohler hésita. À cet instant, le faisceau d'une lampe de poche les éclaira depuis l'autre côté de la rue. Le groupe se défit lentement. Oliver Brandstätter les rejoignit.

— Kohler, Brandstätter ! Rendez-vous au commissariat ! Sur-le-champ ! beugla le type en costume beige.

— Que le diable l'emporte, grogna Brandstätter.

Sabine dévisagea Kohler. Il avait les mâchoires contractées. Qu'allait-il décider ?

— Oui, tout de suite, répondit-il à haute voix, avant de chuchoter à Sneijder : OK, accouchez !

— Il nous faut un plan de Vienne.

— Bien, suivez-moi.

Ils foncèrent vers l'Audi noire, toujours garée près du passage souterrain. Tandis que les autres policiers se dispersaient, ils montèrent dans la voiture.

— Qu'est-ce que vous avez en tête ? s'enquit Brandstätter.

— Devine ! Est-ce que tu as un plan de la ville dans ta boîte à gants ? répondit Kohler.

Brandstätter hocha la tête, décontenancé.

— Qui se sert encore d'une carte de nos jours ? Ta grand-mère peut-être. J'ai mieux, affirma-t-il en allumant son GPS.

— Enfin quelqu'un qui comprend de quoi il retourne, dit Sneijder, penché en avant. Le portable de Carl est pour l'instant connecté à la station téléphonique cellulaire deux / quatre / un / huit.

Kohler regardait d'un air déçu l'affichage du navigateur.

— À Vienne, il y a mille cinq cents stations de base avec près de mille antennes. C'est une carte des émetteurs qu'il nous faut, avec toutes les stations de base.

— La station en question est dans la Sensengasse, répondit calmement Sneijder. Le mobile de Carl s'est connecté à une antenne qui balaie un secteur de cent vingt degrés vers le sud. Portée d'environ soixante mètres.

Brandstätter n'eut pas besoin d'explications supplémentaires. Il tapa sur une touche du GPS et une carte du quartier apparut sur l'écran. Les pâtés de maisons ressemblaient aux alvéoles d'une ruche dont l'intérieur aurait été vert.

Sabine, qui s'était aussi penchée, déchiffra les noms des bâtiments.

— La médecine légale de l'université de médecine, le campus universitaire et… la *Tour des fous* ?

Une tour s'élevait dans la cour intérieure d'un bâtiment circulaire.

— La Tour des fous était jadis un établissement psychiatrique et n'est plus qu'un musée d'anatomie pathologique, expliqua Kohler. Elle appartient à l'ancien hôpital. Pour le fouiller, il nous faudrait des jours et des jours.

Il se tourna vers Sneijder.

— Vos collègues doivent pouvoir localiser également le portable d'Helen.

— C'est fait, répondit Sneijder. Il est connecté à une autre antenne, dans un autre secteur. Carl devait être caché dans la voiture d'Helen quand elle a quitté le cabinet de Rose Harmann, et il aura jeté son portable dans la Triester Strasse. C'est là qu'il est localisé.

— Merde, s'exclama Kohler en grossissant l'image.

— Où va-t-on ? demanda Brandstätter.

— En tout cas pas au commissariat.

— Si le chef l'apprend, il va péter une artère…

— Pas la peine de nous faire un dessin ! s'écrièrent Kohler et Sneijder d'une seule voix.

— D'accord, du calme, marmonna Brandstätter. Si vous m'entraînez dans votre truc, j'aimerais au moins savoir en quoi il consiste.

— C'est ce qu'on est en train de faire, répliqua Kohler.

Il expliqua brièvement à son collègue ce qu'ils savaient. Brandstätter eut l'air perplexe.

— J'ai déjà perdu Helen il y a trois ans, quand elle a dû faire face aux reproches du ministère public, du tribunal et de la PJ, gronda Kohler. Je ne ferai pas la même erreur une seconde fois. Tu es des nôtres ou non ?

— Écoute-moi, mon pote, répliqua Brandstätter en posant un doigt sur la poitrine de son collègue. À l'époque, je n'aurais pas laissé tomber Helen comme tu l'as fait. Bien sûr que je suis des vôtres.

Il y eut un instant de silence.

— La mère de Carl Boni était bien infirmière ? s'écria soudain Sabine.

— Et assistante au service de pathologie gynécologique de l'Institut universitaire ! Voilà le truc ! cria à son tour Kohler.

— Chapeau ! dit Sneijder. Il a entraîné Helen dans l'un des bâtiments de pathologie de l'ancien hôpital.

Il tapota l'épaule de Brandstätter.

— Foncez, mec, vous attendez quoi ?

41

Helen ferma les yeux, refusant d'écouter plus longtemps ces propos déments, mais la litanie de Carl lui vrillait le crâne.

— « Le clair de lune brillait dans la nuit noire, la glace recouvrait les vertes prairies, quand, à toute allure, une voiture tourna le coin lentement… »

Il récitait un poème de quatre strophes à propos d'une vieille tante dans un cercueil et d'un garçon blond comme les blés.

— Qu'est-ce que ça signifie ? finit-il par demander.

Elle ne voulait et ne pouvait donner de réponse.

— Quel est le sens de ces paroles ?

— Est-ce l'une des devinettes que votre père… ?

— On s'en fout ! cria-t-il. Ça veut dire quoi, merde ?

— Je ne sais pas.

— Vous ne servez à rien du tout ! dit-il en resserrant les lames du sécateur. Je vous en prie…, haleta-t-il soudain. Aidez-moi ! Qu'est-ce que ça signifie ? implora-t-il.

— Ce n'est rien d'autre qu'un poème satirique, les enfants le récitent depuis des dizaines d'années. Je le connais depuis mon enfance. Il est vieux comme le monde, il date sans doute de l'époque de Goethe.

— Et le sens ? demanda-t-il, la voix rauque.

— C'est un jeu verbal, il n'a pas de sens !

— Il faut qu'il en ait un ! dit-il en serrant sa prise.

Helen poussa un cri.

— C'est un paradoxe, le poème vit de ces contradictions.

— Quel est le sens de ces contradictions ?

— Un oxymore n'a pas de sens.

Mon Dieu, mais que voulait-il donc entendre d'elle ?

— C'est une manière de formuler deux notions opposées, contradictoires. Comme, par exemple, un jeune vieillard…

— … Ou un amour plein de haine, poursuivit-il avec lenteur.

Son regard s'obscurcit.

— Rose Harmann disait que ma mère m'aimait en dépit de sa haine profonde pour moi…

Il se tut. Puis il la fixa, les yeux remplis d'une lumière soudaine.

— J'ai la solution. J'ai trouvé le sens.

Il la regarda, radieux et stupéfait, puis il considéra la lame.

— « La parole se meurt, le sourire s'enfuit, car c'est ici l'endroit où la mort est heureuse d'assister la vie », récita-t-il.

Elle garda le silence, ne sachant de quoi il parlait.

— Vous vouliez savoir où vous vous trouvez, Helen. Giovanni Morgagni a été le fondateur de la pathologie moderne.

Pathologie ?

— J'ai résolu la devinette, mais vous, vous n'en connaissez toujours pas le sens.

Il sourit et lui enfonça de nouveau le bâillon. Plus profondément encore.

— Je suis désolé, mais vous n'avez pas réussi à résoudre la devinette.

S'emparant du sécateur, il lui coupa le second pouce.

42

Avec ses hauts murs de pierres d'un gris délavé, le bâtiment de la médecine légale se dressait pareil à un monstre. L'eau de pluie débordait des gouttières et coulait à son gré le long des étroites croisées. En raison de l'orage, il n'y avait que peu de circulation à l'angle de la Spitalgasse et de la Sensengasse. La foudre avait dû s'abattre quelque part, car, de ce côté de la rue, l'éclairage public était éteint. Quelques pâtés de maisons plus bas, la panne était générale.

Sous le toit du bâtiment s'étalait le long du mur, en grosses lettres, une maxime latine. Un nouvel éclair permit à Sabine d'apercevoir deux mots : STUDIIS ANATOMICIS. Le reste était demeuré dans l'ombre.

Une main devant les yeux pour se protéger de la pluie, Brandstätter accourait. Dans l'autre, il tenait deux lampes de poche.

— Par quoi on commence ? cria Kohler pour couvrir les grondements du tonnerre.

— On peut laisser tomber le campus, proposa Sneijder. Il restera alors la médecine légale ou la Tour aux fous.

Kohler lui prit le bras.

— Que dit votre intuition ?

— Racontez-m'en un peu plus sur la Tour des fous. Soyez concis et concret, dit le Néerlandais, trois doigts dressés.

— Je n'en sais pas plus que vous.

— Au XVIIe siècle, la tour a été le premier établissement de soins pour des malades mentaux, intervint Brandstätter. C'est aujourd'hui un musée d'anatomie pathologique. Ma belle-sœur nettoie les vitrines. Il est classé monument historique et appartient à l'université de Vienne.

— Il est dans la tour, chuchota Sneijder.

— Vous êtes sûr ? s'inquiéta Kohler.

— À quatre-vingt-dix pour cent. Il doit penser que ce bâtiment, dans la mesure où il s'agit d'un monument protégé, le protégera lui aussi ! La tour est à l'écart et ne touche aucun autre bâtiment. De plus, le musée est fermé à cette heure-là et rien ne le dérangera.

— Si jamais vous vous trompez…

— Vous devriez demander de l'aide, proposa Sabine.

— Pour qu'ils viennent nous chercher ici et nous emmènent au commissariat ?

Kohler prit son portable, mais, au lieu d'informer le BKA de Vienne, il appela le chef du commando du Wega.

D'après ce que Sabine réussit à comprendre de la conversation, les policiers étaient sur le point d'abandonner leur surveillance devant la maison de la mère de Boni. Ayant expliqué leur situation à son ancien collègue, Kohler lui demanda de venir fouiller de fond en comble le bâtiment de la médecine légale. Au beau milieu d'une phrase, il s'interrompit.

— Allô… allô ?

Il rangea le téléphone.

— La batterie a tout juste suffi. Les gars vont s'occuper de l'affaire. Occupons-nous de la tour, dit-il en prenant son arme à la main.

La Tour des fous se dressait au centre d'une pelouse rendue boueuse par la pluie torrentielle. Tout autour étaient répartis les bâtiments de l'ancienne université. Un étroit chemin dallé menait à l'entrée. De part et d'autre, la pluie s'accumulait dans de profondes ornières. Une voiture était récemment passée par là ! Kohler remonta les traces de pneus avec le faisceau lumineux de sa lampe de poche et éclaira soudain une Toyota ancien modèle, garée à côté de la tour. Ils étaient donc au bon endroit. Kohler s'élança, suivi des trois autres.

Au pied de la bâtisse, on avait l'impression de se trouver face à un château fort. Les éclairs, toujours aussi fréquents, arrachaient les murailles à l'obscurité. Ronde, bâtie en briques rouges sans crépi, la forteresse avait cinq étages et des fenêtres en forme de meurtrières. Les ouvertures du bas étaient grillagées. Ils franchirent un porche et parvinrent dans une petite cour intérieure. La tour proprement dite se dressait en son milieu. Une construction étrange !

— Le bâtiment circulaire abritait autrefois le foyer des infirmières et les logements des médecins, expliqua Brandstätter. Ben et moi allons l'explorer, ajouta-t-il en tendant sa lampe à Sneijder. Occupez-vous de la tour.

Une seconde plus tard, ils avaient disparu.

Sneijder donna la lampe à Sabine pour prendre son arme.

— Éclairez-moi.

La tour reposait sur un imposant socle en pierres. Au-dessus du puissant porche en bois pendait une lanterne à la lumière vacillante. Avec le talent que manifestait Sneijder pour ouvrir les portes, jamais ils ne franchiraient celle-ci.

Sabine éclaira la serrure. Par chance, elle était fracturée. Le bois de la porte et le mur d'encadrement avaient gardé les empreintes d'une pince-monseigneur. Le vent poussa le vantail qui tapa contre le chambranle. Avec ses outils de mécanicien, Carl Boni était certes capable d'ouvrir des voitures sans effraction, mais pas les portes d'un bâtiment.

Sneijder fit volte-face.

— Il est ici ! lança-t-il d'une voix étouffée que le vent et le tonnerre recouvrirent. *Vervloekt !*

Kohler et Brandstätter avaient déjà disparu dans l'autre bâtiment. Sneijder regarda son arme.

— Il suffirait de tirer pour rappeler Kohler, mais cela donnerait l'alerte à Carl ! prévint Sabine.

— Exact. Alors, allons-y ! dit-il en poussant la porte.

À l'intérieur, un éclairage de secours moribond permettait tout juste d'apercevoir la flèche indiquant la sortie. Le reste des murs était dans l'obscurité. Dans une niche, on entendait le teuf-teuf du moteur diesel d'un générateur.

Sneijder prit la lampe des mains de Sabine et la colla contre son pistolet. On aurait dit une lunette de tir.

— Ôtez votre imperméable, chuchota-t-il. Vous êtes aussi invisible qu'un manège à la foire.

Elle enleva sa veste et la jeta par terre. Dans son pull gris, elle se fondait maintenant dans l'obscurité.

— Regardez dans ma poche, ajouta-t-il. Essayez de joindre Kohler avec mon iPhone. Ils devraient nous rejoindre tous les deux.

Elle trouva effectivement le numéro, mais la boîte vocale s'enclencha dès la première tonalité.

— Il n'a plus de batterie.

— Appareil antédiluvien ! jura Sneijder. OK, je m'occupe de Carl et vous, vous mettez Helen en sécurité, à l'extérieur.

Il montra de la tête l'étroit escalier en colimaçon. Il passa le premier, le Glock braqué devant lui.

À chacune des portes devant lesquelles ils passaient, Sabine appuyait sur la poignée. Toutes étaient fermées. Pas de traces d'effraction. La tour n'ayant pas de cave, Carl devait être en haut.

La lampe se reflétait dans les vitrines. À plusieurs reprises, elle eut une peur bleue en apercevant une silhouette à côté d'elle. Mais ce n'étaient que des squelettes d'enfants ou de jeunes gens difformes. Dès que la lueur d'un éclair passait par les étroites fenêtres, elle apercevait les croquis et les photographies en noir et blanc derrière les vitres des rayonnages. Il avait dû être horrible d'être reclus dans cette tour. Les grondements du tonnerre lui faisaient songer aux hurlements des malades mentaux que, cent ans plus tôt, on attachait ici à leur lit à l'aide de courroies de cuir, avec, pour tout traitement, des bains d'eau froide ou des chocs électriques.

À mesure qu'ils montaient, l'escalier se rétrécissait. Les marches de marbre s'étaient affaissées au fil des ans, elles étaient de guingois et si lisses qu'on risquait à tout instant de tomber. Les couloirs des étages étaient eux aussi de plus en plus étroits. À l'un des étages supérieurs, ils virent par terre les débris d'une vitrine. Sneijder fit signe à Sabine de ne pas entrer. À l'exception des instruments antiques d'un dentiste, les étagères de bois étaient vides. Tout ce qui manquait avait été pris par Carl !

À l'étage du dessus, Sneijder regarda par la fenêtre. Ils se trouvaient à la hauteur du toit du bâtiment circulaire.

Ils étaient par conséquent parvenus au dernier étage. Sabine examina le plafond, une charpente en bois.

Par la fenêtre, la lueur d'une lampe de poche leur parvint du bâtiment face à eux. Kohler et Brandstätter ne trouveraient rien là-bas. Carl était dans la tour. Sabine avait toujours à la main l'iPhone du Néerlandais. Elle composa à nouveau le numéro de Kohler. En vain. Elle mit l'appareil dans sa poche. Perdue dans ses pensées, elle appuya sur la poignée la plus proche d'elle. Elle eut un sursaut de recul quand la porte céda sous sa poussée.

Aussitôt, Sneijder braqua son arme dans la direction de l'entrebâillement. Rien ne se passa. La clé était à l'extérieur. Pas un bruit dans la pièce. Avec à-propos, Sneijder avait veillé à ce que le faisceau n'y pénétrât pas. D'un regard, il signifia à Sabine de se tenir tranquille. Il restait devant la porte, comme figé sur place.

Mais qu'est-ce qu'il attend?

Elle regretta en cet instant d'avoir laissé son arme de service à Munich. Elle ne portait même pas de gilet pare-balles et elle se sentit aussi nue et démunie qu'un poulet déplumé.

Bon Dieu, mais qu'est-ce qu'il attend?

Il y eut un éclair, immédiatement suivi d'un coup de tonnerre si fort que le plancher trembla. Sabine eut la chair de poule. Au même instant, Sneijder ouvrit la porte et se glissa à l'intérieur. Elle le suivit mécaniquement. La pièce était toute en longueur. Le faisceau de la lampe de poche fouilla, dans le sens des aiguilles d'une montre, les moindres coins et recoins. Puis, en cercles de plus en plus larges, Sneijder éclaira l'ensemble de la pièce, les chaises, les tables et les armoires. Des affiches étaient collées aux murs.

— Regardez dans les armoires et sécurisez la porte ! ordonna-t-il en courant vers l'autre bout de la pièce, là où un drap pendait du plafond.

Les armoires étaient vides, il n'y avait personne dans le couloir. Elle regarda dans la direction de Sneijder. Il avait arraché le drap. Une lampe à pétrole éteinte se balançait, suspendue au plafond. Au-dessous, un établi de bois avec des courroies de cuir défaites. Elle s'approcha.

Sneijder leva brièvement les yeux.

— Il n'y a personne dans le couloir ?

Elle secoua la tête. Dans un plat en fer-blanc, sur une table d'appoint, d'anciens instruments chirurgicaux. Sneijder toucha la lampe.

— Elle est encore chaude… Prudence !

Sabine se figea. Sous la table, deux flaques de sang luisaient.

— Mon Dieu !

Sneijder les éclaira. Deux pouces sectionnés y flottaient. S'agenouillant, il plongea le doigt dans le sang.

— Cinq minutes tout au plus, chuchota-t-il.

Au même moment, la porte derrière eux claqua. Ils entendirent la clé tourner. À double tour.

43

Dépitée, Sabine regarda Sneijder. Elle se serait giflée.

— J'ai merdé, désolée. Je suis une partenaire lamentable.

Sneijder courut à la porte, son pistolet à la main.

— Mettez-vous bien ça dans la tête : il n'y a pas de mauvais partenaires, seulement des partenaires inexpérimentés ! Carl vous aurait peut-être abattue dehors.

Il pointa l'arme devant lui.

— Mettez-vous derrière moi !

Il fit feu sur la serrure à trois reprises et ouvrit la porte à la volée. Le couloir était plongé dans le noir. Sneijder balaya les murs avec sa lampe puis, se serrant contre l'encadrement, il dirigea le faisceau vers le couloir devant lui.

— Il est descendu, dit-il en montrant d'un geste la poche du pantalon de Sabine. Appelez le BKA de Vienne. Il faut poser des barrages dans un rayon d'un kilomètre autour de ce bâtiment et il faut aussi une ambulance au cas où nous trouverions Helen Berger vivante. Je descends.

Il allait partir mais Sabine le retint.

— Attendez !

Elle ignorait pourquoi elle agissait ainsi, mais son intuition lui disait que Sneijder avait pris la mauvaise décision. Il la regarda d'un air interrogateur et impatient.

— Quand, au premier acte, un fusil pend au-dessus de la scène, il servira ensuite à tirer, récita-t-elle, citant une phrase favorite du Néerlandais.

Celui-ci la regarda comme si elle déraillait totalement.

— Le livre, chuchota-t-elle. Après le Suceur de Pouce, il y a deux autres histoires : Jean Tête-en-l'air et Robert le Volant.

Comme malgré lui, Sneijder leva les yeux vers la charpente.

— Vous voulez dire qu'il est en haut ? Sur le toit ?

— Depuis deux mois, il fait les plus grands efforts pour respecter le scénario du livre. Pourquoi changerait-il maintenant ?

— Judicieux, Écureuil.

Il fit courir le faisceau le long du plafond et l'arrêta sur un écriteau, à côté d'une lucarne.

Accès autorisé aux seules personnes habilitées !

La fixation de la serrure avait été arrachée. Une échelle était fixée contre le mur, à côté de la lucarne. Sneijder remit son arme dans son holster, prit la lampe entre ses dents et grimpa les échelons. Il n'eut pas de mal à pousser l'ouverture. Son buste disparut dans le noir. Sabine grimpa à son tour et se retrouva dans une étroite pièce mansardée, remplie de poutres, de fraiseuses, de papier goudronné et de clous. Il y avait une odeur de copeaux humides. Au milieu de l'espace, un escalier en colimaçon, semblable à celui d'un clocher, conduisait sur le toit. Sneijder fonça, s'efforçant de ne pas trop faire claquer la semelle renforcée de ses souliers.

On entendit deux coups de feu étouffés. Sabine se jeta instinctivement à terre. Devant elle, Sneijder se recroquevilla. Dégainant d'un geste vif, il se tourna vers elle.

— Tout va bien ?

Elle fit signe que oui.

— Les coups venaient de l'extérieur, précisa-t-il, montrant de la tête une porte coupe-feu au sommet de l'escalier. Montons !

Il grimpa et examina la porte. Le métal était bosselé en deux endroits. Là aussi, on avait forcé la serrure. Derrière la porte, l'orage se déchaînait. La pluie cinglait la tôle. On apercevait la lueur des éclairs par les fentes du toit en bardeaux. Un coup de tonnerre ébranla la pièce mansardée. Sneijder ouvrit. Des bourrasques de pluie le fouettèrent. Il faisait nuit noire. Une seconde plus tard, la porte se referma violemment, repoussant Sneijder.

— Il est dehors ! s'écria Sneijder en se jetant contre l'obstacle.

Sabine poussa elle aussi. Dès qu'un petit entrebâillement apparut, Sneijder y introduisit le canon de son arme et appuya sur la détente. La détonation perça les oreilles de Sabine. À la lueur du coup de feu, elle vit une silhouette reculer en vacillant et disparaître dans les ténèbres. Sneijder repoussa le battant. Plus il s'ouvrait, plus devenaient intolérables les gémissements d'une femme.

— Helen ? cria-t-il.

Il n'eut pour réponse qu'un nouveau gémissement. La femme était derrière le battant. Sneijder l'ouvrit complètement. Ils entendirent alors un cri de souffrance, étouffé mais atroce.

— Occupez-vous d'Helen ! ordonna le policier.

Sabine monta sur le toit. Elle n'y voyait quasiment rien. Quand Sneijder eut franchi quelques mètres, la lumière de sa lampe disparut aux yeux de sa partenaire. Passant derrière le battant, elle eut le souffle coupé quand un éclair dévoila Helen à sa vue. Le visage et la poitrine littéralement collés contre la porte, les bras en l'air, sans chaussures, elle n'avait sur elle qu'un pantalon de jogging et un sweat-shirt. Elle tournait la tête sur le côté autant qu'elle le pouvait, ses cheveux trempés lui pendant sur le visage. Elle avait un bâillon dans la bouche. Sabine le lui enleva, et Helen happa avidement quelques goulées d'air. Ses chevilles et ses poignets étaient liés par des attaches de câble. Elle n'avait plus de pouces. La pluie délayait le sang qui coulait le long de ses bras. Des pointes d'acier plantées dans le dos de ses mains – vision horrible – la clouaient contre la porte.

Un nouvel éclair permit à Sabine d'apercevoir, sur le toit, la cloueuse ainsi que les pointes d'une dizaine de centimètres avec lesquelles Carl avait crucifié la thérapeute. Pour éviter que les caprices du vent ne fassent battre la porte et martyrisent plus encore Helen, Sabine actionna le butoir.

— Vous êtes en sécurité, cria-t-elle pour couvrir le crépitement de la pluie.

Mensonge miséricordieux !

Helen eut une grimace de douleur.

— Quand Carl vous a vus par la fenêtre arriver à la tour avec une lampe de poche, il m'a entraînée sur le toit.

Pistolet braqué, Sneijder sortit de l'obscurité et, le dos tourné vers les deux femmes, comme pour les protéger, il demanda :

— Où est-il à présent ?

— Quelque part par là… Je ne tiens plus sur mes jambes, dit Helen tournant la tête de son mieux en direction du toit.

Sneijder éteignit la lampe.

— Ma collègue va s'occuper de vous. Moi, je vais chercher ce type.

Et il disparut à nouveau dans le noir.

Sabin palpa les blessures d'Helen. Les deux paumes étaient collées contre la porte. Les poignets étaient ligotés en croix. Un clou sortait de chaque main. Ils devaient être enfoncés d'un centimètre environ dans la porte en tôle.

— Je reviens tout de suite… je descends chercher une pince. Puis je vais vous faire partir d'ici.

— Non ! hurla Helen, hystérique. Ne me laissez pas seule !

— D'accord.

Sabine resta. Mais, sans arme, sans outil et sans trousse d'urgence, elle ne pouvait pas faire grand-chose pour Helen. Elle sortit donc l'iPhone de sa poche et composa le 112, le numéro d'urgence européen. Elle réclama un médecin et une ambulance. Quand elle raccrocha, elle entendit des pas dans l'escalier en colimaçon. Un rayon de lumière passa par la porte ouverte. Un instant plus tard, Kohler apparut.

— Par ici, cria Sabine.

Il fit le tour de la porte et vit les deux femmes.

— Mon Dieu, Helen !

Il ôta aussitôt son anorak pour le poser sur le corps de son amie.

— Nous avons entendu des coups de feu et nous sommes accourus. Oliver est là, il surveille l'entrée.

— Ben, sanglota Helen, il faut que tu recherches Dusty. Il est à l'angle de la Ketzergasse et de la Triester Strasse.

— Ne t'inquiète pas, on le trouvera, dit-il, avant de lever les yeux vers Sabine : Je m'occupe d'elle.

Instinctivement, Sabine prit le pistolet à clous et, sous la pluie, avança à son tour sur le toit.

44

Les toits de Vienne, fantomatiques sous l'orage, offraient un spectacle sinistre. Avec leurs bardeaux rouges, ils surgissaient de la marée liquide, pareils à des quilles de bateaux échoués.

Le vent projetait les gouttes à l'horizontale. Elles piquaient, telles des aiguilles, les joues de Sabine. En quelques secondes, son pull fut si trempé qu'il ne fut plus qu'un sac contre son corps. Elle était totalement aveuglée. La lampe de Sneijder était éteinte et elle n'avait aucune idée de l'endroit où elle se trouvait.

Arrête-toi...

Le vent lui apporta des bribes de paroles. Elle se remit en marche dans leur direction sans réfléchir. Le pistolet avec ses cartouches à air comprimé et son rouleau de munitions de rechange pesait dans sa main.

Les voix devinrent plus fortes. Carl Boni était au bord du toit, sur une partie pentue bordée par la gouttière. Il portait un pull foncé. Le vent gonflait sa capuche et faisait tourbillonner ses cheveux. À trois mètres de distance, Sneijder, pointant le Glock à deux mains, le tenait en joue. Carl, à petits pas, se déplaçait le long de la gouttière.

— Ne bougez plus ! cria le Néerlandais.

Carl, ignorant l'ordre, continua à avancer. L'éclair suivant permit à Sabine de comprendre pourquoi. À environ deux mètres de lui, la main courante d'une échelle d'incendie dépassait du toit. Défiant l'arme braquée sur lui, il tentait de s'échapper.

S'approchant de Carl par l'autre côté, Sabine leva le lourd pistolet à clous.

— Ne bouge plus, espèce de fils de pute !

Carl tourna la tête vers elle. Du coin de l'œil, elle vit que Sneijder restait immobile. Il gardait Carl en ligne de mire, sans le quitter du regard.

— Qui avez-vous avec vous ? s'écria celui-ci d'un ton moqueur.

— Le nom d'Hanna Nemez vous dit quelque chose ?

— Et comment ! Seriez-vous l'une de ses gamines ? demanda-t-il en clignant des yeux. Celle avec la glace à la main sur les épaules de son père ? Le séjour à la mer a-t-il été agréable ?

Ce salopard avait gardé en mémoire les photos sur la commode de sa mère. Le pistolet, dans sa main, était terriblement lourd, et son épaule la faisait souffrir. Elle n'en tenait pas moins toujours l'arme braquée sur la tête du jeune homme. Elle aurait pu tirer à présent. Si un clou suivait une trajectoire descendante, alors elle le toucherait au larynx ou à la poitrine.

— Quelle famille ! assena Carl. Votre mère a mérité son sort. Malheureusement, cela n'a pas duré très longtemps.

— Continue donc à parler, espèce d'abruti !

Elle appuya sur la détente. Elle sentit la résistance. Encore une petite pression et le clou serait projeté du canon comme une balle.

Sneijder la rejoignit.

— Sabine, dit-il avec douceur. Je le tiens en joue. Posez cet engin. Tout de suite !

Carl fit un nouveau pas en direction de l'échelle. Sabine haussa un peu la mire et tira. Le clou partit avec un sifflement et toucha Carl à l'oreille. Il vacilla. Par réflexe sa main se porta à sa joue.

— Je vous ai dit de ne pas bouger ! hurla-t-elle.

— Écureuil ! Baissez ça ! s'obstina Sneijder.

— Non.

Elle n'avait pas couru autant de risques, enfreint autant de règles professionnelles et n'était pas partie aussi loin pour voir l'assassin de sa mère s'enfuir par une échelle d'incendie. Uniquement parce que Sneijder n'avait pas assez de cran pour tirer. Elle ne pouvait pas laisser Carl s'en sortir sain et sauf après les tortures qu'il avait infligées à ses victimes.

— Comme vous voulez, dit Sneijder.

Un terrible coup de tonnerre éclata au-dessus des toits. Du coin de l'œil, elle vit que Sneijder lui tendait son arme.

— Si vous devez le faire, alors faites-le avec mon arme de service.

C'était lui qui lui proposait ça ? Elle prit le Glock et laissa tomber le pistolet à clous. Quand l'outil heurta le toit, elle tenait déjà Carl en joue. Elle avança de deux pas. Deux mètres à peine les séparaient. Le cran de mire, le guidon et le haut du nez de l'homme parfaitement alignés.

Fébrile, Carl eut un regard vacillant.

— Qu'est-ce que ça veut dire ?

Elle sentit Sneijder juste derrière elle.

— Je vous comprends, chuchota-t-il. Nous nous ressemblons, vous et moi. Vous voulez venger la mort de votre mère.

— Taisez-vous !

Elle voulait garder les idées claires. *Ce salopard a attaché ma mère à l'orgue de la cathédrale et lui a enfoncé un tuyau dans les poumons. Elle s'est noyée dans deux litres d'encre !*

Elle fit un nouveau pas en avant. Son doigt se serra sur la détente. *Il a tué tant de femmes et a emmuré sa mère vivante dans un pilier en béton où il l'a maintenue deux mois ! Ce fou furieux ne mérite que la mort.*

— Tirez, chuchota Sneijder. Sinon, je le ferai.

Silence !

Oui, elle allait le faire.

Mais ferme enfin ta gueule ! Je le ferai parce que je le veux.

Mais Sneijder ne se taisait pas.

— Nous nous ressemblons plus que vous ne le croyez. Vous aussi, vous voulez abattre un tueur. Qu'attendez-vous ? Tirez !

Le Glock pesait lourd dans sa main. Pourquoi n'arrivait-elle pas à tirer ? C'était simple, pourtant. Au stand de tir, elle avait tiré des milliers de balles avec son Walther PPK, et voilà qu'elle ne parvenait pas à appuyer sur la détente. Putain, que lui arrivait-il ?

— Allez-y ! la pressa Sneijder.

Les faisceaux lumineux de plusieurs lampes de poche trouèrent alors l'obscurité. Quelque part retentit la voix métallique d'un mégaphone. Sabine baissa son arme. Sneijder s'en saisit aussitôt. C'était terminé, Carl était hors d'état de nuire. Pourtant, dans la lumière des projecteurs, elle vit son regard triomphant. Écartant alors les bras, il se laissa lentement tomber en arrière.

Robert le Volant, songea-t-elle, en même temps qu'elle se précipitait vers lui. La gouttière céda sous les pieds de Carl, et son corps n'eut pas même un soubresaut. Raide comme une planche, il se laissa glisser dans le vide. Mais Sabine l'avait rejoint, l'attrapant par le pull et le pantalon.

— Non ! hurla-t-elle.

Ses doigts s'agrippèrent à la laine épaisse, tandis que ses tennis glissaient sur le rebord humide du toit. À la lumière d'un éclair, elle vit ses yeux. Quel bleu intense ! Son regard la transperça. On aurait dit qu'il voyait jusqu'au fond de son âme. Il ouvrit la bouche. Elle n'entendit rien, ne perçut que le mouvement de ses lèvres.

Maria.

Puis il tomba. Elle dut le lâcher pour ne pas être entraînée. Agitant les bras, elle parvint à garder l'équilibre sur la gouttière. Il y eut un coup de tonnerre. Les yeux tournés vers le ciel, les bras en croix, Carl volait. Toujours aussi raide, sans avoir le réflexe de se recroqueviller. Les contours de son corps s'estompèrent, il ne resta plus qu'une silhouette en forme de croix qui disparut dans l'obscurité.

Sneijder rejoignit la jeune femme, l'attrapa par les hanches et la tira en arrière.

— C'est fini.

À la lumière d'un éclair, elle aperçut Carl en contrebas, allongé dans la boue, inerte et minuscule. Elle se tourna vers Sneijder qui la prit dans ses bras. Son visage était inondé de larmes. Elle sanglotait si fort qu'elle en avait le souffle coupé. Le policier la serra contre lui. Elle avait jusqu'ici réussi à refouler la douleur d'avoir perdu sa mère. Désormais libérée, elle pouvait pleurer, pleurer, pleurer…

Elle ne saurait dire combien de temps elle resta ainsi avec Sneijder sous la pluie, mais ce fut une éternité. Quand elle releva la tête, elle vit au loin les lumières bleues de plusieurs véhicules d'intervention. Les hommes de l'unité du Wega étaient arrivés entre-temps et avaient encerclé la tour. Ils avaient certainement entendu eux aussi les coups de feu. Des policiers en uniforme noir, casque à visière sur la tête, déposaient le cadavre de Carl sur une civière.

— Tout va bien ? demanda le Néerlandais qui attendit qu'elle eût acquiescé de la tête. Bon, il faut que j'y aille.

Il la laissa là, à l'extrémité du toit. Elle frissonna. Elle devait maintenant appeler son père pour lui dire que tout était terminé. Quand elle regarda dans le vide, elle se sentit agréablement saisie par le froid. Elle vécut un instant de parfaite clarté. Ce qui se passait dans ce monde était totalement dément et irrationnel. Elle avait mis sa carrière en péril pour accompagner à Vienne un collègue insupportable. Au lieu de faire le deuil de sa mère, elle s'était lancée à la poursuite de son assassin. Quand elle l'avait enfin tenu en joue, elle avait été incapable de tirer. Tout cela était on ne peut plus irréel ! Elle avait même tenté de sauver la vie de l'homme qui avait torturé sa mère. Et voilà qu'elle éprouvait pour lui presque autant de tristesse que pour celle-ci.

Elle contempla la pluie qui tombait à présent en lignes verticales sur fond de ténèbres. La signification de ces incohérences lui apparut soudain. Le monde était un lieu étrange, rempli de contradictions dont on ne pouvait tout simplement pas faire l'économie. Et c'était précisément grâce à elles que les choses suivaient leur cours.

Tout comme dans ce poème dément :

« Le clair de lune brillait dans la nuit noire, la glace recouvrait les vertes prairies, quand, à toute allure, une voiture tourna le coin lentement… »

ÉPILOGUE

Le restaurant *Motto am Fluss*, au bord du canal du Danube, avait tout d'un paquebot de luxe. Il fallait s'y prendre deux semaines à l'avance pour réserver une table. Mais le dîner à la lueur des bougies, aux doux accents d'un piano, était d'un grand raffinement.

Helen avait une vue magnifique sur le fleuve et le pont Schwedenbrücke. C'était sa première sortie depuis sa sinistre rencontre avec Carl. Elle osait enfin ce jour-là affronter le regard des gens. Elle portait une robe de cocktail bleue et un châle. Elle avait encore un petit pansement sur sa main gauche, la droite étant recouverte d'une épaisse bande de gaze sur une attelle. On aurait dit, en voyant son reflet dans la vitre, qu'elle portait des gants blancs. Les chirurgiens n'avaient pu sauver que son pouce droit. Ils avaient retiré les points la veille, mais, pendant six semaines, le temps que l'os cicatrise, elle devrait éviter de solliciter son doigt. Elle savait que la kinésithérapie qui s'ensuivrait serait pénible.

Ben Kohler était assis en face d'elle, dans un smoking élégant et bien ajusté. Comme toujours, il était magnifique. Il avait coupé les tortellini dans l'assiette de sa compagne qui, sans pouce et la main encore privée de sensation, était bien maladroite.

Il avala une petite gorgée de son cocktail et se pencha vers elle par-dessus la table.

— Le magasine *News* a publié un article sur toi hier.

— Je sais, soupira-t-elle.

— Tout le monde l'a lu dans le service. Même ton ancien ami, le préfet de police, à ma connaissance. Oliver le lui a envoyé par courrier interne.

— Sérieusement ? demanda-t-elle en riant.

Elle songea aux accusations dont elle avait été l'objet dans l'affaire Winkler et à la manière dont la PJ avait alors tenté de nuire à sa réputation et de lui faire porter le chapeau dans l'échec de l'arrestation.

Ben s'appuya contre le dossier.

— Tu as résolu la devinette du ravisseur, tu as sauvé Rose Harmann et découvert la véritable identité de Struwwelpeter. Tout cela prouve combien tu es une bonne profileuse et psychothérapeute.

Elle resta silencieuse. En contrepartie, elle avait dû apprendre, non sans douleur, la vérité sur Frank, le mari *parfait*, l'éloquent procureur. Sa main gauche mutilée et les cicatrices sur le dos de ses deux mains lui rappelleraient, sa vie durant, ce qui s'était passé deux semaines plus tôt. Rose Harmann, elle, s'en était tirée à moins bon compte encore. On avait dû l'amputer d'une main au niveau du poignet. L'autre n'avait conservé qu'un doigt. Après quinze jours en unité de soins intensifs, elle commençait un traitement psychiatrique, au terme duquel elle intégrerait un centre de rééducation. Helen savait qu'elle ne reverrait jamais *Anne Lehner*. Elle ne saurait sans doute jamais non plus si Frank rendait visite à sa maîtresse. Le plus probable était qu'il recherchait une remplaçante.

Quand Helen était encore hospitalisée, Frank lui avait rendu visite. Une seule fois ! Il avait voulu la prendre dans ses bras, mais elle l'avait repoussé. Elle lui avait donné trois jours pour quitter la maison. Elle n'avait pas attendu sa sortie de l'hôpital pour demander le divorce. Et pour mettre Ben sur la piste d'un problème qui la minait.

Un entretien ultérieur entre Rose, Ben, un psychiatre et deux ou trois policiers avait permis de découvrir que Frank avait fourni à sa maîtresse, pendant sa grossesse, des flacons de boisson bio à la limette. Or les boissons avaient été additionnées d'une solution antibiotique très concentrée que Frank avait introduite dans les bouteilles à l'aide d'une seringue. Il n'avait pas fallu plus de cinq boissons en trois jours pour provoquer chez Rose des hémorragies et des contractions utérines. Peut-être Helen aurait-elle pu pardonner sa liaison à son mari, mais elle ne pouvait absolument pas lui pardonner d'avoir tué un enfant avant sa naissance. Les suites judiciaires n'étaient pas encore connues, mais il était assez vraisemblable qu'il serait déchu de ses fonctions de procureur.

— Helen ? s'inquiéta Ben.

Elle leva les yeux.

— Je te disais que ton mari ne vient plus au bureau en Lamborghini.

Ex-mari, corrigea-t-elle in petto.

— Je sais, je mets la voiture aux enchères. L'argent ira à un orphelinat.

— Tu déconnes ou quoi ? demanda-t-il, amusé.

— Non. Mais parlons d'autre chose si tu veux bien.

— D'accord, dit-il en prenant un morceau de viande dans son assiette et en le faisant disparaître sous la table.

— Arrête ! chuchota-t-elle en louchant en direction du serveur.

C'était incroyable, quand même !

— Mais je ne fais rien !

— À part suborner le chien, non.

Elle entendit Dusty happer la viande sous la table. Après le départ d'Hélène en ambulance, Ben s'était aussitôt mis à la recherche de Dusty. Il avait fini par le retrouver dans une fourrière où l'avaient déposé des enfants qui l'avaient recueilli dans la rue pendant l'orage, terrifié, trempé et sale.

Ben s'essuya les mains à sa serviette et sortit un petit paquet de sa poche.

— Au fait, je viens de recevoir ça de Wiesbaden.

Il l'ouvrit et exhiba un iPhone tout neuf, avec batterie de secours. L'étui était rouge, avec des rayures blanches et bleues, les couleurs du drapeau néerlandais.

— Tu vois, ce Sneijder n'est pas un si mauvais bougre que ça.

— Et il a au moins une collègue sympa.

— Ce n'est pas sa collègue.

— Qui sait ? dit-elle en souriant.

— Oui, qui sait ?

Soudain, il allongea le bras et lui saisit tendrement le poignet.

Diable, qu'est-ce qui m'arrive encore ?

— S'il te plaît, pardonne-moi de m'être comporté comme je l'ai fait il y a trois ans.

— Tu as été un vrai salaud !

— Je suis désolé.

Elle regretta aussitôt ce qu'elle venait de dire.

— Je pense souvent à Flo. Je sais que perdre un fils, c'est l'enfer, mais cet enfer je l'aurais traversé avec toi.

— Il me manque tellement, et l'enfer est toujours là… (Il hésita.)… mais nous pouvons l'affronter ensemble.

Elle ouvrit de grands yeux. La proposition la prenait totalement par surprise. Il n'y avait qu'une semaine qu'elle vivait seule avec Dusty, dans sa maison de Griesskirchen.

— Oui… je, en fait…

— Prends tout ton temps pour y réfléchir.

Mais c'est tout réfléchi, et depuis longtemps !

Monika prépara deux tasses de chocolat chaud et s'assit près de Sabine sur le canapé du salon.

— Tu ne m'as pas encore raconté comment tu as réussi à trouver le meurtrier de maman.

Il était 23 heures. Kerstin, Connie et Fiona dormaient depuis un bon moment déjà dans le grand lit double. Elles rêvaient certainement d'une nouvelle intervention avec hélicoptères, chiens policiers et équipements spéciaux.

Sabine releva les jambes, se pelotonna au bout du canapé et but une gorgée.

— Grâce aux photos de classe de maman, au grenier.

Elle raconta toute l'histoire.

— Les photos de classe, donc, dit Monika, songeuse. C'est en fait papa qui m'a aidée à débarrasser l'appartement. C'est lui qui s'est occupé des formalités administratives et des enfants.

Sabine savait que Gabriel, l'ancien mari de Monika, n'avait pas été d'une grande aide. Elle fut donc très heureuse d'apprendre que leur père, la semaine passée, avait pris une chambre à l'hôtel, à Munich. Tandis que lui et Monika avaient organisé les obsèques, Sabine avait bien failli être suspendue de ses fonctions. Elle était restée bloquée trois jours encore à Vienne, où elle avait dû se soumettre à de nombreux entretiens avec les policiers du BKA autrichien, puis, de retour à Munich, elle avait été entendue par le procureur Fuhrmann et le LKA de la ville. Toute l'affaire s'était finalement terminée sans trop de dégâts, car on n'avait pu retenir aucun fait concret contre elle. Bien qu'elle eût découvert et mis hors d'état de nuire Carl Boni, elle n'avait eu droit à aucune félicitation. Elle pouvait s'estimer heureuse d'avoir conservé son poste !

— Au fait, dit Monika en sortant du casier à journaux de la table basse un paquet enveloppé d'un papier cadeau bleu, fermé par un ruban jaune, nous avons trouvé ça dans l'appartement de maman. C'était pour toi, de sa part. C'est demain ton anniversaire. Meilleurs vœux ! dit-elle en embrassant sa sœur.

Sabine la remercia, le paquet serré contre sa poitrine.

— Détestes-tu toujours autant papa ?

— Sais-tu, au fait, comment s'est produit l'incendie de l'école à Cologne il y a dix ans ? demanda Monika, les yeux embués.

Stupéfaite, Sabine fit non de la tête. Sa sœur n'avait pas pour habitude de changer de sujet de conversation.

Monika allongea les jambes sur le canapé.

— C'est papa qui me l'a raconté. Il avait bien promis à maman de ne jamais en parler, mais, après sa mort, sa promesse n'a plus lieu d'être, dit-elle en remuant son chocolat. Un soir, il est allé chercher maman à l'école. Elle lui avait dit qu'elle corrigeait des copies. Eh bien, il l'a surprise en compagnie d'une autre institutrice dans le bureau du directeur. Une dispute a éclaté. Les bougies du tête-à-tête romantique sont tombées quand ils en sont venus aux mains. Un incendie s'est déclaré. C'est cette nuit-là que nos parents sont rentrés noirs de suie à la maison. L'affaire a été étouffée, l'incendie a été déclaré accidentel. Le reste, tu le connais.

Sabine s'était toujours doutée de quelque chose de ce genre. *Mais une institutrice ?*

— Et toi qui pensais que c'était papa qui avait eu une liaison.

— Eh oui, dans la réalité, c'était le contraire, soupira Monika. Toutes ces années, j'ai ignoré papa et l'ai privé de ses petites-filles. Jamais il ne me le pardonnera.

— Mais il t'a déjà pardonné, la consola Sabine en la prenant dans ses bras.

Monika se mit alors à pleurer sans retenue.

— Je l'ai invité le week-end prochain. Il a laissé entendre qu'il allait peut-être emménager à Munich pour nous voir plus souvent.

— Tu vois, dit Sabine en souriant.

Elle le savait déjà. La veille, elle en avait parlé avec lui, et il avait admis qu'il pourrait tout aussi bien s'adonner à son hobby ferroviaire à Munich qu'à Cologne.

Le portable de Sabine sonna. Un SMS, si tard ? Elle lu le message.

— Que se passe-t-il ?

Sabine lui montra le texte :

« Pouvez-vous venir demain à Dresde ? Vous attends à 10 h 45 à l'entrée principale du cimetière municipal. Soyez ponctuelle – M.S.S.

PS : Joyeux anniversaire »

Ce type est fou ! Sabine se souvenait encore fort bien de la réaction de sa sœur quand Sneijder lui avait donné l'ordre par SMS de se rendre à l'aéroport pour prendre l'avion pour Vienne. *Il suffit à ce type de claquer des doigts pour te faire démarrer ?* Effectivement, cela avait suffi.

Mais cette fois Moni ne dit rien de tel. Elle se contenta de lui caresser la joue.

— Allons nous coucher ! Tu dois partir de bonne heure demain.

Le lendemain matin, peu avant 11 heures, Sabine garait sa voiture sur le parking des visiteurs, devant l'entrée principale du cimetière de Dresde. Une voiture de police était déjà là. Au loin, elle vit, à côté d'une barrière en fer forgé, la silhouette maigre de Sneijder, en complet sombre, s'entretenant avec un jeune policier qui l'avait sans doute conduit jusqu'ici. Son crâne chauve luisait au soleil. En apercevant Sabine, il releva ses lunettes de soleil sur son front.

— Vous êtes en retard, grogna-t-il.

— Cette fois je n'ai pas foncé comme le jour où nous sommes allés ensemble à Dresde.

Il la toisa un bref instant, n'accordant qu'un regard réprobateur à son corsage, ses chaussures et son pantalon d'été en lin.

— Et puis, j'ai fait un tour en ville, se justifia-t-elle. J'ai jeté un œil chez Haital. J'ai un cadeau pour vous.

Elle savait qu'il n'était pas facile de décontenancer le Néerlandais, mais il ne s'attendait certainement pas à ça. Interdit, il prit la biographie de Viktor E. Frankl : *Découvrir un sens à sa vie*[1]. Le dos du petit volume était cassé, quelques pages écornées. En page de garde, une dédicace : *Pour Maarten*.

— Avez-vous volé ce livre ?

— Bien sûr. L'accepteriez-vous sinon ?

Il arbora son sourire de croquemort.

— Merci, dit-il, un mot qu'elle n'avait que rarement entendu dans sa bouche.

— Je vois que vous allez bien, constata-t-elle.

Son visage avait quelques couleurs, et les deux tatouages de ses mains n'étaient pas écorchés par les aiguilles d'acupuncture.

---

1. Paris, L'Âge d'Homme, 2013. L'auteur, psychologue célèbre, est rescapé d'un camp d'extermination.

— Venez, ordonna-t-il.

Elle le suivit le long de l'allée bordée de tombes.

— Quand j'ai attrapé un assassin, je vais bien pendant une ou deux semaines. Pas de céphalées de Horton, pas de sensation d'être aux abois. Ensuite, j'ai besoin d'une nouvelle affaire.

Il la regarda du coin de l'œil.

— Vous soucieriez-vous par hasard de moi ?

En sa présence, jamais elle ne l'admettrait. Alors lui vint à l'esprit une histoire qu'elle venait de lire, chez Haital, dans un guide pratique.

— Connaissez-vous l'histoire des deux moines zen ? demanda-t-elle, mais sans attendre de réponse elle poursuivit : Un soir, deux moines discutaient, assis, à propos des deux esprits qui, en l'homme, sont adversaires. L'un est arrogant, égoïste, jaloux, rempli de désir de vengeance et d'orgueil mal placé. L'autre est fort, généreux et sait pardonner.

Sneijder réfléchit un bref instant.

— C'est tout ? demanda-t-il finalement.

— Oui.

— Et lequel des deux l'emporte ?

— Celui que l'on nourrit.

Sneijder eut une moue boudeuse.

— OK, bien joué, Écureuil. Je vois où vous voulez en venir. Rose Harmann voulait espionner Helen Berger pour se venger de la femme de son amant. Mais la vengeance l'a amenée à l'autodestruction, réfléchit-il à voix haute tout en feuilletant l'ouvrage. Me venger d'Haital peut tout aussi bien me conduire au même résultat. C'est bien ça ?

— Peut-être.

— Est-ce pour cette raison que vous n'avez pas tiré sur le toit alors que je vous en donnais l'occasion ?

Cette question l'avait beaucoup préoccupée ces dernières semaines. Elle avait fini par trouver une réponse.

— Vous savez, je ne suis pas comme vous. La vengeance ne va pas m'empoisonner le cœur.

Souriant, il tourna dans une allée latérale.

— C'est bien.

— Bien ? s'étonna-t-elle. C'est vous qui dites ça, vous qui me pressiez d'abattre Carl ?

— C'est moi qui vais maintenant vous raconter une histoire. Cette nuit-là, je n'en avais rien à foutre que vous tiriez ou non sur Carl.

Hein ? Il se paye ma tête ou quoi ?

— Pourquoi m'avez-vous passé votre arme, alors ?

— Je savais que vous ne tireriez pas, mais je voulais m'en assurer.

Son cœur se mit à battre plus fort.

— C'était un test ? râla-t-elle. Pourquoi, merde ? Serais-je un des objets de vos recherches psy-machinchose ?

— Ne vous énervez pas, dit-il en lui posant la main sur son épaule. J'avais mes raisons, car moi aussi j'ai un cadeau pour vous.

Elle dut, à cet instant, le regarder d'un air ahuri et parfaitement niais, car il eut un sourire amusé.

— J'ai fait exhumer votre dernière demande de candidature au BKA.

Sabine sentit son estomac se contracter.

— J'ai parlé au patron du BKA. C'est un bureaucrate minable et il ne m'a pas particulièrement à la bonne, mais il n'a pas pu me refuser cette faveur. Nous avons une institution de formation pour jeunes surdoués. J'ai proposé votre candidature.

— C'est pas vrai ! laissa-t-elle échapper. Mais pourquoi... ?

— Pourquoi ? Mais vous ne comprenez donc pas ? s'écria-t-il. Sans vous, je n'aurais pas réussi à résoudre cette affaire en aussi peu de temps et à sauver trois vies humaines !

C'était vrai que Rose Harman, Helen Berger et Ursula Zehetner auraient eu toutes chances d'y laisser leur peau !

— C'est pour ça que vous m'avez recommandée auprès du BKA ?

— Pour ça, et pour des tas d'autres raisons aussi. Vous ne voulez tout de même pas que je vous les énumère ?

S'abstenant de tout commentaire, elle se contenta de lever trois doigts.

— *Verdomme !* jura-t-il en souriant. Parce que vous n'avez pas abattu Carl de sang-froid et que vous avez essayé de le retenir au bord du toit. Vous n'êtes pas guidée par des sentiments de vengeance. Vous êtes intransigeante dans votre boulot et, contrairement à beaucoup, vous ne vous êtes pas laissé détruire par votre profession. Le BKA a besoin de jeunes gens comme vous, ajouta-t-il après un temps de silence.

Ouf ! Il allait lui falloir digérer tout ça !

— Où allons-nous, au fait ? demanda-t-elle au bout d'un petit moment.

— Sur la tombe du père de Carl Boni.

Il tourna une nouvelle fois dans une petite allée.

— Là-bas.

Il s'arrêta quelques pas plus loin.

— Nous sommes venus résoudre la dernière devinette.

Il y avait une tombe relativement récente avec, dans le marbre, l'inscription « Josef Boni ». Il était mort trois ans auparavant. Une photo le montrait au clavier de son orgue pendant une messe. Sabine essaya d'interpréter les traits graves et amers de l'homme dont les méthodes éducatives avaient transformé son fils en un assassin monstrueux.

Sneijder montra la lanterne posée sur la tombe.

— Vous remarquez quelque chose ?

Derrière la coupelle rouge où une bougie s'était consumée, quelqu'un avait posé une feuille de papier pliée en quatre, protégée par un film transparent. Sabine ouvrit le verre de la lanterne et sortit l'enveloppe. Sur la feuille, une courte inscription manuscrite :

Cher père, si tu devines qui j'ai enlevé, la personne restera en vie, sinon, elle mourra.

Elle replia le papier.

— Une devinette insoluble.

— Du moins pour quelqu'un qui est mort depuis trois ans, concéda Sneijder, un pied posé sur le rebord en pierre de la tombe. Quand les médecins légistes de Vienne en auront terminé avec les autopsies de Carl et de sa mère, les corps seront transférés à Dresde. Ils seront ainsi réunis dans le tombeau de famille.

— Comment avez-vous trouvé cette lettre ?

— Je serais un bien mauvais enquêteur si je ne suivais pas toutes les pistes qui se présentent.

— Il n'y a pas de mauvais enquêteurs, juste des enquêteurs inexpérimentés, lui rétorqua-t-elle. Au fond, vous n'êtes pas un si mauvais bougre que ça, vous savez ?

— Je le sais, mais si vous le dites à qui que ce soit, je vous virerai de l'institut de formation, dit-il avec un sourire fugitif. Par ailleurs, nous avions trouvé dans l'appartement de Carl des indications au sujet de l'avant-dernière histoire du livre de *Struwwelpeter*, l'histoire de Jean Tête-en-l'air. D'après les notes qu'il a laissées, il projetait d'enlever la femme de son ancien maître d'apprentissage à Dresde. C'est une vraie furie qui continue à maltraiter tous les apprentis du garage de son mari. Carl avait l'intention de la noyer dans un bras de l'Elbe. On a trouvé dans sa voiture des masses de plomb et des brochures sur les bassins à poissons. Mais il n'a finalement réussi à mettre en scène que la dernière histoire, son suicide.

— En résumé, nous avons donc sauvé la vie de quatre personnes.

— Oui, bon travail, acquiesça-t-il en lui tendant la main. Il faut maintenant que je parte pour l'aéroport et que je rentre à Wiesbaden. Merci d'être venue et merci pour le livre, Écureuil.

— Tout le plaisir a été pour moi, Somerset.

Il se dirigea vers la sortie en riant sous cape. Sabine remit la lettre dans la lanterne et le suivit des yeux. Puis elle sortit à son tour du cimetière, sans presser le pas. Elle sortit de sa poche la facture de la librairie Haital et la jeta dans une corbeille à papiers.

La voiture de police était toujours devant l'entrée. Sabine vit de loin Sneijder discuter avec le policier, puis monter dans une BMW. Au volant ! Quelques secondes plus tard, il était parti !

Elle s'approcha du policier.

— Excusez-moi, dit-elle. C'est bien lui qui est parti au volant de cette voiture ?

— Oui, il a dit qu'il allait à l'aéroport.

— C'est vous qui l'avez amené ici ?

— Non, j'attends les collègues des services anthropométriques. Je dois les conduire à une tombe. Pourquoi cette question ?

Sabine, ahurie, suivit des yeux la BMW en train de disparaître au milieu de l'intense circulation de midi. C'était inconcevable !

— Il prétend ne pas avoir le permis.

— Drôle de type, n'est-ce pas ?

— À tous points de vue, oui. Est-ce qu'il vous a demandé où il y avait une librairie Haital ?

— Pardon ? s'inquiéta le policier, les sourcils froncés. Ben non ! Il m'a juste demandé des allumettes. C'était bien Maarten Sneijder, de Rotterdam, n'est-ce pas ?

— Maarten S. Sneijder, rectifia Sabine.

Tout en regagnant sa voiture, elle réfléchit à la proposition du Néerlandais. Elle ne pouvait pas rester deux ans à Wiesbaden. Comment Monika s'en sortirait-elle, seule avec ses trois filles ? Puis il lui revint à l'esprit que son père comptait s'installer à Munich pour aider Monika. Peut-être fallait-il que les choses se passent tout de même ainsi. Elle songea à l'aspirant commissaire Erik Dorfer, son amour de jeunesse, qu'elle retrouverait à Wiesbaden. Elle lui était infiniment reconnaissante de lui avoir donné son code d'accès à Dédale.

Elle baissa le pare-soleil de sa voiture. Pas un nuage dans le ciel. La vieille ville de Dresde était un pur joyau. Peut-être devrait-elle passer quelques heures ici, avant de rentrer à Munich ? Elle avait du temps à revendre en ce jour de congé. Et puis, c'était son anniversaire.

Elle prit le cadeau de sa mère qu'elle avait posé sur le siège à côté d'elle. L'heure était enfin venue de l'ouvrir. Elle fit glisser le ruban et déchira le papier. Elle se retrouva avec, sur les genoux, un livre décrivant et illustrant ce qu'il fallait savoir pour obtenir un poste de profileur au BKA. En page de garde, sa mère avait écrit une dédicace.

Tous mes vœux pour ton anniversaire, en espérant que tes souhaits se réalisent.

Ah, songea-t-elle, si seulement tu pouvais encore me le dire de vive voix…

REMERCIEMENTS

Les remerciements figurent à la fin de ce long voyage où je me serais sans aucun doute égaré s'il n'y avait eu des gens merveilleux pour me signaler les faiblesses du roman. Dans mon cas, ce furent Günter Suda, Heidemarie Gruber, Veronika Grager, Jürgen Pichler, Robert Froihofer, Peter Hiess, Gaby Willhalm, Michael Adam et Magdalena Adam. Je les remercie de leur lecture attentive et de leurs critiques acérées.

L'idée de prendre une thérapeute pour héroïne de ce thriller m'est venue de la pièce de théâtre *Equus*, de Paul Shaffer. L'essentiel de mes recherches a donc porté sur l'intrigue psychothérapeutique. Je remercie Monika Korber, Angela Kunz, Ulrike Haderer et le Dr Barbara Greuer-Walenta pour leurs entretiens d'initiation *gratuits*, véritables consultations. Je leur suis particulièrement reconnaissant de m'avoir livré un aperçu de leur extraordinaire travail. C'est à Mme Mag, surtout, que je dois mes lumières sur des questions plus pointues de psychothérapie. Je remercie une nouvelle fois Uta Weber-Grüner et Mme Mag pour leurs explications détaillées. Ma gratitude va à Eva Gruber pour ses nombreuses idées et pour ses multiples relectures du manuscrit en dépit de son calendrier surchargé.

Merci aux Dr Bettina Dreier et Christian Wörgetter pour leurs réponses à mes horripilantes questions de caractère médical. Pour les problèmes touchant aux églises, j'ai recouru aux services de Wolfgang Paset, pour les problèmes techniques à ceux de M. Wagner du Forum Mobilkommunikation et, pour les questions de police judiciaire, à ceux du procureur berlinois Frank Heller, du policier Froihofer, de Berndorf, et de Jan Gögge, qui travaille à la Permanence judiciaire de Berlin.

Le Jack Russell terrier Dusty existe bel et bien. Il a longtemps attendu avant d'enfin tenir un rôle dans un des romans. Existent également la Tour des fous ainsi que les catacombes de l'église Saint-Michel de Vienne qui ont servi de modèle pour la fictive Marienkirche. J'ai découvert concrètement ces lieux à l'occasion d'une lecture publique.

Les quelques citations que j'ai prêtées à Maarten Sneijder – excusez-moi, à Maarten S. Sneijder – sont empruntées à Sibelius, Dettmar Cramer, Jean-Paul, Mark Twain, Michael Marie Jung, Marie von Ebner-Eschenbach et au génial Harry Rowohlt. Je suis navré : je n'ai pu m'empêcher de voler sans vergogne ces aphorismes car ils sont trop beaux pour ne pas figurer dans un roman.

Comme ce fut déjà le cas pour *Vengeance d'été*, je remercie tout particulièrement Roman Hocke et le Dr Uwe Neumahr, de l'agence littéraire AVA-International, de leur confiance et de leur admirable assistance.

Après William Faulkner, je suis convaincu de ce qu'écrire n'est pas une question de célébrité et encore moins une question d'argent, mais qu'on écrit pour créer, à partir du matériel engrangé par l'esprit humain, quelque chose n'ayant encore jamais existé. C'est pourquoi je remercie Iris Grädler, du Club Bertelsmann, qui m'a pour ainsi dire découvert et a développé avec moi la matière de ce thriller. Elle m'a signalé les faiblesses de pas moins de sept projets de synopsis avant que nous trouvions de concert cette intrigue. Je la remercie vivement de son incroyable patience. J'espère que tant de peine n'aura pas été vaine.

Composition :
Soft Office – 5, rue Irène-Joliot-Curie – 38 320 Eybens

Achevé d'imprimer par GGP Media GmbH, Pößneck
en octobre 2014
pour le compte de France Loisirs,
Paris

N° d'éditeur : 78690
Dépôt légal : juin 2014
Imprimé en Allemagne